Marianne Hacker

Der alte Wald

Roman

Verlag Tobias Dannheimer

Bibliografische Information der Deutschen Nationalbibliothek:
Die Deutsche Bibliothek verzeichnet diese Publikation in der Deutschen Nationalbibliografie; Detaillierte bibliografische Daten sind im Internet über
<http://dnb.d-nb.de> abrufbar.

Printed in Germany
ISBN: 978-3-88881-094-7

1. Auflage 2022

www.edele.de

»...wo itzund Städte stehn
wird eine Wiese sein...«

Andreas Gryphius

Die Raben

1628

Der alte Wald wartete. Es war ein düsterer Abend, dunkle Wolken jagten über den Himmel. Darunter wogten die Baumwipfel wie ein eisgraues Meer. Ein schneidender Wind blies, doch er blieb ungerührt. Reglos verharrte er, bis das Tageslicht fast ganz erloschen war. Erst dann hüllte er sich in Novembernebel und kam langsam näher. Unter seinen Schritten färbten sich Farne und Gräser schneeweiß. Er beugte sich über das menschliche Bündel dicht an der Klostermauer, den kleinen Jungen, die Frau. Bald würden sie Kälte und Angst nicht mehr spüren.

Mit großen Augen sah das Kind zu ihm auf. Die Mutter war vor Erschöpfung völlig benommen, sie drückte den Buben noch fester an sich. Aber mit einem Mal schreckte sie hoch, und aus ihrer Kehle drang ein entsetzlich klagender Laut.

Bruder Melchior stand auf der anderen Seite der Pforte und lauschte. Ein Schauder lief ihm über den Rücken. Er legte die knochigen Hände an seine Schläfen. Sie zitterten, während er vergeblich versuchte, einen klaren Gedanken zu fassen. Gequält lief er hin und her.

Seit Stunden schon fand er keine Ruhe. In ihm tobte ein Kampf. Sein Gewissen trieb ihn, sich zu erbarmen, das Tor endlich zu öffnen und die Frau und das Kind vor dem sicheren Tod zu retten. Aber was dann? Die beiden brauchten wärmende Decken, heiße Suppe und Brot. Es wäre ein Leichtes, es ihnen zu geben. Aber es war ihm verboten.

An diesem Morgen, noch vor der Terz, waren sie an seiner Klosterpforte erschienen. Leise hatte die junge Mutter geklopft.

Melchior hatte gerade das rußige Glas der Laterne gesäubert. Vor Schreck wäre sie ihm fast aus den Händen geglitten. Seit Monaten hatte niemand den Weg durch den Wald in das alte Kloster gefunden. Abt Clemens hatte die Spuren, die zur Gemeinschaft führten, verwischt. Im Land grassierten der Krieg und die Pest. Doch hier lebten sie sicher. Bis jetzt.

Melchior hatte die Luke der Pforte nur einen Spalt weit geöffnet und hastig hinaus gespäht. Dann hatte er die weiße Kutte um seinen schweren Körper gerafft und war, trotz seiner gut sechzig Jahre mit großen, eiligen Schritten, zu seinem Abt gelaufen.

Er hatte ihn im düsteren Skriptorium gefunden, wo Clemens von Schellenberg, unter Bruder Lienharts stetem beflissenen Flüstern, mit zusammengezogenen Brauen Blatt für Blatt die Kopie eines reich bebilderten Psalters geprüft hatte.

Obwohl das Kloster viele gedruckte Bücher besaß, ließ Abt Clemens, wie vor hunderten Jahren, im flackernden Lichtschein von Bienenwachskerzen Abschriften der alten Werke erstellen.

Der hagere Mittfünfziger mit dem nahezu fleischlosen Schädel hörte Melchior unbewegt an.

»Bist du von Sinnen?«, fragte er schließlich scharf. »Habe ich dir nicht befohlen, das Torhaus Tag und Nacht nicht zu verlassen? Du lässt niemanden ein! Und wenn es deine eigene Schwester oder der Sohn deines Bruders wären: Schick die Frau fort. Und sieh zu, dass sie von der Pforte weg bleibt! Nicht dass dich ihr Atem streift oder sie nach dir greift.«

In Lienharts Augen flackerte Sensationsgier, doch seine Miene heuchelte Abscheu und Angst.

»Sie ist völlig entkräftet«, wandte Melchior drängend ein. »Sie werden den Rückweg nicht schaffen ...«

»Das hätte sie vorher bedenken sollen. Selbst wenn sie die Seuche nicht mitbringt: Was glaubst du, wie viele bald vor unserer

Tür stehen, wenn wir sie und ihr Balg auch nur mit einem Bissen versorgen?«

Mit einer ungeduldigen Geste wandte sich der Abt wieder der Handschrift zu.

Melchior erkannte, dass jedes weitere Wort sinnlos war. Seitdem betete er. Er flehte Gott um einen Ausweg an.

Als es zu dämmern begann, wankte er. Er spürte die dunkle Nähe des Waldes. Und hörte den Schreckenslaut. Wie von einem tödlich getroffenen Tier. Bevor er recht wusste, wie ihm geschah, stieß er die Luke der Pforte auf und leuchtete mit der Laterne nach draußen. Der Wald wich zurück. Melchior schloss das Tor auf und stürzte hinaus. Die Frau starrte ihn ungläubig an. Ihr Blick hellte sich auf. Vergeblich versuchte sie aufzustehen, der Kleine umklammerte ihren mageren Körper. Als Melchior sie hochhob, brach sie in hilfloses Schluchzen aus.

Erst als die beiden zitternd und eng aneinander geschmiegt in seiner Stube hockten und das Tor hinter ihnen sicher verschlossen war, konnte er wieder klar denken. Er wusste, er musste die lähmende Ratlosigkeit, die er in dem Moment fühlte, schnell überwinden.

Noch waren die übrigen Mönche zum Stundengebet in der Kirche. Doch nach der Vesper würden sie ihre Plätze im Refektorium zur Abendmahlzeit einnehmen und einer der Mitbrüder würde ihm Brot und eine Schüssel mit der gekochten Speise bringen. Meistens fiel diese Aufgabe dem jüngsten Bruder, Sebastian, zu. Keinesfalls durfte der heute die Pforte betreten.

Melchior holte die dicken wollenen Decken, die ihn in den kältesten Nächten vor dem Erfrieren bewahrten, aus seiner Truhe und hielt sie der jungen Frau hin. Sie nickte dankbar. Doch sie war sogar zu schwach, um sich und das Kind darin einzuwickeln. Im Schein der Laterne betrachtete er mitleidig ihre vom Hunger gezeichnete kleine Gestalt, das todmüde Gesicht, in das verfilzte Haarsträhnen fielen, die fast schwarzen Augenringe.

Sie hatte die Lider gesenkt, war mit ihrer Kraft offenbar völlig am Ende. Noch immer liefen ihr Tränen über die Wangen.

Der Kleine drängte sich an sie, aber sein wacher Blick folgte Melchior mit kindlichem Ernst. Er wirkte besser genährt als seine Mutter, und trotz allem, was er wohl durchgemacht hatte, strahlten seine Augen voller Leben. In seinen Locken hatten sich welke Blätter und Stroh verfangen, die Kleidung war schmutzig, doch nicht zerlumpt. Der Junge mochte vielleicht fünf Jahre alt sein.

Unbeholfen wand Melchior einige Schafwolldecken um die Schultern der beiden. Unter ihre Fußsohlen schob er warme Ziegelsteine. Als sie die wohltuende Hitze verspürte, seufzte die Frau leise auf. Außer in der Wärmestube, zwischen Skriptorium und Speisesaal, gab es im ganzen Kloster keinerlei Heizung. Angesichts seines fortgeschrittenen Alters und seiner häufig schmerzenden Gliedmaßen hatte der Abt ihm gestattet, sich gegen die Kälte mit heißen Ziegeln zu helfen, die er im Kaminfeuer des Kalefaktoriums wärmte.

Er warf einen Blick durch die Fensteröffnung in Richtung Klostergebäude. Noch nahte kein Licht.

»Ihr bekommt gleich etwas zu essen. Und dann ...« Ja, was dann? Sie konnten nicht hier im Pförtnerhaus bleiben. Hier würden sie binnen kurzem entdeckt. Und wenn Abt Clemens davon erfuhr ... Er zwang sich, nicht daran zu denken.

»Mein Name ist Melchior.«

Die junge Mutter war auf der Holzbank zusammengesunken. Die Brust hob und senkte sich gleichmäßig. Sie schien eingeschlafen zu sein.

»Und wie heißt du?«, wandte er sich an den Buben.

»Jaco«, flüsterte der.

»Jaco?«

Der Kleine nickte. Er war wohl auf den Namen Jacob getauft.

»Und deine Mutter?«

»Mama.«

»Aha.« Melchior seufzte. Aber was würde ein Name schon ändern. Er spähte wieder nach draußen. Und erschrak bis ins Mark. Auf dem Weg zur Pforte schwankte ein Licht. Doch es war nicht Sebastian, der mit einem Brotbeutel und einer dampfenden Schüssel rasch näher kam. Es war Bruder Lienhart. Melchior hätte sich selbst ohrfeigen können. Wie hatte er nur so dumm sein können, den Abt um Erlaubnis zu fragen? Nun hatte er den schmierigen Lienhart am Hals.

Das Pförtnerhaus bestand aus einer einzigen Stube neben dem Durchgang zum Tor, der vom Gelände des Klosters gut einsehbar war. Unbemerkt konnten die beiden nicht mehr verschwinden. Hastig schaute sich Melchior nach einem Versteck um. Es blieb nur die Truhe.

»Jaco, hör zu. Da kommt ein Mann, der dich und die Mama zurück in den Wald schicken möchte. Dort willst du doch nicht wieder hin?«

Der Junge erstarrte. In seinen Augen stand blankes Entsetzen.

»Hab keine Angst«, versuchte Melchior ihn rasch zu beruhigen. »Aber ihr müsst euch verstecken. Ich hebe euch in die Truhe hinein. Rühr dich nicht und sei ganz, ganz leise. Halt auch die Mama fest. Wenn ich den Deckel schließe, darf der Mann von euch nichts mehr hören, hast du verstanden?«

Der Kleine nickte. Die Frau schlug die Augen nicht auf, als Melchior sie behutsam ablegte und Jaco sich neben sie kauerte. Der Deckel war schwer. Melchior zögerte. Die zwei mussten atmen können.

Schon hörte er Lienharts tastenden Schritt auf dem Pflaster.

Er fand ein Astloch im Holz an der Seitenwand und griff nach dem größten Schlüssel an seinem Bund. Ein kräftiger Hieb durchbohrte das Brett. Das reichte hoffentlich aus. Der Deckel klappte herunter.

Lienhart trat ein und stellte das Mahl auf den Tisch neben dem einzigen Fenster. Sein Blick wanderte durch den karg ausgestatteten Raum, über die einfache Schlafstatt, den Betschemel, die hölzerne Truhe – und blieb an den vier Ziegeln hängen, die vor der Sitzbank unter dem Tisch auf den Steinfliesen lagen.

In der ihm eigenen übertriebenen Mimik runzelte er die flache Stirn. Er deutete auf die Steine.

»Machst du eine Schwitzkur? Fühlst du dich krank?« Mit seiner Unheil witternden Nase, die er in alles steckte, was ihn nichts anging, war er wie eine Ratte, die begierig nach menschlichem Unrat grub.

»Nein, mir geht's gut«, antwortete Melchior. Im gleichen Moment wusste er, dass er hätte schweigen sollen. So wie er es sonst tat, wann immer Lienhart ihn ansprach.

Ein Funkeln trat in dessen Augen.

»Haben die Frau und das Kind sich inzwischen getrollt?«, fragte er lauernd.

Melchior zuckte die Achseln.

»Ja. Schaut so aus. Ich habe sie jedenfalls nicht mehr gesehen.« Er setzte sich an den Tisch und zog gleichmütig die volle Schüssel heran. Als Lienhart sich immer noch nicht von der Stelle rührte, fügte er an: »Sieh` selbst nach. Da ist der Schlüssel.«

»Du weißt genau, dass es uns von Abt Clemens verboten wurde, vor die Schwelle der Pforte zu treten.«

»Dann lass es.«

Unwillig schnaubend griff Lienhart nach dem Schlüsselbund und trat in den Durchgang. Nachdem er die Luke geöffnet und vergeblich nach draußen geleuchtet hatte, schloss er nach kurzem Bedenken die Pforte auf. Er ging aber nicht hinaus, sondern ließ nur den Oberkörper in wunderlicher Verrenkung nach rechts und links schwenken. Schließlich zog er die Laterne wieder zurück. Aus der Truhe drang ein leises Schaben.

Lienhart wandte misstrauisch den Kopf. Er kam zurück in die Stube und lauschte. »Was war das?«

»Was?« Melchiors Herz trommelte, doch er blieb äußerlich ruhig.

»Na, das Geräusch. Kam das von draußen?«

»Kann sein. Du sitzt nachts nie alleine hier, sonst wüsstest du ...«

Lienhart klopfte mit seinen Fingern auf den Deckel der Truhe. »Treiben hier Mäuse ihr Unwesen? Was lagerst du denn da drin?«

Melchior starrte ihn an. Wenn du die Truhe aufmachst ... »Meine Decken.« Plötzlich war er zu allem entschlossen.

Er stand langsam auf und kam näher. Dann schob er Lienhart, den er um Haupteslänge überragte, zur Seite. Der wich bei der Berührung sogleich zurück. Die Truhe lag nicht mehr im Lichtschein, und er baute sich so vor ihr auf, dass Lienhart unmöglich hineinsehen konnte. Behäbig hob er den Deckel. Er zwang sich, Jaco und seine Mutter nicht anzuschauen, so als würden sie dadurch auch für den Mann hinter ihm unsichtbar bleiben. Er griff in die Truhe und zog eine Wolldecke von Jacos Schultern, warf sie auf sein Bett und schloss den Deckel wieder.

Lienhart zögerte. Doch dann schien er das Interesse verloren zu haben. Er zuckte die Achseln, wandte sich um und verließ die Pförtnerstube. Hastig lief er ins Klostergebäude zurück.

Erst als ihn Melchior um die Ecke der Kirche verschwinden sah, wich seine Anspannung etwas. Er hob seine Schützlinge wieder aus ihrem Versteck. Der Bub tat keinen Mucks, bis er vor der Schüssel mit gedünstetem Fisch und Gemüse saß.

»Danke!« Der Kleine machte ein unbeholfenes Kreuzzeichen und griff hungrig zu. Beim ersten Bissen leuchtete sein kleines Gesicht freudig auf. Dann versuchte er, seiner Mutter ein Stück zwischen die Lippen zu schieben, aber sie schüttelte nur müde den Kopf: »Iss, Jaco.«

Melchior wollte der apathischen Frau wenigstens etwas Brühe einflößen. Sie war kaum in der Lage zu schlucken, doch sie fasste nach seiner Hand und drückte sie schwach. Leicht wie Flaum war die Berührung, und unverhofft fühlte er sich in seine Kindheit zurückversetzt.

Er erinnerte sich an einen Tag, als er selbst ein kleiner Junge gewesen war. Er hatte seinen Vater beim Besuch ihres Landguts begleitet. Der hatte gelacht, als er ihm stolz eines der frisch geschlüpften Küken hinhielt und ihm versicherte, wenn er erst groß wäre, würde er Bauer werden.

Doch später, als er in den Orden eingetreten war, waren es nicht die Güter gewesen, die ihn faszinierten. Es waren die Handelswege, das Netz von Beziehungen zwischen den großen, alten Abteien und deren einstige Stärke gewesen. Er hatte davon geträumt an diese Macht erneut anzuknüpfen. Durch ganz Europa zu reisen. Anfangs hatte im Kloster noch reges Leben geherrscht. Über ein Stadthaus und die erreichbaren Märkte hatten die Brüder Handel mit ihrer Wolle, den weithin gerühmten Ölen und ihren Arzneien betrieben. Als ihr Cellerar war er mit der Verwaltung betraut gewesen. Er hatte seine Arbeit gern getan.

Dann wurde Clemens von Schellenberg Abt. Und der mied die Menschen. Das Leben der Mönche sollte sich auf fromme Kontemplation und Askese beschränken. Arbeit galt nur noch dem eigenen, kargen Bedarf. Melchior hatte darunter gelitten. Der Konvent hatte sich ganz hinter die Klostermauern zurückgezogen. Die Straße verwaiste, wuchs zu. Am Ende war sie unter Gräsern und Büschen verschwunden. Und als der große Krieg das ganze Land zu verwüsten begann, wurden die letzten Wege in die Welt draußen gekappt. Der Wald hatte seinen Ring um die alte Abtei geschlossen.

Als Cellerar hatte Melchior kaum noch Aufgaben, und auch von diesen wurde er schließlich durch Abt Clemens, der ihn nicht sehr schätzte, entbunden. Stattdessen wies man ihm das Pförtneramt zu. In seinem Torhaus blieb er nun ganz für sich. Das gewährte ihm eine neue, einsame Freiheit, die ihm auch ein wenig behagte. Dazu trugen die Bücher bei, die er sich stillschweigend aus der Klosterbibliothek holte. Zu allen Räumen besaß er die Schlüssel. Manchmal, wenn er nicht schlafen konnte, ging er nachts durch die alten Gebäude. Einige wurden seit langem schon nicht mehr genutzt und verfielen. So wie das Gästehaus ...

Es war nicht weit von der Pforte, hinter der mächtigen Kirche nahe der nördlichen Klostermauer gelegen. Von der Wohnung des Abtes oder den Zellen der Brüder aus war es nicht zu sehen. Außer ihm hatte gewiss seit Jahren keiner mehr das Haus betreten. Dorthin würde er seine Schützlinge bringen. Er wollte damit nicht bis zur Nachtruhe warten. Lienharts Verhalten beunruhigte ihn. Jederzeit konnte er wieder auftauchen. Es galt, keine Zeit zu verlieren.

Als Melchior sich über die Frau beugte, um sie erneut aufzuheben und in die gewählte Zuflucht zu tragen, bemerkte er an ihrem Hals eine Schwellung. Bestürzt musterte er ihre mageren Arme. Sie wirkten bläulich verfärbt. Das Gesicht hatte sich unterdessen gerötet. Er befühlte hastig die Stirn. Sie war heiß von Fieber. Bei dieser Erkenntnis stieg auch in ihm brennende Hitze auf. In Melchior regte sich blanke Panik. Er kannte die Symptome der Pest. Sogleich suchte er sich selbst zu beruhigen. Keineswegs war gesagt, dass sie an der furchtbaren Krankheit litt. Wahrscheinlich hatten Kälte und Nässe ihre geschwächten Lungen entzündet. Wärme und Ruhe würden ihr sicherlich helfen. Und der Junge wirkte doch völlig gesund.

Kurz vor der Vigil machte sich Melchior ein letztes Mal auf. Die Frau und der Junge schliefen fest. Der Name der Kranken war Lisbeth. Auf seine Frage jedoch, aus welchem Ort sie komme, hatte sie stumm den Kopf weggedreht. Im nächsten Moment war sie wieder eingedöst. Sie fieberte heftig, auf ihrer Stirn standen Schweißtropfen, doch der Anblick von Mutter und Kind, aneinander gekuschelt und schutzbedürftig, griff ihm ans Herz. ›Lass sie nicht sterben, Herr‹. Sie war ja selbst fast noch ein Kind.

Einmal war sie aus dem Schlaf aufgeschreckt. Dabei hatte sie verstört »Nell!« gerufen und mit ihrem Aufschrei auch den Jungen geweckt. Der hatte etwas von einer kleinen Schwester gemurmelt. »Nell ist verloren gegangen«, hatte er mit leiser Stimme erklärt und war wieder eingeschlafen. Mehr hatte Melchior noch nicht erfahren können.

Dichter Nebel hatte sich über die Klosteranlage gesenkt, als er die beiden hinüber ins Gästehaus begleitete. Er glaubte, dass er dabei unbeobachtet geblieben war. Die schmalen Bogenfenster, die in Richtung Garten und Mauer blickten, hatte er mit Gobelins dick verhängt.

Im besten Zimmer hatte er Lisbeth und dem Kleinen ein Bett hergerichtet. Die Kissen waren mit weißem Leinen bezogen, die Decke aus Seidenbrokat, mit der er sie zugedeckt hatte, war mit einem Muster aus Lilien und Rosen bestickt. Als er sie ausbreitete, stieg ein kaum wahrnehmbarer Duft daraus auf. Er atmete ihn gierig ein. Melchiors Hände hatten wieder zu zittern begonnen, diesmal in jäher Erinnerung an das einstige Glück.

Als Abt Clemens alle Bequemlichkeiten und Schönheit aus den Klosterräumen verbannte, hatte Melchior die farbigen Teppiche, Daunenbetten, die kostbaren Leuchter und Schalen, all die feinen Tuche, die Pelze und Luxuswaren in diesen verlassenen Räumen gestapelt.

Er schaute sich um. Zwar hatten Motten und Mäuse seitdem an Geweben und Federkissen gefressen. Doch war keine Feuchtigkeit eingedrungen. Nichts war verschimmelt. Im Schein der einzelnen brennenden Kerze sah das vollgestopfte Zimmer beinahe behaglich aus.

Nur fehlte die Wärme, die ein Feuer geboten hätte. Zwar gab es einen breiten Kamin mit steinernem Sims, der früher beim Besuch bedeutender Gäste angeheizt wurde. Auch Brennholz war noch vorhanden. Aber dass aufsteigender Rauch sie verriet, konnte er trotz Nebel und Dunkelheit nicht riskieren. Also hatte er nicht nur Brot, Milch, Brühe und einen Schinken aus Küche und Vorratsräumen geholt, sondern auch wieder Ziegel in die Kaminglut des Kalefaktoriums gelegt. Die ersten Steine, mit denen er die beiden Schlafenden warmhielt, waren inzwischen ausgekühlt. Bevor die Stundenglocke die Brüder wecken würde, wollte er deshalb noch einmal ins Klostergebäude zurück.

Draußen funkelten über ihm Sterne. Er vergewisserte sich, dass das Gästehaus ganz und gar dunkel erschien. Der Nebel trieb nur noch in Schwaden über die Rasenflächen, in der kalten Nacht klarte es allmählich auf. Die frostige Luft kroch ihm in den Kragen und unter die weiten Ärmel der Kutte. Er war versucht, kräftig mit den Armen zu schlagen, um sich zu wärmen. Doch wenn er unentdeckt bleiben wollte, verbot sich jedes Geräusch.

Unbehelligt trat er durch die östliche Pforte zum Kreuzgang und gelangte von dort in die verlassene Wärmestube. Sorge, dass Bruder Gallus, der Küchenmeister, den Schwund bei den Vorräten bemerken oder gar melden würde, hatte er nicht. Er wusste, dass Gallus sich selbst und seine Lieblinge regelmäßig neben den Mahlzeiten heimlich versorgte. Von daher war nichts zu befürchten.

Er schlug die heißen Steine in Leintücher ein und stapelte sie in einen Korb. Dabei war es ihm, als tappten verhaltene Schritte auf der Treppe vom Dormitorium, das längst in eine Reihe von Mönchszellen umgebaut war. Beunruhigt lauschte er. Nein. Seine angespannten Nerven gaukelten ihm bloß etwas vor. Mit seinem schweren Behältnis schlich er sich leise wieder nach draußen.

Als er den Chor der Klosterkirche umschritten hatte, lag das ganze Gelände im silbrigen Mondlicht. Sollte er zuerst zum Pförtnerhaus gehen? Der Weg an der Klostermauer wäre durch Buschwerk und Bäume vor Blicken geschützt. Er schaute sich um. Alles schien still und verlassen. Doch irgendetwas verbarg sich. Er spürte es. Ohne Umwege kehrte er eilends zur Tür des Gästehauses zurück. Und fand den Eingang, den er vorhin sorgsam geschlossen hatte, weit offen. Erschrocken ließ er seinen Korb fallen. Mit pochendem Herzen rannte er durch den Vorraum. Plötzlich gellten Kinderschreie durchs Haus.

Er stürzte ins Krankenzimmer, gerade als Lienhart die Frau roh am Handgelenk hochzog und rücksichtslos versuchte, sie auf die Beine zu zerren. Sie knickten unter ihr weg, und Lisbeth stürzte neben der Bettstatt schwer auf den Boden.

Tapfer schlug der kleine Junge auf den Angreifer ein, der hob fluchend den Fuß, um auf das Kind einzutreten. Doch dazu kam er nicht mehr. Zwei große Sätze, und Melchior packte Lienhart mit Bärenpranken am Nacken. Der erstarrte vollkommen überrascht. Melchior schleuderte ihn wütend zur Seite. Mit groben Stößen trieb er ihn aus dem Zimmer und durch den Vorraum. In letzter Anstrengung warf er ihn schwer atmend hinaus.

»Das wirst du mir büßen!«, zischte Lienhart, das Gesicht wutverzerrt. Auf allen Vieren kroch er davon, erst in sicherem Abstand richtete er sich wieder auf und rannte zum Klostergebäude zurück. Wie lange würde er brauchen, um mit Verstärkung wiederzukommen?

Gerade läutete die Stundenglocke zum frühen Tagesbeginn. Melchior atmete schwer. Er fühlte sich in die Enge getrieben wie ein Stück Wild. Ihm blieben nur ein paar Minuten, um einen Ausweg zu finden. Sonst wartete der Karzer auf ihn. Und die

Frau und das Kind würden zurück vor die Klostermauern gezerrt und dort hilflos dem Wald überlassen werden. Das Herz blieb ihm stehen beim bloßen Gedanken daran.

Einen verrückten Moment lang streifte ihn eine Erinnerung an verborgene unterirdische Gänge, die Klosterkeller und einstige Wirtschaftsbetriebe im Umkreis, die Grangien, angeblich verbinden sollten. Adalbert, der vor ihm Cellerar war, hatte kurz vor seinem Tod davon gesprochen. Doch war er dabei noch bei klaren Sinnen gewesen? Er hatte ihm keinen Zugang bezeichnen können. Und in all den Jahren hatte Melchior nirgendwo heimliche Türen und Gänge entdeckt.

Doch es war ein Gedanke. Wenn er es schaffte, mit der Frau und dem Jungen bis zur stillgelegten Mühle zu kommen, die rund eine Meile flussabwärts gelegen war ... Durch den Wald würde sie keiner verfolgen. Lange schon war die Welt vor ihren Mauern für die Gemeinschaft tabu.

Er überlegte nicht länger. Er lief zur wenige Schritte entfernten Remise und zog das einzige verbliebene Fuhrwerk, einen alten Eselskarren, heraus.

Als er ins Krankenzimmer zurückkam, zupfte Jaco weinend am Rock seiner Mutter: »Mama, wach auf!«

In Windeseile lud Melchior Decken, Bettzeug und Vorräte auf seinen Wagen und hob die reglose Lisbeth und den Jungen hinein. Schon drangen vom Kloster her Rufe und Stimmengewirr. Mit verzweifelter Kraft zog er den Karren an.

In dem Augenblick, als seine Mitbrüder mit Fackeln, Laternen und Kerzen aus der Kirchentür stürmten, überschritt er die Schwelle der Klosterpforte nach draußen. Gleich darauf schlug das Tor hinter den Fliehenden zu. Mitsamt der Last, die er hinter sich herschleppte, stapfte er unbeirrt voran in Richtung Wald.

Er hatte die Lichtung schon fast ganz durchquert und versuchte im Dunkeln den längst überwucherten Weg zu finden, der ans Flussufer führte, als er die sich überschlagende Stimme Clemens von Schellenbergs hinter sich herrufen hörte. Der Abt hatte die Stufen neben der Pforte erklommen und stand auf der Mauerkrone. Neben ihm tauchten im flackernden Lichtschein erst Lienhart, dann immer mehr Mönche auf. Ihre Blicke suchten die Nacht zu durchdringen. Waren die Flüchtenden vor dem schwarzen Wald zu erkennen?

»Melchior, du bist vogelfrei und verbannt!«, schrie Clemens blind. »Solange ich lebe, wage es nicht, deinen Fuß noch einmal in das Kloster zu setzen!«

Wie ein kleines Tier kroch Jaco angstvoll unter die Decken und rührte sich nicht mehr. Unterdessen kam seine Mutter wieder zu sich und richtete sich mühsam auf. Auf ihre Ellenbogen gestützt starrte sie in Richtung der kreischenden Mönche. Tränen liefen ihr über die Wangen. Sie bewegte die Lippen.

»Was sind das? Raben?«, flüsterte sie.

»Gott wird sie strafen«, hörte Melchior sich grimmig sagen. Dann tat sich der Wald vor ihnen auf.

Zwei Tage später flatterte ein Rabe in einer der Klosterzellen vom Bett auf. Er spazierte über die Lehne des Betstuhls und hüpfte zum Fenstersims. Eine Weile saß er in der Maueröffnung, ließ seinen Vogelblick über Gebäude, bereifte Gärten und Obstwiesen schweifen. Dann flog er zum Kirchendach, um sich auf der großen Glocke über der Vierung niederzulassen.

Am nächsten Tag kreisten drei Raben über dem Kloster, dann zwölf, schließlich waren es mehr als zwei Dutzend. Ihr Krächzen war weithin zu hören. Sonst blieb alles still.

Der Krieg
1630

1

»Möge Gott dich beschützen. Dich und dein ungeborenes Kind«, flüsterte die Bettlerin, die, von den meisten Kirchgängern unbeachtet, zusammengekauert neben dem Eingang des Münsters saß.

Mühsam hob sie die verkrüppelten Hände und nahm Kathlins Münzen entgegen. Dabei rutschte der Fetzen, der den Kopf und die bis auf die Knochen abgemagerten Schultern bedeckte, von ihrem Rücken. Vor Kälte waren die Lippen der alten Frau bläulich verfärbt, doch ihr zahnloser Mund versuchte zu lächeln. Sie legte den Kopf zurück. Über leeren Augenhöhlen waren die Lider verklebt.

Kathlin schluckte. Sie zögerte einen Moment, dann nahm sie die letzte Münze aus ihrem Beutel und schloss die steifen Finger der Alten darum.

»Ich danke dir für deine guten Wünsche«, sagte sie leise. Sie legte die Arme um ihren eigenen runden Leib. Wie hatte die Blinde erraten, dass sie guter Hoffnung war?

»Gesegnet sind, die Leid tragen, denn sie werden getröstet werden«, murmelte die alte Frau. Dann kroch sie eilig davon. Kathlin starrte ihr nach. Im nächsten Moment war die Bettlerin zwischen Abteikirche und Klostermauer verschwunden.

Die aus der Messe strömende Menge hatte sich bereits zerstreut. Ein eiskalter Wind zerrte an Kathlins Umhang. Sie schob ihre Hände zurück unter den wärmenden Pelzbesatz. Es war Palmsonntag, der 24. März 1630, ein frostiger Tag. Seit zwölf Jahren herrschte der Krieg im Land, wurde ein europäischer Machtkampf im Namen der Konfessionen geführt. Noch hatte das blutige Schlachten das Gebiet des katholischen Fürststiftes

Kempten und die gleichnamige evangelische Reichsstadt - in unmittelbarer Nachbarschaft der Abtei - nicht erreicht. Dennoch waren die Folgen allerorten zu spüren – und die Angst vor dem Undenkbaren wuchs.

Jüngst hatte die Pest zahllose Opfer gefordert. Truppen durchzogen die Gegend und leerten die Beutel von Bauern wie Bürgern, während der Wert von Kreuzern und Hellern immer weiter zusammenschmolz.

In der als ketzerisch geltenden Reichsstadt Kempten erzwangen kaiserliche Reitereien und Fußvolk eine nicht endende Folge von Einquartierungen. Die Kompanien, ihre Schikanen und ruinöse Besoldung hatten die Stadt ausgezehrt, das in den Truhen der Kemptener Bürger gehortete Silber geplündert und die stets um ihr Leben kämpfenden Armen ins völlige Elend gestürzt. Kinder bettelten um ein Schüsselchen Brei, etwas Brot. Mehr und mehr tauchten verzweifelte Flüchtlinge auf.

Kempten war zweigeteilt. In diesen Wochen hoffte das Stift auf die Restitution der katholischen Mächte. Die evangelische Reichsstadt setzte dagegen auf Gustav Adolf von Schweden und harrte gegen alle Versuche zur Rekatholisierung aus. Die Konfessionen waren durch einen unüberwindlichen Graben getrennt.

Heimlich und mit klopfendem Herzen hatte sich Kathlin May wieder einmal am Morgen aus dem evangelischen Haus ihrer Schwiegereltern geschlichen. Es war ein Wagnis, die Messe vor den Mauern der Stadt im katholischen Münster zu hören. Aber in dem vertrauten Ritus hatte sie sich für eine kleine Weile aufgehoben und sicher gefühlt.

Kurz nach Sonnenaufgang war sie an diesem Palmsonntag erwacht. Die Luft in der Kammer war kalt von der Nacht, doch die dicken Federbetten hüllten sie warm und weich ein. Noch schlaftrunken hatte sie die Hand nach ihrem Mann ausgestreckt. Adrian mochte es, wenn sie ihn weckte, solange es still war im Haus. Es war die Zeit, die allein ihnen gehörte. Sie liebte ihn und diese Stunden, in denen sie ungetrübt glücklich waren. Doch dieses Mal fühlte sie nur kühle Seide unter den Fingern. Adrian lag nicht neben ihr. Das riss sie aus ihrem gemütlichen Halbschlaf. Sie blinzelte unbehaglich ins Morgengrau.

Nein. Er konnte sie nicht in seine Arme ziehen. Nicht an diesem Tag, nicht am nächsten, sehr lange nicht mehr. Tags zuvor war er zu den Salinen nach Hall abgereist. Bis zu seiner Rückkehr würden Wochen vergehen. Sie war allein mit dem Kind unter ihrem Herzen. Unwillkürlich seufzte sie auf. Sie legte die Hand auf ihren Bauch. Das Kleine bewegte sich.

»Mein Liebling, mein Herzensschatz.« Bald würde sie es in ihren Armen halten. Wenn alles gut ging. Wenn Gott sie mit einem Sohn oder einer Tochter beschenkte. Wenn sie am Leben blieb. Wie immer, wenn sie der Gedanke an den Tod streifte, bemühte sie sich sogleich, ihre Angst vor der Geburt zu verdrängen.

In der vergangenen Woche war ihr Schwiegervater ganz plötzlich erkrankt. Sein Zustand war nach wie vor ernst. Mit schwacher, stockender Stimme hatte Leonhard May Adrian angewiesen, die Schlüssel zum Kontor und zur Geldtruhe an sich zu nehmen, und hatte minutenlang ächzend und stöhnend in das Ohr seines Sohnes geflüstert.

Voll böser Ahnungen hatte Adrian anschließend Stunde um Stunde über den Büchern verbracht. Seine Befürchtungen waren nur zu begründet.

»Wenn Hall uns nicht mehr beliefert, sind wir bankrott. Kathlin, es hilft nichts. Ich muss dorthin und schaun, was ich tun kann.«

Während sie die große Schüssel mit kaltem Wasser füllte, sich wusch, anzog und ihr helles Haar zu einem schlichten Knoten aufband, dachte sie an Adrians Versprechen, sich nach einem eigenen Haus für sie umzuschauen, »sobald es möglich sein wird ...«

Durch die Kammerwand drangen, kaum gedämpft, die streitenden Stimmen von Vinzenz, Adrians jüngerem Bruder, und dessen Frau Dora sowie das klägliche Weinen der wenige Monate alten kleinen Susanna. Das Schimpfen der Schwägerin wurde lauter, doch offenbar nahm sie ihr Kind nicht aus der Wiege, um es zu beruhigen. Suses banges Schreien schwoll an. Kathlin musste an sich halten, nicht hinüber zu laufen und die Kleine zu trösten.

Einmal hatte sie sich dazu beim gemeinsamen Mittagsmahl hinreißen lassen.

»Was fällt dir ein?«, hatte Dora sie böse angefahren. »Kümmere dich um deine eigenen Angelegenheiten. Was gehen dich meine Kinder an?« Ihre Schwiegermutter Sibylla hatte Kathlin ungehalten gemustert und eine kalte Bemerkung gemacht. Vom ersten Tag an hatten sie sie ihre verächtliche Ablehnung spüren lassen. Es war immer das Gleiche. Dora suchte Streit, und Sibylla stellte sich auf deren Seite.

Vinzenz und ihr Schwiegervater Leonhard hatten geschwiegen, Adrian besänftigend seine Hand auf ihre gelegt.

Obwohl es ihr schwer fiel, blieb Kathlin stumm. Anfangs war sie erschrocken gewesen. Sie hatte sich ängstlich weggeduckt wie ein kleines Kind, das sich vor drohenden Schlägen in eine Ecke flüchtet. Selbst war sie von sanftem, liebevollem Gemüt und in ihrem bisherigen Leben keiner Bosheit begegnet. Auf die unerwartete Feindseligkeit reagierte sie fassungslos und zutiefst verlegen, auch voller Scham, so als hätte sie selbst etwas Falsches getan.

Wochenlang war sie zunächst still am Ende des Tisches gesessen und hatte herauszufinden versucht, was Adrians Familie von ihr erwartete. Doch allmählich wurde ihr klar, dass es keine Zeit der Prüfung war. Man wollte sie nicht – ganz egal, was sie tat. So hatte sie die Tür zu ihrem Innern verschlossen und begegnete nunmehr der eisigen Kälte der Frauen und den achtlosen Männern mit scheinbar gelassenem Blick.

Wie anders hatte sie sich ihr Leben an Adrians Seite erträumt.

»Wenn wir nur einander haben ...«, hatte sie vor ihrer Trauung zu ihrer Mutter gesagt.

Nur zögernd hatte Magda Lauber von ihrer Sorge gesprochen.

»Du wirst dort allein sein, mein Mädchen. Und wir werden uns selten besuchen können.« In den Augen der Mutter hatte Kathlin neben dem Trennungsschmerz auch die unausgesprochene Frage gelesen: »Wie wird dich deine neue Familie empfangen? In diesen Zeiten ...« Schließlich gehörten sie unterschiedlichen Konfessionen an. Und sie waren außerdem Leute vom Land.

Aber ihre früh verwitwete Mutter wollte Kathlin nicht ängstigen. Mit allen Segenswünschen vertraute sie also ihre Tochter beim Abschied Adrians Liebe und Fürsorge an. Nur Anna Keuslin, Kathlins vertraute Freundin, hatte keinen Hehl daraus gemacht, dass sie diese Heirat nicht guthieß. Die selbstbeherrscht ruhige Anna zeigte so gut wie niemals ihre Gefühle, doch als ihr Kathlin von Adrians Antrag erzählte, reagierte sie sichtlich bestürzt.

»Tu's nicht!«, hatte sie ihre Freundin selbst noch an der Kirchentür unmittelbar vor der Trauung vergeblich gedrängt.

Inzwischen hatte Kathlin begreifen müssen, was offensichtlich war. Ihre Schwiegermutter Sibylla würde ihr niemals verzeihen, dass ihr Ältester ohne ihr Einverständnis statt einer wohlhabenden Kemptener Bürgerin eine Katholikin aus einem Marktflecken des Fürststifts geheiratet hatte. Adrian hatte dem Willen seiner Eltern getrotzt und die Ehe mit ihr vor dem katholischen Priester in ihrem Heimatort Obergünzburg geschlossen, was die Heirat zwar unerlaubt, aber nichtsdestotrotz gültig machte.

Doch dass sie diesen Schritt irgendwann akzeptierten, hatte er ihnen nicht abringen können.

Auf dem Gang lärmten Urban, Baltus und Oswald, Susannas ältere Brüder, bis ihre Großmutter zum gemeinsamen Kirchgang mahnte. Nebenan wurde die Kammertür zugezogen und Suse an Ursula übergeben, die mollige Magd, die auch den kranken Schwiegervater versorgte. Endlich klangen nur noch Ursulas gurrendes Singen und Scherzen und Suses vergnügtes Säuglingslachen herauf. Herrschaften und Dienstboten hatten das Haus am Marktplatz verlassen. Bis zur Stadtpfarrkirche St. Mang waren es kaum hundert Schritt.

Wenig später hatte Kathlin ihren Mut zusammengenommen und sich ebenfalls aufgemacht. Ihr heimlicher Weg führte sie in die andere Richtung, quer durch die Stadt.

Und nun, nach der Messe im Münster musste sie sich beeilen, um rechtzeitig unbemerkt durch den Hof und die Küche zurück ins Haus zu kommen. Auch wenn sie es sich kaum eingestand: Der Gedanke an Adrians Familie machte ihr Angst.

Der Rückweg zum Stadttor führte am Brunnen vorbei. Er war umlagert von Reitern in weiten Mänteln. Soldaten, die ihre Pferde tränkten.

Nachdem Stahlburgs Truppe Kempten vor Wochen verlassen hatte, wurden auf Abt von Wohlfurts Verlangen erneut drei kaiserliche Kompanien in die Reichsstadt verlegt. Die Männer musterten sie aus glasigen Augen, ihre Gesichter waren gerötet. Einige schwitzten ungeachtet der nasskalten Witterung unter ihren mit großen Straußenfedern geschmückten breitkrempigen Hüten. Vermutlich hatten sie dienstfrei und schon seit dem Morgen getrunken. Zu Kathlins Erleichterung wandten sie sich jedoch einer nach dem anderen wieder den beiden Mägden zu, die, sonntäglich herausgeputzt, bei ihnen standen und ihre derben Scherze mit lautem Lachen quittierten.

Sie senkte unbehaglich den Blick und wollte eilends vorbei. Da trat ihr ein Soldat in den Weg. Er lächelte unschön.

»Schicken die Kemptener Ketzer jetzt schon ihre Frauen zum Spionieren in die Abtei?«

Bei seinem Tonfall rann es ihr kalt über den Rücken. Sie erkannte einen der Offiziere, die im Fürstenhof, unweit vom Haus ihrer Schwiegereltern, logierten. Er war gut gekleidet, Mantel und Wams aus teuerstem Tuch, die hohen Stiefel von glänzendem Leder. Halblanges, dunkles Haar umrahmte ein junges, noch schmales Gesicht mit sorgsam gestutztem Bärtchen über den spöttischen Lippen und um die Kinnpartie. Sie hatte den flüchtigen Eindruck, als ob er auf sie gewartet hätte. Rasch wandte sie sich zur Seite und beschleunigte ihren Schritt.

»Halt!«

Jetzt rannte sie fast. Nur noch wenige Klafterlängen waren es bis zum Klostertor, das mit einer Brücke über den Graben in die Stadt hinein führte.

Der Leutnant setzte ihr nach und fasste sie hart an der Schulter. Sein Griff tat ihr weh und zwang sie, sich umzudrehen. Passanten liefen vorbei, bemüht, ihre Not nicht zu bemerken. Von der Stadtwache war keiner zu sehen. Kathlin wollte laut protestieren und sich gegen seine Frechheit verwahren. Doch ihre Kehle war plötzlich wie zugeschnürt. Sie rang nach Atem, ihr Herz trommelte ängstlich. Nicht nur einmal hatte sie von rohen Übergriffen der Besatzer gehört.

Einer der Reiter am Brunnen hatte sich auf seinen Rappen geschwungen und führte ein zweites Tier, einen Schimmel, an seinem Zügel heran. Der Leutnant lachte. Auf seiner Hand zeichnete sich ein großes Muttermal ab, wie der Fußabdruck von einem Schwanen auf Schnee.

»Nun, Nachbarin, wie wär's mit einer kleinen Landpartie?« Sein Griff lockerte sich, und sie riss sich los, glaubte einen

Moment lang, davonzukommen. Doch blitzschnell saß der Mann auf und lenkte sein Pferd neben sie. Von der anderen Seite drängte sich sein Kumpan auf dem Rappen heran. Bestürzt fand sie sich zwischen den Reitern gefangen.

Im Nu packten sie sie grob unter den Achseln und hoben sie zu ihrem Entsetzen hoch. Niemand griff ein. Feixend trabten die beiden nebeneinander an. Hilflos wie eine Stoffpuppe hing sie zwischen den schnaubenden Pferden. Der Geruch der Tiere stieg ihr in die Nase. Die Stiefelsporen der Reiter rissen an ihrem Umhang. Ihr ganzes Körpergewicht zerrte an ihren Schultern. Vor Schmerz keuchte sie auf. In Panik dachte sie an ihr ungeborenes Kind. Wenn die Männer sich nicht in völligem Gleichmaß bewegten, wenn sie sie fallen ließen ... Sie durfte nicht stürzen. Ihr wurde übel vor Angst.

Das Grau der Reichsstraße verschwamm unter ihr. Mauern glitten vorüber. Ihre Peiniger bogen zur Seite, sie nahmen den Weg um die Abtei, ritten quer durch die kahlen Gärten, dann zu den Teichen. Sie versuchte zu beten.

Auf einmal stoppten die zwei. Kathlin glaubte, am Ende des Weges sich nähernde Reiter zu sehen. Bevor sie recht zu sich kam, fühlte sie sich wie ein Kind in die Höhe geschwenkt – und am höchsten Punkt losgelassen. Sie flog ... Über ihr war der Himmel mit einem Mal blau. Tiefblau wie an jenem Sommertag, als sie Adrian zum ersten Mal traf.

Mit dem Rücken schlug sie auf Wasser auf und ging sogleich unter. Die plötzliche Eiseskälte brachte sie wieder zu sich. Sie fing an zu strampeln. Schwimmen konnte sie nicht, doch wie ein Hündchen brachte sie ihren Kopf nach oben und schnappte nach Luft. Ihre Hände griffen ins Leere. Sie wollte um Hilfe rufen, aber ihr vollgesaugter Mantel zog sie nach unten. Verzweifelt mühte sie sich, ihn abzustreifen. Doch sie verhedderte sich. Und dann ergriff sie ein Sog ...

Es war sehr warm und die Sonne schien über Liebenthann. Kein Wölkchen trübte den Himmel. Mit ihrer Freundin Anna saß sie im Schlosshof im Schatten. Adrian trat aus dem Haus und kam auf sie zu. Er hatte mit Annas Vater, dem Verwalter des Fürstabts, verhandelt. Lächelnd sagte er etwas zu ihr. Sie liebte ihn vom ersten Moment an ...

Jetzt trug sie sein Kind. Kathlin dachte nicht daran, zu sterben. Wenn sie starb, würde auch ihr Kind niemals leben. Die Soldaten hatten sie in einen Fischteich geworfen. In so einer Pfütze würde sie nicht ertrinken. Sie kämpfte verbissen gegen die unerklärliche Strömung an, die sie nach unten zog.

Doch Kälte und Atemnot lähmten sie. Ihr Widerstand wurde schwächer. Der Schlund unter ihr weitete sich, sie fand nichts, woran sie sich klammern könnte. Das Licht schnurrte zusammen. Sie stürzte blind in die Nacht.

Vinzenz May war in gehobener Stimmung. Er lächelte breit, während er sich von den Zunftgenossen in der Bürgerstube verabschiedete, um pünktlich zum Mittagsmahl zu Hause zu sein. Nachdem sein Vater krank zu Bett lag und Adrian sich in Hall um die dringend erwartete Salzlieferung kümmerte, war es an ihm gewesen, nach dem sonntäglichen Gottesdienst für das Handelshaus May am Tisch der Kemptener Patrizierfamilien, der Akademiker und vermögenden Großhändler Platz zu nehmen.

Freilich hatten die meisten Gespräche sich um die horrenden Kosten der Einquartierungen gedreht und um das Restitutionsedikt, das ihre Freie Reichsstadt bedrohte. Wenn in St. Mang wieder katholische Messen gefeiert würden und der verabscheute Fürstabt wieder die geistliche Aufsicht über die Stadt erlangte, »dann ist das das Ende von unserer evangelischen Freiheit«.

Die Anwesenden hatten bei diesen Worten genickt und die Becher erhoben, um sich zu versichern, die Freiheit nie aufzugeben: »Dafür darf uns kein Opfer zu groß sein.« Der Neckarwein hatte geschmeckt, und Vinzenz hatte nicht darüber nachgedacht, wie diese Opfer womöglich aussehen würden.

Als er zu Hause die Diele betrat, freute er sich auf ein gutes Essen. In der Fastenzeit schätzte er Krebse am meisten. Adrian mochte von knappen Geldmitteln sprechen, aber so schlimm würde es schon nicht werden. Bislang hatte es nie an etwas gefehlt.

Zufrieden lächelnd betrat Vinzenz die Treppe, als ihm Ursula von oben in größter Eile entgegenkam. Sie wirkte bestürzt und lief grußlos an ihm vorüber. Ihre rotblonden Locken quollen unter der Haube hervor, umflatterten wirr ihren Kopf. Normalerweise kümmerte Vinzenz sich nicht um das Befinden der Dienerschaft. Aber bei Ursula war das aus gutem Grund anders.

»Was ist denn los?«, rief er ihr hinterher.

Sie stand schon an der Haustür. Ohne sich umzuwenden stieß sie hervor: »Ihr Vater. Plötzlich lag er wie tot da. Doch sein Herz schlägt noch wie wild. Es ist wohl ein Schlagfluss. Ich laufe zum Stadtarzt.« Die Tür fiel ins Schloss.

Kathlin würgte und erbrach einen Wasserschwall, rang nach Luft, erbrach sich noch einmal. Sie griff an ihren Bauch. Ihr war furchtbar elend. Es gelang ihr, sich aufzurichten. Als ihre Schulter irgendwo anstieß, tat es so weh, dass sie aufstöhnte. Flüchtig meinte sie, an ihrer Wange eine Berührung zu spüren. Flüsterte jemand in der Nähe?

Sie blinzelte und zwang sich, die Augen zu öffnen. Einen Moment lang drehte sich alles. Ein Licht leuchtete schwach. Sonst war es finster. Schatten schienen ins Dunkel zu huschen. Benommen tastete sie rings um sich. Offenbar lehnte sie an einer

Mauer, die sich nach oben hin wölbte - in einem Gang aus behauenen Steinen. Der Boden war, ebenso wie die Wände, glitschig feucht und eiskalt.

Verstört beäugte sie die düstere, kahle Umgebung. Und schreckte zusammen. Etwas kauerte vor ihr, nur wenige Schritte entfernt. Jetzt nahm es das Licht auf und kam langsam näher. Kathlin stockte der Atem. Große, kindliche Augen starrten sie an. Ungebändigte dunkle Locken flossen um ein blasses Gesicht. Das Geschöpf vor ihr trug formlose Lumpen, die über den Boden schleiften. Konnte das ein kleines Mädchen sein?

Unsicher fragte Kathlin: »Wo bin ich? Wer hat mich hierhergebracht?« Doch sie bekam keine Antwort.

In dem Moment boxte das Ungeborene von innen gegen ihren Bauch. Sie und ihr Kind lebten noch. Tränen stiegen in ihre Augen. Sie wischte sie mit dem nassen Mantelstoff ab.

Das Lumpenbündel wartete stumm. Dann wandte es sich um und lief einfach los. Kathlin fuhr hoch und versuchte zu folgen. Modrige Luft strömte in ihre Lungen. Mit Mühe stolperte sie dem flüchtigen Lichtschein hinterdrein. Nach ein paar Schritten merkte sie, dass sie ihre Schuhe im Wasser verloren hatte. Im Dunkeln barfuß über den schleimigen Boden zu laufen, kostete Überwindung. Als sie auf etwas Weiches trat, hätte sie um ein Haar aufgeschrien. Doch sie riss sich zusammen.

Die Finsternis ringsum war fast vollkommen. Und der Gang schien nicht zu enden. Er musste zum Stift gehören. Die Soldaten hatten sie bis zum nördlichsten Fischteich verschleppt. Das kleine Ding, dem sie folgte, wäre auf gar keinen Fall in der Lage, eine Frau aus dem Wasser zu ziehen. Hatte jemand sie gerettet, um sie hilflos in einem Keller zurückzulassen? Es war unbegreiflich. Ein leichter Luftzug traf ihr Gesicht. Gab es hier noch mehr unterirdische Gänge? Versteckte Kavernen?

Ging es nach oben? Oder doch stetig nach unten? In ihren nassen Kleidern fror sie entsetzlich. Sie hätte sich gern einfach hingesetzt und eine Weile erholt. Doch ihr graute vor der Finsternis, die ihr vor Augen stand, und sie fürchtete, alleine zurückzubleiben.

Auf der rechten Seite des Gangs öffnete sich ein Tor in einen dunklen Raum. Wieder glaubte Kathlin ein Flüstern zu hören. Sie schlich sich vorbei. Ihr Herz klopfte. Vergeblich versuchte sie, ruhig zu bleiben. Womöglich befand sie sich unter dem Münster. Dort mochte es Krypten und alte Grabstätten geben.

Da durchfuhr sie ein heftiger Schmerz. Sie schwankte und fasste an ihren Bauch. Was war das? Begannen auf diese Weise die Wehen? Sie musste die Zähne zusammenbeißen. Es dauerte, bis die Qual nachließ.

Später erinnerte sie sich nur dunkel an weitere Gänge, Räume voll Schatten und schwarze Wasser, die sie durchquerten. Ab und an drang von irgendwo her ein Geräusch. Aber sie begegneten keinem Menschen. Kälte, Erschöpfung und Schmerzen zerrten an ihrem Willen. Doch sie wollte nicht rasten. Sie musste nach oben. Was es mit ihrer kleinen Führerin zu bewenden hatte, darüber dachte Kathlin nicht nach.

Irgendwann standen sie vor einem Durchlass in einen kreisrunden gemauerten Raum.

»Geht es hier hinauf?«, fragte sie ohne Hoffnung auf Antwort.

Kathlin zog ihren kostbarsten Kamm aus dem tropfenden Haar und hielt ihn dem stummen Ding hin. Doch es ignorierte die Gabe. Also legte sie den Kamm vor sich auf den Boden. Er war mit Vergissmeinnichtblüten aus winzig kleinen Saphiren geschmückt. Das Gesichtchen zeigte keinerlei Regung. War es nicht bleich vor Kälte? Kathlin ließ ihren Mantel zu Boden sinken – und diesmal richteten sich die kindlichen Augen begehrlich darauf.

Plötzlich lief das Geschöpf auf sie zu, als wollte es sie mit beiden Armen umfassen. Kathlin zuckte unwillkürlich zusammen, tat einen erschrockenen Schritt rückwärts und streckte die Hände aus.

Die Wirkung hätte kaum schlimmer sein können, wenn sie die Kleine geschlagen hätte. Die blieb sofort stehen. Das blasse Gesichtchen erstarrte in Scham. Traurig ließ das Kind seine Arme sinken und wich hastig zurück, wandte sich um und rannte den Gang, den sie gerade gekommen waren, entlang. Der Lichtschein erlosch. Bald waren auch die fliegenden Schrittchen verklungen.

Der unverkennbare Schmerz des kleinen Lumpenmädchens schnitt Kathlin ins Herz, und sie bedauerte ihre ablehnende Geste zutiefst. Doch es war schon zu spät. Die Kleine war längst verschwunden.

Seufzend tastete sich Kathlin allein in den Durchgang - und verharrte vor einem tiefen, nahezu lichtlosen Schacht. Eine sehr schmale Treppe stieg ringsum nach oben. Wie in einem Turm ohne Fensterluken. Linkerhand schmiegte sich der Aufgang an Mauerwerk. Rechts gab es keine Wand und kein Geländer. Nur haltloses, undurchdringliches Dunkel.

2

Vinzenz zögerte, bevor er den Schlafraum betrat. Erst als er neben dem Bett stand, begriff er, wie ernst es tatsächlich war. Sein Vater war nicht mehr ansprechbar.

»Er liegt im Sterben«, klagte seine Mutter ein um das andere Mal. Ziellos lief sie im Zimmer umher. Griff nach einem Gebetbuch, nach einem Kissen, legte es wieder ab. »Du musst den Pfarrer holen.«

»Der sitzt jetzt beim Mittagessen«, mischte sich Dora ein, die auf einem Tisch an der Bettstatt Kerzen und ein Kreuz aufstellte. »Geh zu Sattler.«

Simprecht Sattler amtierte als Stadtschreiber und Notar.

»Vielleicht kommt er wieder zu sich. Wenn er sein Testament nicht mehr ändert, führt Adrian künftig das Haus.«

»Mein Gott, mir ist selbst richtig elend«, jammerte Sibylla. Sie sank auf einen Stuhl. Obwohl es im Zimmer nicht warm war, fächelte sie sich unentwegt Luft zu.

Vinzenz stand hilflos daneben und suchte nach einem Entschluss. Natürlich, sein Vater brauchte den geistlichen Beistand. Das war er ihm schuldig, Leonhard May war Zeit seines Lebens ein frommer Mann gewesen. Aber Dora ...

Sie sah ihn streng an.

»Seit diese Frau im Haus ist, habe ich dich gebeten, mit ihm darüber zu sprechen. Du weißt, wie zuwider ihm der Gedanke an katholische Nachkommen sein muss. Wenn du nur ein bisschen mehr auf ihn eingewirkt hättest, dann hätte er sein Testament längst geändert. Aber das scheint dich nicht wirklich zu kümmern ...«

Er seufzte. Aber er rührte sich nicht.

Hinter ihm klappte die Zimmertür auf und seine Söhne stürmten herein. »Großvater ...«

Doras Ohrfeige brachte Urbans Geplärr jäh zum Verstummen.

»Still! Was fällt euch ein? Wieso kümmert sich Ursula nicht um euch?«

»Sie holt den Stadtarzt«, murmelte Vinzenz.

»Ach ja? Kann das sonst niemand tun?« Dora schob ihre Kinder hinaus. »Und dass ich keinen Mucks mehr von euch höre!« Dann wandte sie sich wieder Vinzenz zu. »Nun geh schon. Ich schicke den Ulrich zum Pfarrer. Und du holst den Stadtschreiber. Geh!«

Zögernd wandte sich Vinzenz zur Tür. Er fand es nicht angemessen, den Pfarrer durch einen Hausknecht zu bitten. Aber er wollte Dora nicht widersprechen. Beim Hinausgehen fiel ihm seine Schwägerin ein.

»Weiß Kathlin von Vaters Schlagfluss? Ich wundere mich, dass sie nicht hier ist.«

Dora zuckte die Achseln.

»Die hat uns heute noch nicht mit ihrer Gesellschaft beehrt. Und ich fände es besser, wenn das auch so bliebe. Oder willst du etwa, dass sie dem Notar hier begegnet?«

»Es ist nicht nötig, ihr etwas zu sagen. Sie soll ruhig in ihrer Kammer bleiben«, stimmte Sibylla ihr zu. »Ich bin froh, wenn ich sie wenigstens am Sterbebett eures Vaters nicht sehe.«

Als Vinzenz an Kathlins Tür vorbeikam, verharrte er einen Moment. Sollte er ihr nicht doch vom Zustand des Vaters berichten? Er lauschte und hob die Hand, um leise anzuklopfen. Im Zimmer war nichts zu hören. Womöglich schlief sie. Auch Dora war in den letzten Wochen der Schwangerschaften meist müde gewesen. Er senkte die Hand wieder. Es war wohl tatsächlich besser, sie nicht zu stören.

Vinzenz verließ das Haus und nahm den Weg zum Notar.

Kathlin versuchte, sich nicht zu fragen, wie weit es neben ihr in die Tiefe ging. Vom Wasserspiegel des Brunnens leuchtete kein Schimmer herauf. Als ein Steinbrocken von einem der schmalen Tritte abbrach und in den Schacht fiel, lauschte sie. Doch es gab keinen Aufprall. Alles blieb still.

Sie zwang sich weiter nach oben. Langsam, Schritt um Schritt, Stufe um Stufe.

Ihr Leibesumfang behinderte sie. Sie war voller Furcht, und als sie an eine Stelle gelangte, wo sie die bröckelnde Treppe nur noch zwei Handbreit spürte, wagte sie sich nicht weiter.

Minutenlang verharrte sie eng an die Mauer gedrückt. Sie konnte nicht vor, nicht zurück. Bis ihre Panik doch wieder nachließ.

Mit beiden Händen suchte sie über sich Halt und ertastete einen in die Mauer eingelassenen Ring. Dabei durchfuhr ihre verletzte Schulter ein schneidender Schmerz, sie zuckte zusammen und rutschte prompt von der Stufe. Einen Lidschlag lang hing sie an einem Arm über dem Abgrund. Dann fand ihr Fuß erneut einen Tritt. Der Schmerz wurde erträglich. Der Aufgang verbreiterte sich.

Irgendwann kroch sie über einen niedrigen Brunnenrand und sank schwer atmend zu Boden. Offenbar befand sie sich nun tatsächlich in einem Kellerraum. Es gab keine Fenster, doch drang etwas Licht über eine Treppe von oben durch eine geöffnete Tür. Der Hausbrunnen wurde wohl kaum benutzt, was angesichts seiner Tiefe nicht verwunderlich war. Das an der Winde aufgerollte Seil war trocken, ebenso die herumliegenden Ledereimer.

Auch das nächste Stockwerk gehörte zu einem geräumigen Keller. Doch hier war die Luft frischer. Truhen und Kisten standen herum. Bei einigen fehlte der Deckel und sie sah, dass diese mit kleinen Fläschchen befüllt waren.

Im Erdgeschoss war es hell und kühl. Und ganz still. Das Haus wirkte verlassen. Der schwere Innenriegel an der Eingangstür war jedoch nicht vorgelegt. Erst als sie leise die Klinke drückte, hörte sie hinter sich ein Geräusch. Erschrocken sah sie sich um - und duckte sich. Durch den Gang flatterte ein großer Rabe, segelte knapp über ihr Haar und verschwand durch eine offene Fensterklappe nach draußen.

Ein seltsamer Ort. Wenigstens war die Tür nicht verschlossen. Sie gelangte in einen Hof. Auf einer Linde saßen drei krächzende Raben, wie böse Wächter, die sie feindselig beäugten.

Kathlin ging weiter. Es gab einen Durchgang zur Straße, und unverhofft fand sie sich ganz in der Nähe des Mayschen Anwesens wieder.

Ohne jemandem zu begegnen, trat sie durch die Gartenpforte der Schwiegereltern, durchquerte den Hof und lief durch das stille Haus zu ihrer Kammer. Aufatmend schloss sie die Tür hinter sich. Sie begann, ihre immer noch feuchten Kleidungsstücke abzustreifen und sich zitternd zu waschen.

Als Kind hatte sie Geschichten von gefährlichen Wegen, die in die Tiefe führten, gehört, von unheimlichen Wassergeschöpfen, verborgenen Strömungen und einem unterirdischen Meer.

Aber sie wollte nicht mehr daran denken.

Kathlin schrubbte ihren Leib, das Gesicht, ihre Arme und Beine, als spülte das Waschwasser jede Erinnerung ab. Alles, was zählte, war nur noch, ein trockenes Hemd auf der Haut zu fühlen, angesichts der vergangenen Stunden ein unschätzbares Glück.

Doch gleich darauf kehrte der Wehenschmerz wieder. Sie kroch zwischen die Kissen, unterdrückte ihr Stöhnen und sehnte sich wie nie zuvor danach, die tröstende Stimme ihrer Mutter zu hören, und ihre kühle Hand an ihrer Wange zu spüren.

Während des Sterbesegens kam Leo May wieder zu sich. Sein Blick ging zum Kreuz. Offenbar verstand er, was vorging. Noch bevor das ›Amen‹ des Pfarrers gesprochen war, bat Dora den stumm wartenden Notar an das Bett.

Sibylle unterbrach ihr Gebet. »Gott sei Dank«, seufzte sie.

»Geht es dir besser, Vater?«, fragte Dora eifrig.

Leo versuchte zu sprechen. Nach einer Weile war ein röchelnder Ton zu vernehmen.

»Gut«, sagte seine Schwiegertochter munter. »Es ist an der Zeit, die Dinge zu regeln. Falls du, was Gott verhüten möge, deine Kräfte nicht wiedererlangst ... Die Katholiken sind ohne Skrupel. Wenn Adrian erbt, gibst du das Geschäft in ihre Hände. Doch Vinzenz wird alles so weiterführen wie bisher. Wir haben das Testament neu geschrieben.«

Sie hielt dem Todkranken eine in Tinte getauchte Feder vor das Gesicht. »Ich werde dir helfen, deinen Namen darunter zu setzen.«

Vinzenz litt. Die Qual des Vaters, der den Kopf hin und her wandte, erschütterte ihn. Und Doras Handeln erfüllte ihn mit Scham. Einen Moment lang war er drauf und dran, sie aus dem Sterbezimmer zu weisen und Sattler zu bitten, nach Hause zu gehen. Doch er brachte den Mut nicht auf. Stattdessen wich er in die äußerste Ecke des Raumes zurück und folgte wie gelähmt Doras Bemühen.

Leo May hob zitternd die Hand und stieß die Schreibfeder zur Seite. Sein ›Nein‹ war kaum zu vernehmen. Er atmete schwer. Mit größter Anstrengung brachte er schließlich die Worte heraus: »Adrian erbt.«

Erleichtert schloss Vinzenz die Augen. Sattler nickte und faltete Doras Entwurf zusammen. Er beugte sich vor, griff nach Leos Hand: »Gott behüte Euch, May.«

Dann verließ er eilig das Zimmer. Der Pfarrer folgte ihm stumm.

Aus Doras Gesicht war alles Blut gewichen. Sibylla beugte sich über den Kranken. Im nächsten Moment sah sie erschrocken auf.

»Er ... Vinzenz, schau her! Er atmet nicht mehr!« Sie brach in Tränen aus.

Dora griff nach dem Gebetbuch und schleuderte es auf den Boden.

Es war Ursula, die Kathlins Not endlich bemerkte. Als sie die Kammertür öffnete, genügte ein Blick, um zu sehen, was vorging. Wenig später betrat die Hebamme das Haus. Während das Sterbezimmer gerichtet und das Familienoberhaupt aufgebahrt wurde, kamen die Wehen in immer rascherer Folge. Ohne ein Aufsehen sorgte die Hausmagd für alles, was notwendig war. Wann immer Kathlin voll Angst ihre Hand suchte, stand ihr Ursula bei.

Die Geburt verlief glücklich. Gegen drei Uhr am Morgen kam das Kind auf die Welt und tat, kaum dass es die Hebamme aufnahm, den ersten Schrei.

»Ein Mädchen. So wie es aussieht, nur etwas zu früh dran und völlig gesund«, versicherte die derbe Matrone, die schon zahllosen Kleinen ins Leben geholfen hatte.

Voll Freude küsste Kathlin Köpfchen, Arme, Beine und Bäuchlein des Neugeborenen, dann überwältigte sie die Erschöpfung. Die Augen fielen ihr zu und sie ließ alles weitere einfach geschehen. Doch bestand sie am Ende darauf, die schlafende Kleine in ihrem Arm zu behalten. Die Hebamme legte das Neugeborene in die Hände der Mutter und folgte Ursula leise hinaus.

Kathlin fiel in einen bleiernen Schlaf. Gegen fünf Uhr begannen draußen die ersten Hähne zu krähen, doch sie hörte sie nicht. Was sie aufschrecken ließ, war kein Geräusch. Im ersten Moment sah sie nur ein helles Licht und glaubte sich wieder unter der Erde gefangen. Dann erkannte sie hinter einer Kerzenflamme verschwommen das Gesicht ihrer Schwägerin. Dora starrte sie gebannt an.

Kathlin tastete nach ihrem Kind. Es war nicht mehr da. Sie setzte sich auf, und Dora wich eilig zurück. Im nächsten Moment war sie verschwunden. Leise klappte die Türklinke. Es war kein Traum. Kathlin atmete keuchend. Was hatte Dora in ihrer Kammer gemacht? Und wo - war ihr Kind?

Im Raum war es dunkel. Ein eisiger Luftzug wehte herein. Regen rauschte. Panisch suchten ihre Hände nach ihrer Kleinen. Vergeblich. Allmählich traten einzelne Schemen hervor. Stand denn das Fenster offen? Etwas bewegte sich dort auf dem Sims. Es wimmerte leise ...

Sie wollte aufspringen und stürzte zu Boden. Aber sie musste zu ihrer Kleinen. Gegen Schwäche und Übelkeit kämpfte sie sich ins Bewusstsein zurück. »Ursula!«, wollte sie rufen, doch aus ihrer Kehle kam kein vernehmlicher Ton. Unendlich langsam kroch sie über den Kammerboden zum geöffneten Fenster.

Regen peitschte herein. Er nässte die blassen Füßchen des neugeborenen Säuglings, der über ihr nackt in der Kälte lag. Wasser tropfte von seinen Zehen. Sie musste ihn wärmen, musste ihn an sich drücken ... Aber sie schaffte es nicht, sich aufzurichten. Hilflos versuchte sie wieder und wieder, sich an irgendetwas nach oben zu ziehen. Irgendwann schlugen die dunklen Wogen endgültig über ihrem todmüden Körper zusammen, und sie wurde von einer Ohnmacht betäubt.

3

Unweit vom Haus der Mays drückte sich ein kleines Ding zitternd in einen Hauseingang und starrte durch den strömenden Regen zum offenen Fenster hinauf.

Nell hätte nicht sagen können, was sie unwiderstehlich hierher zog. Sie wusste ihren brennenden Wunsch nach einem Menschen, der es gut mit ihr meinte, nicht zu benennen. Dass Kathlin May vor ihr zurückwich, als sie sie unbeholfen zu umarmen versuchte, hatte ihr wehgetan. Doch sie gab nicht auf. Sie war ein einsames kleines Geschöpf, das selten satt wurde und wenig Wärme kannte. Wenn sie es schaffte, zwischen den anderen Bettelkindern ein paar verschrumpelte Möhren oder einen Brocken Brot zu erhaschen, schrien sie »Findelbalg« und rannten ihr nach, um ihr den Schatz zu entwinden. Aber Nell war geschickter als alle, wenn es galt, in ein Versteck zu verschwinden.

Zwei Jahre zuvor war sie wimmernd aus einem Bündel von Kleidern und Decken gekrochen.

»Deine Mutter hat dich einfach weggeworfen«, hatte die Frau, die Nell eine Zeitlang unter ihren eigenen Kindern geduldet hatte, einmal behauptet. Das konnte Nell nicht mehr vergessen.

Irgendwann hatte die Frau einen Mann gefunden, der sie mitsamt ihren Kindern zu sich nehmen wollte. Aber ein Findelbalg mochte er nicht auch noch durchfüttern. Als die Familie ins neue Zuhause aufbrach, war Nell nicht dabei.

Dass sie immer noch lebte kam einem Wunder gleich.

Manchmal träumte sie von einer Mutter, die sie in den Armen wiegte. Wenn sie dann aufwachte, fühlte sie sich warm und getröstet. Sie träumte von einem Vater, der lachte, wenn sie auf seine Knie krabbelte, und der dafür sorgte, dass sie nicht hungrig einschlief oder bitterlich fror. Dann glaubte sie, wenn sie erwachte, in ihrer Nähe die Stimmen der Eltern zu hören. In ihrer Erinnerung schmeckte sie süße Beeren, die sie sich in die Backen stopfte. Und einen Honigschnuller, an dem sie nuckelte, wenn sie sich wehgetan hatte und weinte.

Nell kannte das Haus der Mays. Hier gab es eine Magd, die das Elend der Bettelkinder nicht ungerührt ließ. Wenn Nell sich in der Gasse an der hinteren Hoftür herumgedrückt hatte, war diese Ursula oftmals herausgekommen und hatte ihr etwas Essbares zugesteckt. Meist hatte sie einen glücklich glucksenden Säugling dabei. Weil es ein gutes Haus war, hatte Nell sich die Menschen, die darin wohnten, genau angesehen und Kathlin May deshalb wiedererkannt.

Noch am Nachmittag zog es Nell wieder dorthin. Wenn sie auf Ursula treffen würde, wollte sie ihren ganzen Mut zusammennehmen und nach der Schwangeren fragen. Bettler sprachen gern Segenswünsche für die Geburt eines Kindes aus. Manchmal wurden sie mit einer kleinen Dankesgabe belohnt. Aber die Magd ließ sich an dem Tag nicht blicken. Stattdessen herrschte ein ständiges Kommen und Gehen.

Als Nell mitbekam, dass es im Haus einen Todesfall gab, erfüllte es sie mit Schrecken. Doch dann schnappte sie auf, dass es der alte May war, der an dem Tag verstorben war, und sie entdeckte die Hebamme hinter einem der Fenster. Nell wusste, wann man die Geburtshelferin rief. Sie stellte sich vor, sie würde auf ein Geschwisterchen warten. Das war ein schönes Gefühl.

Derweil wurde es dunkel, dann Nacht. Aber Nell wollte nicht weg. Stunde um Stunde schlug die nahe Kirchturmuhr. Und dann war plötzlich das laute Plärren eines Säuglings zu hören.

Nell spürte in ihrem Herzen ein unerklärliches Glück. Sie schniefte ein wenig und wischte sich über die schmutzige Nase. Dann duckte sie sich zufrieden in ihre Hausnische und schlief augenblicklich ein.

Ein kräftiger Regenguss weckte sie auf. Der kleine Körper war starr vor Kälte, Gesicht und Haare tropfnass. Sie dachte an Kathlin Mays Umhang. Sie hätte sich darin einwickeln können. Doch wenn man sie damit sah, würde man sie für eine Diebin halten. Nell hatte Mantel und Kamm in ein gutes Versteck gebracht.

Hinter dem Kammerfenster der Wöchnerin sah sie ein schwankendes Licht. Gleich darauf wurden die Flügel weit aufgerissen. Nell war plötzlich hellwach. Das war nicht die junge Mutter, die sich dort am offenen Fenster bewegte. Auch nicht Ursula oder die Hebamme. Es war Dora May.

Die Frau hatte einen Säugling im Arm und wickelte ihn eilig aus seinen Decken und Windeln, bis sie ihn nackt in den Händen hielt. So legte sie das Neugeborene in das offene Fenster, wo es Wind und Regen schutzlos ausgesetzt war. Gebannt sah Nell zu. Die Frau wandte sich um und ließ das Kind auf dem Fenstersims liegen. Instinktiv begriff Nell, was sie sah. Es war wie ein Hieb, der sie traf.

Sie wollte um Hilfe rufen, aber wer würde sich um eine kleine Bettlerin scheren? Was konnte sie tun? Nell unterdrückte ein Schluchzen. Doch ihre kleine Seele schrie auf.

Viele Meilen entfernt schreckte ein anderes Kind aus dem Schlaf. Die Mutter war bereits auf und fachte das Feuer neu an. Flämmchen züngelten, das Reisig knisterte leise, Tannenzapfen begannen zu knacken.

Jaco hatte davon nichts gehört. Er hatte geträumt.

Er war mit den Eltern und Nell beim Brombeerpflücken am Waldrand gewesen. Er sah sie im hellen Sonnenschein stehen. Im nächsten Augenblick kroch er durch dämmriges Dickicht. Als er sich umschaute, war er allein, vor sich schwarze Baumstämme, über sich tropfendes Laub. Mit dem Sonnenlicht waren auch die prallen, nachtblauen Beeren verschwunden. Von der Düsternis eingeschüchtert, kauerte er auf dem modrigen Waldboden und fing an zu rufen. Doch es kam keine Antwort. Und er wusste nicht, wo es zurückging. Eine Weile blieb alles still. Dabei spürte er, dass dort hinter den Bäumen irgendetwas war. Mit klopfendem Herzen lauschte er in das lauernde Dunkel. Da krachte es im Gehölz. Äste zerbrachen. Er sprang auf und lief schreiend davon. Zweige und Brombeerranken wollten ihn festhalten, aber ihn einzufangen gelang ihnen nicht. Er rannte. Seine kurzen Beine traten, was das Zeug hielt. Bis er, vollkommen atemlos und von oben bis unten zerkratzt, unverhofft wieder im Sonnenschein stand. Er sah die ausgebreiteten Arme seines Vaters vor sich. Glücklich wollte er zu ihm laufen, da schwankte sein Vater auf einmal und fiel lautlos nach vorn aufs Gesicht.

Nell schrie ...

Jaco fuhr auf. Im gleichen Moment wandte sich seine Mutter zum Fenster und blickte entgeistert hinaus.

Die Tür öffnete sich, und Melchior kam schnaufend mit einem Korb voller Brennholz herein.

»Ist etwas passiert?«, fragte er angesichts Lisbeths verstörter Miene besorgt.

»Nein, nein ... Es ... ist nichts«, stammelte sie. Ihr Gesicht war aschfahl. »Ich habe nur eben ... Ich dachte, ich hätte meine Kleine gehört.«

Nell glitt aus ihrer schützenden Nische. Um das ahnungslos schlafende Haus aufzuwecken, musste sie zur Vordertür. Gerade wollte sie loshuschen, als sie bemerkte, dass sie sich nicht mehr allein in der dunklen Gasse befand. Schemenhaft nahm sie einen Mann wahr, der unweit von ihr gleichfalls zu Kathlin Mays offenem Fenster hinaufsah. Also hatte auch er das Geschehen verfolgt. Im ersten Moment war sie erleichtert. Doch etwas an seiner Haltung flößte ihr Furcht ein. Mit kindlicher

Sicherheit wusste sie plötzlich: Der Mann würde den Säugling nicht retten.

Sie erkannte ihn wieder. Vor wenigen Tagen hatte sie mit ansehen müssen, wie er hoch zu Pferd einen alten Bettler jagte und ihn erbarmungslos niederritt. Nell erinnerte sich an das Grauen, das er ihr eingeflößt hatte – und an ein seltsam geformtes Mal auf der Hand, die die Zügel hielt. Mit kalten Augen hatte der wie ein Soldat gekleidete Mann Nell damals gemustert, und sie war eiligst verschwunden.

Nell wollte sich rasch zurück in die schützende Dunkelheit ducken, doch es war schon zu spät. Er wandte sich um und entdeckte sie. Ein kurzer Blick in seine Augen genügte, und sie wusste instinktiv, dass es um ihr Leben ging. Sie rannte davon. Er folgte, leise wie eine Katze, doch mit großen Schritten.

Die Finsternis an den Rändern der Gasse kam Nell zu Hilfe. Sie schlüpfte in einen Kellerschacht. Ihr Verfolger blieb stehen. Sie spürte, wie er versuchte, die Schatten mit seinem Blick zu durchdringen. Dann hörte sie leises Rascheln. Er hatte sich hingekauert und tastete mit seinen Händen das Pflaster ab. Nell hielt den Atem an, ihre kleine Gestalt schien in der Wand zu verschwinden.

Die Finger des Suchenden stießen an Stein. Es war nur ein Mäuerchen, doch der Mann ließ sich täuschen. Mit einem leisen Fluch stand er auf. Unendlich langsam strich er weiter die Gasse entlang.

Als Ursula nach kurzem Schlummer wieder erwacht war, glaubte sie, jemanden schreien zu hören. Sie stand auf und trat an ihr Kammerfenster. Draußen regnete es, niemand war zu sehen. Sie hätte nicht sagen können, was sie mit einem Mal drängte, nach der Wöchnerin und dem Neugeborenen zu schauen. Zu ihren Aufgaben gehörte das nicht. Dora May hatte vielmehr mit Nachdruck erklärt, sie selbst würde sich um alles Nötige kümmern. Ursula habe genügend mit den Vorbereitungen für die Bestattung des Schwiegervaters zu tun. Und Dora ließ keine Eigenmächtigkeit zu. Ursula zwang sich also, sich wieder hinzulegen. Doch sie fand keine Ruhe mehr. Schließlich stand sie erneut auf, und diesmal zog sie ihr Oberkleid an. Es würde sie schon keiner hören.

Als sie leise Kathlins Kammer betrat und das Neugeborene auf dem Fenstersims sah, glaubte sie im ersten Augenblick, schlecht zu träumen. Dann wurde ihr klar, was vermutlich geschehen war. Hellsichtig erwog sie keinen Moment, Dora oder Sibylla zu rufen. Vielmehr schloss sie die Tür, griff nach einer Decke und hüllte das Kind warm darin ein. Sie schmiegte es an sich, rieb die bereits unterkühlten Ärmchen und Beinchen. Ja, das Herz schlug. Das Würmchen machte die Augen auf und anstatt zu weinen, huschte ein Engelslächeln über das kleine Gesicht.

Auch Kathlin kam nach ein paar sanften Schlägen auf ihre Wangen wieder zu sich. Benommen ließ sie sich zurück in ihr Bett helfen. Als sie das kleine Mädchen aufnahm, schluchzte sie tonlos. Ursula tat alles, um die beiden rasch aufzuwärmen. Schließlich half sie der Wöchnerin, den Säugling anzulegen und als die Kleine gierig zu trinken begann, seufzte sie erleichtert auf.

Als ihr Kind schließlich satt einschlief, wirkte Kathlin etwas gefasster. Sie sagte: »Ich werde dieses Haus noch heute verlassen. Bitte Vinzenz, zu mir zu kommen. Und dann sag Sibylla, ich bestehe darauf, dass du bis zum Aufbruch bei mir bleibst. Willst du mir beim Packen helfen?«

Ursula nickte. Sie würde die junge Mutter und ihren Säugling nicht aus den Augen lassen.

Sie strich dem Kind über die winzigen Händchen. »Wie wird sie heißen?«

»Ich will sie Johanna taufen.«

»Johanna. Ein ziemlich langer Name für so ein kleines Kind.« Selbstvergessen lächelte Kathlin ihr Töchterchen an. »Wir werden dich Hanna nennen, nicht wahr?«

Als Nell endlich wagte, ihr Versteck zu verlassen, hatte jemand Kathlin Mays Kammerfenster geschlossen. Ein schwacher Lichtschein drang durch die Waldglasscheiben. Das Kind war gefunden worden.

Nells Herz wurde leichter. Im Schutz der Dunkelheit huschte sie lautlos davon.

Hanna May würde sich nicht an die erste Nacht ihres Lebens erinnern. Doch ihre Seele vergaß dieses Erlebnis ihr ganzes Leben nicht.

Den Aufbruch von Kempten, die Tagesreise auf einem Fuhrwerk von Johannes Keuslin, dem Verwalter des Fürstabts, bis zur Ankunft am Gut der Großmutter verschlief die Kleine zumeist.

Wenn sie kurz erwachte, während ihre Mutter sie stillte, in frische Windeln einwickelte, liebevoll an sich drückte und wiegte, spürte sie das Rucken und Schaukeln des Wagens, hörte das wenig melodische Pfeifen des Fuhrknechts und sah über sich ein blasses Gesicht, voller Müdigkeit lächelnd.

Noch verschwamm die Welt vor ihren Neugeborenenaugen. Doch schon mit den ersten Momenten des Daseins begann sie, die schützende Wärme, die Stimme und den unverkennbaren Duft ihrer Mutter zu lieben und ihre Nähe zu suchen.

Endlich, es war längst dunkel, kamen sie an. Rufe schallten, dann war eine energische Frauenstimme zu hören, und das große Hoftor schwang auf.

Voll Freude schloss Magda Lauber Kathlin und den winzigen Säugling in ihre Arme. Dann trat sie ein wenig zurück und musterte ihre erschöpfte Tochter besorgt.

Später, als Kathlin in der Stube erzählte und ihre Tränen flossen, fing das Kind gleichfalls zu weinen an. Doch während sie sprach und ihre Mutter ihr zuhörte, fühlte sich Kathlin beruhigt und geborgen. Das Neugeborene schlief wieder ein. Kathlin flüsterte: »Hier kann dir keiner was tun ...«

Das Frühjahr zeigte sich nunmehr von Tag zu Tag milder. Auf dem Hof gingen die Arbeiten nach dem Schnee und den Frösten des Winters ihren gewöhnlichen Gang. Das von alters her freie Gut am westlichen Hang über dem Obergünzburger Marktflecken wurde Melose genannt. Habersberg hieß der nahe Weiler mit einigen kleineren Häusern und Hofstellen. Nördlich davon, hoch über dem Tal der sich malerisch windenden Günz, lag Liebenthann, Schloss und Stützpunkt des Kemptener Fürstabts und Sitz seines Statthalters Keuslin. Es wurde von Kathlin Mays Freundin Anna und deren Familie bewohnt.

Als Fünfjährige war Kathlin zum ersten Mal ins Schloss geholt worden, um mit der gleichaltrigen Anna Keuslin zu spielen. Anna hatte nur Brüder, und Kathlin war Magda Laubers einziges Kind. Die Mädchen waren bald unzertrennlich und blieben es bis zu Kathlins Heirat und ihrem Wegzug nach Kempten. Insgeheim hatte Anna immer gehofft, dass Kathlin zurückkehren würde. Doch als die Nachricht kam, konnte sie es kaum glauben.

Gleich am nächsten Tag kam sie, um Kathlin zu besuchen. Als die kleine Hanna die leise, gebildete Stimme der jungen Frau hörte, öffnete sie kurz die immer noch tiefblauen Augen, um sie gleich wieder zu schließen. Nie ließ sie sich von Annas Gegenwart stören. Doch begrüßte sie sie auch niemals mit jener lebhaften Freude, die ihrer Großmutter galt, oder dem alten Knecht Josef, einem verhutzelten Männchen, das stundenlang neben dem Kind saß und Körbe flocht, und dabei Märchen und Geschichten vor sich hin erzählte oder geistliche Lieder sang.

An einem sonnigen Nachmittag Ende April lag Hanna schlafend im Garten. Über ihr wölbte ein blühender Birnbaum ein Dach. Der Wind trieb Blütenblätter in ihren Korb. Ab und zu summte eine Biene vorbei oder eine Hummel zog brummend Kreise.

Eine unbekannte männliche Stimme weckte Hanna auf. Ihr Vater war von seiner Reise nach Hall heimgekehrt. Sie gähnte. Ihr Blick schien dem Schwanken von Licht und Schatten zu folgen. Der Sinn der Worte, die ihre Eltern wechselten, war ihr verborgen. Nach einer Weile wurde ihr Vater jedoch ungeduldig – und Hanna spürte, dass ihre Mutter nicht so ruhig und unbeschwert froh klang wie sonst. Hanna verzog das Gesicht.

»Mein Anblick scheint sie nicht zu freuen«, sagte Adrian. Er sah müde aus, das Haar fiel ihm in die Stirn, dunkle Bartstoppeln überzogen die Wangen.

»Du bist ihr noch fremd.«

»Nun, wenn wir erst daheim sind, wird sich das ändern. Wir machen uns morgen ganz früh auf den Weg. Bis zum Abend sind wir wieder in Kempten.«

»Ich gehe in dieses Haus nicht zurück.«

»Kathlin, das ist nicht dein Ernst! Diese ganze Geschichte, dass Dora ... Wieso sollte sie so etwas tun? Du warst von der Geburt sehr erschöpft ...«

»Wie meinst du das?«

»Dora schwört Stein und Bein, dass sie deine Kammer gar nicht betreten hat. Sie hat die ganze Nacht an Vaters Totenlager gebetet. Dora ist doch kein Ungeheuer. Wenn die Kleine, wie du behauptest, nackt im kalten Regen lag ...«

»Frag Ursula. Sie hat uns gefunden, so, wie ich es Vinzenz geschildert habe.«

»Ursula ist nicht mehr bei uns.«

»Wieso? Wo ist sie denn?«

»Sie hat die Stellung gewechselt.«

»Ursula hat die Stellung gewechselt? Mitten im Jahr? Nun - dann frag sie halt an ihrer neuen Stelle.«

»Sie hat Mutter nicht sagen wollen, wohin sie geht.«

»Ich werde nicht mehr unter dem gleichen Dach wie Dora wohnen. Ich habe vor deinen Leuten Angst, Adrian.«

»Und ich kann uns keine eigene Wohnung besorgen. Ich habe kein Geld und keinen Heller Kredit. Erst wenn das Salz, das jetzt geliefert wird, sicher in Chur ist ... Und selbst dann ... Kathlin, wir haben jetzt andere Sorgen ...«

»Es gibt immer noch meine Mitgift. Und Johannes Keuslin will dir eine Beamtenstelle beim Fürstabt verschaffen ...«

»Du vergisst, dass ich Protestant bin. Wie sollte der Abt mir einen Posten geben? Wir sind mit den Katholiken im Krieg, mein Liebling. Über kurz oder lang werden Kaiserliche und Schweden auch in Kempten kämpfen. Und dann wird mein Platz in der Stadt sein.«

»Du kannst konvertieren. Das haben schon viele gemacht. Waren wir uns nicht einig, dass es Gott ganz gewiss völlig egal ist, in welche Kirche ein Mensch geht?«

»Wäre es dann nicht sehr viel einfacher, du würdest zur Protestantin?«

Sein bitterer Tonfall erschreckte Hanna, und sie fing zu weinen an. Ihre Mutter hob sie aus dem Korb, um sie zu trösten.

Es dauerte eine Weile, bis Kathlin erneut Worte fand.

»Dein Platz wird in der Stadt sein? Nicht bei deinem Kind und bei mir?«

»Ich kann meine Familie jetzt nicht im Stich lassen ... Vater ist tot. Wir stehen nur eine Handbreit vor dem Bankrott.«

»Soll Vinzenz sich doch um den Handel kümmern. Dann sind auch Dora und deine Mutter zufrieden.«

»Vinzenz hat vom Geschäft keine Ahnung. Komm mit mir nach Hause, Kathlin. Wenn du dich ängstigst, dann verriegle die Kammertür. Ich bin mir aber vollkommen sicher, dass es dafür keinen Grund gibt.«

»Ich komme nicht mit«, sagte sie.

Es gelang Adrian nicht, sie umzustimmen. Er kehrte allein nach Kempten zurück.

Die Reise
1646

1

Der Tag hatte so glücklich begonnen.

Am Morgen des 24. September 1646 saßen Hanna, ihre Mutter Kathlin, Anna Keuslin und deren Bruder Amand beim Frühstück in ihrer warmen Küche zusammen. Meist brütete Amand Keuslin bis weit nach Mitternacht über seinen Kompositionen und tauchte halb wach erst zur Mittagszeit auf. Doch an diesem vielversprechenden Montag galt es, früh aufzustehen - und ausgeschlafen zu sein.

Hanna lachte, als Amand mit geistesabwesender Miene hereinkam.

»Du hast deine Weste falsch zugeknöpft«, machte sie ihn aufmerksam. »So wirst du beim Erzbischof einen seltsamen Eindruck machen.«

Zerstreut schaute er an sich herunter, während seine Schwester ihm kopfschüttelnd zu Hilfe kam.

Die Küche in dem engen Salzburger Altstadthäuschen, in dem sie seit zehn Jahren wohnten, war klein. Der Tisch vor dem Herd wackelte etwas, und auf dem von der Morgensonne beschienenen Ziegelboden standen die Stühle schief. Aber der Brotkorb war aus Silber geflochten. Feiner Duft entströmte den Birnen, die Hanna vom Hinterhofgarten hereingebracht hatte. Sie hatte auch ein paar Rosen gebrochen, die draußen vor dem Fenster noch blühten, und damit eine Vase gefüllt.

Kathlin hatte Eierkuchen gebacken. Während Hanna ihr Omelett genussvoll verspeiste, stocherte Amand nur auf seinem Teller herum. Hanna schluckte den letzten Bissen hinunter.

»Freu dich doch!«, sagte sie. »Du wirst den Auftrag ganz sicher bekommen, Amand.« Seit Wochen sprachen sie über seine Aussichten, für den Hof eine Weihnachtskantate zum Christfest zu komponieren und einzustudieren. Amand war ein begabter und fleißiger Musiker, nur, wie selbst die erst sechzehnjährige Hanna bemerkte, leider ohne Geschäftssinn.

Amands zweifelndes Lächeln stellte ihre Geduld auf die Probe. Bis zum letzten Moment glaubte er nicht an den Erfolg! So wie am vergangenen Abend, wo er seine jüngste Sonate für Violine, Posaune und Zinken in der fürstbischöflichen Residenz bei Paris Lodrons Gesellschaft zur Aufführung brachte, und der Erzbischof Amands Werk überaus beifällig aufnahm. Für diesen Vormittag war er nun einbestellt worden, um über Lodrons Wunsch nach einer festlichen Weihnachtskantate zu reden. Für Hanna Grund genug, hochfliegende Pläne zu machen.

»Und wenn seiner Exzellenz die Kantate so gut gefällt wie gestern deine Sonate, dann winkt dir endlich die Kapellmeisterstelle«, redete die praktisch denkende Anna Amand gleichfalls gut zu.

Kathlin schien derweil nur mit dem Frühstück beschäftigt. Sie sprach kaum etwas. Ihr Blick war auf Teller und Schüsseln gerichtet. Als wagte sie nicht, Amand anzulächeln und ihm zu zeigen, wie sehr sie sich mit ihm freute, dachte Hanna, innerlich seufzend.

Sie glaubte zu wissen, was Amand und ihre Mutter bewegte. Eigentlich wäre doch alles ganz einfach. Wieso nur sah ihre Mutter das nicht?

Zwei Stunden später schwenkte Amand ein Bündel Notenblätter in seiner Linken und wäre am liebsten in eiligen Laufschritt verfallen. Es drängte ihn, seinem kleinen Haushalt die gute Nachricht zu bringen. Er hatte den Auftrag. Es war alles gut gegangen. Wider Erwarten. Er hatte es nicht zu hoffen gewagt. Frohgemut überquerte er den prunkvollen Platz und bog in das Gässchen. Zum ersten Mal empfand er die bedrückende

Enge der Altstadt, die derben Gerüche und selbst das Gewimmel der zahllosen Menschen nicht störend.

Salzburg platzte aus allen Nähten. Erst im vorigen Jahr waren neue Flüchtlingsströme in die befestigte Stadt an der Salzach gekommen. Schon vierzehn Jahre waren vergangen, seit die Keuslins selbst, im Frühling 1632, vor dem verheerenden Krieg fliehen mussten, wie so viele aus dem Stiftsgebiet Kempten. Die Panik vor den anrückenden Schweden trieb Adel und Klöster, Bürger und Bauern in Richtung Schweiz und Tirol.

Nachdem Kemptens Fürstabt Johann Willibald Schenk von Castell sich nach Bregenz geflüchtet hatte, war Johann Keuslin zunächst noch geblieben. Bis er am Ende gezwungen war, mit seiner Frau Maria, der Tochter Anna und seinem jüngsten Sohn Amand überstürzt von Schloss Liebenthann aufzubrechen.

Anna hatte ihre Freundin Kathlin May bekniet, mitzukommen und sich mit ihrer damals zweijährigen Tochter Hanna zu retten. Wenn Amand daran zurückdachte, hatte er wieder Magda Lauber vor Augen, wie sie das Kind am Ende kurzerhand auf den bereitstehenden Wagen setzte.

»Geht!«, hatte sie ihre immer noch zögernde Tochter gedrängt. Selbst war sie nicht zu überreden gewesen, ihren Hof zu verlassen. Ahnungslos hatte die kleine Hanna ihrer zurückbleibenden Großmutter zum Abschied gewinkt. Gemeinsam waren sie zunächst nach Reutte gereist.

Sie hätten keinen Tag länger abwarten dürfen. Am 23. Mai 1632 wurde Kempten durch 1500 schwedische Dragoner unter Max von Rehlingen besetzt, das Stift gestürmt, geplündert und schließlich dem Erdboden gleich gemacht. Am 25. Mai wurde auch Schloss Liebenthann ausgeraubt, zwei Tage später hausten die Schweden in Obergünzburg. Ab Mitte August wüteten drei

Wochen lang Brände in den abgebrochenen Mauern der alten Abtei. Im Januar 1633 brannte auch Liebenthann.

1634 starb Maria Keuslin in Reutte. Die Familie – und mit ihr Kathlin May - reiste weiter nach Salzburg zu Amands älterem Bruder, Abt Albert vom Benediktinerstift St. Peter. Albert hatte ein Flüchtlingsheim eingerichtet und nahm mittellose wie reiche Opfer des Krieges in großer Zahl auf.

Das Elend zu Hause war beispiellos. Im folgenden Kriegsjahr wütete im Allgäu die Pest ohne jedes Erbarmen. Schwarzer Tod, Hunger, Morde und Gräuel: Die Menschen starben wie die Fliegen. 1636 erreichte die Seuche auch Salzburg. Doch hermetisch von der Stadt abgeschlossen, brachte Abt Albert sein Kloster, die Flüchtlinge und seine Familie heil durch die Schreckenszeit.

Sein Vater starb in dem Jahr, und danach hatte Amand ein Haus in der Altstadt gemietet. Hier lebten die Geschwister seitdem, und mit ihnen Kathlin und Hanna. Bislang war Amand Organist und Kantor in St. Peter. Nun winkte ihm eine glänzende Stelle am Hof.

Doch als er jetzt voller Freude das Haus mit der nach vorne geneigten Fassade und den engen Räumen betrat, spürte er, dass etwas nicht stimmte.

Es war seltsam still. Anna eilte ihm nicht gespannt entgegen, um das Ergebnis seines Gesprächs in der Residenz zu erfahren. Hinter der Türe zum Wohnraum, in dem sich die Frauen meist aufhielten und ihre Besuche empfingen, rührte sich nichts.

Amand zögerte, bevor er die schwer gängige Klinke drückte und das Zimmer betrat. Es war noch immer ein sonniger Tag. Die Fensterflügel standen weit offen. Licht und Luft erfüllten den Raum.

Kathlin saß sehr aufrecht auf ihrem Stuhl vor dem Kamin und starrte auf einen Brief in ihren Händen. Ihre Wangen zeigten Spuren von Tränen. Hilflos und blass stand Anna neben ihr.

Genauso hatte Amand die beiden schon einmal gesehen. Vor dreizehn Jahren, als Kathlin in Reutte die Nachricht erreichte, dass ihr Mann Adrian am 13. Januar 1633 bei der Verteidigung Kemptens gefallen war. Peter König hatte die Reichsstadt erstürmt. Drei Tage hatte Kempten gebrannt. Hunderte Menschen waren dem Wüten der kaiserlichen Truppen zum Opfer gefallen.

»Was ist passiert?«, fragte Amand besorgt.

Es war seine Schwester, die antwortete.

»Kathlins Mutter ist schwer erkrankt. Es geht wohl zu Ende. Der Pfarrer schreibt, ohne Magdas Wissen, sie würde sich sehr danach sehnen, Kathlin und Hanna noch einmal zu sehen.«

»Nein!«, brachte Amand mühsam heraus. Der bloße Gedanke entsetzte ihn. »Das ist ganz unmöglich. Dort herrscht immer noch Krieg!«

»Aber Großmutter stirbt!« Hanna stürmte ins Zimmer. Ihre Augen schwammen in Tränen.

Das brachte Amand vollends aus der Fassung. Er schluckte. Ja, die alte Frau tat ihm leid. Sie hatte sein Mitgefühl. Aber die Gefahr einer Reise zum jetzigen Zeitpunkt war nicht zu vertreten.

Dass er recht hatte, würde jedoch nichts helfen. Er wusste es nur zu gut: Wenn Hanna einen Wurf halbverhungerter Kätzchen anschleppte – und sie danach wochenlang gegen eine Phalanx von Flöhen ankämpfen mussten. Wenn sie Stein und Bein schwor, der altersschwache Gärtner, der nirgendwo Arbeit fand, würde ihren Hinterhof in ein Eden verwandeln, oder der Nachbarsbub, dessen tränenüberströmtes Gesicht von den Prügeln seines Vaters zeugte, würde in ihrem Haushalt eine unschätzbare Hilfe sein. Stets war es das Gleiche. Alle vernünftigen Einwände schnurrten unter ihren leidenschaftlichen Bitten zusammen. Sie flogen davon wie vertrocknetes Laub. Wobei der Nachbarsbub sich dann als diebische Elster entpuppte und der alte Gärtner halb blind war und Unkraut und Blumen gemeinsam ausgrub ...

Aber diesmal war es nicht Hanna, die die Entscheidung herbeiführte. Kathlin, die geistesabwesend in ihren Brief gestarrt hatte, sah auf. Ihr Gesicht war ohne Ausdruck, doch Amand konnte sich vorstellen, was in ihr vorging. Ganz egal, welche Gefahren auf dem Weg drohten, keinesfalls ließe sie ihre Mutter im Stich. »Natürlich reise ich hin«, sagte sie.

Es war bereits dunkel, als Hanna leise das kleine, unaufgeräumte Zimmer betrat, wo Amand inmitten von Notenstapeln an seinem von Papieren bedeckten Schreibtisch saß und vergeblich versuchte, sich auf seine Komposition zu konzentrieren. Er schaute auf und legte die Feder zur Seite.

Hanna setzte sich auf den Hocker vor dem Spinett. Der Kerzenleuchter beschien ihre zarte Gestalt, das ausdrucksvolle Gesicht, das unfähig war, irgendein Gefühl zu verbergen. Ihr feines, honigfarbenes Haar löste sich aus den von Anna sorgsam geflochtenen Zöpfen. Und die ungeliebten Sommersprossen auf Nase und Wangen hatten sich während der letzten Sonnentage munter vermehrt. Sie war fast erwachsen, doch ihre Augen blickten ihn noch immer mit der Unbeirrbarkeit eines Kindes an.

So war sie als Vierjährige auf den Stuhl am Spinett gekrabbelt und hatte erklärt, sie wolle darauf zu spielen lernen. Auch an der Laute hatte er sie unterrichtet. Und im Gesang. Hanna sang wie ein Engel. In seinem Herzen war sie seine kleine Tochter, die er vor allem beschützen wollte. Er wollte auch Kathlin beschützen. Doch vermutlich wäre jeder andere Mann besser geeignet als er. Amand fuhr sich resigniert durch sein verstrubbeltes, dünnes Haar.

»Abt Albert wird übermorgen zwei Fuhrwerke mit Saatgut zu den Benediktinern nach Ottobeuren schicken. Da liegt Obergünzburg genau auf dem Weg. Nur ein Ordensbruder fährt mit. Im Reisewagen ist also Platz für Mutter und mich. Der Abt hat uns eingeladen. Wir werden von berittenen Soldaten begleitet.«

Hanna sagte es so behutsam, als wüsste sie, was ihre Nachricht in Amand auslöste.

Er stand auf und durchmaß den Raum mit nervösen Schritten.

»Das ist doch unmöglich!«, rief er unbeherrscht aus. Dabei hatte er ruhig bleiben wollen ... »Hanna, hör zu. Ich weiß von Albert selbst, dass nur noch vier Mönche in Ottobeuren geblieben sind. Alle anderen sind schon geflohen. Die Franzosen und die Schweden rücken dort wieder an. Wenn ihr Soldaten begegnet, oder irgendwelchen Plünderern, vertriebenen Bauern oder – ich weiß nicht was – dann ... Dort ist Krieg, Hanna, ein grauenvolles Gemetzel. Kein Krieg unter Soldaten. Raub und Mord und ... Schau dir den blinden Michel vom Hinterhaus an, den Heinrich, der keine Beine mehr hat, und ihre Schwester ...«

Er konnte nicht weiterreden. Es würgte ihn, wenn er daran dachte, was Kathlin und sein kleines Mädchen ...

»Uns wird nichts passieren. Wir haben ja eine Eskorte. Außerdem laufen die Friedensverhandlungen doch schon. Und wenn die Wege nicht sicher wären, wäre der Brief vom Pfarrer bestimmt nicht zu uns gelangt.«

Amand seufzte. Gegen Hannas sorglose Zuversicht kam er nicht an.

»Wie kommt es, dass Albert gerade jetzt dieses Saatgut ins Allgäu schickt?«

Hanna zuckte lächelnd die Achseln.

Er dachte daran, wie er sie als kleines Mädchen mit nach St. Peter genommen hatte. Erst war sie ruhig sitzengeblieben, solange er Orgel spielte. Irgendwann war sie dann unbemerkt von der Empore entschlüpft. Er hatte sie schließlich in der Klosterbibliothek gefunden, in die bunten Bilder eines botanischen Lehrbuchs vertieft. Geduldig hatte der Bibliothekar Bücher über Gartenbau, Rosenzucht – und ein Bestiarium mit Fabelwesen – für sie herbeigeschleppt.

»Was sagt deine Mutter dazu?« Er fragte es ohne Hoffnung.

»Sie ist sehr froh, dass wir reisen können.«

Kopfschüttelnd sagte Amand: »Allein lasse ich euch nicht fahren. Ich komme mit euch.«

»Aber die Weihnachtskantate ...«

Auf einmal erschien ihm sein langgehegter Wunsch, Hofkapellmeister zu werden, grotesk. Mit einer Handbewegung tat er ihn ab.

»Oh je.«

Zum ersten Mal, seit sie die Nachricht des Obergünzburger Pfarrers erhalten hatte, lächelte Hannas Mutter wieder. Es war zwar ein trauriges Lächeln – aber es spielte auch etwas anderes mit.

»Wenn Amand mitfährt, wird unsere Reise vermutlich noch etwas gefährlicher werden.«

Hanna lachte. Seit sie denken konnte, hatte Anna Keuslin wenigstens einmal am Tag zu ihrem um ein Jahr jüngeren Bruder gesagt: »Bitte, Amand, lass die Finger davon. Dein Ungeschick ist unbeschreiblich ...« Dennoch: Hanna fühlte sich seit seiner Entscheidung erleichtert. Auch wenn Amand mit seiner Zerstreutheit und seinem Hang, alles durcheinander zu bringen, auf ihrer Reise gewiss keine praktische Hilfe war, war es doch gut, dass er sie begleiten würde. In seiner stets freundlichen Gegenwart war es, als könnte nie etwas Schlimmes passieren.

Am folgenden Tag nahm Hanna von allen Abschied. Dann lief sie treppauf und treppab durch das bislang so stille Haus und half ihrer Mutter und Anna beim Packen. Dazwischen eilte sie immer wieder hinaus in den herbstlichen Garten und versuchte den alten Bernhard, der vor Sorge außer sich war und ziellos in der trockenen Erde herumgrub, zu trösten.

»Wir kommen ja wieder«, murmelte sie in das Fell ihrer Kätzchen und drückte sie an sich, bis sie sich maunzend wehrten.

Kathlin und Anna waren offensichtlich entschlossen, zu tun, als wäre das, was bevorstand, alltäglich. Amand eilte derweil von Zimmer zu Zimmer und stand dabei allen im Weg.

Bis zum Abend lagerte das Gepäck sauber geordnet im Flur. Nur Amand fand keine Ruhe. Auch als alle anderen schon in ihren Betten lagen und schliefen, geisterte er noch durchs Haus.

Kurz nach Mitternacht wachte Hanna von lautem Gepolter auf.

Als sie sich aus dem Schlaf gekämpft hatte und gähnend mit nur einem Pantoffel aus ihrer Kammer tappte, fand sie ihre Mutter und Anna erschrocken über den am Fuß der steilen Dachbodentreppe hingestreckten Amand gebeugt. Gemeinsam halfen sie dem Verunglückten auf.

»Was hattest du bloß im Dunkeln dort oben zu suchen?«, fragte Anna mit schwacher Stimme.

»Den alten Lautenkoffer«, antwortete er leise stöhnend. Sein rechter Fußknöchel schwoll bereits an. »Mir ist eingefallen, dass er stabiler wäre ...«

»Wozu willst du denn die Laute mitnehmen?« Verständnislos schüttelte Anna den Kopf.

Hanna hätte es ihr beantworten können. Amand brauchte Musik wie die Luft, die er atmete oder das Wasser zum Trinken. Wie würde er lange, beschwerliche Wochen ohne Freude und Trost überstehen? Das wusste auch Anna. Nur waren ihr, die sie vollständig mit praktischen Dingen beschäftigt war, solche Bedürfnisse fremd. Anna, die sich nach nichts mehr als nach Gleichmaß und Sicherheit sehnte, fand im Alltäglichen Halt.

Zugleich würde sie alles tun, um für das Glück ihres Bruders zu sorgen.

»Hättest du es mir doch gesagt! Du hättest nicht suchen brauchen ...« In Annas wohlgeordnetem Hauswesen hatte jedes Ding seinen festen Platz.

Amand nickte unglücklich. Er konnte nicht auftreten.

»Halb so schlimm«, sagte er dennoch, während er auf seine Schwester und Kathlin gestützt seine Kammer zu erreichen versuchte.

»Hole Quark und ein Tuch«, wurde Hanna von den Frauen in die Küche geschickt. Doch Annas Quarkwickel richteten gegen den böse verstauchten Knöchel nichts aus.

Am Morgen war Amand nicht fähig, auch nur das Haus zu verlassen. Vor Schmerzen bleich und mit vergrämtem Gesicht versuchte er eindringlich, Kathlin zu bewegen, die Reise um ein paar Tage hinauszuschieben. Vergebens.

»Wir müssen«, sagte sie widerstrebend. Nachdem alles bereit war, würde ihre Reiseeskorte nicht warten.

Hanna war enttäuscht. Doch es ließ sich nicht ändern. Amand verwünschte sein Schicksal, aber er musste in Salzburg bleiben. Und sie auf seine Begleitung verzichten.

Zwei Fuhrknechte warteten schon, um ihr Gepäck zu den Reisewagen zu tragen, und das Hausgesinde stand draußen, um ihnen eine gute Reise zu wünschen. Auch ihre Nachbarn, der blinde Michel, Heinrich auf seinem Rollbrett und ihre stets traurige Schwester Cristina, waren gekommen, um stumm ihre Hände zu drücken und sie mit schwerfälligen Gesten zu segnen. Hannas beste Freundin, von der sie sich bereits am Vortag verabschiedet hatte, schickte durch einen Boten noch einen Abschiedsbrief.

Anna, hochgewachsen, sehr schlank und in stets tadelloser Haltung, neigte den Kopf, um Kathlin und Hanna sanft auf die Wangen zu küssen. Für die zurückhaltende Frau war es eine ungewöhnliche Geste. Hanna schlang ihre Arme um sie. Schließlich zupfte Anna ihr den verschobenen Kragen zurecht und bändigte ein letztes Mal ihr fliegendes Haar.

Als Hanna vom Ende der Gasse zurücksah, lehnte Amand unglücklich am Fenster im ersten Stock. Doch er hob eine Hand, um zu winken, und als sie zurückwinkten, rang er sich ein blasses Lächeln ab.

Erst in diesem Moment dachte Hanna daran, dass sie womöglich nicht mehr zurückkehren würden.

Auf dem Residenzplatz erwartete sie ein staubiger Reisewagen. Dahinter standen zwei Fuhrwerke. Über der Ladung wölbten sich Planen. Eilig wurden auch ihre Truhen und Bündel verstaut.

Aufmerksam schaute sich Hanna um. Wie immer war der Platz voller Menschen, und ihr Wagenzug versperrte inmitten von Ständen, Karren und weiteren Fuhwerken den Weg. Sie erspähte vier uniformierte Soldaten.

Der älteste, der offenbar das Kommando führte, war ein hagerer, hochgewachsener Mann mit ernsten Zügen. Er mochte gut vierzig Jahre alt sein. Sein Blick wanderte über die Menge. Als ein Bursche die Plane von einem der Wagen anhob, herrschte er ihn streng an. Der Kerl machte sich rasch davon.

Zwei von der Mannschaft plauderten mit einer jungen Marktfrau. Der vierte kümmerte sich um ihre Pferde. Er schien auf sie einzusprechen und zog ein paar Möhren aus einem Beutel. Die Tiere lauschten erwartungsvoll und sahen zu, was um sie herum alles passierte.

Ihr Ausdruck wirkte derart verständig, dass Hanna zu lachen begann.

Der Soldat drehte sich um. Er war noch sehr jung, seine Gestalt groß und kräftig. Wie er sich recht bedächtig bewegte und auf seinen Beinen leicht hin und her wiegte, erinnerte er an einen tapsigen Bären. Verlegen grüßte er. Als er den breitkrempigen Hut abnahm, standen seine kurz geschnittenen Haare wild in die Höhe.

Hanna neigte den Kopf und bemühte sich um eine würdige Miene.

Aus dem Beutel des Jungen waren einige Körner aufs Pflaster gefallen. Ein Spatz pickte sie auf. Plötzlich sprang eine Katze lautlos von einem der Karren. Ein blitzschneller Satz – und zu Hannas Schrecken hatte sie den Vogel im Maul.

Im gleichen Moment hatte der junge Soldat die Katze gefasst. Mit einem zischenden Laut griff er ihr ins Maul. Zu Hannas Verblüffung gab die Jägerin das Vögelchen frei. Sie maunzte noch eine Weile beleidigt, schüttelte sich und suchte ringsum nach dem Leckerbissen. Schließlich gab sie auf. Ungnädig trollte sie sich.

Behutsam hielt der Junge den Sperling in seinen Händen. Unwillkürlich lief Hanna hinzu. Beide musterten sie das reglose Wesen.

»Er sieht gar nicht verletzt aus«, sagte Hanna.

»Nein. Seine Augen sind klar.« Sie wirkten tatsächlich hellwach. Der Soldat strich dem Sperling sanft über den Bauch und besah seine Hände. »Er blutet auch gar nicht. Ich glaube, er ist nur geschockt.«

Glücklich lächelten Hanna und er sich an.

»Simon!«, rief der Anführer der kleinen Truppe.

»Ihr solltet schnell einsteigen«, murmelte der Junge, mit einem Mal schüchtern. »Mein Vater will nicht, dass bei dem Gedränge hier ein Sack oder ein Fässchen verschwindet. Er ist verantwortlich dafür, dass alles vollständig ankommt. Und natürlich«, er stockte ein wenig, »auch für Eure Sicherheit.«

»Dann ist der Kommandeur Euer Vater?«, fragte Hanna überflüssigerweise.

Der junge Soldat nickte.

»Hauptmann Hans Reisinger. Ich bin Simon Reisinger«, er verbeugte sich linkisch, »noch ohne militärischen Rang.«

»Soll ich – soll ich ihn nehmen?«, fragte Hanna und deutete auf den Vogel, der sich in Simons Händen noch immer nicht rührte.

»Nein, nein. In der Kutsche ist er gefangen.« Simon hob seinen Landsknechtshut auf und setzte den Spatz oben drauf. »Er muss sich nur noch ein bisschen erholen.«

Zweifelnd sah sie ihn an. Wollte er den Hut mit dem Vogel aufsetzen?

Das konnte sie leider nicht abwarten. Sie eilte zum Reisewagen. Ihre Mutter war bereits eingestiegen. Hanna raffte mit Schwung ihre Röcke und kletterte gleichfalls hinein.

Ihrer Mutter gegenüber saß ein massiger älterer Mann. Gekleidet war er wie ein Benediktinermönch. Doch sein von Falten und Narben zerfurchtes Gesicht mit Tränensäcken unter den Bulldoggenaugen sah wie das eines Schenkenwirts aus. Neben einem gesunden Fuß in kräftigem Schuhwerk ragte unter seiner Kutte ein verschrammtes Holzbein heraus.

Hanna nahm neben ihrer Mutter auf einer harten Sitzbank Platz. Ihr Reisebegleiter ignorierte ihren höflichen Gruß und musterte sie lediglich mit grimmiger Miene. Sie bemühte sich, nicht auf seinen Krückfuß zu blicken.

Auch das Innere der Kutsche machte keinen freundlichen Eindruck. Die lederbezogenen Sitze waren schäbig und unbequem, die ausgefransten, einst schwarzen Vorhänge von der Sonne verschossen. Staubwolken stiegen daraus auf und kitzelten sie in der Nase. Sie unterdrückte ein Niesen.

In diesem Kasten würden sie also die nächsten Wochen verbringen.

Doch diese Aussicht vermochte es nicht, Hannas Reisefreude, die sie zu ihrer Beschämung trotz allem verspürte, zu dämpfen. Sie kannte kaum etwas anderes als die immer gleiche Enge der Stadt. Bislang war die Welt nur eine Fülle von Bildern und Schilderungen in Büchern. Nun würde sie endlich etwas davon sehen.

»Die Damen wollen also einen kleinen Ausflug ins Kriegsgebiet machen«, brummte der Mönch, als hätte er ihre Gedanken gelesen. Missbilligend schüttelte er den Kopf. »Glauben wohl, dass das eine Vergnügungsfahrt ist ...« Er hustete dröhnend. Dann starrte er stumm an die Decke.

Hanna warf ihrer Mutter einen verunsicherten Blick zu. Aber die schwieg. Also biss sich Hanna auf die Lippen. Das konnte ja heiter werden. Sie klaubte ein paar Halme von der rissigen Sitzfläche und warf sie durchs offene Wagenfenster nach draußen. Da sah sie Anna, die auf die Kutsche zu lief.

Die Eskorte war aufgesessen, und Reisinger wollte gerade den Befehl zum Aufbruch geben, als er die Frau bemerkte, die sich einen Weg durch die Menge bahnte, um den Reisewagen des Benediktinerstifts noch zu erreichen. Er ließ die Hand wieder sinken.

Die Frau, zwar unbegleitet, doch ohne Zweifel von Stand, dankte ihm mit einem Nicken und reichte der jüngeren Passagierin durch das Wagenfenster einen pelzgefütterten Umhang: »Den wirst du brauchen.«

»O je, den hab ich vergessen. Danke, Anna.«

Also war es Anna Keuslin, die Schwester des Abtes. Normalerweise hätte Reisinger respektvoll den Blick abgewendet. Er war nicht erpicht darauf, gegenüber Herrschaften neugierig zu erscheinen. Doch irgendetwas an der fürsorglichen Geste, mit der die Frau dem Mädchen den Mantel entgegenhielt, bewegte ihn eigenartig. Ihm war, als sähe er seine Martha vor sich. Dabei konnte er gar keine Ähnlichkeit zwischen ihr und Anna Keuslin erkennen. Seine Frau war eher klein gewesen, auf eine hübsche Art füllig und von gemütlichem Wesen. Voll Liebe und immerwährendem Trost. Vor zehn Jahren war sie im Kindbett gestorben, nach einer Totgeburt.

Reisinger starrte Anna Keuslin an, und die Sehnsucht nach dem, was er seit vielen Jahren klaglos vermisste, überwältigte ihn für einen Moment. Als sie schließlich vom Reisewagen zurücktrat und sich zögernd umwandte, um die Abfahrt nicht ansehen zu müssen, wäre er ihr am liebsten gefolgt. Er schaute ihr nach, bis sie zwischen Menschen und Wagen verschwunden war. Dann zwang er sich, seine Gedanken wieder auf seinen Auftrag zu richten.

Denn es war an der Zeit, die Reise sollte beginnen.

Es war ein duftiger Morgen, der Himmel weit über ihnen zartblau. Doch kaum hatten sie die schattigen Gassen der Stadt in Richtung Westen verlassen, heizte sich die Luft in ihrer Kutsche rasch auf.

Die ungesund rote Gesichtsfarbe des Benediktiners vertiefte sich, Schweißtropfen glänzten auf seiner Stirn. Zu Hannas Bedauern hatte er die Vorhänge gleich zu Beginn der Fahrt zugezogen. Auch vermied er, den Blick auf sie oder ihre Mutter zu richten. So stierte er eisern zur Wagendecke hinauf.

Hanna hob behutsam den Vorhang des Wagenschlags auf ihrer Seite an und linste neugierig nach draußen ins Sonnenlicht. Der Mönch schnaubte, wandte sich um und riss einen Schieber schräg über seiner Schulter zurück.

Der Mann vorn am Kutschbock fuhr sichtlich zusammen, als er durch die Öffnung in seinem Rücken angebellt wurde: »Halt auf der Stelle an!«

»Was ist denn?«

»Frag nicht, bleib stehen!«

Der Kutscher gehorchte, und der Benediktiner kletterte ohne ein Wort aus dem Wagen und auf den Kutschbock hinauf.

»Los, weiter«, bellte der Mönch, und der Reisewagen fuhr erneut an.

»Puh«, machte Hanna und zog erleichtert die Vorhänge auf. Die Zweige eines Holunderbusches am Wegrand streiften sie fast. Dahinter öffnete sich der Blick auf Hügel mit abgeernteten Feldern, herbstlichem Laubwald und Weiden. Sie lehnte sich aus dem Wagenfenster und betrachtete schweigend die Landschaft.

Unweit von einem Dorf mit buckligen Häuschen zwischen Gemüsegärten und Scheunen kamen ihnen schwatzende Waschweiber mit Zubern entgegen. Zwei Hirten trieben Kühe, Ziegen und Schweine aus, und eine Horde von Kindern stürmte auf bloßen Füßen wild querfeldein.

Zum ersten Mal fragte sich Hanna, wie es wohl wäre, ganz in ihr altes Zuhause zurückzukehren. An den Hof ihrer Großmutter hatte sie keine Erinnerung. Dennoch verband sie damit eine unbestimmbare Sehnsucht. Die versunkenen Eindrücke ihrer ersten zwei Lebensjahre hatten sich mit Erzählungen ihrer Mutter vermengt.

Hanna dachte an goldgelbe Lilien in einem Garten, an Pferde und Vieh, Tauben, Hühner und Enten, einen zottigen Hund, den die Großmutter ›Graf‹ genannt hatte, und an einen Wurf kleiner Kätzchen, den sie zurücklassen musste. Sie stellte sich weite Wiesen und Felder vor, lichte Wälder, durch die die Strahlen der Sonne flossen. Wie hier.

Als ein Esel unversehens vor ihnen auf dem Weg stand, wandte sie sich belustigt zu ihrer Mutter um. Die versuchte beim Anblick des störrischen Grautiers gleichfalls zu lächeln, doch ihre Augen blickten voll Sorge. Sie zitterte trotz der Hitze, die im Wagen herrschte.

Für gewöhnlich wirkten die Züge der Mutter trotz ihrer achtunddreißig Jahre noch immer jugendlich, manchmal fast kindlich. Ihr blondes Haar zeigte nur wenige silberne Fäden.

Doch in den vergangenen Tagen schien sie gealtert, blass und erschöpft. Hanna fühlte sich hilflos angesichts ihres angstvollen Kummers.

Aber vielleicht wurde Großmutter doch noch gesund. Hannas Gesicht hellte sich auf. Sie wandte sich wieder zum Fenster.

Noch immer verharrte der Esel regungslos in der Mitte des Wegs.

Kathlin May lehnte sich fest an die Rückwand des Wagens und verschränkte die Hände, die sich an der Vorderkante des Sitzbretts festgekrallt hatten, im Schoß. Sie wollte versuchen, wenigstens äußerlich ruhig zu bleiben. Dabei wäre sie am liebsten aus dieser Kutsche gesprungen und hätte das Grautier zur Seite gezerrt.

Sie zwang sich, die Augen zu schließen. Doch es war, als pulsierten sie wild unter den Lidern. So wie ihr Herzschlag, der unentwegt raste.

Ihr Mund war staubtrocken. Sie sehnte sich nach einem Schluck Wasser.

Saß jemand am Bett ihrer Mutter und gab ihr zu trinken? War jemand im Haus, der ihr Stirn und Hals mit einem feuchten Tuch kühlte, wenn sie schweißnass war vor Schmerzen? Eine Magd, die ihr Decken und eine Bettflasche brachte, wenn sie vor Schwäche und Fieber fror? Sie sah die hilflose Kranke vor sich, wie sie in ihrer dunklen, holzvertäfelten Kammer hoffnungslos kämpfte.

Oder lag sie im Wohnraum neben dem gekachelten Ofen? Stand das uralte Haus mit seinen Ställen und Scheunen überhaupt noch? Oder war es längst von Soldaten zerschossen und niedergebrannt?

Die Ungewissheit war kaum zu ertragen. Hätte sie ihre Mutter nur niemals alleine gelassen. Doch was für ein Durcheinander hatte damals vor vierzehn Jahren geherrscht. Bis zum letzten

Moment hatte Kathlin sich noch geweigert zu packen. Sie hatte Augen und Ohren vor dem, was kommen musste, verschlossen. Hätte sie ihre Mutter nicht doch überreden können, mit ihnen zu fliehen? Mit ein wenig mehr Zeit? Oder hätte sie bei ihr bleiben sollen – und Hanna ohne sie mit Annas Familie fortschicken? Nein. Der bloße Gedanke, ihre kleine Tochter allein zu lassen, war wie ein Stich in ihr Herz.

All die Jahre hatte sie um ihre Mutter gebangt. Immer wieder hatte sie auf verschlungenen Wegen Nachricht erhalten, dass sie trotz allem gesund und am Leben war. Doch nun ... Die Befürchtung, zu spät zu kommen, quälte Kathlin pausenlos.

Sie verdrängte sogar die Angst vor dem sich nähernden Krieg. Bis zu diesem Morgen hatte sie kaum an die mit ihrer Reise verbundenen Gefahren gedacht. Genau wie Hanna hatte sie einfach auf einen baldigen Frieden vertraut. In den letzten Jahren blieben die verheerten Allgäuer Gebiete von neuen Truppeneinfällen verschont. Ab und zu hatten Anna, Amand und sie sogar schon von einer möglichen Heimkehr gesprochen. Deshalb konnte das, was jetzt nahte, doch nur eine kurze und folgenlose Episode sein, hatte sie sich zu beruhigen versucht.

Aber vorhin ... Als sie an den wartenden Reisewagen getreten war, hatte sich ihr ein Soldat in den Weg gestellt. Ihr war die Luft weggeblieben. Für einen entsetzlichen Augenblick glaubte sie, ihren Peiniger wiederzusehen, den Offizier, der sie vor sechzehn Jahren fast umgebracht hatte, und sie erschrak bis ins Mark. Das trügerische Gefühl von Sicherheit war von einem Moment auf den anderen verschwunden. Ängstlich schaute sie auf seine Hand, die makellos war, ohne ein Mal. Tatsächlich besaß er kaum Ähnlichkeit mit dem Soldaten von damals.

Aber erst als er sich höflich verbeugte, begriff sie, dass er sie nicht bedrohen wollte, sondern zu ihrer Eskorte gehörte.

Sie blickte wieder nach draußen. Mittlerweile bemühten sich schon drei Fuhrknechte um diesen Esel. Der wehrte sich gegen das Drängen und Schieben mit lauten Schreien.
Endlich hatte ein junger Begleitsoldat ein Büschel saftiger Kräuter gesammelt und lockte den Grauen damit vom Weg.
Wenigstens ging es nun weiter. Kathlin atmete auf.

Viele Tagesreisen entfernt musterte ein Ziegenhirt aufmerksam seine Umgebung. Die schrundige Straße, die von Immenthal her nach Obergünzburg hineinführte, lag verlassen im Sonnenschein. Die Geißen zupften an Gräsern oder knabberten Rinde und Blätter von den Büschen, die den Rand der Almende bewuchsen. Die Tiere reagierten auf jede Störung. Doch weit und breit war niemand zu sehen. Am helllichten Tag rechnete Andris auch nicht mit Wölfen.
Er bog einige Äste zur Seite und zwängte sich zwischen die Sträucher. Ein Stück weit kämpfte er sich durch das dichte Gestrüpp, dann wichen die Nesseln und Dornen gepolstertem Waldboden. Er stand zwischen Buchen. Eilig lief er bergauf, bis zum Rand des Gehölzes.
Mit einem unguten Gefühl linste er zu dem gemauerten Galgen hinüber. Natürlich hing keiner dran. Dennoch war ihm der Ort nie geheuer.
Er blinzelte. Lag dort eine Münze im Gras? Er beugte sich vor. Ja, tatsächlich. Sein Atem ging rascher. Er wollte sich danach bücken, da legte sich eine Hand auf seine Schulter. Vor Schreck blieb er starr stehen.
»Die musst du dir erst verdienen«, sagte eine leise Stimme in seinem Rücken. Obwohl er mit dem Sprecher gerechnet hatte, löste sich seine Anspannung nicht. Im Gegenteil. Immer hatte der Mann diese Wirkung auf ihn.
Andris zwang sich, sich umzudrehen.

»Klar«, sagte er, und hoffte, dass der Mann seine Angst nicht bemerkte. Er hätte nicht sagen können, woher diese lähmende Wirkung rührte. Er schwitzte.

»Und? Hast du diesmal etwas für mich?«

Er nickte erleichtert. »Ja. Die alte Lauber ist krank.«

»So?« Der Mann zog die Brauen hoch. »Sollte mich das interessieren?«

»Na ja ... Der Pfarrer hat einen Brief an die Tochter nach Salzburg gesandt, dass die Magda nicht mehr lange zu leben hat.«

»Ah.«

Der Mann kniff die Augen zusammen. »Und das heißt ...?«

»Dass die Kathlin vielleicht herkommen wird. Ist doch ihre Mutter, nicht?«

Der Mann lächelte kalt. Er deutete auf das Geldstück.

»Du kannst es dir nehmen.«

Andris langte hastig danach. Als er sich wieder aufrichten wollte, spürte er einen leichten Stich in seinem Nacken und erstarrte erneut. Die scharfe Spitze gab ihn wieder frei. Mit pochendem Herzen wandte er sich zögernd um. Verstohlen betastete er die Stelle an seinem Hals. Als er die Finger zurückzog, waren sie blutig.

Der Mann musterte ihn, aber er schob seinen Dolch zurück in die Scheide. Im Sonnenlicht leuchtete das große Muttermal auf seinem Handrücken rötlich. Sein Blick ging zum Galgen, dann sah er Andris scharf an: »So, und jetzt hör mir gut zu. Wenn die Frau tatsächlich hier auftaucht, muss ich das wissen ...«

Andris zitterte unwillkürlich. Aber er prägte sich das, was zu tun war, ein.

Hanna atmete erlöst auf, als die Kutsche am Abend des ersten Reisetags endlich vor dem Tor eines Gasthofs in dem kleinen Ort Teisendorf hielt. Mehr und mehr hatten das Rucken und Stoßen, das wilde Schwanken und Schaukeln des Wagens ihr zugesetzt und ihr war übel geworden. Einmal war sie nahe dran gewesen, den Schieber hinter dem Kutscher zu öffnen und um einen Halt zu bitten. Aber dann bog ihr Gefährt von dem zerfurchten Hohlweg auf einen grasbewachsenen Dorfanger ein, und ihr gequälter Magen beruhigte sich. Ihre Mutter schien das Schlingern und Schlagen der Kutsche kaum wahrzunehmen. Genauso wenig, wie sie die idyllische Landschaft auf beiden Seiten des Weges sah.

Eine Dienstmagd führte sie über eine knarzende Treppe in eine gelüftete Kammer mit sauberen Federbetten. An einem Tischchen servierte sie ihnen ein Abendessen. Danach fiel Hanna todmüde ins Bett und schlief tief und fest.

Auch der zweite Tag dämmerte klar und sonnig herauf. Doch schon nach einer Wegstunde trübte sich der Himmel ein. Erst schien die Sonne noch wie durch milchiges Glas. Dann verschwand sie allmählich in undurchdringlichem Grau. Das bunte Land ringsum verblasste. Es wurde kalt. Als sie ein Moor durchquerten, stieg noch dazu Nebel auf. Der Blick aus dem Wagenfenster wirkte bedrückend.

Am Abend waren sie nicht mehr weit vom südlichen Chiemseeufer entfernt. Doch diesmal wartete kein freundlicher Gasthof auf sie. Stattdessen reihten sich die Wagen in einer Wiese neben der Straße auf, außen die Fuhrwerke, in der Mitte die Kutsche. In einem Kupferkessel über einem offenen Feuer wurde eine einfache Mahlzeit gekocht.

»Er scheint uns nicht besonders zu mögen«, murmelte Hanna, den Blick auf den Benediktinerbruder gerichtet.

»Kann ich mir nicht vorstellen«, erwiderte Simon Reisinger ernsthaft. Wie sollte irgendjemand das Mädchen nicht mögen? Er selbst musste sich bemühen, sie nicht immerfort anzustarren. Nett sah sie aus. Sogar die vielen Sommersprossen auf ihrer Stirn, Nase und Wangen und die sonderbaren Augenfarben – eine Iris war blau, die andere grün gefärbt – fand er irgendwie anziehend. Und obwohl sie ein Schützling des Abtes war, die Patentochter von Adeligen, unterhielt sie sich ganz unbefangen mit ihm, als würden ihre Familien miteinander verkehren. Er hatte sie gleich gemocht. Sie löffelte den letzten Rest Eintopf aus ihrer Schüssel.

»Soll ich dir noch etwas holen?«, fragte er.

»Nein, danke. Sonst glaubt der Mönch, ich futtere dem Konvent die Haare vom Kopf.« Sie wandte sich an ihre Mutter, deren Teller noch immer halb voll war.

»Schmeckt es dir nicht? Soll ich dir lieber Brot und ein Stück Käse holen?«

»Es ist gut, Schatz. Aber ich bin heute nicht hungrig.«

»Das warst du gestern und vorgestern auch nicht«, erinnerte Hanna sie besorgt. »Falls du weiter so wenig isst, wirst du Großmutter furchtbar erschrecken, weil du so dünn und ausgezehrt bist.«

Wenn ihre Mutter lächelte, war die Ähnlichkeit zwischen Hanna und ihr unverkennbar.

»Ich esse ja.« Sie nahm ein paar Löffel.

»Er hat sich uns nicht einmal vorgestellt.« Hannas Neugier galt weiterhin dem Benediktiner.

»Er heißt Bruder Georg. Wie der heilige Drachentöter. Und der Name, der passt auch zu ihm.«

»Wieso? Hat er einen mit seinem Holzfuß erschlagen?«

Simon grinste.

»Ich glaube, er ist mehr Soldat als Mönch. Die Schweden haben sein Kloster dem Erdboden gleich gemacht. Daraufhin ist er viele Jahre mit der kaiserlichen Truppe gezogen und hat auch gekämpft. Am Ende hat ihn das zum Krüppel gemacht. Aber dass die Soldaten ihn achten, hat vor allem damit zu tun, dass er denen, die tödlich getroffen waren, die geistliche Tröstung gespendet hat. Er hat sie auf dem Schlachtfeld gesucht. Ganz gleich, ob um ihn herum die Kugeln pfiffen. Er hat viele Seelen gerettet.« Er beugte sich näher an Hannas Ohr und flüsterte: »Und ihm war egal, ob die Männer katholisch oder evangelisch getauft worden sind.«

»Ach, wirklich?«

Einen Moment lang fragte sich Simon beklommen, ob er nicht zu viel gesagt hatte. Was, wenn sie solche Handlungsweise verurteilte? Und seine Bemerkungen weitertrug? Er sollte seine Zunge besser im Zaum halten.

»Dann scheint er ein guter Mensch zu sein«, meinte Hanna im gleichen Moment nachdenklich. Der Blick, mit dem sie Pater Georg betrachtete, der am Feuer mit den Soldaten und Knechten dröhnend laut scherzte, hellte sich auf.

Gott sei Dank, sie war weder dumm noch bigott.

»Weißt du, mein Vater war evangelisch«, sagte Hanna so leise, als spreche sie nur für sich. »Und ich kann nur hoffen, dass ihm jemand beistand, als es ans Sterben ging.«

Vier Tage später lenkte Simon eilig sein Pferd neben die rollende Kutsche. Sie waren unbeirrt weiter und weiter nach Westen gefahren und hatten nun Tölz erreicht. Doch wegen des dichten Nebels, der selbst die Geräusche dämpfte, nahm Hanna am Wagenfenster von ihrer Umgebung kaum etwas wahr. Zu ihrer Enttäuschung verbarg sich das herbstliche Land meist hinter einer undurchdringlich erscheinenden weißen Wand. Sie bemerkte Simon erst, als er direkt neben ihr ritt, und lächelte ihn erfreut an.

Doch er war ungewohnt ernst.

»Würdet Ihr bitte die Vorhänge schließen«, forderte er sie zu ihrer Verwunderung hastig auf. Ihre Mutter zögerte nicht und zog das dunkle Tuch vor ihr Fenster.

Nur Hanna fragte: »Aber weshalb denn?«

Simon drängte nochmals: »Bitte, mach es einfach. Ganz rasch.«

Etwas in seinem Tonfall bewog sie, zu tun, was er sagte. In dem Augenblick, als sie nach dem fadenscheinigen Stoff griff, tauchten draußen menschliche Umrisse auf. Die Körper schienen in der Nebelsuppe zu fliegen. Das Tuch entglitt ihrer Hand. Ihre Mutter beugte sich zu ihr hinüber und riss den Vorhang vors Fenster.

»Ach Gott«, stöhnte sie.

»Was war das?«, fragte Hanna verständnislos.

»Kriegsgebiet«, hörte sie von draußen Simons eigenartig tonlose Stimme. Plötzlich begriff sie. Es waren Erhängte. Unwillkürlich fasste sie nach der Hand ihrer Mutter. Sie schauten sich an, bleich vor Schrecken.

»Sorgt Euch nicht, wir meiden von jetzt an die größeren Straßen und Orte«, sprach Simon weiter. Gleich darauf hörten sie an den dumpfen Tritten der Hufe, dass er sich wieder entfernte. Voller Unruhe schob Hanna den Vorhang ein wenig zur Seite. Der Nebel hatte sich etwas gelichtet. Neben dem Weg ragten geschwärzte Brandruinen wie hässliche Zahnstümpfe aus Nesseln und Unrat heraus. Menschen, tot oder lebendig, waren nicht mehr zu sehen.

Als sie Tölz hinter sich hatten, versprach ein silbriger Schimmer – in weiter Ferne - Wärme und Licht. Aber dieses Versprechen löste keiner der Tage, die folgten, ein.

Es war nicht mehr weit. Wenn sie Glück hatten, war es die vorletzte Nacht, die sie in dieser Kutsche verbrachten. Sie hatten den Lech überquert und lagerten nördlich von Sachsenried in einem dunklen Forst. Simon hatte recht gehabt. Der Kommandant hatte belebte Orte umgangen und sie über verlassene Feldwege und durch ausgedehnte Waldgebiete in Richtung Westen geführt. Ihre kleine Eskorte würde sie vor marodierenden Truppen nicht schützen. Aber solange sie unsichtbar blieben, waren sie sicher.

Hanna lauschte auf die leisen Atemzüge, die ihr nicht verrieten, ob ihre Mutter tatsächlich schlief. Noch nie hatte sich diese Sitzbank so hart und unbequem wie in dieser Nacht angefühlt. Sie musste die Beine anziehen, um überhaupt darauf liegen zu können. Aber der pelzgefütterte Umhang, in den sie sich kuschelte, hielt sie wenigstens warm. Und in diesem Kasten waren sie beide den eisigen Winden, die sie seit Tagen verfolgten, nicht ausgesetzt. Sie hatten es besser als Pater Georg und die Soldaten und Knechte, die sich unter den Lederplanen der Fuhrwerke, zwischen Fässern und Säcken ausstreckten. Wenn sie nicht zur Wache gehörten. Nicht einmal das Feuer, mit dem sie jeden Abend ihr Essen wärmten, durfte länger als unbedingt nötig brennen.

Hanna drehte sich etwas zur Seite und schmiegte die Wange in das pelzige Mantelfutter. Draußen raschelte es. Zweige knackten. Sie glaubte, den bellenden Schrecklaut eines aufgescheuchten Rehs zu hören. Was für ein Jäger schlich eben jetzt durch den Forst?

Beim Gedanken an die Düsternis draußen, die nicht allein wegen der nächtlichen Stunde auf dem Ort lastete, lief Hanna ein Schauder über den Rücken. Sie zog den Mantel enger um sich und verbarg ihre Hände darin. Mitten im Wald waren sie auf den verlassenen Weiler gestoßen. Drei kleine Höfe und eine Kapelle, deren offen stehende Tür schief in den Angeln hing. An einer Wand lehnten modernde Grabkreuze. Die Dächer waren bemoost und eingesunken, darunter zerborstene Bretterwände, in Mauerspalten wurzelten Schösslinge und Büschel von Gras. Rosensträucher überwuchsen die einstigen Gärten. Trotz der späten Jahreszeit blühten sie üppig rot.

Hanna bemerkte, dass sich irgendetwas unter der Kutsche bewegte. Sie hörte es knacken, dann einen kläglichen Laut. Sie setzte sich auf, schlüpfte ohne nachzudenken in ihre Schuhe und machte den Wagenschlag auf. Wenige Schritte entfernt war die Feuerglut noch nicht völlig erloschen. Von den Wachen war keiner zu sehen. Sie sprang hinaus, bückte sich, um unter den Wagen zu schauen, und blickte direkt in ein glimmerndes Augenpaar. Hanna sah ein Hündchen, das nur noch aus Haut und Knochen bestand, fast sah es aus wie eine faltige Wurst. Angstvoll versuchte das Tier, von ihr weg zu kriechen. Doch es war zu geschwächt um sich fortzubewegen, so blieb es einfach winselnd liegen.

Als Hanna sich ihm auf allen Vieren vorsichtig näherte, versuchte es hilflos zu knurren. In seinem Maul steckte der abgenagte Rest eines Kaninchenknochens.

»Armer Kerl«, flüsterte Hanna. »Da war doch kein Fitzelchen Fleisch mehr dran.« Die Männer ließen nichts Essbares übrig.

Sie streckte die Hand aus, um das Hündchen zu streicheln, doch das Tier zitterte derart, dass sie davon abließ. In dem Moment stieß der kleine Kerl einen Seufzer aus und schloss die Augen.

»Nicht sterben!« Sie riss ihn entsetzt in ihre Arme und kroch hastig unter der Kutsche hervor. Als sie ihn an sich drückte, glaubte sie zu spüren, dass sein Herz noch schlug.

»Was machst du denn da?«

Sie fuhr herum. »Simon! Hast du mich erschreckt!«

»Na, du mich auch.« Er nahm ihr das Tier aus der Hand. Erneut lief ein Zittern über die faltige Hundehaut. Ohne die Augen zu öffnen, schleckte der Hund Simons Finger ab.

»Der riecht noch mein Abendessen«, flüsterte Simon und lächelte. »Komm, Kleiner. Erst etwas Brühe, dann Brot. Und dann, wenn du nichts auskotzt, vielleicht etwas Rauchfleisch.« Im schwachen Lichtschein sah er sich das Tier näher an. »Der Hinterlauf ist nicht in Ordnung.« Er tastete ganz sanft darüber. Der Hund gab keinen Laut von sich. »Kann sein, dass er gebrochen ist. Aber ich glaube, er ist schon wieder ein wenig zusammengewachsen. Es hat keinen Sinn, ihn jetzt noch zu schienen.«

Sie mussten ihm die Brühe vorsichtig einflößen. Das Brot nahm er nicht. Als Simon ihm etwas getrocknetes Fleisch vor die Schnauze hielt, schnupperte er zwar kurz daran. Aber dann schloss er wieder die Augen.

»Er ist auch ganz ausgekühlt.«

»Ich nehme ihn mit hinein.«

»Gut.« Simon lächelte wieder. »Vielleicht hat er Glück.«

Er reichte ihr den Hund in den Wagen und ging zurück auf seinen Posten.

Hanna legte sich vorsichtig nieder. Sie platzierte den kleinen Hund behutsam auf ihren Bauch und deckte ihn mit ihrem Mantel zu. Tatsächlich rollte er sich einfach zusammen und blieb dann regungslos liegen. Das bisschen Gewicht störte sie nicht. Seit ihrer Abfahrt, war sie nicht mehr so froh gewesen.

Bis zum Morgen hoffte sie, wenigstens noch ein wenig dösen zu können. Doch als ihre Mutter sie mit den ersten Strahlen des Tageslichts aufweckte, hatte sie fest geschlafen. Und das Hündchen lag dicht an sie gekuschelt noch immer bei ihr.

Erst als sie sich aufsetzte, merkte sie, dass etwas von ihrer Bank tropfte. Sie seufzte. Stubenrein musste der Kleine noch werden.

2

An einem Samstag, es war der 13. Oktober, erreichten sie kurz nach Mittag das Dorf Ebersbach. Dann rollten sie durch eine Waldschneise hinunter ins Tal. Dort döste Obergünzburg im wärmenden Sonnenschein. Hanna beugte sich weit aus dem Wagenfenster. Ihr Blick wanderte den Buckel, den sie zuletzt überfuhren, entlang.

»Der Nikolausberg«, murmelte ihre Mutter nervös. »Siehst du das Kirchlein?« Sie waren fast am Ziel.

Doch als sie in den Ort hinein kamen, lugten ihnen die Häuser als hohläugige Elendsgestalten aus struppigen Gärten entgegen. Heruntergekommene Höfe, leere Fenster und herausgerissene Türen. Der ganze Flecken wirkte zerlumpt und verlassen – und wenn Bewohner sich überhaupt blicken ließen, äugten sie misstrauisch zu ihrer Kutsche hin. Niemand erkannte sie. Hanna war enttäuscht. Sie fuhren auf die Wehrmauer rund um die Pfarrkirche zu. Auf der anderen Straßenseite am Marktplatz stand das Rathaus, das auch als Kornhaus diente. Um das schadhafte Dach kreisten Dohlen. Was für ein trauriger Anblick.

Hinter dem Kirchhof bogen sie nach Norden ab. Beim Frühmesshaus ging es über eine wenig vertrauenerweckende Brücke. Darunter floss die noch schmale Günz. Bald führte die ausgewaschene Straße in Richtung Habersberg erneut steil bergan.

Vergeblich suchte Kathlin den Weg zu ihrem Haus. Er schien verschwunden. Dort, wo er einst abgezweigt war, wucherte nun Dornengestrüpp. Von den Tuffsteinmauern des Gutes war nichts zu sehen. Nur ein Eschengehölz, das ihr völlig fremd war. Die schlanken Bäume standen überaus dicht. Trotz der späten Jahreszeit waren sie noch belaubt und bedeckten den Hang wie mit grünem Gefieder. Weit hinten ragte der Nadelwald auf, den Kathlin noch aus ihrer Kindheit kannte.

»Hier muss es doch sein«, sagte sie ratlos.

Die Wagen kamen zum Stehen. Hanna und sie sprangen hinaus.

»Wartet, wir reiten ein Stück weiter bergauf.«

Reisinger winkte Simon und die beiden lenkten ihre Pferde langsam entlang des Dickichts.

»Hier war noch nie Wald. Sondern unsere Gärten, Felder, ein paar Pferdekoppeln und Weiden. Vom Hof aus hat man das ganze Tal übersehen.« Kathlins Stimme war kaum noch hörbar vor Angst.

»Eschen wachsen sehr rasch. Ihr habt den Ort vor vierzehn Jahren verlassen, nicht wahr?«

Pater Georg bemühte sich, sie zu beruhigen. Erstaunt bemerkte Hanna, dass sich hinter seiner grimmigen Miene echte Anteilnahme verbarg. Ihre Mutter hörte jedoch gar nicht hin. Stattdessen versuchte sie, in das Gestrüpp einzudringen. Dabei zerkratzte sie sich nur die Hände.

Die beiden Soldaten kehrten zurück.

»Nichts zu machen. Da ist alles zugewachsen. Wir müssen zu Fuß durch.«

Reisinger zog seinen Säbel, um einen Weg zu bahnen, Simon und der Rest der Eskorte taten es ihm nach. Keiner sprach aus, dass das Haus womöglich vom Wald überwuchert in Schutt und Asche lag. Als der Hauptmann sein Schwert hob, um damit eine Schneise zu schlagen, stand plötzlich, wie aus dem Nichts, ein kleiner, verhutzelter Mann neben ihm. Ein Lächeln breitete sich über sein uraltes Gesicht aus.

»Ich habe auf Euch gewartet«, sagte er.

Sie ließen die Waffen sinken. Verblüfft starrte Hanna den Alten an.

Ihre Mutter stieß einen Laut des Erstaunens aus und flüsterte: »Josef? Ich kann es nicht glauben ... Was ist mit meiner Mutter? Ist sie am Leben?«

Der alte Knecht nickte.

»Ja, ja, sie lebt, wenn sie auch schwach ist. Vor drei Tagen, da sah es ganz schlecht aus. Da habe ich ihr gesagt, dass Euch der Pfarrer geschrieben hat. Wir haben gebetet, dass Ihr noch rechtzeitig kommt.«

Kathlin umarmte den alten Mann. Verlegen ließ er es geschehen. Als sein Blick auf Hanna fiel, begann seine Stimme zu zittern.

»Ist das etwa ...? So eine Freude ...«

Auch sie umarmte ihn kurzerhand. Josef zog ein Tuch aus dem Wams, um sich gerührt zu schnäuzen. Dann wandte er sich an die Soldaten: »Ihr müsst euch den Weg nicht freihauen. Folgt mir einfach.«

Das Gepäck der Frauen und ihre Vorräte wurden von Reisinger, Simon und dem Kutscher Schmiedel geschultert. Pater Georg schloss sich ihnen wortlos an. Die übrigen Soldaten und Fuhrleute blieben bei den Wagen zurück.

Als Josef genau an der Stelle, wo Kathlin den Weg zur Melose vermutet hatte, auf die Dornenwand zu trat, schien diese wie von allein auseinanderzuweichen. Verwundert folgten sie, einer hinter dem andern, dem Alten. Als Hanna sich umwandte, war es, als ob sich hinter ihnen die grüne Pforte wieder verschloss.

Ungehindert liefen sie durch das Waldstück und vorbei an schattigen Teichen. Dann öffnete sich die Palisade von Eschen. Das ummauerte Gut mit dem jahrhundertealten Wohnhaus aus Fachwerk und Steinen, mit seinen Ställen und Scheunen, den Spalierbäumen und einer hohen Kastanie über dem Brunnen in der Mitte des Hofes lag vor ihnen im Sonnenschein.

Heckenrosen überzogen die Wände und wuchsen bis zu den strohgedeckten Dächern hinauf. Bienenkörbe säumten die südliche Mauer. Das mächtige Hoftor stand offen, das Pflaster war frisch gefegt. Eine friedliche Ruhe lag über allem.

Hanna zögerte, ihrer Mutter in die dämmrige Diele zu folgen. Die Männer hatten Gepäck, Körbe und Säcke in den Hausflur getragen und wollten zu den Wagen zurück.

»Je rascher wir nach Ottobeuren gelangen, desto schneller sind wir wieder hier«, sagte Reisinger. Er hatte Order, die Frauen in jedem Fall wieder mit zurück nach Salzburg zu nehmen. »Wenn nötig, wartet ihr eben solange, bis sie zu reisen bereit sind«, hatte Abt Alberts Weisung gelautet. Reisinger verabschiedete sich sehr ruhig und sehr höflich. Er wollte seine Besorgnis nicht zeigen.

Simon, der Hannas verletztes Hündchen in einem umgehängten Beutel getragen hatte, reichte ihn ihr behutsam. Der Kleine hatte seine Angst ganz verloren.

»Braver Butz«, flüsterte Hanna in das große Hundeohr. Zu Simon sagte sie: »Danke«.

Der nickte verlegen.

»Hier hat er es gut«, meinte er und der Blick, mit dem er die mächtige Herdstelle am hinteren Ende der Diele betrachtete und dann, mit unsicherem Lächeln, Hannas Gesicht, ließ darauf schließen, dass er liebend gerne gleichfalls geblieben wäre.

»Passt gut auf Euch auf.« Auch Pater Georgs Stimme klang plötzlich belegt. »Falls die Schweden hier auftauchen sollten ... nun, das Haus erscheint mir tatsächlich recht gut versteckt ... Denkt daran, den Marktflecken und alle Straßen soweit wie möglich zu meiden ...«

Kopfschüttelnd trat er hinaus in den Hof, wandte sich dann aber noch einmal um und segnete erst Kathlin, dann Hanna mit einer fast zornigen Geste. Dann hinkte er hinter den anderen Männern zum Tor.

Derweil war Kathlin im Innern des Hauses verschwunden. Hanna musterte die uralten, mit bunten Mustern bemalten Wände aus Fachwerk und Holz, die groben Balken von Trägern und Decken. Vorsichtig setzte sie den Hund auf den Dielenboden, doch Butz wollte lieber getragen werden und schaute winselnd, mit bettelnden Augen zu ihr auf. Sie kauerte sich neben ihn, um ihn beruhigend zu streicheln. Dabei lauschte sie. Schließlich nahm sie ihren Mut zusammen und ging langsam hinter ihrer Mutter her.

Sie fand sie in der höhlenartigen Stube, die die ganze Tiefe des Hauses einnahm. Gleich neben dem trotz der Wärme draußen kräftig geheizten Kachelofen hatte jemand der Kranken ein Bett gerichtet. Gestützt von Federkissen in ihrem Rücken saß die Großmutter nahezu aufrecht da.

Wenn von Magda Lauber gesprochen wurde, hatte Hanna stets eine energische Frau vor Augen gehabt. Erschrocken sah sie sich nun einem schwachen, zusammengeschrumpften Geschöpf gegenüber. Die Haube erschien viel zu gewaltig für das faltige, kleine Gesicht. Aber die Augen der Großmutter blickten ihr freundlich entgegen. Die alte Frau hob ihre Arme, und Hanna warf sich hinein. Erst nach einer Weile merkte sie, dass ihr die Tränen über die Wangen liefen. Wie einem Kind putzte ihr ihre Mutter die Nase, und dann fing Hanna auf einmal zu lachen an und die Worte sprudelten nur so aus ihr heraus.

Es dauerte eine Weile, bis sie bemerkte, dass ihre Großmutter dem, was sie sagte, nicht folgen konnte. Sie lächelte zwar und schien sich über ihren Anblick zu freuen. Mit festem Griff umklammerte sie Kathlins Hand, und als diese ihr mehrmals erklärte, dass Hanna ihre Tochter wäre, die sie zuletzt als kleines Mädchen gesehen hätte, nickte sie zwar, doch Hanna hatte den Eindruck, dass sie es nicht recht begreifen konnte.

Schließlich schaute die Großmutter Kathlin glücklich an und sagte beinahe unhörbar: »Du bist lang nicht mehr da gewesen, mein Kind. Aber das macht nichts. Jetzt bist du gekommen. Du bleibst doch ein Weilchen? Und wer ist dieses Mädchen?«

Kathlin unterdrückte ein Schluchzen, als sie erneut sagte: »Das ist meine Tochter, deine Enkelin, Mutter. Die Hanna. Der Krieg war schuld, dass wir uns vierzehn Jahr lang nicht mehr gesehen haben ...«

»Ja, ja.« Noch während Magda zustimmend murmelte, schlossen sich ihre Augen und ihr Kopf sank in die Kissen zurück. Bestürzt starrte Hanna die Großmutter an.

»Das ist wohl das Fieber, was sie oft so wirr sein lässt. Aber sie schläft jetzt fast immer«, hörte sie eine schüchterne Stimme in ihrem Rücken.

Die Magd war kaum älter als Hanna, ein schmales Ding mit flinken Händen und Vogelaugen, die die Ankömmlinge mit schüchterner Neugier besah und sich auf Kathlins Frage als »die Cilli, also Cecilia, eigentlich« vorstellte. Sie beugte sich vor, um ihre schlummernde Brotherrin bis zum Kinn zuzudecken und schob ihr ein Kissen unter die Knie. Als Hanna die stockdünnen, blau geäderten Beine sah, schluckte sie. Die alte Frau war nur noch Haut und Knochen.

Inzwischen war Butz Hanna bis in die Stube gefolgt. Vergeblich suchte er, ihre Aufmerksamkeit auf sich zu lenken. Seine verwachsene Hinterpfote hinderte den kleinen Hund daran, auf das Bett zu springen. Wieder und wieder versuchte er anzulaufen und fiel zur Seite. Als Hanna ihn endlich bemerkte und auf den Arm nahm, leckte er ihr begeistert das Kinn.

Cillis mageres, nicht eben hübsches Gesicht verzog sich zu einem Lächeln. Von einem Moment auf den anderen erschien ihr unschönes Profil beinahe liebenswert, obwohl sie mit ihrer hervorstechenden Nase, den dunklen Augen und dem fliehenden Kinn ein wenig wie ein großer, zerzauster Vogel aussah.

»Was ist denn das für eine Handvoll?«, traute sie sich zu fragen.

»Wir haben ihn vorgestern halb verhungert gefunden.«

»Den füttern wir schon wieder raus«, versprach die Magd.

»Josef und du, seid ihr die einzigen Bediensteten hier?«, fragte Hanna beklommen.

Cilli nickte. »Als es hieß, dass die Schweden zurückkommen, sind die meisten geflohen. Von den Dorfleuten auch. Der Jos, unser Nachbar, ist noch geblieben. - Aber Eure Großmutter will den nicht hier am Hof«, fügte sie hinzu und verzog das Gesicht, als wäre sie gleicher Meinung. »Viel Vieh gibt es nicht mehr, nur noch eine Kuh und zwei Ziegen, und die anderen Knechte und Mägde ...« Sie zuckte die Achseln. »Im Flecken sind eine Menge Menschen an der Pest gestorben. Das war schon, als ich noch ein Kind war.« Dann hellte sich ihre Miene auf. »Ich bin so froh, dass Ihr da seid«, flüsterte sie.

Hanna versuchte zu lächeln. Dabei fühlte sie sich so elend wie niemals vorher. Derweil saß ihre Mutter am Bett der Großmutter, die ihre Hand nicht mehr losließ und jedes Mal, wenn Kathlin aufstehen wollte, erwachte. Dann musterte sie sie mit verlorenem Blick, bis sie sie endlich mit glücklichem Lächeln wiedererkannte – und gleich wieder einschlief.

Ja, es war gut, dass sie gekommen waren, dachte Hanna. Wie schafften es die schmächtige Magd und das uralte Männchen, die alte Frau zu pflegen und sich daneben um Hühner und Vieh, Katzen und Bienen zu kümmern, zu kochen, zu waschen und alles sauber zu halten? Sie dachte an den frisch gefegten Hof. In der Stube roch es leicht nach Wachs und dem Holzfeuer, aber nicht abgestanden sondern kräftig gelüftet. Die Leintücher auf Decken und Kissen waren makellos weiß gebleicht, die große Waschschüssel mit gewärmtem Wasser gefüllt.

»Ihr habt bestimmt eine Speisekammer?«, fragte sie.

Cilli führte sie in einen kühlen, nach Äpfeln duftenden Raum. Auf Regalbrettern lagerten Eier, Töpfe mit Honig, Pasten und Fruchtmus, Öl, Säckchen mit Nüssen, getrockneten Beeren oder Gemüsen, Pilzen und Obst. Kräuterboschen und Zwiebelzöpfe hingen von der Decke. Neben zwei Krautfässern stand eine Sandkiste, in der gelbe Rüben vergraben waren. Der Mehlsack am Boden war so gut wie geleert. Hanna trug die mitgebrachten Körbe herein. Sie half Cilli in der halbdunklen Kammer die geräucherten Schinken an Deckenhaken zu hängen, und Hartkäse, Salz, Wein und die gezuckerten Früchte in Regale und Schränke zu räumen. Die Wangen der Magd hatten sich beim Anblick der unerwarteten Schätze gerötet, und sie berührte sie vorsichtig, als fürchtete sie, sie könnten unter ihren Händen wieder verschwinden. Josef schleifte die beiden Säcke herein.

»Mehl und Korn«, sagte er. »Ich gehe gleich und heize das Backhaus an.«

Als Hanna am anderen Morgen erwachte, stieg ihr der Duft von frisch gebackenem Brot in die Nase. Im ersten Moment wusste sie nicht, wo sie war. Sie meinte, noch in der Kutsche zu liegen, und drehte sich vorsichtig um. Die Sonne schien durch das Fenster, niemand sonst war in der Kammer. Am vergangenen Abend hatte Cilli sie über eine Stiege in den für sie hergerichteten Raum geführt: Gescheuerter Dielenboden, ein Federbett, bestickte Kissen, ein Waschtisch und eine Truhe ... Mit einem Jaulen plumpste Butz auf Hannas Bauch. Sie lachte und hob ihn hoch.

»Nett, dass du mich so lange hast schlafen lassen.«

Zögernd betrat sie die Stube. Zu ihrer Erleichterung schien es ihrer Großmutter besser zu gehen. Die alte Frau bat Cilli mit zittriger Stimme, Brot und Honig für ihre Enkeltochter zu holen. Sie hatte sie also erkannt. Im Laufe des Vormittags erholte sie sich sogar so weit, dass Josef und Kathlin sie ins Freie hinaus trugen, wo sie dick eingepackt im Schatten der abgeernteten Obstbäume saß. Es war windstill, und trotz der späten

Jahreszeit wärmte die Sonne die Luft kräftig auf. Die alte Frau schlummerte ein.

»Wo ist meine Tochter?«, flüsterte sie mit schwacher Stimme, als sie erwachte und nur Hanna neben sich fand.

»Sie kommt gleich wieder.«

Kathlin wollte zum Sonntagsgottesdienst und dann den Pfarrer aufsuchen, der ihr nach Salzburg geschrieben hatte. Josef begleitete sie. Cilli war in der Küche beschäftigt. Also musste Hanna bei ihrer Großmutter bleiben, obwohl sie neugierig auf das Dorf und die Leute dort war. Pater Georgs Befürchtungen waren ihr übertrieben erschienen. Enttäuscht hatte sie ihrer Mutter und Josef nachgeschaut, die, gleichsam durch eine sich öffnende und rasch wieder verschließende Pforte tretend, im Schatten des Eschenwäldchens verschwunden waren.

Als hätte sie Hannas Gedanken gelesen, murmelte Magda: »Geh nicht ins Dorf, Kind. Hier können uns die Soldaten nicht finden.«

»Bestimmt nicht«, sagte Hanna leichthin. Sie dachte an keine Gefahr.

Doch wann immer sie während der nächsten Tage versuchte, den Wald zu betreten, war es, als rückten die Stämme näher zusammen, als verschränkten die Sträucher ihre dornigen Finger und wehrten sie ab.

Sie bat Cilli, ihr einen Weg durch das Dickicht zu zeigen, doch die sah sie verständnislos an.

»Es gibt keinen Weg. Der Pfad öffnet sich, wenn er es will.«

Das konnte Hanna nicht glauben. Also versuchte sie es immer wieder. Aber vergebens. In dem Gestrüpp winkten ihr nur blutige Striemen und ein zerrissenes Kleid.

Zu Hause in Salzburg war sie in Bubenhosen und Mantel geschlüpft, wenn sie Amand auf die Kirchenempore von St. Peter begleitete, wo er als Chorleiter und Stiftsorganist seiner Arbeit nachging. Stets war sie ihm still und unauffällig im Gewand eines Gehilfen gefolgt. Frauen und Mädchen waren zum Singen und Musizieren in den Kirchen nicht zugelassen. Zwar konnte ihre Verkleidung niemanden täuschen, zumal die Mönche sie kannten, seitdem sie ein Kleinkind gewesen war. Doch sie liebte das Singen und bei den Proben störte sich keiner daran. Dann hatte sich der zwölfjährige Solosänger vor Beginn einer Festmesse als so erkältet erwiesen, dass er nur Krächzen konnte. Und die zweite Besetzung war unentschuldigt nicht aufgetaucht. An Ostern. Zum Pontifikalamt. Die Kirche war bis zum letzten Platz gefüllt. Amand war leichenblass geworden. In seinen Augen stand blankes Entsetzen.

Hanna dachte nicht lange nach.

»Lass mich singen«, flüsterte sie ihm ins Ohr. Sie hatte dem erkälteten Jungen den Umhang von seinen Schultern gezogen und war zwischen die Knaben getreten. Als Amand gottergeben nickte, ließen sie sie gewähren. Bis zum Schluss ging alles gut. Wenn sie nur noch ein wenig gewartet hätte, bis der Chor die Empore verlassen hatte. Stattdessen lief sie ungeniert mit den Buben nach unten. Am Fuß der Treppe trat eine Dame der einflussreichen Gesellschaft Amand in den Weg.

»Euer neuer Solist hat eine gottgefällige Stimme«, lobte sie ganz beseelt. Hanna versuchte noch, sich rasch wegzuducken, aber vergebens. Einen Moment lang stutzte die Dame. Dann rötete sich ihr Gesicht. Vor Zorn hatte es ihr die Sprache verschlagen. Fast wären die Wogen der frommen Empörung damals über Amand vernichtend zusammengeschlagen. Doch er war der Bruder des Abtes. Zum Glück.

Das Bubengewand hätte Hanna im Dornengestrüpp an der Melose jedenfalls gute Dienste geleistet. Und bald nicht nur dort. Aber das ahnte sie zu diesem Zeitpunkt noch nicht.

Wegen der zu der Jahreszeit außergewöhnlichen Hitze stand die Kirchentür von St. Martin weit offen. Orgelmusik und der dünne Gesang einer zusammengeschrumpften Gemeinde drangen nach draußen. Der sonntägliche Gottesdienst hatte gerade begonnen. Leise betrat Kathlin das kahle Kirchenschiff. Nur ein paar Dutzend Männer, Frauen und Kinder waren zur Messe versammelt. Sie blieb ganz hinten stehen, bis sich die Knie zum Schlusssegen beugten. Danach wartete sie draußen vor der Pforte der Sakristei auf Pfarrer Balthasar Reichhart.

Einer der ersten, die ihr aus dem Gotteshaus folgten, war Jos Groß aus Habersberg, dessen Felder an den Grund der Melose grenzten und den sie von klein auf kannte.

Mit gewichtigen Schritten kam er auf sie zu. Seine vierschrötige Gestalt wirkte kräftig wie eh und je. Obwohl er kaum älter als Kathlin war, war sein runder Schädel schon nahezu kahl. Seine Frau Else ging zwei Schritte hinter ihm. Als er Kathlin ansteuerte, blieb sie unschlüssig stehen. Ihr Gesicht sah verhärmt aus und weit über ihre Jahre gealtert. Jos bedeutete ihr, weiter zu gehen. Ihr folgten Knechte und Mägde, die Kathlin neugierig musterten. Ein Halbwüchsiger, spindeldürr, in schmutzigem Hemd und zerrissener Weste starrte sie verstohlen an. Ein anderer, ein gut gekleideter Junge, war vermutlich Jos' Sohn. Er hatte sich gleich zu ein paar Burschen am Rand des Kirchhofs gesellt und war mit ihnen verschwunden.

»So, so, du bist also wirklich gekommen«, blaffte Jos anstelle einer Begrüßung.

»Gewiss«, sagte Kathlin. »Wie geht es dir und deiner Familie?«

»Könnt' besser sein. Aber auch schlimmer. Bei euch schaut's, wie man hört, nicht so gut aus. Was ich dir sagen wollte, Kathlin: Du wirst ja wohl einen Verwalter brauchen. Wenn's soweit ist, brauchst du 's nur zu sagen. Ich wär' bereit, mich um die Melose zu kümmern. Oder, vielleicht willst du verkaufen?«

Er hatte die Augen vor der hellen Sonne zusammengekniffen und mied Kathlins Blick.

Im ersten Moment verschlug es ihr die Sprache. Sie musterte Jos' roten Schädel, die Mundwinkel, die sich weit nach unten zogen, hörte den rascher gewordenen Atem und spürte die Habgier, die ihn in den Klauen hielt.

»Meine Mutter ist noch nicht gestorben, Jos«, sagte sie schließlich. »Ich wünsche dir einen gesegneten Sonntag. Und deiner Familie auch.«

Mit einem unzufriedenen Schnauben wandte der Mann sich ab und ging weiter.

Unter den Menschen, die nach ihm aus der Kirchentür traten, waren viele Alte. Nur wenige schritten rüstig aus. Die meisten erwiderten Kathlins Gruß teilnahmslos. Auch wenn sie Gesichter wiedererkannte, blieb keiner für ein paar Fragen und erklärende Worte kurz stehen. Niemand schien sich über die unerwartete Begegnung zu freuen. In den Augen der Leute stand Gleichgültigkeit. Kathlin wappnete sich innerlich. Hier durfte sie keine Anteilnahme erwarten. Doch als Reichhart schließlich aus der Sakristei trat, begrüßte er sie mit solcher Freude, dass ihr die Tränen kamen.

Er wartete, bis sie sich gefasst hatte und sagte dann: »Kommt mit ins Pfarrhaus. Esst mit uns zu Mittag.«

Er winkte Josef, der sich ihnen mit einem Kopfnicken anschloss, und lief dann mit großen Schritten in Richtung Pfarrgartentor.

Während sie neben ihm herging, musterte Kathlin ihn unauffällig. Der Pfarrherr, inzwischen Dekan, stammte aus Eschers, keine Wegstunde von ihrem Zuhause entfernt. Die lange Notzeit hatte ihre Spuren auch bei dem Seelsorger hinterlassen, der sein Amt seit mehr als zwei Jahrzehnten am Ort innehatte. Er war immer noch breitschultrig, doch sichtlich magerer. Seine Soutane hing ihm fadenscheinig und mehrfach geflickt von seinen Schultern. Doch offenbar hatte er seine unkomplizierte, selbstverständliche Menschlichkeit inmitten der Grausamkeiten des Krieges erhalten. Das derbe Gesicht war noch genauso wie vor siebzehn Jahren, als er sie und Adrian unerlaubterweise verheiratet hatte, hellwach und voller Willenskraft.

Sie betraten den Pfarrgarten. Jemand hatte viel Sorgfalt auf seine Pflege verwendet. Eine sauber gemähte Wiese war mit Apfel-, Birnen- und Pflaumenbäumen bestanden. Daneben wurde jedes Fleckchen Erde genutzt. Lange Reihen von abgeernteten Gemüsebeeten wechselten mit Beerensträuchern und ein paar Blumenrabatten. Einige Stauden blühten noch in flammendem Violett, Rot oder Gelb. Der ganze Garten war von Mauern und Zäunen umschlossen.

Reichhart zog das Tor hinter ihnen zu.

»Agnes war dagegen, der alten Frau Hoffnung zu machen. Sie hielt es für undenkbar, dass Ihr wirklich kommen könntet. Vorgestern meinte ich, es nicht weiter herauszögern zu dürfen, und habe Eurer Mutter die Sterbesakramente gespendet. Da hatte Josef ihr von meinem Brief an Euch bereits erzählt. Es war kaum zu glauben: Sie war danach kräftig und klar wie seit vielen Wochen nicht mehr.«

Bevor Kathlin sich fragen konnte, wer Agnes wohl sein mochte, hatte Reichhart die Pfarrhaustür aufgerissen und rief:

»Agnes, Liebes, wir haben Besuch! Leg noch zwei Gedecke auf! Aber komm erst und schau!«

Eine etwa vierzigjährige Frau mit rosigen Wangen und fröhlichen Augen trat aus der Stube.

»Agnes ist meine Hausfrau«, stellte der Pfarrer sie kurzerhand vor und fügte an sie gewandt hinzu: »Nun rate, wen ich hier mitbringe, Liebes.«

Offenbar war sie vertraut mit dem, was ihn beschäftigte, denn sie antwortete ohne zu zögern: »Da du dich so freust, ist es bestimmt Magdas Tochter.«

Ohne Umstände führte sie Kathlin nach links in die Stube und rief auch Josef herein. Zu Kathlin sagte sie schlicht: »Es ist schön, dass Ihr da seid. Wir haben es Eurer Mutter so sehr gewünscht.«

Die Sonne schien durch das südliche Fenster. Ein üppiger Blumenstrauß sprühte vor Farben und machte vergessen, wie karg das Zimmer ansonsten aussah. Selbst die einstige Holzvertäfelung war nicht mehr da.

Agnes deckte auf. Auch Josef wurde ersucht, am Pfarrerstisch Platz zu nehmen. Reichhart sprach das Gebet, und Agnes brachte ein Sonntagsessen herein, das wundersamerweise auch für zwei unerwartete Gäste genügte. Sie hatte es kurzerhand mit kalten Obst- und Gemüsepasteten aus ihrer Speisekammer gestreckt. Es war ihr anzusehen, dass sie sich freute, wie es allen schmeckte. Schließlich gab es noch süße Apfelküchlein zum Nachtisch.

Das Gespräch umschiffte zunächst alle traurigen Themen. Kathlin übergab einen Brief von Abt Albert und richtete Grüße aus. Sie erzählte von Anna und Amand Keuslin, vom ruhigen Salzburger Leben und ihrer Reise, die dabei ganz komfortabel und einfach erschien.

Reichhart schilderte unerwartet humorvoll, wie seine ausgeplünderte Obergünzburger Pfarrkirche 1639 eiligst ein wenig gerichtet wurde, damit der Konvent den verstorbenen Fürstabt von Castell in St. Martin begraben konnte.

»Das Kemptener Kloster mit seiner Kirche liegt noch völlig zerstört. Zur Wahl des neuen Abtes, Roman Giel von Gielsberg, mussten die Stiftsherren damals aus Italien, Österreich und der Schweiz anreisen.« Er lachte. »Es heißt, dass sie nicht gerne gekommen sind.« In den letzten Jahren habe seine Gemeinde sich nun wieder ein wenig erholt. »Es geht eben immer irgendwie weiter.«

»Wenn Ihr etwas braucht, kann ich Euch sicherlich helfen«, bot Agnes Kathlin an. »Noch sind nicht alle Obergünzburger fort ...« Sie stockte.

Kathlin zwang sich zu fragen: »Weshalb wirkt der Ort denn so ausgestorben? Wo sind die Leute? Sind denn tatsächlich neue Überfälle der Schweden zu fürchten? Habt Ihr darüber verlässliche Nachrichten?«

Reichharts Blick wurde düster.

»Nun, wir rechnen damit, dass Feldmarschall Wrangel oder der Vicomte de Turenne mit ihren Rotten auch hier in der Gegend auftauchen. Bislang gibt es immer wieder Gerüchte über nahende Truppen. Sie waren der Anlass, dass fast alle, die nicht alt und krank oder mittellos sind, ihre Habe zusammenpackten und sich wieder in ihre Zufluchtsorte in die Schweiz und nach Tirol aufgemacht haben. Keiner fragt, was aus denen, die zurückbleiben, wird.«

Er blickte zum Fenster und schob in Gedanken sein Messer, mit dem er gegessen hatte, auf dem Tisch hin und her. Mit einem Mal wirkte er nicht mehr so gelassen.

»Ich fürchte, wir können nur beten, dass uns das Unglück diesmal verschont.«

»Und Ihr?«, fragte Kathlin. ›Und wir?‹, dachte sie.

»Ich rechne damit, dass wir, wenn die Plünderer tatsächlich anrücken, rechtzeitig Nachricht bekommen. Nicht erst dann, wenn bereits irgendwo Sturmglocken läuten ...«

»Und was dann?«, Kathlin flüsterte fast.

»Derzeit gibt es wohl keinen Grund, sich deswegen Sorgen zu machen. Ich habe gerade erst Briefe erhalten ... Im Augenblick sind wohl keine Schweden oder Franzosen in unserer Nähe.« Reichhart lächelte müde. »Wenn es hier tatsächlich losgehen sollte, seid Ihr hoffentlich wieder in Salzburg. In Sicherheit. Und, wie ich es zuversichtlich erhoffe, wir anderen auch irgendwo.«

»Was machen die Leute, die nirgends hinkönnen?«

»Das, was sie immer machen: Sie verbergen sich in den Wäldern. Da gibt es alte Verstecke, Erdlöcher, Höhlen ...«

»Unser Gut ist für Fremde nicht zu entdecken. Geht mit den Leuten dorthin.«

Reichhart lächelte wieder. »Das hat Eure Mutter auch immer vorgeschlagen. Jedes Mal, wenn Gefahr drohte. Agnes und ich werden es im äußersten Notfall auch tun. Aber die meisten ...« Er schüttelte den Kopf. »Wisst Ihr, die Leute glauben sich sicherer, wenn sie allein in irgendeiner Erdspalte hocken ...«

»Und ganz unrecht haben sie nicht«, warf Agnes ein. Sie hatte Teller und Schüsseln vom Tisch abgetragen, doch jetzt setzte sie sich wieder neben den alten Josef hin, der nach dem Essen eingedöst war.

»Je mehr Menschen, desto schwieriger wird es, tatsächlich still zu halten. Drum fliehen alle, wenn es wirklich losgeht, in die Wälder ringsum.«

»Ich vermute, dass uns im Moment von den Streifen der Schweden oder Franzosen keine Gefahr droht«, wiederholte Reichhart. »Also seid unbesorgt. Und im schlimmsten Fall könntet Ihr, wenn Ihr nur ruhig wartet, in der Melose ausharren. Die Marodeure bleiben meistens nicht lange vor Ort.«

Hanna gewöhnte sich rasch an das Leben am Hofgut. Hinter den rosenbewachsenen Mauern ging es still und geborgen einen einfachen Gang.

Sie stand früh auf und half zuerst Cilli, Wasser aus dem tiefen Brunnen unter der Kastanie zu schöpfen. Gemeinsam fachten sie das Herdfeuer an und holten die von den Hühnern gelegten Eier herein. Dann ging die Magd in den Stall, um mit Josef die Kuh und die Ziegen zu melken. Zum Frühstück richtete Hanna Milchbrei mit getrockneten Früchten, die sie am Abend aus der Speisekammer geholt und in Wasser eingeweicht hatte, und meist frisches Brot, bestrichen mit Mus. Während Cilli dann Kathlin beim Waschen und Betten ihrer Mutter zur Hand ging, begleitete Hanna den alten Josef, der die Tiere zur Weide brachte. Dann saß sie neben ihm im trockenen Gras und hörte seinen Geschichten und seinen mit heiserer unmelodischer Stimme gesungenen Liedern zu.

Oder sie streifte alleine von Lichtung zu Lichtung, sprang über sprudelnde Bäche und stand unvermittelt vor Teichen in sumpfigem Grund. Seit sie den schützenden Waldgürtel nicht mehr verlassen wollte, stellte sich ihr nichts mehr in den Weg.

Tag für Tag blieb es sonnig und warm. Im Wald roch es nach Pilzen und unlängst geschlagenem Holz. Hoch droben leuchteten Kuppeln wie Gold. Unter das letzte Grün mischte sich immer mehr herbstliches Laub.

Wenn Hanna gegen Mittag zurückkam, zeigte ihr Cilli, wie sie Teige für Nudeln und Küchle anrührte und brachte ihr bei, über der Glut auf dem großen, gemauerten Herd Suppe zu kochen. Am Hof gab es Milch, Butter, Eier und Schmalz, Honig, getrocknetes Obst und Gemüse genug. Und, dank Abt Albert, auch Rauchfleisch dazu.

Hanna lernte, zu buttern und käsen und sogar, Wäsche zu waschen. Dazu waren in Salzburg immer zwei Frauen ins Haus gekommen, die die Körbe hinunter zur Salzach und dann auf die Bleiche getragen hatten.

Am Donnerstag setzte Cilli im Waschhaus eine Lauge aus Pottasche und großen Büscheln Lavendel an. Nach dem Einweichen galt es, die Leinenwäsche in gewärmtem Wasser zu kneten, zu rubbeln und mit hölzernen Stöcken zu schlagen. Über einem offenen Feuer hing dazu ein Kessel, aus dem Hanna und Cilli Wasser in einen Holztrog schöpften. Am Ende wurde gespült und Stück für Stück zum Trocknen und Bleichen auf der Obstgartenwiese in die pralle Sonne gelegt. Aus Wolle Gewirktes durfte kurz eingeweicht und dann in kaltem Wasser gespült werden. Die Kleider und alle feineren Stoffe wurden nur gründlich gelüftet und, wo es nötig war, schonend gebürstet oder mit allen möglichen Mittelchen Flecken entfernt. An diesem Abend war Hanna von ihrer Arbeit so müde, dass sie beim Essen einschlief.

Derweil wollte Butz immer bei Hanna sein. Auch wenn er noch immer mehr einer schrumpeligen Wurst als einem Hund ähnelte, hatte er bereits etwas zugenommen. Da er, wenn sie ihn allein ließ, jämmerlich heulte, hatte sie es sich angewöhnt, ihn, wie Simon es vorgemacht hatte, in einem Beutel mit sich zu tragen. Dann streckte Butz den Kopf und seine Vorderpfoten oben heraus und war glücklich.

Wenn er draußen herumpurzelte, beäugten die Katzen des Hofes ihn zunächst misstrauisch. Und als er einmal mutig versuchte, ein paar Stücke von ihrem Futterteller zu klauen, fauchte die alte Katzenmutter ihn derart an, dass er vor Schreck fast einen Salto rückwärts machte. Doch da den Katzen bald klar war, dass er sie mit seinem Hinkebein sicher nicht jagen konnte, ignorierten sie ihn meistens großzügig.

Nach wie vor schlief die Großmutter viel und manchmal schien sie vor Fieber zu glühen. In den Stunden, in denen sie wach und recht klar war, versicherte sie, dass es ihr an nichts fehle.

»Seit ihr da seid, geht es mir gut«, sagte sie und lächelte Kathlin und Hanna an. Tatsächlich klagte sie nie. Vielmehr versicherte sie: »Mir tut ja nichts weh.«

Freitagmorgen war sie so schwach, dass sie kaum einen Schluck trinken konnte, und indem sie stumm ihren Kopf auf die Seite drehte, weigerte sie sich, auch nur einen Bissen zu essen. Kathlin streichelte ihre Wangen und stellte den Teller weg.

Mittags flüsterte Magda: »Bring mir doch die Mizzi.« Das war die kleinste der Hofkatzen, ein Strammel, der sich, wenn Magda draußen sein konnte, oft zu ihr legte, um stundenlang laut und vernehmlich zu schnurren. Ins Haus durften die Katzen sonst nicht.

Hanna wollte sich auf die Suche nach der kleinen Tigerin machen, doch als sie die Haustür aufmachte, saß Mizzi bereits auf der Schwelle. Während die Kätzin sich schnurrend an die Großmutter schmiegte, entspannte die alte Frau sich und atmete leichter.

Im Lauf des Nachmittags schaffte sie es, etwas Wasser und Milch zu sich zu nehmen. Sie hielt den Becher selbst in ihren zitternden Händen und führte ihn einige Male unendlich langsam an ihren Mund. Dann ließ sie Hanna ein Schüsselchen holen und kippte den Milchrest für Mizzi hinein. Als das Tier eifrig schlabberte, lachte sie.

Kathlin kamen die Tränen.

Als Cilli und Josef vor dem Schlafengehen noch einmal in die Stube schauten, um ein Vaterunser zu beten, schlief die Großmutter ruhig, und neben ihr lag die Katze.

Vom ersten Abend an hatte Kathlin die Kranke nachts nicht allein gelassen. In der geräumigen Stube wurden die beiden Betten nebeneinander gestellt. Kathlins Schlaf war seit Hannas Geburt leichter als früher, und wenn sie gebraucht wurde, wachte sie auf.

Doch in dieser Nacht schlief sie fest. Kein lautes Geräusch drang in ihr Bewusstsein. Alles blieb ruhig.

Erst gegen Morgen weckte eine ungewohnte Bewegung sie auf. Mizzi drückte ihren Kopf immer wieder an ihre Schulter. Als die Katze bemerkte, dass Kathlin sich rührte, maunzte sie kläglich. Kathlin fuhr im Bett auf.

Sie lauschte. Bis auf das leise Miauen war es im Raum völlig still.

Als sie sich über ihre Mutter beugte, sah sie, dass Magda nicht schlief. Ihre Augen waren geschlossen. Sie lag völlig reglos, die Arme über der Decke neben dem Körper, die Hände geöffnet. Sie atmete nicht mehr.

Ihre Mutter war friedlich gestorben.

3

Am 23. Oktober 1646, einem Dienstag, wurde die Großmutter auf dem Obergünzburger Kirchhof begraben.

Während der Pestjahre hatte der Platz für die Toten rund um St. Martin nicht ausgereicht. Sie fanden bei der St. Nikolauskirche oben am Berg ihre letzte Ruhe. Doch Pfarrer Reichhart war damit einverstanden gewesen, Magda Lauber in eine Grabstelle gleich an der südlichen Kirchenmauer zu legen. Wegen der Hitze, die im Laufe des Tages drohte, fand das Begräbnis am frühen Morgen statt.

Beim Requiem saßen Hanna und Kathlin, der die Tränen über die Wangen liefen, ganz vorn in der Kirchenbank. Mehr als das Sterben der alten Frau machte Hanna die tiefe Trauer ihrer Mutter zu schaffen. Sie litt mit ihr, aber sie konnte nicht helfen.

Hanna hatte die Großmutter gern gehabt. Aber eigentlich war sie mit ihr nicht vertraut gewesen. An ihre ersten zwei Lebensjahre, als Hanna mit ihrer Mutter in der Melose gelebt hatte, hatte sie keine Erinnerung. Die Liebe und unbedingte Verbundenheit, wie Hanna sie seit jeher für ihre Mutter empfand, hatte sie ihrer Großmutter nicht entgegengebracht. Deswegen fühlte sie sich ein wenig schuldig.

Als Kathlin und sie sich erhoben, um dem von vier Männern getragenen Sarg und dem Pfarrer nach draußen zu folgen, bemerkten sie erst, wie viele Menschen trotz des Werktags zu Magdas Abschied gekommen waren. Vermutlich das ganze verbliebene Dorf war auf den Beinen.

Auf dem Kirchhof wuchs Hannas Beklommenheit noch. Sie sah die Männer und Frauen, die sich müde und unbeteiligt einer hinter dem anderen durch die geöffnete Kirchentür schoben.

Manche Gesichter waren von Hunger, Krankheit oder von Seelenqualen gezeichnet. Misstrauen prägte die Züge der Alten. Die Jungen blickten Hanna aus großen Augen an oder sie senkten die Lider, verschlossen und scheinbar stumpf. Das offensichtliche Elend schnürte ihr die Kehle zu.

»Das ist der Jos, der Nachbar«, flüsterte Cilli. Hanna versuchte, nicht hinzustarren. Der Mann und seine Familie waren in gutem Sonntagsgewand erschienen. Aber die meisten der Trauergemeinde steckten in fadenscheiniger oder geflickter Kleidung, manche sogar in Lumpen.

Angesichts dessen fühlte sich Hanna unbehaglich in ihrem feinen Kleid. Es war aus schwarzer Seide genäht. Das weiße Trauertuch, das ihre kaum gebändigten Locken bedeckte, war reich mit Spitzen besetzt. Der scharfe Kontrast zu der Armut vor ihren Augen machte sie verlegen. Erstmals begriff sie, wie froh und sorglos ihre Kindheit im Grunde verlaufen war. Echte Not war ihr fremd. In diesem Moment war ihr, als müsste sie sich deswegen schämen. Etwas gut machen, wofür sie nichts konnte. Aber sie wusste nicht, wie.

Das ausgehobene Grab wurde bereits von der Morgensonne beschienen. Doch der größte Teil des Kirchhofs lag noch im Schatten, und die Luft roch würzig und frisch.

Kirche und Friedhof waren von einem Ring hoher Mauern mit einem Wehrgang umgeben. Zwei Tortürme, im Süden und Norden, gewährten den Zugang. In besseren Zeiten waren an die Außenseiten der Mauern zahlreiche Läden angebaut worden. Inzwischen waren die Buden verfallen und größtenteils abgerissen und als Brennholz verheizt. Die Mauern wurden von Heckenrosen, von wildem Wein und an den Schattenseiten von Efeu, der das Blattwerk behalten hatte, berankt. Auf dem ganzen Friedhof wuchsen vertrocknete Stauden und Gras. Das welke Grün war gemäht worden, ein hoffnungsloses Bemühen um Ordnung inmitten des Niedergangs. Es gab nur wenige

Grabzeichen, vor allem an der Mauer der Kirche. Die meisten Toten lagen in zufälliger Gemeinschaft unter der Erde bestattet.

Die Gemeinde sang das ›In paradisum‹. Die Totenglocke läutete. Die Sonne hatte bereits an Kraft gewonnen, am Grab wurde es warm.

Pfarrer Reichhart las: »Ich bin die Auferstehung und das Leben ...«

Langsam wurde der Sarg in die Grube gesenkt. Drei Schaufeln Erde fielen darauf.

Etwas bewog Hanna, sich umzuschauen. Ihr Blick fiel auf zwei Frauen, die etwas abseits in der Nähe des südlichen Torbogens standen. Die jüngere, eigentlich noch ein Mädchen, vielleicht ein paar Jahre älter als Hanna, starrte sie an. Ihr Gesicht war sehr blass und von nahezu schwarzem Haar eingerahmt. Die Frau daneben war nicht mehr jung. Aber ihr Haar war nicht ergraut. Unter einer ausgefransten Haube schauten rotblonde Strähnen heraus.

Das Mädchen wandte den Blick weiterhin nicht von Hanna. In dem Moment streifte ein Schatten Hannas Gesicht und unwillkürlich sah sie nach oben. Am Himmel hoch über ihr kreiste ein Vogel. Ein Windstoß spreizte die Federn der Flügel. Für einen Augenblick meinte sie, einen frischen Luftzug unter den Armen zu spüren. Dort droben zu schweben, wie mochte das sein?

Da zischte von irgendwo hinter den Mauern ein Pfeil in die Luft. Er erreichte sein Ziel, und der Vogel stürzte getroffen nach unten. Unmittelbar vor Hanna schlug er in der Grube auf.

Die Leute reckten die Köpfe und spähten in das offene Grab. Auf dem Sargdeckel zuckte es: Ein Rabe mit schwarzem Gefieder. Ein Unglücksvogel. Der Pfeil hatte einen Flügel durchbohrt. Ein paar Frauen bekreuzigten sich.

Eine warf rasch eine weitere Schaufel voll Erde hinunter. Andere folgten. Dreck und Steine prasselten über den verletzten

Vogel herein. Er wand sich, kroch hin und her und suchte vergeblich dem Grab zu entkommen.

Entsetzt sah es Hanna mit an. Im nächsten Moment rutschte sie über Kies und Geröll in die Grube hinunter und versuchte den Raben mit ihren Händen zu greifen. Der flatterte panisch und hackte mit seinem Schnabel. Dennoch gelang es ihr, den Schaft des Pfeiles zu fassen und auseinander zu brechen. Mit einem Ruck zog sie die beiden Teile heraus. Als der Vogel kurz innehielt, hing sein Flügel kraftlos herab. Eilig hob Hanna das Tuch von ihrem Kopf und warf es über den Raben. Behutsam nahm sie ihn damit auf. In ihren Händen schlug das Vogelherz rasend vor Angst und Schmerz.

Hanna blickte nach oben. Ihre Mutter hatte sich niedergekauert und streckte die Hand nach ihr aus. Über dem Schrecken waren ihre Tränen versiegt. Andere Gesichter am Grabrand schauten Hanna missbilligend an. Manche lachten auch.

Pfarrer Reichhart lächelte gleichfalls, als er ihr gemeinsam mit zwei anderen Männern heraushalf. Doch die meisten der Umstehenden rückten ein Stück von ihr ab.

Ihr Kleid war verschmutzt. Sie drückte den Raben leicht an sich, und er wehrte sich nicht mehr. Vorsichtig hob sie das Tuch an und schaute in dunkle Vogelaugen. Der Rabe legte den Kopf schief.

Wozu sollte er sterben?

Zwar waren die Gasthöfe verwaist, auch der Hirschwirt hatte den Ort vor ein paar Tagen verlassen. Aber sein Hausknecht und zwei junge Mägde waren geblieben und schenkten nun auf dem Platz zwischen Rathaus und ›Goldenem Hirschen‹ Most und frisches Dünnbier als Leichentrunk aus. Dazu gab es Brot, das Josef gebacken hatte, geräucherten Schinken aus Magdas Speisekammer und Schmalz.

Die Leute umstanden die wenigen Tische und Bänke und aßen und tranken im Stehen, was keinen störte. Zum ersten Mal wirkten sie lebhaft, binnen kurzem wurde gescherzt und gelacht.

Nach verlegenen Beileidsworten erklärte einer mit bedeutsamer Miene, dass Kathlin und Hanna im Ort ›keine Fremden‹ wären. Ringsum nickte alles. Das drückte ein Höchstmaß an Freundlichkeit aus.

»Obwohl bei uns Christenmenschen sonst nicht in Gräber springen«, wandte ein Spaßvogel grinsend ein.

Agnes hatte Hanna einen geflochtenen Käfig für den Raben gebracht, und darin lag er nun regungslos, noch immer bedeckt von dem Tuch.

Eine Gruppe von Burschen und Mädchen standen mit Bechern in ihren Händen zusammen und schauten immer wieder zu Hanna herüber. Aber keiner von ihnen kam näher.

Endlich gesellte sich Cilli, die die Brotscheiben geschnitten hatte, zu ihr. Auf Hannas neugierige Frage, nannte sie ihr die Namen.

»Der große mit den hellblonden Haaren, der mit dem schönen Wams, der heißt Loy. Das ist der einzige Sohn vom Jos Groß.«

Seinem gedrungenen Vater mit dem runden Schädel sah er nicht ähnlich.

Er war ein gutaussehender Junge, und er wusste das auch. Das wellige Haar war sorgsam gekämmt und betonte die hohe, gerade Stirn. Der Blick erschien selbstbewusst. Er mochte achtzehn oder neunzehn Jahre alt sein und hatte offensichtlich unter den jungen Leuten das Sagen. Obwohl seine Miene betont gleichgültig wirkte, ließ er Hanna nicht aus den Augen. Das hätte ihr schmeicheln können, aber tatsächlich fühlte sie sich nicht wohl dabei.

»Der magere daneben heißt Andris. Andris Möst. Der gehört zum Gesinde und hütet die Ziegen vom Groß.« Im Gegensatz zu den anderen vermied er es, Hannas Blick zu begegnen. Sein junges Gesicht mit breiten Wangenknochen und leicht schräg geschnittenen Augen wirkte verlegen, und er bewegte sich unruhig, als wäre er gerne verschwunden.

Jetzt legte Loy ihm einen Arm um die Schultern und redete auf ihn ein. Andris schwieg, doch ihm war anzusehen, dass ihm das, was der andere sagte, ganz und gar nicht gefiel. Hanna wunderte sich über den vertrauten Umgang der beiden. Hirten standen für gewöhnlich ganz unten auf der gesellschaftlichen Leiter. Die meisten Bauern unterbanden jeglichen Umgang ihrer eigenen Kinder mit den berüchtigten Hungerleidern.

»Das Mädchen dort ist die Judit Weidlin.« Ein hübsches, vielleicht siebzehnjähriges Ding, das ständig lächelte und dabei Loys Aufmerksamkeit auf sich zu ziehen suchte. »Und die Kleine an ihrem Rockzipfel ist ihre Schwester Leni. Die hat ihre Mutter noch mit fast vierzig Jahren bekommen, sie hängt praktisch immer an Judit dran.«

Das Kind konnte noch kaum sicher laufen. Tatsächlich hatte es mit einem Händchen den Rock seiner großen Schwester gefasst. Die andere Hand steckte mit allen Fingern in Lenis Mund.

Ein schmächtiger Junge mit auffallend großen blinzelnden Augen hatte der Kleinen ein Schmalzbrot geholt.

»Der heißt Max Konemann«, sagte Cilli. Sie verzog das Gesicht, als er vor den Mädchen herumalberte und sie zum Lachen brachte. »Max sagt aber keiner, nur Konemann. Und dann ist dort noch Clara Bechler.«

Ein hochgewachsenes Mädchen, das Hanna mit boshafter Miene betrachtete und laut vernehmlich mit spitzer Zunge über deren beschmutztes Kleid lästerte. Dass ihr eigenes Mieder voll Flecken und ihr Rocksaum ausgefranst waren, störte sie offenbar nicht.

Auf einmal fühlte sich Hanna todmüde. Es war noch nicht einmal Mittag, aber sie hätte sich am liebsten irgendwo in den

Schatten verkrochen und die Augen vor allem geschlossen. Sie bemerkte, wie sich die Blicke der jungen Leute auf den Vogelkäfig neben ihr richteten. Der Rabe bewegte sich unter dem Tuch.

Loy sagte etwas, das Hanna nicht hören konnte, der alberne Konemann grinste und Clara lachte laut auf.

»Was machen wir jetzt mit dem armen Vogel?«, sagte Hanna mehr zu sich selbst als zu Cilli.

Die Magd überlegte nicht lange.

»Seit wir keinen Bader mehr haben, gehen die Leute meistens zu Nell und Ursula. Auch mit ihren Tieren. Unlängst hatte eines von unseren Zicklein ein giftiges Kraut gefressen und vor Schmerzen geschrien. Die Frauen haben ihm mit Wasser zerriebene Holzkohle eingeflößt und es damit kuriert.«

»Und wo sind die beiden?«

»In dem kleinen Pächterhaus, das zur Melose gehört. Nicht im Wald, sondern auf der anderen Seite der Straße, ein Stückchen bergauf. Es ist gar nicht weit. Sie sind nicht von hier. Anfang des Jahres, mitten im Winter, sind sie bei uns aufgetaucht. Eure Großmutter hat sie in dem Häuschen wohnen lassen. Als sie krank wurde, haben sie mir sehr geholfen. Aber sie gehen nicht viel unter Menschen ...«

»Gut, also zum Pachthaus.«

Hanna holte Butz aus dem Pfarrgarten. Begeistert hopste er ihr entgegen und wühlte sich in seinen Beutel. Mit Hund und Vogelkäfig bepackt, suchte sie nach ihrer Mutter. Sie fand sie am Zugang zum südlichen Kirchhoftor.

Doch Kathlin sagte: »Ich will nicht, dass du allein durch die Gegend läufst. Wir bleiben, bis Josef das Grab zugemacht hat. Danach gehen wir alle zusammen ...«

»So lange können wir aber nicht warten«, drängte Hanna. »Schau ihn dir an.« Sie deutete auf den zitternden Vogel. Der Rabe hob langsam den Kopf und blinzelte matt. »Cilli begleitet mich doch. Was soll schon passieren?«

Kathlin seufzte und nickte endlich. Hanna drückte einen flüchtigen Kuss auf ihre Wange. Dann winkte sie Cilli.

Ohne sich umzusehen, schlugen sie den Weg Richtung Habersberg ein.

Die rotblonde Frau, die gleich darauf aus dem Gewölbe des Torturms hervortrat und Kathlin May ansprach, bemerkten sie nicht. Auch nicht Loy Groß und seine Gefährten, die sich kurz verständigten und ihnen dann schweigend in einigem Abstand folgten.

Ahnungslos liefen Hanna und Cilli bergauf und verließen schließlich die Straße, um den Weg über einen schmalen Pfad zwischen Schlehen, Hagebutten und Holunderbüschen zu nehmen.

Loy und die anderen taten es ihnen nach. Die Gruppe ging schneller, und der Abstand verkürzte sich rasch. Judit und das kleine Mädchen blieben dabei immer weiter zurück.

»Dort ist es.«

Cilli deutete auf das niedrige Pächterhaus. Es war hinter Beerensträuchern, Apfel- und Pflaumenbäumen kaum zu erkennen. Daneben stand eine verfallene Scheune. Jetzt öffnete sich wieder der Blick auf die Straße, die in weitem Bogen um das kleine Anwesen und nach Westen hinauf Richtung Hartmannsberg lief.

Als sie näherkamen, schwang die Haustür auf und eine junge Frau trat heraus.

»Das ist Nell«, sagte Cilli.

Hanna erkannte das blasse, schwarzhaarige Mädchen vom Friedhof wieder. Regungslos, mit ernstem Gesicht sah es ihnen entgegen.

Im gleichen Moment hörte Hanna hinter sich Schritte. Sie schaute sich um. Verblüfft sah sie sich Loy, Andris, Konemann und der spöttischen Clara gegenüber.

Erst blieben sie stumm vor ihr stehen. Dann trat Konemann mit komisch tänzelnden Schritten auf Hanna zu. Etwas an seinen dunklen, ein wenig vorstehenden Augen rührte sie merkwürdig an. In einer übertriebenen Geste verbeugte er sich und deutete auf den Vogelkäfig in ihrer Hand.

»Ihr wollt doch der Hexe da keinen Raben bringen? Gebt lieber mir das Viech ...« Er griff nach dem Käfig.

Hanna schlug ihm kräftig auf seine Hand. »Was fällt dir ein?«

Verblüfft fuhr er zurück. Offenbar hatte Konemann mit Widerstand nicht gerechnet, denn er schaute sich ratlos nach Loy und den anderen um. Die rückten näher heran. Andris wirkte verlegen.

Doch Clara trat frech neben Konemann und starrte Hanna feindselig an. Ihr langes, glattes Haar hatte sich beim Laufen gelöst. Es war von einem satten, glänzenden Braun. Sie strich es über die Schultern. Es reichte ihr bis zum Gesäß. Sie deutete auf Nell, die immer noch still hinter Hanna in ihrer Tür stand.

»Die braucht so einen Vogel doch für ihre schwarze Magie«, sagte sie böse.

»So ein Blödsinn. Er ist verletzt und wir werden ihm helfen«, erwiderte Hanna kühl.

Plötzlich erhielt sie von Clara einen heftigen Stoß. Zugleich entriss Loy ihr den Käfig. Blitzschnell wandte sich die Gruppe um, und wollte mit ihrer Beute davon.

Doch ein Schrei stoppte sie. Judit hatte Leni auf ihre Hüfte gehoben, ihr Blick war nach Norden gerichtet, sie schrie gellend laut. Einen Moment lang starrten sie alle hinüber zur Straße. Dann begann Judit mit der Kleinen zu laufen und alle anderen wichen unwillkürlich in Richtung des Pächterhauses zurück.

Auf der Straße waren Soldaten. Auf Pferden. Etwa ein Dutzend. Die Federn an ihren Hüten wehten im Wind.

Konemann flüsterte: »Schweden. Oh Gott.«

Die gefürchteten Schlächter ritten auf Obergünzburg zu. Judits Schreien hielt sie jäh auf. Sie standen kaum 50 Klafter von der Kate entfernt.

Hanna kam es in dem Moment vor, als ob die Zeit sich verlangsamen würde, wie ein Rad, dem eine Hand in die Speichen griff. Sie starrte die hoch aufgerichteten dunklen Gestalten an. Ihre Gesichter waren im Schatten unter den breitkrempigen Hüten nicht zu erkennen. Aber sie spürte, wie sie der Trupp ins Visier nahm. Zwischen dem Haus und der Straße wucherten Brombeerranken und niedriges, dichtes Gestrüpp. Querfeldein konnten die Bluthunde nicht galoppieren.

Einer legte den Kopf in den Nacken und hob seinen Arm. Der Befehl war nicht zu hören. Im nächsten Moment sirrte ein Pfeil. Der Bogen war eine nicht mehr gebräuchliche Waffe, aber er tötete lautlos. Der Pfeil flog auf Andris zu. Der stand wie erstarrt. Doch Cilli packte instinktiv seinen Arm. Sie ließ sich mit aller Macht fallen und riss den Jungen dabei mit zu Boden. Statt seine Brust zu treffen, streifte der Pfeil kaum seine Schulter und fuhr ins Gebüsch.

Unwillkürlich duckten sich alle, doch es gab keine Deckung, außer ...

»Ins Haus!«, riefen Loy und Nell im gleichen Moment. Alle krochen und stürzten zur Tür.

Loy hatte den Vogelkäfig fallen gelassen. Der war auf die Seite gekippt, der Rabe flatterte panisch. Hanna bückte sich rasch, um ihn wieder an sich zu nehmen. Noch bevor sie den Käfig aufstellen konnte, fuhr ein Pfeil in das Brett, das als Boden des Flechtwerks diente, und blieb darin stecken. Nur ein paar Handbreit vor ihrem Gesicht. Sie keuchte erschrocken auf. Sie konnte den Pfeil nicht aus dem Holz herausziehen. Also brach sie mit bebenden Händen den Schaft hinter der Spitze ab.

Auf der Türschwelle wandte Hanna sich um. Bislang war kein Schuss aus den Musketen der Söldner zu hören. Sie sah, wie sie stattdessen weitere Pfeile an ihre Bögen anlegten – und Judit, die mit Leni mitten am Weg stand.

Hanna zögerte, da schob sich Konemann an ihr vorbei und lief wieder hinaus. Ohne die Gefahr zu beachten, suchte er Judit und ihre kleine Schwester zu holen. Hanna stockte der Atem. Kaum drei Schritte vom Haus stürzte der Junge plötzlich vornüber. Er lag da wie betäubt. Loy und Andris packten ihn an seinen Füßen und zogen ihn über die Schwelle zurück.

»Bist du getroffen?«

»Nö«, Konemann stand schwankend auf. »Bloß über irgend 'ne blöde Wurzel gefallen.«

Judit und Leni krabbelten derweil auf allen Vieren in Richtung Pächterhaus.

»Das schaffen die nicht«, murmelte Clara düster.

Loy rief: »Wir brauchen ein Schild!« Er und Andris machten sich daran, die Stubentür auszuhängen.

Doch plötzlich galoppierte ein einzelner Reiter den Pfad von Obergünzburg herauf. Blitzschnell zog er erst Leni, dann Judit zu sich auf den Rücken des Pferdes und preschte weiter zum Haus.

»Simon?«

Hanna wollte ihren Augen nicht trauen. Es war Simon Reisinger, allein, ohne seine Gefährten. Als er die Haustür erreichte, hob er die Mädchen Loy und Andris entgegen, dann sprang er ab und ließ sein Pferd laufen. Erleichtert sah Hanna, wie es im weiten Bogen in Richtung des Dorfes verschwand.

Jetzt waren alle im Haus. Mit Wucht schlug Simon die Tür zu, Nell drehte den großen Schlüssel herum und schob den Riegel vor.

»Die Fensterläden!«, rief sie. Auch sie wurden eilig verschlossen. Nur durch die Spalten drang noch etwas Sonnenlicht, und am Ende des Flurs glomm das Feuer am Herd. Schemenhaft waren die niedrigen Räume, die Stube und eine Kammer, zu sehen. Hanna wollte Simon mit ihren Fragen bestürmen, doch der hob den Zeigefinger an seine Lippen.

Mit einem Mal standen alle ganz still. Atemlos lauschten sie nach draußen.

Noch war nichts zu hören.

Judit schluchzte lautlos in sich hinein. Leni hatte den Kopf in ihren Röcken vergraben, als könne sie sich vor dem, was ihr Angst machte, einfach verstecken. Cilli schloss Judit tröstend in ihre Arme. Konemann rieb sich das aufgeschlagene Schienbein, derweil schlichen Loy und Andris leise von Fenster zu Fenster, um durch die Spalten zu spähen.

Was ging draußen vor?

Als spürten sie die stummen Fragen in ihrem Rücken, schüttelten die Jungen den Kopf oder zuckten die Achseln.

Was würden die Söldner tun? Ritten sie weiter? Es waren nicht viele, womöglich ein Spähtrupp, dem nicht daran gelegen war, mit Büchsenschüssen Aufmerksamkeit auf sich zu lenken. Dann würden sie sich doch nicht von einigen Halbwüchsigen aufhalten lassen? Hanna klammerte sich an diesen Gedanken. Sie würden nicht kommen. Sie ritten vorbei, ganz bestimmt ... Aber irgendetwas ließ sie daran zweifeln. Diese reglosen dunklen Gestalten ... Hanna zitterte plötzlich. Sie fror, obwohl es im Haus stickig warm war. Die Männer hatten sie ins Visier genommen ...

Nell war in die fensterlose Kammer verschwunden. Hanna hörte ein Ächzen. Gleich darauf huschte das Mädchen wieder zurück in den Flur.

Draußen blieb alles ruhig. Nach und nach regte sich Hoffnung in den ängstlichen Mienen der Jungen und Mädchen. Aber Simon bedeutete ihnen noch immer, zu schweigen und sich still zu verhalten.

Was, wenn das Ziel der Soldaten das Dorf unten war? Ein Raubzug, um in dem wehrlosen Flecken zu plündern und morden? Hanna schluckte. Dann waren ihre Mutter und alle anderen jetzt in allerhöchster Gefahr ...

Draußen knackte ein Zweig. Etwas entfernt war das Schnauben eines Pferdes zu hören. Gleich darauf näherten sich tastende Schritte. Die Schlächter waren nicht weitergeritten. Sie standen direkt vor dem Haus.

Selbst in dem Dämmerlicht war das blanke Entsetzen in den Gesichtern der jungen Leute zu sehen.

Loy griff nach der Axt, die neben dem Herd stand. Simon zog seinen Degen. Er stand direkt vor der Tür.

Da hörte Hanna ein Knistern. Es kam von oben, vom Dach. Das war mit Stroh gedeckt ...

»Die stecken das Haus an«, flüsterte jemand.

Bestürzt starrten sie einander an.

Tatsächlich drang Rauch aus einer offenen Luke in der Decke des Flurs. Dort führte eine Leiter hinauf. Gleich darauf war ein Prasseln zu hören, das Dach hatte Feuer gefangen. Durch die Luke fiel glimmendes Stroh.

»Wir werden alle verbrennen«, schrie Clara auf.

»Nein«, zischte Nell leise. »Wir kommen hier raus. Schnell, in die Speisekammer. Da ist ein Hausbrunnen. In dem Schacht kann man bis zu einem Gewölbe hinuntersteigen. Los, kommt schon!«

Derweil quoll der Rauch bereits schwarz in den Flur. Hustend drängten sie sich in die Kammer und schlossen die Tür, um dem Qualm zu entkommen. Hanna hielt sich ihr Tuch vor Nase und Mund. Es brachte nicht viel. Wenigstens war es im Raum nicht stockdunkel. Eine Laterne stand auf dem Boden. Das Licht fiel auf einen massiven hölzernen Deckel, der wie eine Kellerfalle aussah.

Im nächsten Moment hatten Simon und Loy gemeinsam den rostigen Ring angepackt und die schwere Klappe gehoben. Nell leuchtete in ein finsteres Loch. Eine geschmiedete Leiter führte nach unten.

»Gibt es hier einen Strick?«, fragte Simon hastig.

Nell zog einen aus einer Ecke.

Simon zerrte daran. Er hielt.

»Gut. Gebt mir die Kleine.«

Er nahm Leni Huckepack und Nell und Loy banden sie auf seinem Rücken fest. Im nächsten Moment stieg er mit dem weinenden Kind in den Brunnenschacht.

»Die Leiter endet direkt am Gewölbeeingang. Mach einen Schritt nach rechts!«, rief Nell gedämpft.

Sie drängte Judit, Cilli, Clara und Hanna zum Brunnenrand. Inzwischen brannte über ihnen die Decke. Die Hitze war furchtbar, aber der Rauch zog nach oben, durchs kaum noch vorhandene Dach. Die ersten Balken brachen herunter, doch noch wurde keiner getroffen.

Hanna tastete nach der ersten Sprosse der Leiter. Sie hatte das Tuch um ihre Taille gewunden und den Vogelkäfig daran befestigt. Butz hatte sich tief in seiner Tasche verkrochen. Die hing ihr über der Schulter, so hatte sie beide Hände zum Klettern frei. Ihre Handflächen schwitzten. Wären die Sprossen nicht so verrostet gewesen, wäre sie abgerutscht. Unter sich hörte sie Clara husten und keuchen. Über ihr folgte ihr Nell in den Brunnen.

Im Schein der Laterne nahm Hanna zunächst glatte Ziegel wahr, weiter unten behauene Steine.

Jetzt brannte das Haus lichterloh. Ein glühendes Dielenbrett wirbelte in das Brunnenloch und verfehlte Hanna um Haaresbreite. Sie zuckte erschrocken zurück und starrte dem Funken sprühenden Brett hinterher, bis es irgendwo in der Tiefe zischend in Wasser tauchte.

Andris und Konemann schwangen sich auf die Leiter.

»Au!« Die Sprossen wurden schon heiß.

Loy folgte als Letzter. Gerade, als er die Kellerfalle zuziehen wollte, krachte die ganze Decke der Speisekammer in einem Funkenregen nach unten. Bretter und Balken stürzten übereinander. Dennoch schaffte es Loy irgendwie, die schwere Klappe über ihnen zu schließen.

Bald würde auch der Brunnendeckel in Flammen stehen. Doch für kurze Zeit waren sie sicher.

Hanna wagte nicht, daran zu denken, wie es unten wohl weiterging. Sprosse um Sprosse stieg sie vorsichtig tastend nach unten. Einmal berührte sie leicht Claras Kopf und die quiekte erschrocken auf. Über ihr flüsterten die Jungen. Nur von Nell nahm sie außer dem Lichtschein nichts wahr, nicht einmal den leisesten Atem.

Unvermittelt trat Hannas Fuß unter der letzten Sprosse ins Leere, und sie erschrak so, dass sie ums Haar abgestürzt wäre.

Eine Hand rührte an ihren rechten Arm und Simon flüsterte: »Da ist der Gang. Komm. Ich halte dich.«

Sie musste tatsächlich nur einen Schritt seitwärts machen, dann stand sie auf festem Grund. Simon zog sie ein Stück vom Brunnenrand fort, und schon kam auch Nell mit der Laterne, die nun ihre einzige Lichtquelle war. Während Konemann, Andris und Loy ihnen folgten, musterte Hanna das enge Gewölbe, in dem sie sich drängten.

»Und jetzt?«

»Josef hat erzählt, dass es eine Verbindung zum Brunnen in der Melose gibt. Und noch mehr unterirdische Gänge ...«, sagte Nell. »Aber ich bin selbst nur ein einziges Mal hier heruntergeklettert. Und auch nicht weitergegangen. Offenbar kann man sich hier unten ganz leicht verirren.«

Hanna starrte sie ungläubig an. Um nichts in der Welt wäre sie selbst ohne größte Not in diesen Brunnen gestiegen. Diese Nell war ein seltsames Mädchen.

»Dann warten wir hier?«, hauchte Judit.

»Die Luft ist doch in Ordnung? Ich glaube nicht, dass der Rauch soweit runterzieht. Selbst wenn oben die Brunnenfalle verbrennt. Die Schweden durchsuchen die Trümmer bestimmt nicht. Für die sind wir tot.«

Loy bemühte sich um einen entschiedenen Ton.

»Und wenn sie doch nachsehen?«, fragte Clara.

»Wozu sollten sie sich die Mühe machen?«

»Aber vielleicht liegt so viel Brandschutt über dem Brunnen, dass wir allein gar nicht mehr rauskommen werden«, murmelte Konemann.

»Wenn die Schweden weg sind, wird man nach uns suchen. Wenn wir es alleine nicht schaffen, müssen wir eben klopfen und rufen ...«

»Und woher wissen wir, dass es unsere Leute sind, die uns ausgraben werden? Und nicht die Schweden?«

Alle schwiegen.

»Wir könnten nach einem anderen Ausgang suchen. Irgendwo führt dieser Stollen doch hin ... Also, was hat denn Josef gesagt?«, wandte sich Loy wieder an Nell.

Die zuckte die Achseln. »Nur, dass man besser gar nicht erst runtersteigt. Die Wege hier unten seien nicht gut.« Sie zögerte. »Was auch immer das heißt.«

»Dass manche zum Grundmeer führen«, murmelte Cilli. Sie schlang die Arme um sich, als fröstelte sie.

»Was für ein Meer? Unter der Erde? So etwas gibt‘s nicht«, sagte Hanna verständnislos.

Die anderen sahen sich an, Konemann zuckte die Achseln, aber keiner ging darauf ein.

In dem Moment erfasste sie ein ohrenbetäubendes Donnern. Hanna wurde schmerzhaft gegen die Wand des Gewölbes geworfen. Boden und Wände schienen zu schwanken. Instinktiv kauerte sie sich zusammen und versuchte, den Kopf mit ihren Armen zu schützen. Dem dröhnenden Knall folgte ein Grollen.

Dann flogen Funken, Ziegel und Steine im Schacht des Brunnens nach unten. Immer mehr, und es hörte nicht auf. Erdbrocken prasselten, Kies rutschte, eine Staubwolke schien zugleich von oben und unten zu kommen und drang in ihren Stollen ein. Jeden Moment konnte das Gewölbe in sich zusammenbrechen und sie begraben. Angst und Dreck nahmen Hanna den Atem. Sie sah nur noch Schemen. Und das Getöse wollte nicht enden.

Am liebsten hätte sie laut geschrien.

Es kam Hanna wie eine Ewigkeit vor, bis der Lärm langsam abebbte. Schließlich wagte sie es, die Arme zu senken und wieder aufzustehen. Vom Aufprall schmerzte ihr Rücken, doch offenbar hatte sie nur blaue Flecken davongetragen. Auch die anderen rappelten sich nach und nach auf. Die Gesichter waren gezeichnet vom Schrecken, aber zum Glück schien keiner ernstlich verletzt zu sein.

Wie durch ein Wunder drang eine winzige Flamme durch den erstickenden Staub. Das Licht in Nells Laterne war nicht erloschen. Doch ringsum der Dreck kroch ihnen gierig in Nasen und Münder und nahm ihren Lungen die Luft. Einer nach dem anderen fing an zu husten, einige würgten. Keiner dachte mehr nach. Hanna stolperte ein paar Schritte weg von dem Staubloch, dann fasste Cilli nach ihrer Hand und sie liefen gemeinsam los. So wie alle anderen auch.

Sie liefen hinter Nells Licht her, immer weiter und weiter, bis sie wieder atmen konnten und der Dreck ihnen nicht mehr in den Augen brannte und ihre Nasen und Rachen verstopfte. Erst dann blieben sie schwer atmend stehen.

An der Stelle war das schmale Gewölbe nicht länger aus Ziegeln gemauert. Der Stollen zwängte sich jetzt durch brüchigen Nagelfluhfels. An den Seiten flossen Wasserrinnsale nach unten und sickerten irgendwo ein.

Der Staub hatte sich wie Puder auf ihre Gesichter und Kleider gelegt. Aber trotz ihrer kopflosen Flucht waren sie zusammen geblieben. Simon trug nach wie vor Leni am Rücken. Sie hatte die Wange an ihn geschmiegt und die Augen geschlossen. Als Judit dem Kind sanft über den Kopf strich, blinzelte es. Die Kleine war völlig erschöpft.

»Was war das denn?«

Loys betont sorglose Miene wich einem fassungslosen, staunenden Ernst. Doch er schaffte es, seinen Schrecken zu zügeln.

»Schwarzpulver vermutlich«, antwortete Simon bedächtig.

»Du meinst, sie haben die Reste vom Haus in die Luft gejagt? Aber warum denn?«, fragte Loy ungläubig.

»Na, um ganz sicher zu gehen.« Andris schlug mit der Faust gegen die bröckelnde Stollenwand. Im schwachen Licht schienen seine Augen zu glühen. Es sah aus, als hätte er Fieber.

»Das ist doch Irrsinn. Was haben die davon?«

Andris zuckte die Achseln, aber Hanna hatte den flüchtigen Eindruck, dass er mehr wusste, als er zu sagen bereit war. Nur eines war sicher: Die Schweden hatten den Brunnen zerstört. Durch den Schacht gab es kein Zurück mehr.

Konemann rieb sich wieder sein Schienbein. Er schniefte und unterdrückte die Tränen. Clara fluchte leise, klopfte neue Staubwolken aus ihrem Kleid und brachte Cilli und Andris erneut zum Husten.

»Hör bitte auf«, sagte Hanna, was Clara mit einem bösen Blick, aber ohne Widerworte quittierte.

»Wir sollten dicht beieinander bleiben«, sagte Nell. »Sonst verlieren wir uns.«

»Wär ja egal«, murmelte Clara. »Wir wissen doch eh nicht, wohin wir laufen.«

»Aber alleine wär es viel schlimmer«, erwiderte Judit leise. Sie schauten sich an.

»Hier zu hocken ist jedenfalls sinnlos«, meinte Loy. »Wie gesagt, irgendwo führt dieser Gang schließlich hin. Und zwar vermutlich wieder nach oben ...«

»Hoffentlich«, murmelte Clara.

Sie machten sich also auf.

4

Sie hofften, so schnell wie möglich wieder nach oben zu kommen. Doch Hanna hatte den Eindruck, dass der Gang sie stattdessen unaufhaltsam hinab ins Erdinnere führte.

Kaltes Wasser tropfte ihr in den Nacken. Sie fror, und von Schritt zu Schritt wurde ihre Beklommenheit größer. Ihr kam es bereits wie eine Ewigkeit vor, dass sie sich, einer hinter dem andern, schweigend weiter bewegten.

Einmal hingen die Nagelfluhfelsen so tief nach unten, dass sie sich auf allen Vieren hindurch zwängen mussten. Dann weitete sich der Stollen wieder zu einem erstaunlichen Bauwerk, das aussah, als hätte jemand sauber behauene Steine für einen Keller gesetzt.

Doch es gab keinen Ausgang.

Sie flüsterte Nell, die vor ihr lief, zu: »Wie lange kann es denn dauern, bis wir an der Melose sind?«

»Eigentlich muss man vom Pachthaus aus gar nicht weit gehen«, antwortete Nell und hob ihre Lampe, die in einem jäh aufgekommenen Luftstrom zu flackern begann.

Hanna schauderte zusammen.

»Wir müssten längst da sein, oder?«

»Ja. Aber hier unten ist alles anders. Vielleicht haben wir in der Staubwolke den richtigen Gang verpasst. Er könnte auch eingestürzt sein. Oder es gibt ihn gar nicht ...«

Hanna sah sich nach Cilli um. Die lächelte schief. Sie hatten ihre ganze Hoffnung auf diese Geschichte von einer unterirdischen Verbindung gesetzt. Während sie längst keine Orientierung mehr hatten, klammerten sie sich an den Gedanken, sie würden binnen kurzem wieder nach Hause finden. Wo Hannas Mutter und Josef sich hoffentlich vor den Schweden in Sicherheit gebracht hatten. Und alle wären außer Gefahr.

In Wahrheit hatten sie sich offensichtlich von ihrer Zuflucht entfernt.

Stumm liefen sie weiter. Was konnten sie anderes tun? Irgendwo musste es doch zurück ans Tageslicht gehen. Der Luftzug nahm zu.

Plötzlich blieb Nell abrupt stehen. Fast wäre Hanna gegen ihren Rücken geprallt.

»Halt!«, schrie Nell auf.

»Was ist?«, rief Simon.

Nell drehte sich um: »Nicht weiter! Bleibt stehen!«

Erschrocken gehorchten sie. Hanna äugte an Nell vorbei. Ihr Blick ging ins Nichts. Es dauerte einen Moment, bis sie begriffen hatte, dass sie unmittelbar vor einem Abgrund standen. Ihr Weg war zu Ende. Noch ein, zwei Schritte, und sie wären ins Leere gestürzt.

Vorsichtig tastete sich Hanna nach vorn an die Abbruchkante und spähte hinaus. Der Gang hatte sie mitten in eine fast senkrecht abfallende Felswand geführt. Über ihr war alles schwarz. Die Dunkelheit lastete wie eine undurchdringliche Wolke über dem Abgrund. Vor ihr dehnte sich leere Finsternis aus. Doch irgendwo aus der Tiefe schimmerte ein schwacher Abglanz herauf. Und von unermesslich weit unten war ein Rauschen zu hören.

»Was ist das?«, fragte Judit.

»Hört sich wie Wasser an«, erwiderte Konemann.

»Das Meer«, flüsterte Cilli.

Hanna hätte ihr gern widersprochen. Doch obwohl sie noch niemals am Strand eines Ozeans gestanden hatte, war sie sich mit einem Mal sicher, dass sie hier tief im Innern der Erde nichts anderes als die Brandung eines unter ihnen verborgenen Meeres hörten. Ein Schauer lief ihr über den Rücken. Dies war eine gigantische Klippe.

Simon zog Hanna zurück, aber dann warf einer nach dem anderen einen ungläubigen Blick aus der Höhlung.

»Irgendwo muss es doch weitergehen«, drängte Loy ungeduldig.

Wie alle anderen wirkte er blass und erschöpft. Judit zitterte heftig. Leni war aufgewacht und begann wieder zu weinen.

Nell und Hanna lösten mit klammen Händen den Strick, der sie noch immer an Simons Rücken festhielt, und die Kleine flüchtete sich sogleich in die Röcke der Schwester.

»Ruhen wir erst etwas aus«, sagte Simon. »Irgendwo gibt es bestimmt einen Weg. Wahrscheinlich ganz in der Nähe. Das ist kein natürlicher Stollen. In früheren Zeiten haben die Menschen Fluchtwege aus ihren Burgen und Wehrkirchen angelegt. Und die Ausgänge gründlich verborgen. Wir müssen nur suchen.«

Er setzte sich auf den Boden. Einer nach dem anderen tat es ihm mutlos nach.

Wenigstens half die Ruhe, die Simon trotz allem bewahrte, die aufkeimende Panik niederzukämpfen. Hanna versuchte, ihm Glauben zu schenken. Sie atmete durch.

Der Käfig, den sie noch immer am Leib trug, war hinderlich, und sie löste den Knoten und stellte ihn neben sich ab. Sie hatte einen Streifen von einem ihrer Unterröcke geopfert, und Nell hatte den verletzten Flügel des Raben behutsam gesäubert und dann beide Flügel mit der provisorischen Binde vorsichtig an seinem Körper fixiert. Trotz der Behinderung wirkte er munter. Er betrachtete seine Umgebung voller Interesse und streckte den Kopf immer wieder zwischen den Weidenruten des Käfigs heraus.

Butz wollte aus seiner Tasche kriechen, doch als ihn Hanna aus Furcht vor dem nahen Abgrund zurückhielt, blieb er brav sitzen.

Die jungen Leute lehnten sich an die Wände des Stollens und schlossen ermattet die Augen. Hannas Herz klopfte zu unruhig, als dass sie hätte einnicken können. Auch Simon war wach. Er starrte nachdenklich ins Nichts, das sich vor ihnen auftat.

Nach einer Weile fragte ihn Hanna endlich: »Wie kommt es, dass du ganz allein unterwegs warst?«

Simon zuckte die Achseln.

»Wir sind gemeinsam vom Kloster in Ottobeuren aus aufgebrochen. Für den Rückweg haben wir eine andere Strecke genommen. Nicht über Ollarzried und den Hügelkamm, sondern über Rettenbach und dann weiter durchs Günztal flussaufwärts. Mein Vater hatte von Abt Albert den Auftrag zu schauen, wie es um Burg Liebenthann steht. Und wie es den Leuten dort geht.«

Er zögerte. »Als wir dann dort an der Schlossmühle waren, überfiel mich auf einmal so ein Gefühl ... so eine Unruhe, weißt du? Irgendwie wusste ich plötzlich, dass die Zeit drängt. Mein Vater hat zwar den Kopf geschüttelt, aber er hat mich vorausreiten lassen. Mit einem Angriff haben wir nicht gerechnet.«

Er seufzte. »Und dann habe ich auf der Straße die Soldaten gesehen. Die beiden Mädchen am Weg. Und euch vor dieser Kate. Es blieb keine Zeit, um auf unseren Trupp zu warten.«

»Meinst du, deine Leute konnten die Obergünzburger vor den Schweden beschützen?«, flüsterte Hanna. Die Angst um ihre Mutter, die sie bislang einigermaßen beiseite gedrängt hatte, überwältigte sie, und sie kämpfte vergeblich gegen ihre Tränen an.

»Ich hoffe es«, sagte Simon. »Aber das kann keiner wissen.« Er fühlte sich elend bei diesen Worten. Doch er log Hanna nicht an.

Unversehens fuhr Clara herum: »Heißt das, dass nach dir noch Verstärkung kam?«, fragte sie scharf.

»Nur drei Soldaten. Und Fuhrknechte.«

Sie stieß Loy an und deutete auf den Vogelkäfig am Boden.

»Hast du das gehört? Wir hätten uns einfach verstecken und abwarten können. Bloß wegen diesem verwünschten Raben sitzen wir jetzt hier unten.«

Clara sprang auf, und bevor Hanna sie daran hindern konnte, griff sie sich wütend den Käfig und schleuderte ihn in Richtung Höhlenende. Er knallte erst gegen die Decke und brach auseinander. Dann krachten die Teile zurück auf den Boden und schlitterten weiter. Der Rabe zeterte angstvoll, doch er konnte sich nicht aus den Weidenruten befreien.

Er rutschte mit dem Rest des Käfigs über den Höhlenrand nach unten.

»Nein!«

Hanna klammerte sich an die Felskante und starrte entsetzt in die Tiefe. Alle schwiegen bestürzt. Über dem Meeresrauschen lag eine schreckliche Stille.

Doch dann war, kaum vernehmlich, von irgendwo her wieder ein Krächzen zu hören.

Verblüfft beugte sich Hanna noch weiter hinaus. Sie merkte kaum, dass Simon ihre Taille umfasste und Cilli ihre Beine umklammerte, damit sie nicht abstürzte.

Hanna tastete um sich, nahm rechts neben sich einen ganz schmalen Absatz wahr. Und griff dahinter ins Leere.

Da war eine weitere Höhlung.

Ihre Finger glitten über geglätteten Stein. Auf einmal berührte sie Vogelfedern. Und dann hüpfte der Rabe ihr auf die Hand.

Vor Schreck hätte sie ihn beinahe fallen gelassen. Doch er krallte sich fest. Also wich sie in den Stollen zurück und hockte sich hin. Zufrieden sprang ihr der Vogel in den Schoß. Als Clara einen Schritt auf sie zu machte, warnte sie leise: »Fass ihn ja nicht mehr an!«

Hanna knotete ein Tragetuch für den Raben zusammen und befestigte es an Butz' Tasche. Ohne zu zögern schlüpfte der Vogel hinein und hielt still.

Sie schilderte, was sie entdeckt hatte. »Na also«, sagte Simon. »Dann wissen wir jetzt, wie es weiter geht.«

»Du meinst, wir müssen da rüber?«

»Ja.«

Der Absatz zwischen den Höhlen war kaum tief genug, dass ein Fuß darauf Platz fand.

Simon ging als erster, Gesäß und Rücken fest an den Felsen gepresst. Während er sich zur Seite schob, hielten alle andern den Atem an. Die rettende Öffnung war kaum eine Armeslänge entfernt. Im Grunde war es kein Kunststück. Oder es wäre keines gewesen, hätte sich zwei Fuß weiter unten fester Boden befunden. Und nicht in unendlicher Tiefe eine schimmernde Wasserfläche. Das Meer.

Simon hatte die Augen geschlossen, und erst als er den Eingang ertastet hatte, machte er sie wieder auf. Er rief: »Werft mir das Seil zu!«

Loy tat es mit größter Vorsicht. Als Simon das Ende in seiner Hand hielt, forderte er sie auf, Leni festzubinden.

»So, und jetzt machst du nach, was ich vorgemacht habe«, rief er dem Kind zu. Hanna wollte entsetzt protestieren, da hatte Leni sich bereits aufgemacht und legte die kurze Entfernung ohne zu stocken zurück.

Judit, die folgte, blieb nach wenigen Handbreit starr vor Angst stehen. Erst als Leni mit dünnem Kinderstimmchen: »Warum kommst du nicht?«, fragte, schaffte sie es, ganz langsam weiter zu rücken, bis Simon sie am Arm fassen konnte und sanft zu sich herzog.

Loy und Konemann bissen die Zähne zusammen und legten das kurze Stück über den Abgrund tapfer zurück. Andris schien der Balanceakt dagegen nichts auszumachen. Kaum war er auf das Sims getreten, hatte er auch schon das andere Ende erreicht. Clara jedoch konnte sich nicht überwinden. Schließlich setzte sie sich auf den Absatz und versuchte, auf dem Hintern zur Seite zu rutschen. Prompt verlor sie den Halt. Loy und Simon reagierten blitzschnell. Irgendwie schafften sie es, Clara noch an einem Arm und am Nackenausschnitt des Mieders zu packen, ohne selbst den Halt zu verlieren. Mit einem einzigen gemeinsamen Ruck hievten sie das panisch schreiende Mädchen zu sich in den Höhleneingang.

Cillis Gesicht war kalkweiß, und ihre Hände zitterten leicht. Doch sie zögerte keinen Moment. Zwei konzentrierte Schritte zur Seite, und sie war drüben angelangt.

Jetzt war Hanna dran. Sie starrte vor sich auf das Sims und hörte das schwache Rauschen von unten, das auf sie zu warten schien. Ihre Knie wurden weich.

»Stell dir vor, es ist nur ein Treppenabsatz«, flüsterte Nell.

Hanna schob sich nach draußen, spürte den Luftzug von unten, die Wand in ihrem Rücken und den kalten Stein unter den Handflächen.

Wie auf einem Treppenabsatz ...

Sie schaute zur Seite. Andris streckte die Hand nach ihr aus. In seinen Augen lag ein seltsamer Ausdruck. Ihr fiel sein Ausbruch nach der Explosion wieder ein. Einen Augenblick zögerte sie. Dann ließ sie es zu, dass er sie am Handgelenk fasste.

»Nicht ziehen!«, flüsterte sie. Nur noch ein ganz kleiner Schritt ...

Das Gefühl, es geschafft zu haben, war unbeschreiblich.

»Danke«, sagte sie glücklich. Andris lächelte nicht.

Gleich darauf huschte auch Nell neben sie. Ihr Licht fiel auf den Fuß einer Treppe. Sie war in den Fels gehauen und führte in steilen Stufen nach oben.

»Na also.« Vor Erleichterung lachten sie.

Wieder ging Nell voraus.

Es musste längst Nacht sein, aber die Stufen wollten nicht enden. Simon hatte Leni erneut auf den Rücken genommen. Hanna war inzwischen todmüde und schleppte sich nur noch voran. Sie war nicht daran gewöhnt, sich unter Entbehrungen körperlich anzustrengen. Nach und nach fiel sie ans Ende der Gruppe zurück. Nells Licht war, weit oben, kaum noch zu sehen. Die Dunkelheit zerrte an ihr. Das Herz hämmerte in ihrer Brust. Ihre Beine zitterten kraftlos, das Seitenstechen war kaum zu ertragen, sie schnappte nach Luft. Sie war so außer Atem, dass nur ihr Wille sie aufrecht hielt.

Vor ihr streckte Cilli die Hand aus und nahm sie am Arm, zog sie weiter. Noch eine Stufe. Und weiter ...

Später erinnerte sich Hanna nicht mehr, wie sie den Gipfel der Klippe erreichten und sie aus dem Treppenschacht kroch. Der Felsabbruch musste sich unter ihren Füßen befinden. Der feste Boden, auf dem sie nun standen, wölbte sich über dem in der Tiefe verborgenen Meer.

Sie taumelte ein paar Schritte und hockte sich hin. Jemand drückte ihr ein Stück Brot in die Hand - und geschnittenen Schinken. Im ersten Moment glaubte sie zu träumen.

Cilli holte aus ihren Rocktaschen weiteren Vorrat.

»Das ist vom Leichenschmaus übriggeblieben«, sagte sie mit verschmitztem Lächeln.

Alle saßen einträchtig im Kreis und aßen. Sie waren zu abgekämpft, um zu reden. Hanna teilte ihr Abendbrot mit Butz und dem Raben. Nells Licht beschien glitzerndes Wasser in einem Becken. Das Wasser, das sie daraus tranken, war frisch und gut. Aber sie hatten die Höhlenwelt noch nicht verlassen. Ringsum nahmen sie hohe Felsentore schemenhaft wahr. Über allem wölbte sich eine weitere steinerne Decke. Enttäuscht starrte Hanna hinauf. Was hätte sie darum gegeben, Mond und Sterne zu sehen ...

Als sie sich zwischen Nell und Cilli ausstreckte und fast sogleich einschlief, spukten Bilder von Bären und Wölfen aus den Bestiarien der Bibliothek von St. Peter durch ihre Gedanken und fügten sich zu einem wirren, bedrohlichen Traum.

Simon hatte mit Loy und Andris vereinbart, dass sie einer nach dem anderen wachten. Er war als Erster dran.

Auch wenn er gleich hätte einschlafen dürfen – er hätte es nicht gekonnt. Bislang war es ihm gelungen, nach außen hin ruhig zu bleiben, aber in Wahrheit waren seine Nerven zum Zerreißen gespannt. Die Verantwortung, die auf ihm lastete, machte ihm Angst.

Er war zwanzig Jahre alt, er war Soldat, doch auf eine Situation wie diese war er nicht vorbereitet. Ausgerechnet jetzt war er auf sich allein gestellt. Er dachte an seinen Vater, den Trupp. An die schwirrenden Pfeile der fremden Söldner ... Einen Moment lang war er versucht, den Kopf auf die Arme zu legen und einfach loszuheulen. Aber er riss sich zusammen.

Von den anderen war bereits keiner mehr wach. Die meisten hatten sich auf die Seite gedreht, das Kind sich an die große Schwester geschmiegt. Simon saß ganz am Rande des Lichtscheins, an einen Felsen gelehnt. Sein Blick wanderte zu den jungen Gesichtern. Im Schlaf wirkten sie sorglos und völlig gelöst.

Er war Soldat geworden, um Menschen zu schützen. Das war die Wahrheit, auch wenn er nicht daran dachte, sie auszusprechen. Wer würde ihm denn auch glauben? Soldaten zogen durchs Land, um Menschen zu töten, erbarmungslos, grausam und getrieben von Habgier: Nach Jahrzehnten in einem furchtbaren Krieg hatte fast jeder davon zu berichten. Simon selbst zwang sich, niemals an das zu denken, was er als Kind hatte mit ansehen müssen.

Seit sein Vater im Dienst des Salzburger Abtes stand, hatten sie ein geordnetes Leben gehabt. Und sie hatten keine Schuld auf sich geladen. Bis jetzt.

Jetzt galt es, diese Dörfler und Hanna sicher nach Hause zu bringen. Simon hatte sein Handwerk gelernt. Er straffte die Schultern. Es war an der Zeit, das, was er sich vorgenommen hatte, zu tun.

Loy stand am Rand der Klippe. Das Meer weit unten leuchtete kalt, in einem seltsamen braungoldenen Glanz.

Eine Frau trat hinter ihn. Ohne dass er sie sah, wusste er, dass die Frau blond war und schön. Sie lachte leise, und er stand wie gelähmt. Er wollte ihr Gelächter nicht hören, aber er konnte nichts tun.

Plötzlich stieß sie ihn heftig. Er stürzte vornüber und fiel. Er fiel, fiel, und fiel. Dann ging er unter. Er rang nach Luft, doch in seine Lungen strömte nur salziges Wasser. Das Meer ...

Loy fuhr gurgelnd hoch.

Nells Licht spiegelte sich in dem Wasserbecken direkt neben ihm. Er unterdrückte ein Keuchen. Simons Hand lag auf seiner Schulter.

»Tut mir leid, aber du bist jetzt zur Wache dran«, flüsterte der junge Soldat.

Loy schüttelte sich. Einen Moment lang meinte er, sprühende Wassertropfen zu sehen. Aber er hatte geträumt. Er würde nicht untergehen, nicht sterben. Noch nicht. Für ein paar Augenblicke fühlte er sich fast fröhlich, und leicht. Doch dann kam die Erinnerung wieder.

Sein Blick suchte Clara, die unweit von ihm friedlich schlief. Sie lag auf dem Bauch. Auf der Rückseite von ihrem Mieder klaffte ein Riss. Dort hatte er sie zu fassen bekommen, als sie an der Klippe abgerutscht war. Er hatte nicht nachgedacht, es war viel zu schnell gegangen. Hätte er nur ein klein wenig gezögert, dann hätte Simon allein sie nicht festhalten können. Und sie wäre für immer verschwunden ...

Er hatte den Schock über das, was sie ihm vor ein paar Tagen erzählte, noch nicht überwunden. Tatsächlich hatte er es erst gar nicht wahrhaben wollen. Er hatte über ihre Geschichte gelacht.

»Das glaube ich nicht«, hatte er unbekümmert gesagt.

Doch danach hatte es ihn nicht mehr ruhen lassen. Und langsam war das Entsetzen in ihm gewachsen. Er hatte zwei Tage gewartet. Dann war er hinüber ins Waschhaus gegangen, wo seine Mutter gerade die Wäsche stampfte, ohne dass eine der Mägde in ihrer Nähe war. Loy hatte die Tür geschlossen und sie gefragt ... Seine Mutter brauchte gar nicht zu antworten. Ihr Gesicht hatte ihm alles gesagt.

Loy stöhnte auf. Er ging ans Becken, schöpfte kaltes Wasser mit beiden Händen und kühlte sein heißes Gesicht. Nein, er würde nicht zulassen, dass dies sein Leben zerstörte. Noch war nichts geschehen, und er würde in jedem Fall dafür sorgen, dass Clara den Mund hielt. So oder so ...

Nur flüchtig streifte ihn der Gedanke, ob das angesichts ihrer Lage hier unten überhaupt noch bedeutsam war.

Hanna hatte kein Zeitgefühl, als sie erwachte, aber sie hatte gewiss noch nicht lange geschlafen. Jeder Muskel tat weh, sie war wie erschlagen. Butz zappelte etwas, blieb aber neben ihr liegen. Der Rabe schlüpfte aus seinem Tuch und hüpfte zum Wasserbecken. Er trank, wobei er sich laufend umschaute und vor allem Clara im Auge behielt.

»Bloß wegen dem verwünschten Raben sitzen wir jetzt hier unten«, hatte Clara gesagt. Und sie hatte nicht Unrecht. Der Rabe hatte dem Ruf, Unglück zu bringen, alle Ehre gemacht ... Hanna schluckte. Ihr Mund war ganz trocken. War es ihre Schuld? Sie hatte es gut gemeint. Doch wenn sie nur ein wenig Geduld gehabt hätte ... und mit ihrer Mutter gewartet ... Womöglich könnten sie jetzt in Sicherheit sein. Cilli und sie, Nell, Simon und natürlich auch Clara, Loy, Andris, Judit, die kleine Leni und Konemann. Während Hanna ins Dunkel starrte, kamen aus allen Gedankenwinkeln die Ängste gekrochen. Und Scham.

Sie stand leise auf und tappte zum Becken, wo sie ein paar Handvoll Wasser schöpfte und trank. Butz dackelte hinter ihr her und schlabberte durstig. Dann schaute er blinzelnd auf. Der Anblick brachte Hanna trotz allem zum Lächeln.

»Na, komm.« Sie drückte ihn an sich und flüsterte ihm ihre Sorge ins Ohr. Er grunzte nur leise und schlief wieder ein.

Andris war froh, als es Zeit war, den Wachposten einzunehmen. Von widerstreitenden Gefühlen geplagt, hatte er wenig Ruhe gefunden. Wenn er die Augen schloss, sah er die Schlächter auf ihren Pferden. Und den Mann, der den Arm hob, den gespannten Bogen, den Pfeil ... Hätte Cilli ihn nicht zu Boden gerissen, wäre er tot. Dabei glaubte er doch, er hätte den Mann, der den Befehl gab, erkannt. Das rote Mal auf dem Handrücken hatte er allerdings mehr erahnt als gesehen.

War es ein unglücklicher Zufall gewesen? Tatsächlich die Schweden? Oder eine weitere Warnung? Was würde geschehen, wenn er versagte? Beim Gedanken daran lief es ihm kalt über den Rücken. Er dachte an seinen zugigen Schlafplatz zu Hause, die magere Kost, die ihn bei der Rückkehr wieder erwartete – und dass kein Mensch sich darum scherte, was aus ihm wurde und ob er am Leben blieb ...

»Andris!« Judits klägliche Stimme riss ihn aus seinen Gedanken. »Leni ist weg!«

»Was?«

»Sie ist nicht mehr da!«

Andris' Blick ging sofort zu dem Wasserbecken. Vor ein paar Jahren war ein Kleinkind in der Günz ertrunken. Es war mitten im Sommer gewesen, das Flüsschen nicht tiefer als diese Pfütze da. Er griff sich Nells Lampe und spähte von allen Seiten ins klare Wasser. Die Oberfläche war glatt und still. Mühelos sah er hinunter bis auf den flachen Grund. Das Becken war leer. Er atmete auf.

Judit war ihm gefolgt. Sie fing an zu schluchzen.

»Ich bin wach geworden, und da ... Wo kann sie bloß sein?«

Überall hinter den Felsen und Toren, die sie umgaben. Aber wenn das Kind sich vom Lager entfernt und verirrt hatte, weshalb rief es dann nicht nach ihnen? In der Stille hier unten war alles weithin zu hören. Und wieso hatte er Leni nicht weglaufen gesehen? Er musste irgendwann eingenickt sein.

»Hast du sie irgendwo schon gesucht?«, fragte er.

»Nein. Ich fürchte mich so.«

»Kann es sein, dass sie schlafwandelt?«

»Ich weiß nicht. Aber sie schläft immer unruhig.«

»Bevor wir alle aufwecken, schauen wir erst einmal nach.«

Judit folgte ihm auf den Fersen, während er leise die schlafende Gruppe umrundete und dann auf das nächste Felsentor zuging. Der Weg führte bergauf.

Er trat in den finsteren Durchgang. Dahinter waren wieder nur Felsen, Steine und schwarze Nischen. Nirgendwo eine Spur von dem Kind. Er wollte gerade vorschlagen, nun doch die anderen zu Hilfe zu holen, da glaubte er plötzlich ein leises Wimmern zu hören. Judit erstarrte. Sie wandten sich gleichzeitig um.

Leni hockte jammernd hinter einem der großen Steine am Boden: »Ich hab` mal müssen.«

»Wieso weckst du mich nicht?«

Aber Judit war viel zu erleichtert, um die Kleine zu schimpfen.

Auf dem Rückweg bemerkte Andris eine Rinne am Boden, in der etwas Wasser hinunter in Richtung des Lagers lief. Gerade eben war doch noch alles vollkommen trocken gewesen ... Während er hinsah, schwoll der kleine Wasserlauf an.

Im gleichen Augenblick begann der Rabe im Lager lauthals zu schimpfen.

Jemand rief: »Das Becken läuft über!«

Simon schrie: »Andris!«

»Das kommt von hier oben!«, schrie er zurück. »Ein Wassereinbruch!«

Andris griff sich das Kind und herrschte Judit an, ihm zu folgen. Erst als er hinunter zum Lager rannte, wurde ihm klar, dass sie sich am Grund eines Kessels befanden. Hinter ihnen schwoll die Flut weiter an.

Als er die anderen erreichte, standen sie schon bis zu den Knöcheln im Wasser. Nell riss ihm das Licht aus der Hand und lief los. Sie folgte einem kaum sichtbaren Pfad, der sie hangaufwärts führte. Alle hetzten ihr nach. Der Weg wurde steiler. Unter ihnen rauschte das Wasser. Und stieg.

Bislang waren sie über trittfesten Fels gelaufen, der ging jetzt in bröckelnden Nagelfluh über. Auf dem Schotterboden mussten sie höllisch aufpassen, um nicht abzurutschen oder größere Steine loszutreten, die die Nachfolgenden trafen.

Und das Licht, das ihnen so zuverlässig geleuchtet hatte, wurde nun schwächer. Selbst die nächste Umgebung war kaum noch erkennbar.

Irgendwann blieb Nell stehen. Es ging nicht mehr weiter. Angstvoll schaute Hanna sich um. Zurück konnten sie nicht, wenn sie nicht Gefahr laufen wollten, im Dunkeln ins Wasser zu stürzen.

»Was machen wir jetzt?«, fragte Nell.

Simon zögerte. Er konnte sich nicht entscheiden. Bis das Wasser abfloss oder versickerte, war ihr Licht sicher erloschen. Auf dem unsicheren Boden hatten sie Schwierigkeiten, das Gleichgewicht zu halten. Bei jeder Bewegung rollten Kieselsteine nach unten. Gerade wollte er eine entsprechende Warnung hinter sich rufen, als am Ende der Gruppe der Hang in Bewegung kam. Jemand fluchte. Dann brach ein großes Stück Nagelfluh ab und schürfte über die Felsen.

Sie hörten ein Klatschen. Judit schrie auf: »Konemann!«

Oh nein. Hanna wurde es abwechselnd heiß und kalt. Von ihrem Standpunkt aus konnte sie die dunkle Strömung nur ahnen.

»Konemann schwimmt wie ein Otter. Im Wasser passiert dem nichts ...«, hörte sie Judit flüstern.

Hanna biss sich auf die Lippen. Die Flut war sehr kalt. Und dort unten war es stockfinster. Auch für einen sehr guten Schwimmer war das eine tödliche Falle. Ein zweiter und dritter Steinbrocken platschten ins Wasser. Keiner wagte mehr, sich zu rühren.

Was, wenn der Hang weiter nachgab? Unwillkürlich hielt Hanna den Atem an.

Simon fing an zu rufen: »Konemann!«

Sie lauschten. Es kam keine Antwort. Einer nach dem anderen stimmte in das rhythmische Rufen ein. Der Name hallte laut durch die Höhlengänge und über das brausende Wasser. Hanna verstummte erst, als sie so heiser war, dass sie keinen Ton mehr herausbekam.

Es ging rasend schnell. Konemann spürte, wie der Untergrund nachgab. Er wollte noch rasch einen Schritt auf die Seite machen, doch es war schon zu spät. Er rutschte und fiel auf die Knie, krallte die Hände vor sich in den Boden. Das Geröll ließ sich nicht fassen. Auf einer Kieslawine ging es nach unten. Und dann lag er im Wasser und schwamm.

Es war kalt, doch er war nicht empfindlich. Angst zu ertrinken hatte er nicht. Blitzschnell passten seine Augen sich an die Dunkelheit an. Er nahm jeden Wirbel, jede Kante, alles um sich herum wahr. Die Flut brodelte, und er musste kämpfen, um sich dem Hang wieder anzunähern. Es kostete Kraft, doch schließlich hatte er es geschafft. Er umklammerte eine Felsnase und zog sich langsam daran hoch.

Er hörte die anderen nach ihm rufen und schöpfte Atem, um ihnen zu antworten, dass er in Ordnung war. Nur einen winzigen Augenblick war er nicht auf der Hut. Die Woge, die unvermittelt über das Felsstück hereinbrach, erfasste ihn, ohne dass er dazu kam, sich dagegen zu wappnen. Er wurde zurück ins Wasser geschleudert und von einer wuchtigen Strömung gepackt. Wie ein gigantischer Kreisel zog sie ihn nach unten. Instinktiv machte er sich auf den drohenden Sturz durch den strudelnden Abfluss gefasst.

Konemann rauschte in einem Sturzbach zwischen Felsen nach unten. Er hatte Glück und landete in einem Becken, das tief genug war, um sich nicht zu verletzen, doch er wurde herumgewirbelt wie ein hilfloses Blatt. Seine Lungen lechzten nach Luft. Es war sein Tod, wenn er sich nicht aus der Wasserwalze befreite. Er stieg nach oben, aber er kam nicht heraus. Rasend schnell ging es wieder abwärts. Er tauchte beinahe senkrecht zum Grund und versuchte sich zu orientieren. Auf diesen Moment kam es an. Jetzt ... Er stieß sich mit aller Kraft ab und schwamm mit mächtigen Zügen weg von der Walze. Wieder hatte er Glück. Mit letzter Anstrengung entkam er dem wirbelnden Sog.

Danach fand er sich in ruhigerem Wasser wieder. Und plötzlich war es rings um ihn auch nicht mehr vollkommen finster. Er konnte erkennen, dass er in einem ausgedehnten unterirdischen See schwamm.

Er tauchte und untersuchte den Grund. Nein, er hatte sich nicht getäuscht. Der Seeboden schimmerte bräunlich. Schwaches Licht drang von unten her ein. Es kam von Rissen und Spalten im felsigen Untergrund. Dort tropfte, floss, strömte das

Wasser weiter hinab, um ein in der Tiefe verborgenes Grundmeer zu nähren.

Nur eine hauchdünne, rissige Schale trennte ihn noch davon.

Tränen strömten über Nells Gesicht. Sie weinte vor hilflosem Zorn. In diesem Geröllhang unter der Erde konnten sie weder vor noch zurück.

Bislang hatte sie nicht daran gezweifelt, dass sie in der Lage wäre, den Weg zurück nach oben zu finden. Jahrelang war sie in den verborgenen Höhlen und Gängen unter der Erde zu Hause gewesen. Sie hatte die trostlose Dunkelheit immer gehasst.

Aber sie war ihre Zuflucht gewesen.

Nell hatte damals auch Ursula in diese schreckliche Stille heruntergelotst, als sie wenige Wochen nach Kathlin Mays Rettung und Hannas Geburt durch einen Zufall auf sie gestoßen war. Von Hunger und Krankheit völlig entkräftet hatte sich die Magd halbtot in der dunkelsten Ecke eines Bootsschuppens an der Iller verkrochen.

Beinahe hätte Nell das Gesicht gar nicht wiedererkannt. Aber das rotblonde Haar und das auffallende Muster des Mieders machten sie aufmerksam, und dann sah sie, dass es die einstige Kinderfrau war.

Ursula war nicht nur widerrechtlich auf die Straße gesetzt worden, Dora May hatte sie auch als unehrlich verleumdet und dafür gesorgt, dass sie keine neue Stellung bekam.

Die kleine Nell tat, was sie konnte. Sie hüllte die Fiebernde in Kathlin Mays Mantel, um sie zu wärmen. Sie schaffte es, heiße Suppe aus einer Küche zu stehlen und nachts durch ein schmales Fenster in die Stadtapotheke zu kriechen, um Kräuter und einen lindernden Balsam gegen den Husten zu suchen.

Irgendwann war das verzehrende Fieber gewichen, und die Magd kämpfte sich wieder ins Leben zurück. Aber es dauerte Monate, bis sie sich völlig erholte.

Lange hatte Nell davor gezittert, dass Ursula wegging und sie wieder allein ließ. Doch die Magd blieb und nahm sich der Kleinen an. Notgedrungen gewöhnte auch sie sich an ein Leben im Untergrund. Lange hatten die beiden sich irgendwie im städtischen Bodensatz durchschlagen können. Doch dann, im vergangenen Herbst, lief Ursula in einer heruntergekommenen Gegend in der Nähe der Stadtmauer ausgerechnet Dora May über den Weg. Die hatte sie wie vom Donner gerührt angestarrt. Vermutlich hatte sie die einstige Magd längst nicht mehr am Leben gewähnt.

Drei Tage später ging der Holzverschlag, in dem Nell und Ursula hausten, am frühen Morgen in Flammen auf. Zufällig hatten sie am Vortag Arbeit als Apfelpflückerinnen in Lenzfried ergattert und deshalb nicht in dem niedergebrannten Schuppen geschlafen. Sie verließen noch am gleichen Abend die Stadt.

Verängstigt zogen sie durch halb entvölkerte, armselige Dörfer. Nirgends durften sie bleiben. Endlich erreichten sie Habersberg. Ursula wusste, dass es Kathlin Mays Heimatort war. Sie fragten sich durch und wurden schließlich zu Magda Lauber gebracht. Die alte Frau nahm sie auf und ließ sie im Pächterhaus wohnen.

Im Frühling blühten Märzenbecher vor ihren Fenstern, im Sommer Rosen, im Herbst Sonnenblumen. Sie hatten Ähren gelesen, Nüsse gesammelt, Äpfel, Birnen und Beeren gedörrt. Zum ersten Mal hatten sie einen Vorrat ihr Eigen genannt und geglaubt, sich vor dem Winter nicht fürchten zu müssen. Sie waren so froh gewesen. Solange Nell sich zurückerinnern konnte, war die Zeit in dem stillen Häuschen die glücklichste in ihrem Leben.

Jetzt war alles dahin. Und Nell versuchte, nicht daran zu denken, dass Ursula womöglich den Schweden in die Hände gefallen war. Erschöpft schluchzte sie auf.

Da sah sie aus den Augenwinkeln eine Bewegung. Dort lief eine graue Gestalt. Im ersten Moment glaubte sie, einen gebückten Menschen zu sehen. Doch dann erkannte sie schwarzweiße Streifen und dass es ein Dachs war, dem eilig ein zweiter und dritter folgten. Ein Dachsclan, der vor dem Wassereinbruch geflüchtet war. Die Tiere schenkten der Menschengruppe keine Beachtung. Nell kniff die Augen zusammen. Undeutlich nahm sie eine dunkle Spalte im Hang wahr, in der die Dachse, einer hinter dem anderen, verschwanden.

Sie atmete auf. Ein Dachsbau konnte sich nur in der Nähe der Erdoberfläche befinden. Und wenn der Spalt groß genug war, hatten sie eine Chance.

Es war früh am Morgen, aber die Sonne schien bereits hell in das Zimmer. Eine unverdächtige Zeit für einen Besuch. Doch er ging ungern ein Risiko ein. Der Mann erhob sich vom Bett, trat nackt, wie er war, ans offene Fenster und spähte hinaus. Im Hof war niemand zu sehen. Nur die Raben hockten wie immer in der bereits kahlen Krone der Linde und beobachteten die stille Umgebung. Er nickte zufrieden.

»Und du bist dir ganz sicher ...?«, kam aus dem Hintergrund die erwartete zweifelnde Frage. Auch daran hatte er sich längst gewöhnt.

Dennoch verfinsterte sich seine Miene. Doch er zwang sich, seinen Ärger nicht zu erkennen zu geben. Nein, er konnte nicht sicher sein. Doch es gab keinen Grund, das zu sagen. Sollte das Problem wider Erwarten noch nicht aus der Welt sein, würde er es erfahren. Und handeln. Bis es erledigt war.

Als er sich umwandte, zeigte er nur ein leicht belustigtes Lächeln.

»Ganz sicher, ja. Ist das nicht ein Grund, dankbar zu sein?«

»Natürlich, ja ...«

»Das will ich meinen. Ich rate allerdings, erst einmal zu warten. Kein Anlass zur Ungeduld. Es läuft nichts davon.«

»Wie du meinst«, kam die Antwort mit einem Seufzer.

»Vertrau mir.«

»Natürlich ...«

Ein Schatten fiel durch das Fenster. Einer der Raben flog auf die Fensterbank.

Hastig zwängte sich Hanna als erste in den gut mannshohen Spalt. Vor ihr war alles dunkel. Hinter ihr blieben Nell und die anderen zurück. Als einziges Werkzeug, das greifbar gewesen war, hielt Hanna einen scharfkantigen Stein in der Hand.

Entschlossen schob sie sich voran und nahm kaum wahr, dass sie sich in der beklemmenden Enge blaue Flecken an Knien und Schienbeinen holte. Tränen schossen ihr in die Augen, als sie sich die Stirn an einem vorstehenden Felsenstück stieß, doch kaum war sie ein kleines Stück vorgedrungen, als sie der Spalt auch schon unverhofft freigab.

Ungehindert trat sie in einen dahinter liegenden Raum. Ein weiterer Gang? Eine Höhle? Sie tastete um sich. Zu ihrer Überraschung nahm sie die Umgebung schwach wahr. Allmählich wurde ihr deutlich, dass linkerhand von irgendwo Tageslicht eindrang. Seltsam grünlich, gedämpft, sickerte es in das offensichtlich von Menschenhänden gebaute Gewölbe, in dem sie stand.

Atemlos rief sie: »Los, kommt! Hier geht es hinaus!«

Gleich darauf tauchte Leni auf. Die anderen folgten. Als letzter kam Simon. Bevor er sich zwischen die Felswände presste, rief er noch mehrmals nach Konemann. Doch es rührte sich nichts. Schweren Herzens gab er es auf.

Simon war der größte und kräftigste von ihnen allen, und an der Felsennase, an der Hanna mit der Stirn langgeschrammt war, steckte er fest. Nach vorn ging es nicht. Er musste zurück.

»Zieh das Lederwams aus«, drängte ihn Nell.

Er streifte es ab. Im Hemd kam er durch.

Wie auf ein Kommando wandten sich alle um und starrten in Richtung des Lichts.

Der Wald

1

Sie rannten, und ihre Tritte hallten durch das Gewölbe. Hanna glaubte, wieder das Rauschen von Wasser zu hören. Sie blinzelte unsicher und schaute sich um. Aber der Boden blieb trocken. Ringsum wurde es immer heller. Eine Wendung nach rechts, und sie wurden geblendet von gleißendem Licht. Schlagartig blieben sie stehen. Der Gang endete in einem gemauerten Bogen. Davor lag ein glitzernder, sonnendurchfluteter Schleier ...

»Ein Wasserfall!«

Nell beugte sich vor und rief durch das Brausen: »Da draußen führen Steinplatten weiter.«

Sie folgten ihr, einer hinter dem andern, vorsichtig durch einen Nebel von Gischt. Ein paar tastende Schritte zur Seite inmitten tropfender Blätter und Ranken, sie schoben den Laubvorhang weg, traten ins Freie und fanden sich an einer leichten Anhöhe wieder. Zwei Ellen unter ihnen stürzte die Flut in ein halbrundes Becken. Den Wasserfall hatten Hände künstlich geschaffen.

Hannas Knie gaben nach. Erleichtert sank sie ins feuchte Gras. Auch die anderen ließen sich fallen.

»He! Wir haben's geschafft!«

Sie lachten vor Freude.

Hoch über ihnen wölbte sich blauer Morgenhimmel. Die Sonne war groß und strahlend durch einen Ring tiefschwarzer Wolken gebrochen, die jetzt ein kräftiger Wind auseinander blies. Irgendwo musste es in der Nacht heftig geregnet haben. Doch hier wartete ein weiterer warmer Herbsttag auf sie. Ja, sie waren der unheimlichen Welt unter der Erde entronnen. Unwillkürlich kamen Hanna die Tränen.

Sie erklommen die Anhöhe und schauten sich um. Der Katarakt speiste einen Kanal, der munter zwischen Stein- und Fachwerkbauten entlang floss. Es gab gepflasterte Wege unter wucherndem Unkraut, Kräuter- und Nutzgärten, die ganz verwildert waren. Ein Dorf? So sah es nicht aus. Ringsum verlief eine Mauer. Hanna fühlte sich an die Melose erinnert, denn trotz seines offensichtlichen Niedergangs wirkte der Ort geschützt, hell und freundlich. Nach einer Weile flüsterte Cilli: »Das kann doch kein Gutshof sein?«

»Nein, das sieht wie ein Kloster aus«, erwiderte Simon und deutete auf einen langgestreckten, von Strebepfeilern gestützten Gebäudeteil. »Das daneben dürfte die Kirche sein.«

»Ohne Turm?«, fragte Loy.

Simon zuckte die Achseln. »Da hängt eine Glocke.«

Andris spähte über die Klostermauer. Jenseits davon wuchs etwas Hohes und Dunkles empor.

»Schaut mal da draußen diese gewaltigen Bäume an. Der Wald muss uralt sein ...«, murmelte er.

»Ob da noch jemand ist?«, fragte Judit. Kein Mensch war zu sehen. Es war völlig still.

Simon kniff die Augen zusammen.

»Ich glaube nicht, dass hier noch Mönche leben. Aber, wer weiß ... Wir sollten vorsichtig sein.«

»Soldaten?«, fragte Hanna beklommen. Die Schweden konnten überall lauern.

Simon wiegte den Kopf. »In einem Lager wär's nicht so ruhig. Aber es könnte ein Schlupfwinkel für Marodeure sein. Mitten im Wald ...«

»Versuchen wir, weiter zu kommen«, drängte Loy.

»Auf mich macht das alles einen verlassenen Eindruck«, erwiderte Nell. Sie deutete auf eine Reihe von Obstbäumen. »Da hängen noch Äpfel dran, und sogar späte Birnen. Wer weiß, wann wir wieder eine Mahlzeit bekommen.«

»Gut, essen wir. Und dann suchen wir nach dem Weg, der zum Kloster führt, und folgen ihm zur nächsten Siedlung«, sagte Simon.

Hanna biss in eine goldgelbe Birne. Sie war überreif und von köstlicher Süße. Der Saft lief ihr über die Finger. Sie schleckte ihn ab. Butz und der Rabe machten sich über das Fallobst her.

Sie füllten sich Taschen und Tücher. Zufrieden zogen sie erneut los, folgten dem Lauf des Kanals bis zur Klostermauer und weiter, vorbei an einem geräumigen, schlichten Gebäude, wo das rasch strömende Wasser durch mehrere Mühlräder floss.

Die Mauer führte um Ecken und Winkel. An einer Stelle gab es für den Wasserlauf einen vergitterten Durchlass. Der Bach verließ das Gelände und floss in den Wald, der sich dicht und düster ein Stück hinter der verwitterten Mauerkrone erhob. Äste und Zweige griffen hier fast schon herüber. Unten zwängten sich Wurzeln zwischen gelockerte Steine. Doch noch hatten sie in die Wand keine Lücke gesprengt.

Schließlich gelangten sie an die Klosterpforte. Die Tür zum Pförtnerhaus war weit geöffnet. Eine Spinne hatte ihr Netz in den Fensterrahmen gespannt. Laub bedeckte den Boden. Spinnweben hingen unter der Decke. Alles war feucht und graubraun von Staub.

Das Holztor nach draußen war zwar geschlossen, aber ein Riegel nicht vorgeschoben, und als Simon die schwer gängige Klinke nach unten drückte, schwang es knarzend auf.

Neugierig drängten sich alle hindurch. Doch von einem Weg war weit und breit nichts zu sehen. Vor dem Kloster breitete sich bloß eine Lichtung aus, ganz überwuchert von dornigem Strauchwerk. Ein von der Welt abgeschiedener Ort. Dahinter der Wald. Ein dichter, lebender Wall.

Sie waren enttäuscht.

Nell deutete auf eine Reihe von Stufen, die neben dem Eingang hinauf auf den Mauerkranz führten: »Von dort oben sieht man sicherlich besser. Dann wissen wir, in welche Richtung wir müssen.«

Hanna folgte ihr. Simon und Andris kletterten gleichfalls nach oben. Die anderen setzten sich unten ins dürre Gras. Die mehr als mannshohe Mauer war breit genug, um auf der Krone zu stehen. Doch auch von dort oben zeigte der Blick nichts als nur dunklen, drohenden Wald.

»Vielleicht ist an einer anderen Stelle mehr zu erkennen«, sagte Andris und wollte losbalancieren.

Simon hielt ihn zurück.

»Die Mauer ist viel zu bröckelig, Andris. Du kannst da nicht laufen.«

»Ach was.« Andris lachte nur und bewegte sich leichtfüßig weiter. Bald war er hinter Gebäudedächern verschwunden.

Es blieb ihnen nichts anderes übrig, als gemeinsam zu warten.

Andris liebte die Höhe. Von Kind an war er auf die höchsten Bäume geklettert. Als ein Sturm einmal Schaden am Kirchendach anrichtete, hatte nur er sich hinauf getraut. Angst zu stürzen kannte er nicht. Er brauchte kaum hinzusehen, um den Mauerkranz sicher entlang zu spazieren. Aufmerksam spähte er zwischen die Bäume. Doch wohin er auch sah, es eröffnete sich nirgends ein Pfad.

Für einen Aussichtspunkt war die Mauer nicht hoch genug. Andris ließ sich kurzentschlossen an der Außenseite herunter und sprang ins Gestrüpp. Er hatte eine riesige, uralte Eiche ins Auge gefasst, die alles andere in der Umgebung weit überragte. So kämpfte er sich durch Brombeerranken und Weißdorn, dann schwang er sich auf einen der starken, rissigen Äste und kletterte behände in die ausladende Krone hinauf.

Nichts strengte ihn an. Nein, er atmete leichter, wenn er den anderen nicht in die Augen blickte. Und wenn er sich einfach allein auf den Weg machen würde?

Oben fand er zwischen zwei Ästen der Eiche einen sicheren Stand. Endlich schweifte sein Blick in die Ferne, ungehindert von Kronen und Wipfeln. Es war ein sehr klarer, noch früher Tag. Nach dem Stand der Sonne konnte er sich orientieren. Der Forst war großenteils noch belaubt oder von schwarzen Nadelbäumen bedeckt. Er hatte jenseits des Waldrings eine offene Landschaft erwartet. Wiesen, Felder und ein paar Dörfer. Im Süden die Kette der Alpen, wie man sie von Obergünzburg aus an einem schönen Tag sah.

Doch davon zeigte sich nichts. Stattdessen in jeder Himmelsrichtung nur: Wald!

Andris schaute in lange Gesichter. »Tut mir leid«, sagte er und zuckte die Achseln.

Doch dann fiel ihm etwas ein: »Ich glaube, westlich von hier muss ein Fluss sein.« Er zeigte in die Richtung. »Dorthin läuft auch der Bach. Überall ist der Wald dicht und dunkel, aber dort, etwa eine Meile von hier, habe ich, glaube ich, lichte Birken gesehen, ein breites, helleres Band. Und dann silbriges Laub an den Bäumen. Wie Weiden ...«

Simons Blick hellte sich auf.

»Ein Flusslauf?«, fragte er hoffnungsvoll. »Der führt uns zu einer Siedlung. An jedem Fluss liegen Städte und Dörfer. Also, wir müssen nach Westen. Eine Meile sagst du?«

»Vielleicht. Oder ein bisschen weiter. Aber der Wald ... Ehrlich gesagt, der wirkt undurchdringlich.«

»Wie meinst du das?«

»Die Bäume stehen unheimlich dicht, und das Unterholz ist ganz verfilzt, lauter Ranken und Dornen. Selbst auf der Lichtung hier bin ich kaum durchgekommen.«

Simon nickte bloß.

»Das heißt, dass wir nicht einfach loslaufen dürfen. Wir müssen in den Wirtschaftsgebäuden nach Werkzeugen suchen. Äxte und Messer und Hacken.«

»Gute Idee«, sagte Loy und hob seine Hände. »Dann haben wir wenigstens Waffen.«

Zweifelnd sah Hanna ihn an. Sie glaubte nicht, dass das gegen Soldaten einen Unterschied machte. Aber gegen den Wald ... Sie musterte die im leichten Wind sich bewegende Wand dunkler Riesen. Ja, dieser Wald war ein beachtlicher Gegner.

»Dann schauen wir erstmal, ob wir hier wirklich allein sind«, sagte Simon und wandte sich wieder zum Kloster.

Sie trotteten durch die Pforte zurück und zogen das Tor wieder zu.

»Wir durchsuchen zuerst die Konventsgebäude. Und dann die Werkstätten.«

Ihr erstes Ziel war das Kirchenportal. Auch dies war nicht verschlossen. Hintereinander traten sie in einen gewaltigen, nahezu leeren Raum.

Hanna stockte der Atem. Vor ihnen erhob sich das Langhaus der Kirche, ein großes Mittelschiff und hinter Säulenarkaden zwei Seitenschiffe, schlank und mit hohem Gewölbe, ein menschengeschaffener Ort von seltsam bewegender Schlichtheit und Klarheit. Durch die Fenster der Apsis weit hinten drang strahlendes Morgenlicht, eine verschwenderisch wirkende Fülle an Helligkeit. Alles, der mit filigraner Bildhauerarbeit verzierte, schwere Altar, die Bodenplatten, die Wände, die Säulen und die Gewölbe waren aus nahezu weißem, doch warmem Stein. Diese Kirche war mit keiner, die Hanna kannte, vergleichbar. Sie fühlte sich klein und zugleich von bewundernder Freude erfüllt.

Alle verharrten in staunender Scheu.

Bis sich Leni von Judits Hand losriss.

»Such mich!«, ließ sich ihr Stimmchen hinter einer der Säulen vernehmen. Judit seufzte und rief: »Leni, komm her. In einer Kirche darf man nicht spielen.«

Leni kicherte, und die Anspannung löste sich. Sie lachten. Endlich wagten sie weiterzugehen.

Im Querschiff vor dem Chor führte rechterhand eine Treppe nach oben. Daneben ging es nur in einen Raum mit hohen Schränken. Doch vom Langhaus aus gelangten sie durch eine Tür in einen großen, von zahllosen kunstvoll gestalteten Säulen getragenen Kreuzgang.

Instinktiv blieben sie eng zusammen. Immer wieder standen sie still, ließen argwöhnische Blicke schweifen und lauschten. Aber da huschte nirgends ein Schatten, es drang kein verräterisches Geräusch an ihr Ohr. Es war nicht mehr windig, und um die Jahreszeit war auch kein Vogelgesang zu erwarten. Nur ihre Schritte waren zu hören, das Knirschen von Sand und Kieseln auf dem steinernen Boden, das Rascheln von trockenem Laub und das Knacken von dürren, gebrochenen Ästen.

Sie blickten durch überwölbte Fensteröffnungen und Türen.

»Das ist der Kapitelsaal, wo sich die Mönche normalerweise versammeln«, sagte Simon. Aus Salzburg waren ihm Klostergebäude vertraut. Der schöne Raum war ganz leer, doch er wirkte nicht kahl. Säulen, Kapitelle und die Rippen der Deckenbögen erinnerten Hanna an eine lichtdurchflutete Laube, gewachsen aus hellem Stein.

Im offenen Durchgang zum einstigen Wandelgarten türmten sich Blätterhaufen. Dazwischen lag angefressenes Fallobst. Vermutlich hatte eine Igelsippe sich dort häuslich niedergelassen.

Der nächste Saal hielt eine Überraschung bereit. Auf einer Reihe von Pulten lagen aufgeschlagene Bücher oder einzelne Seiten, daneben Gänsekiele, Pinsel und kleine Behälter. Zögernd traten sie näher. Es sah aus, als hätten die Mönche ihre zeitaufwendige Arbeit nur für eine kleine Pause verlassen. Aber die

Bücher und Papiere waren dick voller Staub, Tinten, Tuschen und Farben in den Gläsern ganz eingetrocknet. Hier hatte schon lange niemand mehr etwas illuminiert oder geschrieben.

»Solche Handschriften sind ziemlich kostbar«, murmelte Hanna. »Eigenartig, dass man sie nicht weggeräumt hat.«

Wärmestube, Speisesaal und die Küche, durch die sie anschließend kamen, wirkten wiederum ordentlich aufgeräumt. Nicht einmal Mäusekötel waren zu sehen.

»Irgendwie seltsam, nicht?«, meinte Cilli und spähte in alle Ecken.

»Aber, wenn hier jemand hausen würde, gäbe es Spuren. Asche vom Herdfeuer, frische Vorräte, Wasser im Kessel ...«, sagte Nell. »Hier hat doch wohl keiner vor kurzem ein Feuer gemacht oder etwas gekocht.«

»Schauen wir weiter«, drängte Loy.

Neben dem Kapitelsaal folgten sie einer Treppe nach oben. Sie kamen in einen von schlichten Bretterwänden gesäumten schmalen Gang mit zahlreichen Türen, die sämtlich weit offen standen. Darüber wuchs der von mächtigem Eichengebälk getragene hohe Dachstuhl empor. Auch die Mönchszellen auf beiden Seiten erschienen bis auf je eine hölzerne Bettstatt, Tisch, Stuhl, Kreuz und Betschemel auf den ersten Blick leer geräumt. Erst als sie sich genauer umsahen, entdeckten sie auch ein paar gedruckte Andachtsbücher sowie vereinzelte Bildnisse, zumeist kleine Heiligendarstellungen oder Porträts. Aber keine einzige Strohmatte, kein Bettzeug und keine Kutte, kein Hemd, keine Tunika oder anderes Gewand.

Sie liefen wieder nach unten und fanden auf der gegenüber liegenden Seite des Kreuzgangs eine weitere Treppe, diesmal hinunter in ein großes Kellergewölbe. Dahinter verbargen sich weitere Räume. Sie leuchteten kurz hinein. Im Dunkeln wirkte die völlige Stille bedrückend.

Keiner widersprach, als Simon vorschlug, als nächstes die Wirtschaftsgebäude, die Gärten und die Gehölze abzusuchen. Sie erwarteten nicht mehr, irgendjemanden auf dem Gelände zu finden. Je weiter sie vordrangen, desto sicherer fühlten sie sich.

Insgeheim hoffte Hanna, dass sie bis zum nächsten Tag bleiben würden. Sie zögerte bei der Vorstellung, den Wald zu betreten. Zu ihrer Überraschung war es dann Judit, die sich, nachdem sie bis zum Nachmittag alles durchstreift hatten, vehement weigerte, die schützenden Mauern des Klosters gleich wieder zu verlassen. Das hatte Loy ungeduldig gefordert, nachdem sie in den Werkstätten eine Reihe von Äxten und weiteren nützlichen Werkzeugen zusammengetragen hatten.

»Nein«, widersprach ihm das sonst so fügsame Mädchen. »Leni braucht ein trockenes Bett und irgendetwas Warmes zu essen. Und außerdem ...«, Judit schluckte und versuchte, das Zittern in ihrer Stimme zu unterdrücken, »was ist mit Konemann?«

Hanna zog sich die Daunendecke über den Kopf, um ihr Hüsteln zu dämpfen. Der Hustenreiz peinigte sie. An diesem Abend waren sie satt, und sie brauchten nicht frieren. Aber sie war nicht die einzige, die nicht gut schlief. Die meisten wälzten sich unruhig von einer Seite zur andern. Sie kämpften seufzend gegen den Rauch, der schlecht abzog. Oder gegen die Spukgestalten der Nacht.

Dabei lagen sie allesamt warm und weich in Federbetten und Kissen. Die hatten sie in einem Wohngebäude entdeckt. Simon vermutete, dass es das einstige Gästehaus war. Dort stießen sie im größten Zimmer auch auf einen Kamin. Trockenes Brennholz gab es im nahen Schuppen. Doch nachdem sie ein Feuer angefacht hatten, genügte der Abzug nicht. Die schmalen Fenster waren verglast. Und sie wagten es nicht, die Türen offen zu lassen. Immerhin war das Haus mit Latrinen versehen, über einem der vielen Kanäle, die das Gelände durchzogen. Und sie hatten Licht. Praktisch in jedem Raum, den sie in dieser Klosteranlage betraten, fanden sie Kästen voll Kerzen.

Obwohl sie todmüde war, lag Hanna immer noch wach. Sie hatte angstvoll für ihre Mutter gebetet, für Josef und alle, die den Soldaten wehrlos ausgesetzt waren. Ruhiger wurde sie deswegen nicht. Ihre Gedanken liefen im Kreis. Hatte die Zerstörung des Pachthauses die Schweden lange genug aufgehalten? Kamen Reisinger und seine Leute noch rechtzeitig an? Der Trupp war nur klein, doch sie waren alle bewaffnet und hoffentlich in der Lage, die Angreifer abzuwehren. Aber sobald es vorbei war, wurde vermutlich verzweifelt nach Söhnen und Töchtern gesucht ...

Hanna warf sich herum. Sie dachte an Salzburg, Amand an seinem Schreibtisch, den Klang des Spinetts, an die Morgensonne beim Frühstück ... Sie wollte nur noch nach Hause zurück.

Noch schlimmer als die Pfeile der Schweden, Feuer, Flucht und die Detonation über dem Brunnen war das Verschwinden von Konemann. Hanna hatte den Schock noch nicht überwunden. Das Geräusch, als er ins Wasser klatschte, verfolgte sie.

Mit Laternen und Kerzen vom Kloster hatten sie sich gegen Abend nochmal zum Wasserfall aufgemacht. Einer nach dem anderen waren sie durch den nassen Blättervorhang geschlüpft. Der Lichtschein glitt über die Mauern des Gangs.

»Da! Da ist der Spalt«, sagte Simon und schickte sich an, sein Wams abzustreifen, um sich wieder durch die Steine zu zwängen.

Nell hielt ihn zurück.

»Lass mich das machen. Ich bin schmaler als du.« Und sie verschwand. Sie hörten, wie sie auf der anderen Seite mit ihrer klaren, kräftigen Stimme laut nach Konemann rief. Und lauschten ... Ab und an war flüchtig der Schein ihrer Kerze zu sehen. Dann wurde alles dunkel und still. Sie warteten lange.

Hanna wurde immer nervöser.

»Was macht sie denn nur? Sie wird doch nicht runtersteigen? Und auch ins Wasser fallen?«

Simon legte ihr beruhigend eine Hand auf den Arm: »Sie passt schon auf.«

Sie warteten weiter. Endlos, wie es Hanna vorkam. Gerade, als Simon beschloss, nun doch nachzuschauen, flackerte wieder ein Licht im Felsspalt. Und Nell tauchte auf.

Sie schüttelte bedauernd den Kopf. »Nichts. Keine Spur von ihm. Das Wasser ist wieder zurückgegangen, aber er ist nicht aufgetaucht. Ich denke, er hätte mich hören müssen ... Ich habe die Kerze drinnen gelassen. Direkt vor dem Ausgang ...«

»Gut«, sagte Simon. »Wir versuchen es morgen nochmal.«

»Wozu?«, murmelte Clara. »Da ist nichts mehr zu machen.«

Hanna konnte sich nicht erinnern, je gegen irgendwen so eine Abneigung empfunden zu haben, wie gegen dieses Mädchen. Noch nie hatte sie jemanden geohrfeigt. Plötzlich kämpfte sie gegen den heftigen Wunsch dazu an.

Clara starrte mit weit geöffneten Augen zur Zimmerdecke. Die glänzte rötlich im Schein des Kaminfeuers. Rauchwirbel zogen darüber. Sie hätte lieber in einer eigenen Mönchszelle drüben im Konventsgebäude geschlafen.

»Wir können doch das Bettzeug dorthin schaffen«, hatte sie vorgeschlagen. Aber das hatten alle anderen abgelehnt. Auch Loy.

Nun, es würde sich schon noch eine Möglichkeit für sie ergeben, mit ihm allein zu sein. Pech, dass es sie an diesen grässlichen Ort verschlagen hatte. Ausgerechnet jetzt. Mit dieser Hanna, die alle behandelten, als ob sie etwas Besonderes wäre. Warum eigentlich? Ein ahnungsloses Geschöpf, das von Werweiß-wo her kam. Und seltsam. Was für ein Getue wegen dem Raben! Und ihre Augen! Aber das schien keinen zu stören. Nicht einmal Loy.

Diese ganze lästige Horde, die sie nun im Schlepptau hatten. Das war das Schlimmste.

Clara hatte ein Ziel. Ja, sie wusste genau, wie sie es anfangen musste. Noch vor wenigen Wochen hätte sie sich das nicht träumen lassen. Hof und Mühle. Die große Gastwirtschaft. Alles, was sie begehrte. Und sie würde das Sagen haben. Wohlig streckte sie sich. Am Ende würde es Loy sogar gefallen ... Clara lächelte, während sie daran dachte. Dass die fremden Soldaten womöglich im Flecken gewütet hatten, daran verschwendete sie keinen Gedanken.

Judit hätte sich gern auf die Seite gedreht. Aber Leni hatte sich an sie gekuschelt, der Kopf des Kindes lag auf ihrem Arm, und sie brachte es nicht übers Herz, die kleine Schwester im Schlaf zu stören. Nur zu gerne wäre sie selbst endlich zur Ruhe gekommen. Müsste nicht mehr ans Ertrinken denken, daran, wie es wohl war, wenn ein Mensch verzweifelt nach Luft schnappte, immer mehr Wasser schluckte ...

Ausgerechnet Konemann, der wie ein Fischotter schwamm. Wo er das wohl gelernt hatte? Als Kind war er mit seinem Großvater umhergezogen, der als Hausierer regelmäßig durchs Günztal kam. Der Alte war bei der Pestepidemie im Sommer '35 in Obergünzburg gestorben, und die Witwe des Kürschners hatte sich des Jungen erbarmt und ihn aufgenommen. Sie hatte selbst keine Kinder, und Konemann hatte das Kürschnerhandwerk gelernt, sobald er alt genug war. Vor drei Wochen hatte die Witwe Feigele sich dann mit der Familie ihrer Schwester, die in Ronsberg verheiratet war, auf den Weg in die Schweiz gemacht. So wie viele andere auch. Aber Konemann war in Obergünzburg geblieben.

»Jemand muss sich doch um das Haus und die Werkstatt kümmern«, hatte er zu Judit gesagt.

Konemann, der sich immer bemühte, sie aufzumuntern. Ihr Blumen brachte, worüber sie lachen musste. Und half, wann immer es nötig war ... Solch einen Tod hatte er nicht verdient.

Oder sollte dies etwa die Strafe sein? Dafür, dass er Fisch in der Günz wilderte? Würde sie selbst dafür bestraft werden, dass sie den Fisch aß? Judit schluckte. Ein weiterer Grund, Angst zu haben ... Sie wischte sich die leise fließenden Tränen aus dem Gesicht. Ihr Haar war schon ganz nass.

Cilli sorgte sich um die Kuh und die Ziegen. Sie mochte die kleine Braune und die munteren Zicklein, die sie zum Lachen brachten. Sie banden die Tiere in der Melose nie an oder schlossen sie ein.

»Wir wissen nicht, ob wir sie morgen noch füttern und tränken können«, hatte Josef immer gesagt. Aber Cilli konnte sich gar nichts anderes vorstellen, als dass der Alte mit Hannas Mutter den Schweden entkommen war. Sie sollte also beruhigt sein.

Im Grunde fand sie es nicht gut, dass sie am nächsten Tag schon wieder aufbrechen wollten. Für ihrer aller Seelenfrieden wäre es besser, so dachte sie, wenn sie die Suche nach Konemann nicht so schnell aufgeben würden. Und Cilli hätte in dieser großzügig eingerichteten Klosterküche auch gerne nochmal gekocht. Manche Gerätschaften, die sich dort an Haken und auf hölzernen Borden befanden, kannte sie bislang nur vom Hörensagen.

Sie hatten gar nicht darauf geachtet, dass Andris irgendwann bei ihrer Durchsuchung des Klostergeländes verschwunden war. Dann kam er plötzlich mit einem großen Kescher voller Karpfen gelaufen, aus den Fischteichen hinter den Gärten. Und damit hatte die Aussicht auf eine warme Mahlzeit schließlich den Ausschlag gegeben, wenigstens bis zum kommenden Morgen zu bleiben.

Es hatte ihr Spaß gemacht, die Karpfen zuzubereiten. Über einen mit Platten gedeckten schmalen Kanal wurde die Küche mit frischem Wasser aus einer Quelle versorgt. Außerdem gab es einen überdachten Ziehbrunnen draußen im Hof. Im Vorratsraum hinter der Küche hatte Cilli einen vollen Salztopf entdeckt. Und eine Majolikaflasche mit Essig. Beides war gut verschlossen gewesen.

»So hält das ewig«, hatte sie Hanna zufrieden erklärt.

Schließlich hatten sie sich im großen Gemüsegarten eingehend umgesehen. Er war zwar völlig verwildert, doch nach kurzer Suche gruben sie Zwiebeln, Lauch und ein paar dicke Möhren für ihren Fischsud aus.

Auch wenn das Brot dazu fehlte, war es eine köstliche Mahlzeit geworden. Sie hatten am großen Tisch in der Küche gegessen, und keiner war hungrig aufgestanden.

Cilli strich mit der Hand über ihr Kissen. Es war mit seidigem Leinen bezogen. So fein hatte sie im Leben noch nicht geschlafen. Sie gähnte. Und döste allmählich ein.

Zum Frühstück hatten sie wieder reichlich Äpfel und Birnen gepflückt. Und einige Hände voll Haselnüsse gesammelt. Noch einmal saßen sie alle um den großen Tisch in der Klosterküche. Danach packten sie die Reste als Wegzehrung ein.

»Dürfen wir das?«, fragte Judit beklommen. »Es gehört uns doch nicht.«

Hanna hatte deswegen kein schlechtes Gewissen.

Und Nell sagte: »Uns bleibt gar nichts anderes übrig. Außerdem nehmen Klöster Reisende auf, und Hungrige werden verköstigt.« Sie lächelte etwas. »Du kannst ganz beruhigt sein, Judit.«

Sie warteten draußen, wo die Morgensonne warm auf das Pflaster schien, während Nell und Simon erneut zum Wasserfall hinauf stiegen. Es war ihr letzter Versuch, Konemann doch noch zu finden.

Ein paar flaumige Wölkchen trieben am westlichen Himmel. Butz lag zusammengerollt zu Hannas Füßen. Loy wanderte ruhelos auf und ab. Genau wie der Rabe, der von Steinplatte zu Steinplatte hüpfte und dabei pausenlos seinen Kopf drehte, als wähnte er sich in Gefahr. Dass er sich auf dem Gelände nicht wohl fühlte, hatte Hanna schon am Vortag bemerkt. Unter freiem Himmel schien er sich zu fürchten. Sie schob es auf seine festgebundenen Flügel. Schließlich nahm sie ihn auf und hob ihn ins Tragetuch. Sogleich entspannte er sich.

Simon und Nell kamen alleine zurück.

»Er ist wie vom Erdboden verschluckt. Dieser Gang, der vom Wasserfall weg geht, endet nicht bei dem Felsspalt. Er führt in ein großes Gewölbe hinunter. Dort gibt es einen weiteren Zugang. So wie es aussieht, war das mal ein Eiskeller.«

Darin hielten die Mönche, die für gewöhnlich selbst brauten, ihr Bier kühl. Es war üblich, dafür im strengen Winter Eisgalgen aufzustellen, Gerüste, die mit Wasser besprüht wurden, so dass daran Eiszapfen wuchsen. Auch der künstliche Wasserfall mochte diesem Zweck dienen. Das geerntete Eis wurde in Räume unter der Erde verbracht.

»Also, dann geht es jetzt endlich los«, sagte Loy ungerührt. Er schulterte eine Axt und drückte auch Simon und Andris eine in die Hände. Die Mädchen griffen nur zögernd nach Hacken und Messern.

Sie brachen auf. Der Weg zur Klosterpforte führte an der Kirche vorbei. Plötzlich stutzte Hanna. Das große Portal an der Westseite stand sperrangelweit offen.

»Wir haben die Türen gestern doch wieder geschlossen«, sagte sie erschrocken.

Simon war alarmiert. »Hat sie einer von euch aufgemacht?«

Alle verneinten.

»Bleibt hier«, sagte er, zog seinen Degen und lief zum Portal.

Andris hörte nicht auf ihn und folgte ihm, die schwere Axt mit beiden Händen gepackt.

Sie warfen nur einen Blick in den Kirchenraum. Simon drehte sich um und schrie: »Nell!«

Konemann lag gleich hinter der Schwelle. Die Augen waren geschlossen, er regte sich nicht. Im ersten Moment dachte Hanna, er lebte nicht mehr. Seine Haut sah fast blau aus, aber er atmete noch. Ob er verletzt war, war nicht zu erkennen. Seine Kleidung war nass. Ringsum hatte sich eine Wasserpfütze gebildet.

»Er ist eiskalt«, sagte Nell, die sich über ihn beugte und sanft berührte. »Bringen wir ihn ins Haus.«

Drinnen zogen sie ihn behutsam aus, trockneten ihn vorsichtig ab und hüllten ihn in eine Decke. Bevor sie erneut ein Feuer anfachten, stieg Andris in den Kamin und räumte Äste und Laub aus. Nun zog der Rauch restlos ab, und sie heizten kräftig ein.

Es dauerte lange, bis Konemann wieder zu sich kam. Endlich schlug er die Augen auf. Aber während sie ihn mit Fragen bestürmten, schaute er nur verständnislos von einem zum andern.

Als er Judit sah, die vor Erleichterung aufschluchzte, lächelte er und fragte: »Was ist passiert?«

»Weißt du das nicht?«

Er schüttelte müde den Kopf. Er überlegte, dann sagte er leise: »Wir waren unter der Erde. Wir haben geschlafen, und dann ist das Wasser gestiegen ... An mehr kann ich mich nicht erinnern.«

»Du bist ins Wasser gestürzt und dann warst du spurlos verschwunden ...«, fing Judit an, aber Nell bedeutete ihr, nicht weiterzusprechen. Tatsächlich hatte Konemann wieder die Augen geschlossen. Mit zufriedenem Ausdruck drehte er sich zur Seite und schlief einfach ein.

»Was machen wir nun?«, fragte Clara.

Sie saßen erneut um den Tisch in der Klosterküche. Cilli stand am Herd und kochte aus Gemüse und Fisch eine Brühe. In einem zweiten Kessel blubberte ein Mus von späten Zwetschgen.

»Wie meinst du das?«, fragte Nell.

»Na, wegen Konemann. Wir wollen doch hier keine Wurzeln schlagen. Ich jedenfalls nicht.«

»Schaun wir, wie schnell er sich erholt«, sagte Nell kühl. Im Augenblick wachte Simon bei ihm.

»Ich war damit einverstanden, bis morgen zu warten«, mischte sich Loy ein. »Aber nicht länger. Wenn er es nicht schafft mitzukommen, müssen wir uns eben aufteilen.«

Alle schwiegen. Hanna dachte bei sich, dass Loy und Clara womöglich kaltschnäuzig genug wären, Konemann einfach zurückzulassen, um nur eilig ins Dorf heimzukehren. Doch sie gestand sich auch ihre Hoffnung ein, die zwei könnten ihre Mutter und alle, die ihre Kinder vermissten, endlich aus ihrer Sorge erlösen. Nell bliebe gewiss bei dem Kranken. Und sie selbst, trotz allem, ebenfalls. Dann würde auch Simon nicht gehen, der es ernst nahm, sie sicher zurück nach Salzburg zu bringen. Judit? Sie war zwar besorgt um Konemann, aber in Loy möglicherweise verliebt. Andris gehörte zu Loys Gesinde. Und Cilli? Die lächelte Hanna an. In dieser Küche schien sie sich bereits wie zu Hause zu fühlen ...

Diesmal lag Hanna in tiefem Schlaf. Am Vormittag hatte sie mit Cilli und Judit in den Obstgärten Äpfel, Birnen und Pflaumen in große Körbe geklaubt. Manche pflückten sie sogar noch vom Baum. Das Gras war warm und trocken gewesen. Es roch gut, nach Herbst und nach Laub. Die Sonne hatte vom blauen Himmel gestrahlt.

Sie wuschen, schälten oder entsteinten die Obstberge, schnitten das weiche Fruchtfleisch fein säuberlich klein oder drückten es gleich durch ein Sieb. Ihre Finger färbten sich langsam rotbraun und blau. Andris schleppte derweil das Holz her, um den großen Herd laufend zu feuern. Sie hatten Küche und Vorratsraum gründlich durchstöbert und dabei auch Töpfe mit Honig gefunden. Damit süßten sie das vor sich hin köchelnde Mus, das mehr und mehr eindickte, bis es eine feste Paste war. Die strichen sie abends auf hölzerne Backbretter, um sie zu trocknen.

»Falls wir noch bleiben, können wir sie morgen früh in die Darre hinüber bringen«, schlug Cilli vor. Als Hanna sie fragend ansah, erläuterte sie: »Das Gebäude neben der Mühle. Um Getreide zu trocknen und Malz zu dörren. Die Äcker sind ziemlich zugewachsen, aber ich habe Überbleibsel von Dinkel, Roggen und Hafer gesehen. Die haben hier das, was sie brauchten, selbst angebaut.«

Hanna hatte bei ihrem Rundgang durch das weitläufige Klosterareal nicht auf Getreidehalme und Felder geachtet.

»Falls wir morgen schon aufbrechen, schlagen wir die Pasten einfach so, wie sie sind, in Leintücher ein und nehmen sie mit«, wusste Cilli Rat. »Wer weiß, wie lange wir noch unterwegs sind.«

Eine übertriebene Sorge, fand Hanna. Aber sie war zufrieden gewesen, sich zu beschäftigen und nicht wartend herumzusitzen. Sie mochte nicht an den dunklen Wald draußen denken.

2

In der Nacht begann Konemann, heftig zu fiebern.

Nell, die Simon abgelöst hatte und bei ihm wachte, weckte Hanna. Die kämpfte sich mühsam aus ihrem Tiefschlaf.

»Cilli und Andris sind in der Küche drüben. Wir brauchen handwarmes Wasser, um für Konemann Wadenwickel zu machen. Suchst du nach Tüchern?«, hörte sie Nell flüstern.

Nell hockte sich wieder neben den Kranken. Schweißperlen rannen über seine Stirn und die Wangen und zitterten im schwachen Bartflaum über den Lippen. Nell tupfte sie ab.

Schlaftrunken stand Hanna auf. Nell deutete auf eine Kerze. Im Halbdunkel stolperte Hanna damit zum Kaminfeuer. Der Docht wollte nicht brennen. Endlich loderte eine schwache Flamme empor. Aber wo sollte sie suchen?

Dann fiel ihr ein, dass sie im oberen Stockwerk Schränke und Truhen gesehen hatten. Sie tappte zur Tür und musste sich überwinden, allein in den finsteren Hausflur zu treten. Langsam stieg sie die knarzende Treppe hinauf. Das Kerzenlicht flackerte. Sie mochte sich lieber nicht vorstellen, dass es womöglich ausging und sie hier im Dunkeln stand.

Oben im Gang gab es mehrere Truhen. Sie waren mit schweren hölzernen Deckeln versehen, doch unverschlossen, wie Hanna erleichtert bemerkte, als sie die Kerze am Boden abstellte und den ersten aufklappte. Sie brauchte beide Hände dazu. Beim Blick in den Kasten war sie enttäuscht: Zusammengefaltete Tapisserien. Die konnten sie wirklich nicht brauchen. Eine Truhe enthielt silberne Leuchter, eine weitere einen riesigen Tafelaufsatz in Form eines Schiffs.

Sie wandte sich in die erste Kammer, die mit Anrichten vollgestellt war. Hinter den Schranktüren und in den Schüben fand sie verschiedenes Tafelgeschirr. Chinesisches Porzellan und viel

Silber. Im nächsten Raum standen verstaubte Schüsseln, Nachttöpfe und Waschschüsseln nebst Krügen einfach am Boden. Ein merkwürdiges Haus.

Dann kam wieder eine Kammer mit Kasten und Truhen. Eine enthielt lauter Männergewand, wie Hanna bei flüchtiger Durchsicht bemerkte: Pumphosen, Hemden aus Leinen und Seide, Schulterkragen und aufwändig geschneiderte Leibröcke. Offensichtlich für Herren von Stand. Endlich stieß sie auch auf einen Wäschekasten mit Wollgewebe und Leinen. Sie nahm einen Stapel heraus und wollte das Zimmer schon wieder verlassen, als ihr eine bemalte italienische Reisetruhe auffiel. Sie zögerte einen Moment, dann siegte die Neugier. Sie legte den Wäschestapel zur Seite und machte sie auf.

Verblüfft hob sie eine Reihe von vornehmen Frauenkleidern heraus. Feine Seidengewänder mit bauschigen Ärmeln, Atlas und Taft, leichte Wollstoffe, Spitzenkragen, Mieder und kurze Jacken aus Samt und Brokat. Die pastellhellen Farben waren nicht mehr in Mode, aber die Stoffe kunstvoll verarbeitet und zweifellos teuer. In einem kleineren Koffer daneben lagen sorgsam gefaltete Unterkleider und Hemden, alle aus feinstem Leinen oder hauchzarten Seiden genäht.

Obwohl ihr Herz furchtsam klopfte, konnte Hanna nicht widerstehen. Sie stellte die Kerze aufs Fensterbord und hielt sich ein lichtblaues Seidenkleid an ihre schmale Figur. Die Frau, die diese Gewänder getragen hatte, war ebenfalls schlank gewesen, vielleicht auch noch jung. Und sie hatte die Schönheit geliebt. Das sah man den Kleidern an. Aber was hatten solche Frauengewänder in einem Kloster verloren? Hanna konnte sich keinen Reim darauf machen.

Nachdenklich betrachtete sie ihr Spiegelbild, das im Fensterglas vor dem Nachtdunkel draußen deutlich zu sehen war. Seit ihrem Aufbruch aus Salzburg waren nur wenige Wochen vergangen. Doch sie kam sich verändert vor. Ihr Gesicht zeigte keine kindlichen Züge mehr, es wirkte nun schmaler und irgendwie feiner. Ernster auch.

Aber das Kleid in ihren Händen gefiel ihr. Sie drehte sich leicht hin und her. Dabei stieß sie mit dem Fuß an die Koffertruhe, die seitlich zum Fenster stand. Der Deckel klappte herunter, die Kerzenflamme daneben flackerte heftig im Luftzug. Hastig griff Hanna nach ihrem Leuchter und löschte das Licht dabei endgültig aus.

In dem Augenblick glaubte sie drunten eine Bewegung zu sehen. Eine Gestalt, die ins Dunkel glitt. Das Fenster ging nicht zur Kirche hinüber, sondern zur nahen Klostermauer, die hier von Buschwerk und Bäumen verdeckt war. Erschreckt keuchte sie auf. Fast hätte sie laut geschrien.

Was war das? Ein Mensch? Oder nur ein Tier auf einem nächtlichen Streifzug? Im ersten Moment dachte sie, einen Mann gesehen zu haben. Ein Gesicht im flüchtigen Schein des Mondes, der wieder zwischen den Wolken verschwand. Ihr stockte der Atem. Aber es war wohl nur der Eindruck einer Bewegung gewesen. Sie spähte ins Dickicht. Der Wind zerrte an Ästen und Zweigen. Sie hatten doch das ganze Gelände und alle Gebäude durchkämmt. Da war niemand gewesen. Und das Klostertor hatten sie mittlerweile von innen verriegelt.

Nervös legte sie im Dunkeln das Gewand zurück in die Truhe. Dann kam der Mond wieder heraus, und sein schwaches Licht schien durch die Fenster. Sie griff sich die Tücher, nahm den erloschenen Leuchter und tastete sich über den Gang und die Treppe zurück ins Erdgeschoss.

Hier war es stockdunkel. Ein Lichtstreif wies ihr den Weg in den Schlafraum. Sie streckte die Hand nach der Klinke aus. Plötzlich klopfte es laut hinter ihr, und Hanna stieß einen Schrei aus. Im nächsten Moment stand Simon in der Zimmertür, und sie hörte Cillis Stimme von draußen: »Wir sind's doch. Macht auf!« Beschämt blieb sie stocksteif stehen, während Simon grinsend den Riegel der Haustür zurückzog und die beiden mit ihrem Schaff voll warmem Wasser hereinließ.

Schließlich hatte Hanna ihre zitternden Hände so weit unter Kontrolle, dass sie bei der Versorgung von Konemann helfen konnte. Sie fragte Cilli: »Wart ihr, du oder Andris, vorhin an der Mauer hinter dem Haus?«

»Nein«, sagte Cilli. »Wir sind auf dem schnellsten Weg von der Küche herüber gelaufen. Wie kommst du darauf?«

Hanna war gezwungen zu schildern, dass sie gemeint hatte, jemanden draußen zu sehen. Obwohl sie sofort beteuerte, sich wohl nur getäuscht zu haben, wollte es Simon nicht auf sich beruhen lassen.

»Schauen wir nach«, forderte er Andris und Loy auf und alle drei verließen bewaffnet das Haus.

Sie kehrten ohne Ergebnis zurück.

»Wir haben unter den Büschen Gewölle gefunden. Vielleicht war's eine Schleiereule, was du gesehen hast.«

»Ja, das kann sein«, sagte Hanna. Doch in ihrem Hinterkopf verblieb ein nagender Zweifel.

Am nächsten Morgen war Konemann vom Fieber erschöpft. Er atmete schwer, mit hochrotem Kopf, war unruhig und wieder kaum ansprechbar. Nell wusch ihn geduldig mit lauwarmem Wasser ab und packte ihn dann warm ein. Es war offensichtlich, dass ein Weitermarsch mit ihm unmöglich war.

Loy bestand aber darauf aufzubrechen, und Clara erklärte sofort, sie wolle das auch.

»Wer kommt noch mit?«, fragte Loy selbstsicher. Er konnte sich offensichtlich nicht vorstellen, dass außer Nell irgendjemand freiwillig zurückbleiben würde. Doch alle schwiegen. Seine Miene verfinsterte sich.

»Du, ich verlass mich auf dich«, wandte er sich brüsk an Andris.

Der zögerte.

»Ich finde, wir sollten vielleicht besser alle zusammenbleiben.« Aber sogleich lenkte er ein: »Doch, wenn du unbedingt loswillst, Loy ... Ich hoffe, wir finden in dem Gestrüpp einen Weg. Sonst wäre es besser, nachts nicht draußen zu sein. Es schaut nach Regen aus. Womöglich kommt ein Gewitter.«

Tatsächlich war der blaue Himmel inzwischen unter dunklen Wolken verschwunden, und es wehte ein kalter Wind.

Loy brütete eine Weile über dem Einwand.

»So groß kann der Wald gar nicht sein«, beharrte er schließlich. »Bis zum Abend sind wir längst unter einem sicheren Dach und dann geht es nach Hause. Aber wenn ihr es vorzieht, hier zu bleiben ... Also, wir sagen dann euren Leuten Bescheid.«

Die drei nahmen Wegzehrung, Decken, eine Laterne und Werkzeuge mit. Simon schloss hinter ihnen die Klosterpforte und schob den Riegel vor. Besorgt musterte er den sich verfinsternden Himmel.

Auch Hanna blickte immer wieder nach oben. Sie suchte im Strauchwerk entlang der Klostermauern nach einem Holunderbusch. Mit dem Saft aus den Beeren wollte Nell Konemanns Fieber bekämpfen. Zu dieser Jahreszeit war ein Gewitter wenig wahrscheinlich. Doch die Düsternis unter den tief hängenden Wolken wirkte bedrückend, genau wie die Ungewissheit, die sie nicht ruhen ließ.

Sträucher und Büsche hatten sich ausgebreitet und bildeten um die verlassenen Gärten einen verwilderten Saum. Schritt für Schritt drückte Hanna das Astwerk beiseite und spähte zur Mauer dahinter, die nicht schnurgerade, sondern um zahlreiche Ecken und Winkel verlief.

In einer der Nischen stieß sie auf ein kleines Haus. Es war aus Holz, halb verfallen. Die offen stehende Tür hing kaum noch in den Angeln. Sie warf einen Blick hinein und sah einen von Moos überwachsenen Brunnen. Vom Deckel waren nur ein paar verfaulte Bretter erhalten. Ein altes Brunnenhaus, vermutlich aus der Zeit der Gründung des Klosters, bevor die Wasserversorgung über die Quelle, den Bach und Kanäle hergestellt war.

Sie wollte schon eintreten, als sie unweit von dem Häuschen endlich ein paar Holunderbüsche entdeckte. Mit jeder Menge schwarzvioletter Beerendolden daran.

Rasch hatte sie einen Korb voll gepflückt. Gerade noch rechtzeitig, denn als sie sich umdrehte, um zurück zur Klosterküche zu laufen, zuckte tatsächlich ein Blitz über den gelbschwarzen Himmel. Noch war das Donnergrollen deutlich verzögert zu hören. Aber der Wind frischte schon stürmisch auf. Jeden Augenblick konnte das Unwetter losbrechen. Sie griff nach dem Korb.

Von dort, wo sie war, führte der kürzeste Weg unters Dach durch die Friedhofspforte der Kirche. Sie hastete darauf zu, vorbei an einer Reihe von zugewachsenen Gräbern, von denen nur noch vermoderte Holzkreuze zeugten.

Da fiel ihr Blick auf ein frisches Grab. Jäh stoppte sie. Kein Zweifel. Auf dem nackten Erdhügel wuchs noch kein Grashalm. Und das hölzerne Kreuz war von der Witterung unberührt. Vor dem Kreuz steckten grüne Rosensteckhölzer im Boden, der dort leicht sandig und außerdem feucht war. Seit ihrer Ankunft zwei Tage vorher hatte es nicht mehr geregnet. Ringsum war die Erde trocken. Es sah so aus, als hätte jemand die Rosensteckhölzer gewässert.

Konnte das sein? Sie bückte sich, um sich zu vergewissern. Aber in dem Moment entlud sich der Wolkenbruch in großen berstenden Tropfen. Im Nu war alles nass. Sie rettete sich in die Kirche. Und fragte sich, worauf ihr Argwohn beruhte. Ob es nur Einbildung war.

Etwas schoss auf sie zu. Und winselte freudig.

»Butz! Was machst du denn in der Kirche? Komm her.«

Das ließ sich der Kleine, der noch immer mehr einer faltigen Wurst ähnelte als einem Geschöpf, das zum Hund werden wollte, nicht zweimal sagen. Er hopste an Hannas Röcken empor, bis sie ihn hochhob und er versuchen konnte, ihr Kinn abzuschlecken.

»Na, danke. Ich bin schon nass. Wieso bist du denn nicht in der Küche geblieben?« Butz legte den Kopf schief, blieb aber die Antwort schuldig.

Nachdenklich sah sie ihn an. Womöglich war bloß der Hund ungeduldig nach draußen gelaufen und hatte aufs Grab gepieselt. Deshalb war die Erde dort feucht gewesen. Dann gab es keinen Grund sich zu sorgen.

Doch offenbar starb hier vor kurzem ein Mensch. Und er war begraben worden. Dieser Ort war nicht so einsam, wie sie bislang glaubten.

Mit Butz im Arm lief sie durch Kirche und Kreuzgang. Der Klosterhof hatte sich durch den heftigen Regen in eine große Pfütze verwandelt. An einigen Stellen strömte das Wasser in Bächen über das steinerne Pflaster.

Der Gang auf der Südseite war bislang trocken. Cilli, Simon und Nell saßen dort in der Küche. Freiwillig ginge jetzt keiner hinaus. Draußen toste mittlerweile ein Sturm, Blitze zuckten über den Himmel, es donnerte, grollte und krachte ohrenbetäubend. Der Regen prasselte wie Trommelschläge gegen das Fenster. Es war so finster geworden, dass sie Kerzen anzünden mussten.

Das Unwetter tobte dermaßen laut, dass Hanna Mühe hatte, sich verständlich zu machen.

»Ein frisches Grab auf dem Klosterfriedhof? Nun, die meisten wollen in geweihter Erde begraben werden«, sagte Simon darauf. »Manche Kirchhöfe wurden von Soldaten geschändet. Drum hat man den Toten wohl her gebracht ... Also, wenn wir hier irgendwas zu befürchten hätten, hätten wir es längst gemerkt. Da ist niemand mehr. Aber, wenn hier kürzlich jemand beerdigt wurde, dann dürfte es in der Nähe wohl doch eine Straße geben. Ich finde, das ist eine gute Nachricht.«

Nell sah ihn nur zweifelnd an. Wieder erhellte ein Blitz den Raum. Cilli rief beim Blick durch das Fenster: »Hoffentlich werden Loy und die anderen nicht vom Blitz erschlagen. Oder von einem Baum.«

Hanna schauderte es bei dem Gedanken.

»Sie hätten hierbleiben sollen.« Nell nahm Hanna den Korb ab, um die Holunderbeeren zu waschen und von den Stängeln zu streifen. Mit etwas Wasser ließ sie sie eine Weile lang kochen. Dann goss sie den Saft durch ein Tuch und presste das Fruchtfleisch aus. Allmählich zog das Gewitter weiter, das Donnern verstummte, aber noch ließ der Regen nicht nach. Nell trat ungeduldig ans Fenster. Sie hielt den Krug mit dem Saft in ihren Händen. Offenbar war sie mit ihren Gedanken bei ihrem Patienten.

»Warte noch«, sagte Simon. »Bis du drüben ankämst, wärst du klatschnass. Wenn du auch krank wirst, ist keinem gedient.

Nell seufzte. Aber sie stellte den Krug ab und setzte sich ebenfalls an den Tisch.

»Zum Glück regnet es nicht durch die Fenster«, sagte Cilli. Nur der Wind blies durch alle Ritzen. Sie strich sich das Haar hinter die Ohren und ließ den Blick durch die Küche schweifen, wie stets auf der Suche nach etwas zu Tun. Sie wirkte nicht unzufrieden, fand Hanna. Die vernünftige Cilli war daran gewöhnt, praktisch zu denken. Ein warmes, sauberes Haus, etwas Ordentliches zu essen und eine Umgebung, die friedlich und ohne Bedrohung erschien. Grund genug, still vor sich hin zu lächeln, wie sie es in dem Moment tat.

Simon hatte die Füße von sich gestreckt und verschränkte die Arme hinter dem Kopf. Er sah aus, als ob er gleich einschlafen würde. So entspannt hatte ihn Hanna seit Beginn ihrer Reise in

Salzburg noch nicht gesehen. Dass sie Konemann lebend wiedergefunden hatten, hatte Simon regelrecht glücklich gemacht. Um Loy, Clara und Andris hingegen, die sich nicht mehr in seiner Obhut bewegten, schien er sich nicht weiter zu sorgen.

»Apfelsaft?«, fragte Cilli und schenkte jedem einen Becher voll ein.

Hanna nippte daran. Er war etwas trüb und schmeckte kräftig und süß. Sie konnte sich nicht daran erinnern, wann sie das letzte Mal so etwas Köstliches getrunken hatte. Zufrieden seufzte sie auf.

»Wunderbar«, sagte sie, und Cillis Lächeln wurde noch breiter.

Der Regen rann über die Fenster. Das Herdfeuer prasselte. Sie hatten die Türen geschlossen. Im Raum war es angenehm warm. Cilli plauderte über Gemüserezepte. Sie hatte ihre Haube verloren und wirkte noch zerzauster als sonst.

›So wie wir alle‹, dachte Hanna, die beim Blick auf Nells aufgelöste Haarpracht unbewusst grinste. Ein einzelner, mit blauen Steinchen verzierter Schmuckkamm, der die langen Locken aus dem Gesicht halten sollte, war auf verlorenem Posten.

Hanna selbst hatte am Morgen versucht, ihr Haar zu flechten und aufzustecken. Doch sie war viel zu ungeduldig gewesen und hatte rasch aufgegeben und nur einen einfachen Knoten geschlungen, der natürlich nicht hielt.

Auch Simons kurz geschnittenes Haar stand über Ohren und Stirn wirr und widerborstig empor. Dazu die Bartstoppeln. Mehr denn je ähnelte er einem behäbigen Bären. Der jetzt eben gähnte und dann gemütlich die Augen schloss. Kurz darauf fing er an, leise zu schnarchen.

Die Mädchen tauschten belustigte Blicke. Cilli kicherte, Nell lachte. Es war ein freundliches Lachen. Offenbar mochte sie Simon. Unverhofft fühlte Hanna sich in dieser Klosterküche ganz wohl. Es könnte schlimmer sein, dachte sie. Das ist ein friedlicher Ort.

Es regnete weiter. Am späten Nachmittag hörten sie vom Klostertor Klopfen und Rufen.

Andris stand draußen. Nass bis auf die Haut. Und allein.

Simon zog ihn herein.

»Wo sind die beiden? Habt ihr die Straße gefunden?«

Mit klappernden Zähnen und zitternd vor Kälte stammelte Andris: »Nein. Ich glaube, wir haben es keine zweihundert Fuß weit geschafft. Bis zu einem Weg oder gar einer Straße sind wir gar nicht gekommen ... Aber die wollten nicht mit zurück. Während des schlimmsten Gewitters sind wir in einem hohlen Baumstamm gehockt. Ein riesiges Teil. Dieser Wald ist wirklich uralt ... Und irgendwie unheimlich auch. Als ich umkehren wollte, war von unserem Pfad schon keine Spur mehr zu sehen. Also, mir reicht's.«

Kopfschüttelnd empfing sie Nell. Simon hatte einen Dreifuß und einen Kessel ins Gästehaus herübergeschleppt. So ließ sich im offenen Kamin ihres Schlafraums Wasser erwärmen. Auch Andris musste sich vorsorglich einpacken lassen. Und schwitzen. Was ihm gar nicht passte.

»Noch einen Fiebernden kann ich hier nicht gebrauchen«, sagte Nell sehr bestimmt und hielt ihm einen Becher mit Kräutertee hin.

Er zuckte die Achseln und fügte sich. Nach dem ersten Schluck verzog er zwar das Gesicht, aber er trank alles aus.

Cilli raffte seine nasse Kleidung zusammen und hängte sie zum Trocknen auf. Bald dampfte die Luft in dem überhitzten Zimmer von Feuchtigkeit.

Auf einmal lächelte Andris, was er sonst niemals tat.

»Gut, wieder da zu sein.«

»Schaun wir, ob wir oben ein paar Hosen und Hemden für Andris und Konemann finden«, sagte Hanna. Noch hatten sie Tageslicht. Sie wollte nicht wieder im Dunkeln durchs Haus tappen müssen.

Cilli folgte ihr über die knarzende Treppe. Diesmal durchsuchten sie sämtliche Kammern. Es gab noch eine zweite Truhe mit feinen Hemden und Männergewand.

»Na also«, sagte Hanna.

Im vorletzten Raum stand ein großer Schrank, ähnlich denen der Sakristei in der Kirche. Der Schlüssel steckte, sie machten die Türen auf. Der Schrank war voller Mäntel und Pelze. Hanna strich über eine Kapuze. Ein paar Motten flatterten heraus.

Die letzte Kammertür, ganz hinten im Gang, ließ sich nicht öffnen. Sie rüttelten an der Klinke, drückten kräftig dagegen.

»Nein, die klemmt nicht. Da hat jemand abgeschlossen«, sagte Hanna enttäuscht. Sie wandte sich zu Cilli um. »Aber ich muss dir noch etwas zeigen.«

Als sie den Deckel der italienischen Reisetruhe hochklappte, war Cilli erst einmal sprachlos. Sie traute sich gar nicht hineinzufassen. Schließlich fragte sie voller Verwunderung: »Wozu braucht man sowas im Kloster? Oder ...«, sie riss erschrocken die Augen auf, » ...ist das hier eine Räuberhöhle? Wo die ihre Beute horten?«

Entsetzt starrte Hanna sie an. Sie war nicht auf diesen Gedanken gekommen. Aber er war nicht abwegig, oder? Ihr fiel die dunkle Gestalt wieder ein, die sich – sie war sich jetzt beinahe sicher – am vergangenen Abend draußen herumdrückte. Und dieses frische Grab ... Sie rannten nach unten.

»Nein«, sagte Simon mit Nachdruck. »Das ist kein Beutelager.« Oder wollte er sie bloß beruhigen? Da war sich Hanna nicht sicher.

Auf ihren Verdacht hin hatte er sich das Sammelsurium der Luxusgüter ebenfalls angeschaut. Nun strich er mit der Hand über die wieder geschlossene Reisetruhe und über den Wäschekasten und wies auf seine Handfläche.

»Schaut her. Dick voller Staub. Ich würde sagen, hier hat schon jahrelang keiner mehr etwas bewegt. Und diese Kleidung, die zweifellos Leuten von Stand gehört hat, ist längst aus der Mode.«

Er wanderte durch alle Räume, schaute erneut in die Kasten und Schränke. »All dieses Silberzeug ... Das ist ein richtiger Schatz hier. Aber Plünderer schleppen solche Kostbarkeiten unbedingt mit, um sie rasch zu Geld zu machen. Die lassen sie nicht unbewacht irgendwo liegen, in der Hoffnung, dass keiner darüber stolpert. So wie wir jetzt.«

»Und was hat das alles in einem Kloster verloren?«

Simon lachte. »Du würdest dich wundern ...«

»Im Ernst. Wie erklärst du dir das?«

»Vermutlich gehört es dem Konvent, der hier lebte.«

»Und die Frauenkleider?«

Er seufzte. »Solche Gäste sind in manchen Klöstern nicht ungewöhnlich, weißt du.«

Hanna sah ihn ungläubig an. Doch er wirkte bei diesen Worten unbefangen und ehrlich.

»Weshalb haben die Ordensleute diesen Ort denn verlassen?«, fragte sie weiter. »Sind sie vor Soldaten geflohen? Aber hier ist nichts zerstört oder verwüstet worden.«

Er zuckte die Achseln.

»Bestimmt hatten sie Angst vor einem möglichen Überfall. Die meisten Klöster stehen inzwischen doch leer.«

»Und das Silber ließen sie hier?«

»Vielleicht haben sie es sehr eilig gehabt. Oder sie hatten so viel, dass sie einen Teil davon zurück lassen mussten. Dass dieser Krieg ewig dauert, hat keiner vermutet.«

»Du bist dir also sicher, dass wir nicht damit rechnen müssen, dass über kurz oder lang irgendwelche Marodeure hier auftauchen werden?«

»Ja. Ich finde, wir haben viel Glück gehabt. Wenn die Schweden und die Franzosen erneut durch die Gegend ziehen, sind wir wahrscheinlich nirgends so sicher wie an solch einem abgelegenen Ort.«

»Aber ...«

»Aber, sobald es Konemann besser geht, machen wir uns auf den Weg. Und bis dahin halten wir hier natürlich die Augen offen. Ich werde heute Nacht im Pförtnerhaus bleiben. Für den Fall, dass Loy und Clara doch noch zurückkommen sollten.«

Hanna überlegte. Dann sagte sie leise: »Dann leiste ich dir Gesellschaft.«

Simon sah aus, als wollte er widersprechen. Aber dann nickte er.

»Gut. Zu zweit bleibt man leichter wach.«

Sie lächelte und fühlte sich besser. Vermutlich hatte er in allem, was er gesagt hatte, recht. Wenigstens hoffte sie es.

Die Bank war schmal und hart. Hanna versuchte vergeblich, einigermaßen bequem zu sitzen. Ihr tat schon der Rücken weh. Außerdem fror sie. In dem Pförtnerhäuschen war es eiskalt. Sie wickelte den Umhang aus gefilzter Wolle enger um sich und zog die Kapuze am Hals fest zusammen.

Simon hatte sich auf einer hölzernen Truhe niedergelassen. Sie hatten den Staub von der verschmierten Oberfläche gewischt, Spinnweben und Laub vom Boden gekehrt. Aber gemütlich war es hier nicht.

In dem Kasten lagen nur Decken. Die sahen feucht und vergammelt aus. Sie fassten sie lieber nicht an.

»Stell dir vor, du müsstest in dieser Klause alle Tage und Nächte verbringen ...« Hanna schüttelte sich.

Simon lächelte.

»Kein schöner Gedanke. Warum gehst du nicht wieder ins Gästehaus rüber? Ich sehe doch, dass dir kalt ist. Ich komme zurecht.«

Es vertrug sich nicht mit seiner Beschützerrolle, dass sie ihm zuliebe Unbequemlichkeiten ertrug. Aber wer wollte hier mutterseelenallein sein? Nicht einmal ein Soldat, dachte Hanna. Draußen waren unentwegt Schreie und unbekannte Laute zu hören. Als brandete die nächtliche Wildnis mit Macht gegen die schützenden Mauern an. Sie versuchte, nicht hinzuhören.

»Halb so schlimm«, sagte sie. Als spürte er, dass sie sich unwohl fühlte, drängte sich Butz, der neben ihr auf der Bank lag, noch enger an sie. Sie kraulte ihn hinter den Ohren, und er seufzte wohlig. Auf seiner anderen Seite war der Rabe herangerückt und drückte seinen Kopf in Butz' warmes Fell.

Holz klappte auf Holz. Es klang wie eine zuschlagende Tür. Hanna fuhr hoch. Im ersten Moment wusste sie nicht, wo sie war. Vor ihr stand ein Tisch. Darauf eine Laterne. Das Licht war nur schwach. Sie erkannte das Pförtnerhaus. Butz wuffte aufgeregt und wuselte auf der Bank hin und her. Und Simon? War er nicht mehr da? Doch. Er hatte sich vor der Truhe zusammengerollt und schlief. Ihr Herzschlag beruhigte sich. Eigentlich hatten sie vorgehabt, wach zu bleiben. Doch irgendwann hatte sie der Schlaf übermannt.

Die Tür sah geschlossen aus. So wie vorher auch. Hatte jemand draußen an der Pforte geklopft und das Geräusch hatte sie aufgeweckt? Hanna kam auf die Füße. Steifbeinig stakste sie durch den Raum, zögerte kurz, aber dann zog sie leise die Tür auf und schaute hinaus. Es war niemand zu sehen. Und an der Klosterpforte? Die war unverändert von innen verriegelt. Sie spähte angestrengt durch die Luke. Die Nacht war stockdunkel. Und es regnete immer noch. Das konnte sie hören. Sonst nichts.

»Loy?«, fragte sie. »Clara? Seid ihr da?« Sie erhielt keine Antwort. Anscheinend war niemand draußen. Das Geräusch, das sie aufgeweckt hatte, hatte sie wohl geträumt.

Als sie den Raum wieder betrat, wachte auch Simon auf.

»Ich bin kurz eingenickt«, gestand er beschämt.
»Ich auch«, sagte Hanna. »Ich bin aufgewacht, weil jemand die Tür schloss – das dachte ich jedenfalls. Aber das habe ich mir offenbar eingebildet. Draußen ist alles still und verlassen.«
Sie setzte sich seitlich hinter den Tisch auf die Bank, und nahm die Füße hoch, so dass sie den Mantel darüber ziehen konnte, um sie zu wärmen. Sogleich ließ sich Butz darauf nieder, und der Rabe rückte ihm nach. Simon stapfte derweil in dem Raum hin und her. Sie schlang die Arme um ihre Knie und gähnte.
»Was wirst du tun, wenn wir wieder in Salzburg zurück sind?«, fragte sie, bemüht an etwas Angenehmes zu denken.
Simon grinste. »Drei Tage lang schlafen.«
»Und dann?«
Er zuckte die Achseln und lehnte sich an die Truhe.
»Dienst schieben. Karten spielen. Und reiten. Ich kümmere mich gern um die Pferde. In der Stadt oder gar auf dem Klostergelände bekommen die nicht genügend Bewegung. Ich bin dem Stallmeister zugeordnet und wir machen oft lange Ausritte. Auf dem Land draußen ist die Luft frischer, und dazu die Landschaft ... Da atmet man leichter, weißt du.«
»Das ist sicher schön.« Hanna seufzte. »Meinst du, ich könnte auch reiten lernen? Und euch manchmal begleiten?«
Simon schüttelte bedauernd den Kopf.
»Ich kann mir nicht vorstellen, dass das deine Mutter erlauben würde. Oder Abt Alberts Familie. Und das Gesicht unsres Stallmeisters bei diesem Vorschlag ...« Er lachte. »Der wäre vollkommen entgeistert.«
»Ist das nicht albern? Nach allem ...« Hanna verstummte.
Simon erwiderte unverhofft ernst: »Es ist nicht an mir, dir zu raten, aber ... Wenn ich du wäre, würde ich zu Hause in Salzburg niemandem etwas von dem, was du erlebt hast, erzählen. Ich denke ... Bis du gut verheiratet bist, solltest du besser nichts

Aufregenderes als die kirchlichen Feiertage – und ein paar neue Stickmuster – kennen. Oder zumindest so tun.«

Hanna sah ihn nachdenklich an. Dann seufzte sie.

»Ich weiß wirklich nicht, ob ich das kann.« Sie überlegte. »Nell würde sich davon bestimmt nicht aufhalten lassen, oder? Was meinst du? Sie würde das, was sie für gut hält, ganz einfach tun ...« Sie lächelte. »Ich kann sie gut leiden. Was hältst du von ihr?«

Zu ihrer Überraschung errötete Simon.

»Sie ist klug«, sagte er nach kurzem Zögern. »Und entschlossen. Sie weiß sich zu helfen.« Die Röte vertiefte sich. »Ich denke, man kann sich auf sie verlassen«, fügte er leise hinzu.

Hanna nickte zufrieden. »So wie auf dich«, sagte sie. Was ihn prompt verlegen machte. Aber, wie Hanna bemerkte, es war die Frage nach Nell, die ihn wirklich durcheinander brachte.

Die Nacht wollte nicht enden. Aber irgendwann glaubte Hanna beim Blick aus dem regennassen Fenster das erste Dämmern des grauen Morgens erkennen zu können. Und wenig später klopfte es laut an der Pforte und sie hörten Loy rufen. Simon lief sofort nach draußen. Erleichtert folgte Hanna.

Loy zerrte Clara, die er fest an der Hand hielt, hinter sich her. Beide waren vom Regen tropfnass, als wären sie in tiefem Wasser geschwommen. Loy wirkte bleich und erschöpft. Doch beim Anblick des Mädchens schnappte Hanna nach Luft. Claras Gesicht war rot und verschwollen, die Oberlippe blutig geschlagen, Stirn und Wangen von blauen Flecken entstellt. Sie wirkte vollkommen apathisch.

»Was ist passiert?«, fragte Simon entsetzt.

»Gleich. Erstmal ins Warme«, sagte Loy mit fremder, heiserer Stimme.

Hanna wollte die taumelnde Clara stützen, doch die schrie vor Schmerz auf. Irgendwie schafften sie es ins Gästehaus. Als sie und Nell das Mädchen vorsichtig auszogen, fanden sie auch ihren rechten Arm und die Seite verfärbt. Sie hatte die Augen geschlossen und sagte kein Wort.

»Lassen wir sie einfach schlafen«, sagte Nell seufzend.

Inzwischen hatte auch Loy sich getrocknet und umgezogen. Immer noch bibbernd, eingehüllt in mehrere Decken, saß er am Kaminfeuer, in der Hand einen Becher mit Nells Kräutertee.

»Also, woher stammen diese Verletzungen?«, fragte Simon erneut.

»Der Wald. Es war der Wald«, antwortete Loy müde.

»Was soll das heißen, der Wald?«, erwiderte Simon mit einiger Schärfe.

»Das ist ein Monstrum ...«

»Wie meinst du das?«

»Der Wald hat uns nicht gehen lassen. Egal, was wir auch versuchten, wir kamen einfach nicht durch ... Das Gewitter haben wir noch ganz gut überstanden, in einem unglaublich dicken Baumstamm, der war innen hohl. Aber dann, nachdem Andris aufgab und uns allein ließ, ist es wie verwunschen gewesen. Je mehr Äste ich abschlug, desto mehr schienen nachzuwachsen. Es war ein einziges Dickicht. So etwas habe ich noch nie erlebt. Am Ende wollte auch Clara zurück ...« Er nahm einen Schluck und fing an zu husten. Simon schlug ihm auf den Rücken.

»Ich aber nicht«, fuhr Loy fort, als er wieder Luft bekam. »Also hat sie es alleine versucht. Kurz darauf hab ich sie schreien gehört. Anscheinend hat der Sturm die Spitze von einem Baum abgeknickt. Eine große Fichte ist es gewesen. Und der Spitz sauste direkt vor Clara nach unten. Sie hat unglaubliches Glück gehabt. Hätte der Stamm sie getroffen, wär sie jetzt nicht mehr da ... Aber die Zweige haben sie noch erfasst. Und sie übel zugerichtet ...« Er starrte eine Weile nur vor sich hin.

»Und dann?«

»Ich weiß gar nicht, wie ich es geschafft hab, sie mit zurückzubringen. Der Pfad, den wir gehauen hatten, war nämlich nicht mehr zu finden. Und Clara wirkte wie weggetreten. Ich musste sie regelrecht zwingen ... Wir haben ewig gebraucht.« Loy verzog das Gesicht. »Es war furchtbar.«

Simon sah ihn nachdenklich an. Es sah aus, als wollte er noch etwas sagen. Aber er schwieg.

Ein Monstrum, dachte Hanna. Dieser Wald ist ein Monstrum. War das die Wahrheit? Oder was sonst?

3

Es regnete weiter, den ganzen Tag lang und auch während der Nacht. Sie warteten auf besseres Wetter. Bis dahin würden Clara und Konemann sich schon erholen.

Als auch der folgende Morgen trüb und mit kräftigem Dauerregen anbrach, begannen Hanna und Cilli, sich in den Klostergebäuden näher umzusehen. Sie gingen zum Schreibsaal, dem großen Scriptorium, das sie durch die Wärmestube betraten. Während sie langsam von Pult zu Pult liefen, betrachtete Hanna die Buchseiten, die offen vor ihnen lagen. Die bunten Farben waren verblasst, teilweise ließen sich die kunstvollen Schriften auch gar nicht mehr lesen.

Dann bemerkten sie rechterhand in der Wand eine unauffällige Tür. Sie war verschlossen, doch Hanna trat an das nächststehende Schreibpult, dem einzigen, auf dem nichts herumlag, klappte den Deckel hoch, griff hinein und holte prompt einen Schlüssel heraus. Er passte. Und führte sie in einen weiteren Raum. Es war eine Bibliothek.

»Oh«, seufzte Hanna bewundernd beim Anblick der Bücher. An allen vier Wänden reichten Regale bis unter die Wölbung der Decke. Darin reihten sich ledergebundene Folianten, Quart-, Oktav- und Duodezbände dicht aneinander. Nur ein einziges, ovales Fenster spendete Tageslicht. Es fiel auf einen kleinen Tisch und einen Stuhl in der Mitte.

Vorsichtig zog sie einige Bände heraus und musterte sie. Wie zu erwarten, waren es vor allem theologische Werke, dazu religiöse Erbauungsschriften und Gebets- oder Andachtsbücher. Doch sie entdeckte auch Dramen, Gedichte und sogar Romane. Und eine ganze Reihe von Oekonomiken, Hausbücher, die sich Dingen wie Anbau und Viehzucht, der Waldwirtschaft oder der Imkerei widmeten. Johannes Colers vielseitiger Ratgeber

›Oeconomia ruralis et domestica oder Haußbuch‹ war in mindestens drei Ausgaben vorhanden. Offenbar war er den Mönchen nützlich gewesen. Links von der Tür stand noch ein tiefer Schrank. Darin wurden die Handschriften aufbewahrt. Aber die meisten Bücher waren, wie üblich, gedruckt.

Ein verschwendeter Schatz, dachte Hanna voller Bedauern, als sie das Zimmer zögernd verließ. Sie schloss wieder ab und legte den Schlüssel zurück.

Zwischen dem leeren Kapitelsaal und dem Zugang zur Kirche gab es noch ein Armarium. Es diente der Klostergemeinschaft normalerweise zur Verwahrung ihrer liturgischen Bücher. Neugierig klappte Hanna das schmale Türchen auf. Und fand dahinter zu ihrer Verwunderung noch immer das Messbuch liegen, das Evangeliar, die Messgesänge, die Bibellesungen und Bittgebete sowie die Bücher für das Stundengebet, die Ordensregel und das Kalendar - bereit zum Gebrauch.

»Auch wenn diese Mönche sich in höchster Eile aufgemacht haben ... Das sind ihre wichtigsten Schriften. Die ließen sie doch nicht einfach zurück?«, murmelte Hanna. »Das ist unerklärlich.«

Cilli zuckte die Achseln. Das Schicksal von Büchern war ihr völlig gleichgültig. Ihr ging etwas anderes durch den Kopf.

»Wie sind die eigentlich durch die Winter gekommen?«, fragte sie nachdenklich. »Die mussten doch Vorräte haben. Meinst du, die haben das alles beim Aufbruch mit sich genommen?«

»Vielleicht. Etwas zu essen oder das Seelenheil ... Womöglich sind sie vor dieser Frage gestanden. Und haben sich gegen die geistige Nahrung entschieden. Aber ... das Silberzeug haben sie auch hiergelassen. Also, das alles ist schon sehr seltsam. Ich frage mich wirklich, wo diese Mönche jetzt sind ...«

Am Nachmittag stiegen sie in die Keller hinunter. Zwar fühlte sich Hanna beim Blick in die tiefen Gänge unter der Klosteranlage nicht wohl, aber Cilli war beseelt von der Vorstellung, es könnte dort unten gelagerte Vorräte geben.

»Die hatten Getreidefelder. Ein paar Mehlspeisen oder gebackenes Brot, wäre das nicht gut?«

»Wir haben keine Ahnung, wann hier zuletzt was geerntet wurde. Und selbst wenn wir was fänden, was nicht verdorben wäre, willst du das mitschleppen? Wir werden bestimmt nicht mehr lange hierbleiben.« Doch noch während Hanna es aussprach, befiel sie die Furcht, dass sie sich womöglich bitterlich täuschten. Dass der Wald sie hier festhalten würde ...

Nein, das war Unsinn, mahnte sie sich. Es gab keinen Grund, sich gefangen zu wähnen. Das war nur die düstere Atmosphäre der Keller ... Die ersten beiden Gewölbe hatten sie bereits durchquert. Von der Treppe her drang kein Tageslicht mehr bis zu ihnen. Hanna hob ihre Laterne und schaute sich um. An einer Wand lagen Holzfässer aufgereiht. Einige waren mit Zapfhähnen versehen.

»Weinfässer«, erklärte Cilli und holte einen Becher aus ihren Röcken hervor. Behutsam öffnete sie einen Verschluss. Tatsächlich rann etwas Flüssigkeit heraus. Sie benetzte den Zeigefinger damit und probierte. Angewidert verzog sie den Mund und schüttelte sich. »Bestenfalls modriger Essig. Der Wein ist schon lange verdorben. Genau wie das Bier, das im Eiskeller lag.«

Auch in den übrigen Räumen war wenig zu finden. Es gab leere Schütten und Truhen sowie einige Vorratsschränke mit luftdurchlässigen Türen von Weidengeflecht. Cilli öffnete alle.

»Schau her, das war Brot.« Sie nahm einen kleinen grauen Wecken heraus. Er sah aus wie ein Stein. Als ihn Hanna berührte, war er auch ebenso hart.

»Es ist gar nicht verschimmelt. Sonst wäre es längst schon zu Staub zerfallen. Diese Keller sind bemerkenswert trocken.«

Auf einigen Türen fanden sich Holztäfelchen mit lateinischer Aufschrift. ›Mel‹, las Hanna, und ›Sal‹. Sie deutete auf die mit

Wachs verschlossenen Tongefäße, die sich in den Schränken befanden. »Honig und Salz.« In einem Schrank standen Krüge. Sie waren mit ›Acetum‹, Essig, beschriftet. Und in einer Nische entdeckten sie dann tatsächlich zwei Truhen mit ungemahlenem Korn.

»Oh, das ist Weizen!« Cilli seufzte voll Freude. »Der wird bei uns gar nicht angebaut. Aber er hält sehr, sehr lange. Bestimmt lässt sich noch Brot daraus backen. Oder Mehlbrei davon kochen. Loy kennt sich mit der Kornmühle aus ...«

Danach kam nur noch eine schier endlose Reihe von leeren Kammern, Gängen und Winkeln.

»Sieht aus, als ob jemand in diesem Labyrinth gründlich aufgeräumt hat. So wie in der Küche oben. Zu großer Eile beim Aufbruch passt das aber nicht.« Hanna war ratlos. Das Rätsel um das Verschwinden der Mönche beschäftigte sie.

Irgendwann ging es dann nicht mehr weiter. Im letzten Raum öffnete Cilli noch einen tiefen Schrank. Er war wiederum leer. Nicht einmal Regalbretter gab es. Sie zuckte die Achseln. »Schade.« Sie setzte sich auf das Bodenbrett.

Hanna ließ sich neben ihr nieder.

»Wir könnten ein paar von den Fässern auswaschen. Im Garten gibt es eine Unmenge Kohl. Gewürze auch, solange wie es nicht friert. Salz haben wir. Also können wir Sauerkraut machen«, schlug Cilli vor.

»Aber das braucht doch Wochen. Willst du dich hier niederlassen?« Hanna lächelte ungläubig.

Cilli streckte die Beine aus und wippte mit ihren Füßen. Sie überlegte. Endlich sagte sie leise: »Erinnerst du dich, wie du mich nach einem Weg durch das Dickicht rings um die Melose gefragt hast?«

Natürlich. Es gibt keinen Weg, hatte Cilli gesagt. Der Pfad öffnet sich, wenn er es will. Sie holte tief Luft. »Du glaubst doch nicht ...«

»Ich habe immer gedacht, dass unser Wald uns beschützt. Aber hier ist es anders. Du hast doch gesehen, was diese Wildnis mit Clara gemacht hat.«

»Aber Cilli!« Hanna schluckte. »Das ist ein Unfall gewesen. Falls es so war, wie Loy behauptet.«

»Weshalb sollte er lügen?«

Hanna zuckte die Achseln. »Ich habe nicht recht verstanden, weshalb Clara unbedingt mit ihm aufbrechen wollte. Ein paarmal hab ich bemerkt, wie er sie angeschaut hat. Und das war alles andere als freundlich. Ich verstehe nicht recht, was die beiden verbindet. Ich hatte den Eindruck, dass Judit eine Schwäche für Loy hat. Und dass ihm das recht gut gefällt. Irre ich mich?«

»Nein. Jeder weiß, dass sich Judit schon lange in Loy verguckt hat. Aber Jos Groß, also Loys Vater, wird seinen einzigen Sohn nicht mit der Tochter eines Kleinhäuslers und Schuldenmachers verheiraten. Ich denke, das ist allen klar.«

»Und Clara? Ist ihre Familie denn wohlhabend?«

»Ach was. Die Bechlers haben nur ein kleines Gütchen in Seesen, auf der anderen Seite vom Günztal. Claras Mutter, die Zita, ist in diesem Sommer gestorben. Sie war sehr mit Loys Mutter Else befreundet. Man sagt, dass Zita mehr Zeit auf dem Groß-Hof als bei sich zu Hause verbracht hat. Und Else hat die Bechlers auch immer sehr unterstützt. Vielleicht hat sie der Zita sogar ein Versprechen für eine Verbindung der Kinder gegeben. Aber das wäre Jos Groß ganz sicher egal. Besitz ist das einzige, was der im Kopf hat. Der schafft es, sich vom allgemeinen Elend zu nähren. So ist er an die größte Mühle im Flecken gekommen und unlängst noch an eine Gastwirtschaft. Es gibt keinen Zweifel, dass Loy einmal Geld heiraten wird.«

Cilli streckte sich und schlug dabei mit einer Hand an die hintere Schrankwand. Jäh drehten alle beide sich um.

»Das klang doch ganz hohl?«, fragte Hanna erstaunt.

Sie sprangen auf und tasteten die hölzerne Rückwand des Kastens ab. Und dann die Seitenbretter. Drückten dagegen, stocherten in jede winzige Ritze. Klopften alles ab. Versuchten vergeblich, den Schrank wegzurücken.

»Nichts. Da gibt's keinen weiteren Durchgang. Wahrscheinlich verbirgt sich dahinter bloß eine Nische.« Hanna wandte sich ab. »Jetzt haben wir alles gesehen. Gehen wir wieder hinauf.« Insgeheim war sie erleichtert. Sie hatten kein dunkles Geheimnis entdeckt.

Mitten in der Nacht schreckte Simon auf. Von einem Moment auf den anderen war er hellwach. Bis auf die rötliche Glut im Kamin war es im Schlafraum stockfinster. Aber er wusste sofort, wo er sich befand – und dass draußen irgendetwas nicht stimmte. Er lauschte. Der unablässige Regen rauschte noch immer. Klang das Plätschern und Platschen jetzt anders als vorher?

Er wusste nicht, was ihn zum Handeln drängte, nur, dass keine Zeit mehr zum Nachdenken blieb. Eilig weckte er Andris, der sich beim Aufsetzen schüttelte, als hafte der Schlaf in großen Tropfen an ihm.

»Komm«, flüsterte Simon und zog ihn mit sich.

»Warte!« Andris griff nach der nächsten Laterne. Ungeduldig ließ ihn Simon gewähren. Im nächsten Augenblick lief er schon voraus.

Später konnte er nicht erklären, was ihn in der Dunkelheit im strömenden Regen quer übers Gelände hinauf zu den Fischteichen trieb. Sie waren über die Ufer getreten, genau wie der Bach, der sie speiste. Noch am vergangenen Abend war das Wasser zahm und gesittet von draußen durch eine mit einem Gitter versehene Öffnung unter der Mauer aufs Klosterareal geflossen. Die Mönche hatten den Bachlauf geschickt über das Grundstück geleitet und weidlich genutzt. Doch jetzt strömte, brodelte, schäumte das Nass in unbezähmbarer Masse wild und zerstörend herein.

Es blieb keine Zeit. Binnen kurzem würde ein breiter, schlammiger Fluss sich zu den Klostergebäuden hin wälzen.

Simon deutete auf den offenen Schleusenschieber, der zur Regulierung der einströmenden Wassermenge direkt über dem Durchlauf innen an der Klostermauer angebracht war. Er sprang auf die angeschmiedete Leiter, um das Rad zu erreichen, mit dem der Schieber bewegt werden musste. Mit aller Kraft versuchte er ihn zu lösen. Aber nichts tat sich.

»Da ist alles eingerostet!«, schrie Andris und drehte sich um. Er rannte zur Fischerhütte. Am Rückweg strauchelte er und wäre ums Haar ins knöcheltief stehende Wasser gestürzt. Aber er fing sich und streckte Simon eine Eisenstange entgegen. Auf diesen Hebel verlegte Simon sein ganzes Gewicht, um das Schleusenrad anzudrehen. Er drückte, er zerrte, er zog. Das Rad rührte sich nicht. Mit dem Mut der Verzweiflung krallte er sich schließlich am Mauerrand fest und trat auf die beiden Enden der Stange. Es kreischte hässlich. Und dann ging der Schieber langsam nach unten. Simon sprang zurück auf die Leiter. Und drehte weiter und weiter, bis das Tor endlich an der Bachsohle aufschlug. Der Wasserstrom stoppte.

Als Simon von der Leiter zurücktrat, zitterten seine Arme vor Überanstrengung. Derweil kletterte Andris auf die Krone der Mauer und spähte nach draußen. Das Wasser strömte nun an der Klosterumfriedung entlang. Und schwoll weiter an.

»Es überschwemmt draußen alles. Aber hier drin sind wir jetzt sicher. Wie hast du gemerkt, was da los ist?«, fragte er außer Atem.

Aber Simon schüttelte nur ratlos den Kopf.

»Keine Ahnung. Ich bin einfach aufgewacht und wusste plötzlich, dass hier oben Gefahr droht. Frag mich bloß nicht weshalb ...«

Andris sah ihn merkwürdig an, aber er ließ es auf sich beruhen.

»Na, da haben wir ja Glück gehabt«, sagte er nur.

Loy war dagegen entsetzt. Als er am Morgen im weiterhin strömenden Regen die Stufen zur Mauerkrone neben der Pforte hochstieg und gemeinsam mit Simon die überschwemmte Lichtung besah, fluchte er lautstark.

»Schau dir das an! Da steht überall Wasser. Bis in den Wald rein. Wir wissen nicht mal, wie weit und wie tief. Und da müssen wir durch.«

»Wär' es dir lieber, das ganze Klostergelände wäre verwüstet?«

»Ich will hier ja nicht bleiben. Der Weg von hier fort interessiert mich. Sonst nichts. Aber euch scheint dieser gottverlassene Fleck ja schon ans Herz gewachsen zu sein ...«

Simon zuckte die Achseln. Nach wie vor war er froh um einen sicheren Ort.

Gegen Abend goss es dann endlich nicht mehr wie aus Kübeln, die Wasserschleier lösten sich auf, erst nur in kleinere Tropfen, schließlich in einen feinen, sprühenden Nebel, der sich zwischen die Mauern senkte und Gärten und Wege verhüllte.

Am Dienstag war Magda Lauber begraben worden. Und Nells Haus über ihnen zusammengestürzt. Inzwischen war Sonntag. Bevor sie sich schlafen legten, gingen Hanna und Cilli noch in die Kirche hinüber. Hanna dachte sehnsüchtig an ihre Mutter, die nun seit Tagen ohne beruhigende Nachricht war. Leise begann sie das ›Ave Maris Stella‹ zu singen, mit dem Amand stets die Chorproben in Salzburg abschloss. Bald erfüllte ihre klare Stimme den Kirchenraum. Mit großen Augen hörte Cilli ihr zu, und als Hanna die letzte Strophe beendet hatte und sich ihr zuwandte, sah sie, dass die Magd lautlos weinte.

Es war bereits Ende Oktober, eigentlich Zeit, an den nahenden Winter zu denken, doch auf den strömenden Regen folgte erneut eine für diese Jahreszeit außerordentliche, hochsommerlich anmutende Hitze. Kein Wölkchen zeigte sich nun am tiefblauen Himmel, doch wehte ein steter, kräftiger Wind, der die durchnässten Wiesen und Gärten zwischen den Mauern rasch trocknete. Eigenartigerweise blieb das Gelände draußen weiterhin überschwemmt. Nur langsam sank dort der Wasserspiegel, und der sich bildende Sumpf blieb durchzogen von Pfützen. Der Boden schmatzte von Feuchtigkeit. Lichtung und Wald glänzten dunkel und nass. Es sah düster aus.

Aber inzwischen hatte sich Konemann von seinem Fieber erholt. »Alles in Ordnung«, versicherte er.

Auch Clara beteuerte: »Wir können gehen.«

»Du hast doch noch Schmerzen. Bei jeder Bewegung zuckst du zusammen«, erwiderte Nell kopfschüttelnd.

»Das weiß ich wohl besser als du«, gab Clara trotzig zurück.

»Na gut.«

Ausgerüstet mit Lebensmitteln, Werkzeug und Decken, die sie am Rücken trugen, traten sie am frühen Dienstagmorgen auf die Lichtung hinaus. Es fiel Simon schwer, die Pforte zum schützenden Klosterraum hinter ihnen zu schließen. Man sah es ihm an. Er zögerte, und sein angespanntes Gesicht zeugte davon, dass er unsicher war.

Auch Hanna fühlte sich unwohl.

»Ist es richtig, zu gehen?«, fragte sie leise. Simon zuckte die Achseln. Natürlich, sie wollten alle so rasch wie möglich nach Hause. Doch dieser Wald ... Wie eine dunkle Wand ragte er vor ihnen auf. Nein, keine Wand, eher ein riesiges, regloses Lebewesen, das sie belauerte. Aber an diesem sonnigen Morgen so friedlich und harmlos erschien ...

Die Lichtung war rasch überquert. Allerdings schützten Hannas Schuhe sie nicht gegen die immer noch stehende Nässe.

Ihre Füße schwammen in Wasser. Es fühlte sich an, als ob etwas Schweres an ihnen saugte. Mannshohe Ranken mit scharfen Dornen streiften sie fast, schwankten vor ihrem Gesicht. Immer wieder schloss sie erschrocken die Augen. Sie wandte sich um. Still und verlassen blieb das Kloster unter der wärmenden Sonne zurück.

Doch vor ihnen lag tiefer Schatten. Ein kühler Luftzug strich über Hannas Wangen. Sie blinzelte. Es kostete sie Überwindung, in Richtung Düsternis weiterzugehen.

Überraschend tat sich, als sie näher kamen, eine Lücke zwischen den dicht stehenden Bäumen auf. Hannas Blick suchte Simon. Der nickte. Hintereinander traten sie in den Wald. Loy und Andris gingen mit eiligen Schritten voraus. Nell folgte. Judit mit Leni, Clara, die hinkte, und Konemann versuchten angestrengt mitzuhalten. Dann kamen Cilli und Hanna. Als Letzter Simon, der Loy mehrmals zurief, langsamer zu laufen.

Wider Erwarten war es unter dem immer noch dichten Laubdach zunächst nicht dunkel. Grüngoldener Dunst stieg vom farnüberwachsenen Waldboden auf. In der feuchten Luft lag ein harziger Duft. Hanna stolperte zwar über Äste und Wurzeln, aber wo war das Dickicht geblieben, das für Loy und Clara undurchdringlich gewesen war?

»Seltsam, nicht?«, raunte Hanna Cilli zu. Die nickte. Hanna versuchte zu lächeln. Doch es gelang ihr nicht wirklich.

Schweigend liefen sie weiter. Bald verlor sich ihr Zeitgefühl. Die Stämme, die den Pfad säumten, schienen immer dicker zu werden, die Baumwipfel höher. Wenn Hanna den Kopf in den Nacken legte, konnte sie die Spitzen der Kronen nicht mehr entdecken.

Plötzlich schrie Andris auf. Undeutlich sah Hanna etwas Schwarzes nach oben flattern. Im gleichen Moment stieß ihr Rabe in seinem Tragetuch einen angstvollen Schrei aus, und Butz jaulte und tauchte in seine Tasche ab.

»Was ist los?«, rief Simon.
»Nichts«, antwortete Loy und lachte spöttisch. »Da hat sich nur eine Krähe auf Andris‘ Schulter gesetzt.«
»Ein Rabe«, sagte Andris und schüttelte sich. »Viel größer als Hannas.«
Er wollte schon weitergehen, doch Nell hielt ihn auf.
»Du blutest!«, sagte sie verwundert. »Dein Ohr ...«
Ein rotes Rinnsal lief über seinen Hals. Andris griff an sein Ohrläppchen und betrachtete ungläubig seine blutige Hand.
Loy schubste ihn an. »Das ist doch bloß ein Kratzer«, sagte er kopfschüttelnd. »Komm weiter.«
Doch das Dämmerlicht unter den Bäumen war schwächer geworden, der Pfad nur noch schwer zu erkennen. Unbeeindruckt stapfte Loy los. »Au!« Jäh sprang er zurück. Über seine Stirn zog sich ein blutiger Schnitt.
Andris zeigte nach oben. »Da hängt eine Dornenranke. Die hat dich erwischt.«
Es raschelte. Hanna blickte sich um. Und sah, wie in Simons Rücken ein kräftiger Zweig quer über den Pfad schnellte. Gleich folgten weitere. In Windeseile reckten sich stachlige Äste von rechts und links über den schmalen Weg.
Hanna wollte ihren Augen nicht trauen. Loy schrie zornig auf. Fassungslos sahen sie zu, wie sich ringsum eine Dornenhecke erhob. Ranken und Zweige verflochten sich. Sie konnten weder vor noch zurück.
»Was ist denn hier los? Dieser verfluchte Wald! Das gibt es doch nicht!« Loys Gesicht war gerötet. Wütend schwang er die Axt, die er geschultert hatte. Andris und Nell wichen zurück, um nicht getroffen zu werden. Immer wieder hieb Loy in das Dickicht. Holz splitterte, Blätter und Äste flogen davon. Doch noch bevor er auch nur einen Schritt vorwärts gemacht hatte, hatte sich das lebende Flechtwerk schon wieder geschlossen.

»Da kommst du nicht durch!« Simon war nach vorne getreten und legte Loy besänftigend eine Hand auf die Schulter. Der schlug noch ein paarmal ins Dickicht, dann ließ er die Axt endlich sinken. Er schüttelte Simons Hand ab.

Der deutete auf eine seitliche Lücke.

»Da links ist das Gestrüpp weniger dicht. Probieren wir's da. Wir wechseln uns ab.«

Dort schafften sie es tatsächlich, das Unterholz mit ihren Beilen und Hacken zu teilen. Auf diese Weise kamen sie mühsam und unendlich langsam Schritt für Schritt weiter voran. Meistens standen sie bis zu den Waden im Wasser. Es war düster. Sie froren. Leni wurde von einem zum andren gereicht.

»Wenn wir im Wald schlafen müssen, brauchen wir einen trockenen Platz«, sagte Nell, als sie am späten Nachmittag eine kleine, lichte Erhöhung im flachen Gelände erreichten. Hier war der Boden von raschelndem Laub dick bedeckt und über ihren Köpfen waren die Äste und Zweige bereits herbstlich kahl.

»Allzu weit kann es aber bis zum Fluss gar nicht mehr sein«, entgegnete Loy. »Wir wollen hier nicht übernachten.«

Die anderen nickten.

»In dieser Wildnis, das ist wirklich ein Alptraum.«

Simon schaute sich schwer atmend um. Auch hier konnten sie kaum ein paar Schritte weit sehen. Dann war das Gestrüpp wieder dicht.

Andris deutete auf eine hohe Buche.

»Ich schau mal, ob ich von hier aus den Flusslauf erkennen kann.«

Sie beäugten den glatten und feuchten Stamm. Wollte er tatsächlich dort hinauf? Aber sie widersprachen ihm nicht. Simon seufzte. Hanna berührte sacht Andris Arm und flüsterte: »Danke.«

Mit einem Sprung schaffte er es zu ihrem Erstaunen, den ersten starken Ast zu erreichen. Schnell schwang er sich weiter hinauf und kletterte durch das dichte Geäst. Angespannt warteten sie, bis er wieder auftauchte. Er hangelte sich durch die Baumkrone und rutschte am Stamm nach unten. Schließlich sprang er ab und kam federnd auf. Aus seinem Gesicht war jede Farbe gewichen.

»Und?« Sie umringten ihn.

Andris zögerte. Er wirkte verstört.

»Nun sag schon? Wie weit ...«

Er räusperte sich. »Zu weit«, sagte er schließlich. »Weil ... wir sind einen Bogen gelaufen.«

»Was?«

Er deutete in die Richtung, in der sie ihr Ziel schon nahe geglaubt hatten.

»Dort vorn liegt nicht der Fluss, sondern das Kloster.« Sie starrten ihn nur verständnislos an. »Ja«, bekräftigte er ungeduldig, »der Ort, den wir heute Morgen verlassen haben ... Wir haben es bis an die hintere Mauer geschafft. Dort, wo der Bach von draußen rein fließt ...«

»Das kann doch nicht sein!«

»Eindeutig. Der Wald hat uns in die Irre geführt. Es war umsonst. Wir sind keinen Schritt weiter.«

Ungläubig und wie betäubt liefen sie hinter Andris her. Es war nur noch ein ganz kurzes Waldstück, das sie nun ohne Mühe durchquerten. Dann standen sie auf der Lichtung. Vor ihnen erhob sich die rückwärtige Mauer des Klosters. Vor Enttäuschung stampfte Loy wütend auf. Konemann wandte sich um und erbrach sich. Hanna und Cilli sahen sich an.

»Der Wald lässt uns wirklich nicht gehen«, sagte die Magd.

»Das heißt, wir müssen uns vorbereiten.« Nell seufzte. »Viel Zeit bleibt uns nicht mehr.«

Sie arbeiteten fieberhaft. Schrubbten Fässer aus, schnitten Berge von Kraut, das sie einsalzten, würzten und stampften. Legten

Erdmieten zum Lagern von Getreide und Gemüse an, ernteten, dörrten, kochten Tag und Nacht Pasten. Unter den Walnussbäumen und Haselnusssträuchern sammelten sie ganze Säcke voll Nüsse ein, um sie in der Darre zu trocknen. Es gab eine einfache Ölmühle, also ließ sich daraus auch Öl für Cillis Küche gewinnen. Konemann fing im Bachlauf Forellen und räucherte sie in der Hütte neben den Teichen. Das gute Wetter hielt weiter an. Jeden Tag konnte es umschlagen und im Frost würde das späte Obst und Gemüse in den Gärten verderben.

Fast täglich stapften Loy und Andris über die Lichtung zum Wald. Wochenlang. Doch es fand sich kein neuer Weg. Mit hängenden Köpfen kehrten sie jedes Mal um.

Abends wurde nur wenig gesprochen. Sie aßen. Und legten sich schlafen. Nicht allein Hanna, die keine solche Arbeit gewohnt war, war spätestens bei Sonnenuntergang völlig erschöpft. So dachte sie über den nahenden Winter nicht nach.

Und keiner sprach das, was sie womöglich erwartete, an.

Nur einmal machte Loy den halbherzigen Vorschlag: »Und wenn wir es nochmal durch den Felsspalt versuchen?«

Alle starrten ihn bestürzt an.

»Nein«, entgegnete Nell ohne Zögern. Und Simon sagte mit Nachdruck: »Auf gar keinen Fall.«

Niemand widersprach. Judit schauderte sichtlich. Sie drückte Leni an sich. Konemann blickte starr vor sich hin. Auch Andris und Clara schwiegen. Keiner wollte noch einmal nach unten. Hanna atmete auf.

»Wir haben zu essen, zu trinken, wir müssen nicht frieren«, murmelte Cilli. »Wir müssen nur warten ... Irgendwann lässt der Wald uns schon durch.«

Allmählich wurde es kühler. Es regnete leicht. Am Morgen lagen die Gärten im Nebel. Nur in der Küche war es nach wie vor heiß, und die Kessel dampften über dem Feuer.

»Wir brauchen noch Salz«, sagte Cilli.

Hanna nickte. »Ich geh in den Keller.« Sie hatte sich an das Labyrinth dunkler Kammern und Gänge gewöhnt. Ein großer Teil ihrer Vorräte lagerte schon in den trockenen Räumen.

Rasch lief sie nach unten. Die Gewölbe lagen ganz unter der Erde, es gab keine Fenster, dennoch war heute ein leichter Luftzug zu spüren. Überrascht schaute sich Hanna um. Doch nichts wirkte verändert. Sie zog die mit »Sal« beschriftete Schranktüre auf und griff nach einem der Töpfe. Dabei stutzte sie. Sie zählte die Salzgefäße. Eins fehlte. Konnte das sein?

In dem Moment hörte sie ein leises Geräusch. Irgendwo weit hinten im Keller. Unwillkürlich lief sie in die Richtung. Sie bemerkte, dass der Luftstrom versiegt war. Doch es war nichts mehr zu hören. Sie ging bis zum letzten Raum. Natürlich war niemand hier. Kein Mensch und kein Tier. Ihre Phantasie spielte ihr offenbar Streiche.

Als Hanna am Abend den fehlenden Salztopf erwähnte, schauten sie alle verständnislos an. Keiner hatte ihn aus dem Keller geholt. Irgendwer murmelte: »Ich wüsste gar nicht, wozu ...« Also gab es dafür keine Erklärung. Hanna fragte sich, warum sie die einzige war, die das beunruhigend fand.

»Du machst dir zu viele Gedanken«, sagte Nell leichthin.

Hanna verstand diesen Gleichmut nicht. Und er machte sie wütend. Nun ja. Für sich genommen, waren die Kleinigkeiten, die sie irritierten, gewiss nicht bedeutsam. Ein frisches Grab, wo es keinen Weg zum Kloster gab, ein unbekanntes Gesicht draußen im Dunkeln, verschwundener Vorrat, ungewisse Geräusche. All dies zusammen jedoch ... Das ging ihr nicht aus dem Sinn. Auf das Verständnis der anderen konnte sie dabei offensichtlich nicht zählen. Hannas Nachbohren war ihnen lästig. Als ob sie sich bloß etwas zusammen sponn ...

Hanna stand auf und verließ schweigend die Küche. In der Wärmestube griff sie nach ihrem Mantel. Sie schlug den Weg zum Wandelgarten ein.

Es war bereits dunkel, aber die Wolkendecke war aufgerissen und der Vollmond stand sehr groß und rotgolden so tief über dem schwarzen Wald, dass er die Baumwipfel beinahe berührte. Erntemond. Die Arbeit war nun beendet. Sie spreizte die Hände vor ihrem Gesicht. Die Nässe hatte sie rau und rissig gemacht, Gemüse- und Obstsaft sie dunkel verfärbt. Im Mondlicht war alles deutlich zu sehen. Auch jeder Stein, jeder Kiesel und jeder Grashalm ... Sie schnupperte. Es roch leicht nach Holzrauch. Und Kälte. Frost oder Schnee. Unter ihren Füßen knirschte der spärliche Kies.

Wie ruhig der Garten war ... Es tat ihr wohl, endlich einmal allein zu sein. Sie dachte an ihr Zimmer zu Hause in Salzburg. Mit dem kleinen Fenster zum Gartenhof und dem Duft später Rosen, der von draußen hereinkam. Wo es nachts still war. Dort hörte sie neben sich niemanden atmen. Und schnarchen. Keiner tappte im Dunkeln um ihre Schlafstatt herum, flüsterte, polterte plötzlich oder schrie auf und weinte, wie Leni, wenn sie etwas Angsteinflößendes träumte. Dort konnte sie halbe Tage nur mit ihren Büchern verbringen. Oder unbeschwert mit den Mädchen verplaudern, mit denen sie seit ihrer Kindheit befreundet war. Wie schön das gewesen war ...

Sie dachte an ihre immer geduldige Mutter, an Anna, die sich um ihre Bildung bemühte - was hier völlig unnütz erschien - an Amand und an die Musik, die sie liebte. Den Chor von St. Peter. Sie sah die lichtdurchfluteten Räume des Salzburger Hauses vor sich. Die von Leben erfüllten Plätze und Gassen der Stadt. Das Heimweh überwältigte sie jäh und so heftig, dass es sie körperlich schmerzte. Sie presste eine Hand auf ihr pochendes Herz.

Da hörte sie Schritte. Erschrocken sah sie sich um. Aber es war nur Simon, der ihr besorgt hinterherkam. Hanna unterdrückte den Seufzer, der ihr auf den Lippen lag.

Simon zögerte, als er ihre abweisende Miene sah.

»Ist alles in Ordnung?«, fragte er schließlich doch.

»Ja.«

»Wegen dem Salz ... Kann es nicht sein, dass du dich verzählt hast?« Seine Stimme klang nicht so ruhig und sicher wie sonst.

Bestimmt nicht. Aber sie zuckte die Achseln.

Er räusperte sich. »Ich hoffe, dass du dich irrst. Denn ansonsten ... was könnten wir tun ...«

Hanna schwieg. Simon musterte sie verlegen. Nach einer Weile sagte er hellsichtig: »Es fällt dir schwer, immer mit allen zusammen zu sein. Weißt du, wir anderen sind es gewöhnt. Manche haben noch niemals alleine in einem Zimmer geschlafen, nicht einmal in einem eigenen Bett. Nell hat jetzt vorgeschlagen, dass ihr Mädchen ins Obergeschoss vom Gästehaus zieht. Dort ist doch auch ein Kamin. Und ihr seid ungestörter, also ...«

»Das ist eine gute Idee.«

»Dann gehe ich jetzt mal ...«

»Ja. Danke, Simon. Ich komme gleich nach.« Sie versuchte noch einen kurzen Spaziergang. Aber langsam kroch ihr die Kälte unter Mantel und Röcke, und schließlich lief sie zurück in das warme Haus.

4

In der Nacht hatte es aufgeklart und es war kalt geworden. Der Frost hatte Dächer und Böden weiß überhaucht. Dünnes Eis bedeckte die Pfützen und splitterte knirschend, als Leni voller Vergnügen hineinsprang. Seufzend schnappte sich Judit die Kleine, um ihre Füße zu trocknen. Gegen Abend begann es dann leise zu schneien, und am nächsten Morgen lag drei Finger hoch Schnee. Für Leni war er ein Quell neuer Freude. Alle anderen blickten niedergeschlagen auf diesen frühen Wintereinbruch.

Der Schnee blieb nicht liegen. Es taute, regnete, fror wieder. Die Sonne zeigte sich tagelang nicht. Das nasskalte Wetter lockte keinen nach draußen.

Loy machte sich daran, die Mühlen für Korn und Öl wieder zum Laufen zu bringen. Wie gewohnt, wich ihm Clara nicht von der Seite. Vor allem die Wasserräder waren beschädigt, und zu Hannas Erstaunen war das mürrische Mädchen bei den Holzarbeiten außergewöhnlich geschickt. Clara sägte, drechselte, schnitzte, als hätte sie das Handwerk gelernt. In der Werkstatt verlor sich ihre verdrossene Miene. Wenn sie sich in ihre Arbeit vertiefte oder fast zärtlich mit ihren Händen über ein Werkstück strich, dann sah sie entspannt und manchmal fast fröhlich drein.

Nach und nach suchten sich alle wärmende Kleidung aus den Truhen und Schränken im Haus. Sogar lederne Schuhe waren zu finden. Nur für Leni gab es nichts Passendes. Also begann Judit zu schneidern und nähte ihr kleine Kittel und Strümpfe, am Ende auch einen Mantel aus weichem Maulwurfspelz.

Cilli hatte das Regiment in der Küche. Meist halfen ihr Hanna und Nell. Konemann schleppte jeden Tag einen Bottich mit frisch gefangenem Fisch heran. Solange das Eis nicht zu dick werden würde. Simon sorgte für Brennholz und heizte den Herd und die Räume im Gästehaus. Gemeinsam hielten sie alles in Ordnung. Nachdem sie sich damit abgefunden hatten, zu bleiben, richteten sie sich ganz ordentlich ein.

Nur Andris schien keine Ruhe zu finden. Anfangs packte er hier und da noch mit an. Doch dann begann er, stundenlang über den Mauerkranz droben zu tigern und in den Wald zu starren. Wenn er nicht herumkletterte, schlief er. Meist mussten sie ihn zu den Mahlzeiten wecken.

Es war nicht so kalt und so windig, wie an den vorangegangenen Tagen. Ab und an kam sogar kurz die Sonne heraus. Andris bemerkte es kaum. Er war es gewöhnt, bei jedem Wetter ungeschützt draußen zu sein. Er fror nicht, er schwitzte nicht. Und seltsamerweise spürte er auch keinen Hunger mehr. Wie jeden Tag, umrundete er auf der Mauer das Klostergelände. Inzwischen war ihm jeder Baum, jeder Strauch jenseits der Lichtung vertraut. Er kannte die Wildwechsel, wusste, wo sich Füchse und Rehe zeigten. Einmal zog eine Wildschweinrotte vorbei. Er beobachtete Eichelhäher, Kleiber und Spechte, den Flug von Sperbern, Milanen und Falken.

Andris wartete, ohne zu wissen worauf. Stundenlang wanderte sein Blick über den Waldrand. Er lief die Mauerkrone entlang und spähte hinüber ins Dunkel. Eben drängte sich wieder die Sonne zwischen die Wolken und übergoss für ein paar Augenblicke alles mit hellem Leuchten. Das Licht wogte und flirrte um ihn.

Was war das? Er kniff die Augen zusammen. Dort, zwischen den Bäumen. Nicht allzu deutlich. Und sehr weit entfernt.

Das Leuchten erlosch. Der Wald war so finster wie vorher.

Andris atmete rascher. Er hatte zu viel gegrübelt, hatte sich schuldig gefühlt. Doch endlich sah er den Ausweg. Natürlich.

Er machte sich auf.

»Drüben ist er jedenfalls nicht«, sagte Loy und setzte sich an den Mittagstisch.

Nell hatte ihn gebeten, nach Andris zu sehen.

»Das ist der ich-weiß-nicht-wievielte Tag, an dem er nicht mit uns isst. Weißt du, ob er sich später was aus der Küche holt?«, fragte sie Cilli.

Die schluckte ihre Suppe herunter und schüttelte stumm den Kopf. Dann sagte sie: »Gesehen habe ich ihn nicht.« Sie lächelte etwas. »Außerdem bleibt ja normalerweise nichts übrig.«

»Ich finde, dass er sich in den letzten Wochen verändert hat«, sagte Hanna.

»Wie meinst du das?«

»Ernst war er ja immer. Aber er wirkt so erschöpft. Ich denke, irgendetwas bedrückt ihn.«

»Ich hab ihm nicht vorgeworfen, dass er mich bei dem Gewitter im Wald im Stich ließ«, sagte Loy scharf.

Wie immer, kreiste Loys Denken nur um sein eigenes Ich, bemerkte Hanna bei sich.

»Er geht uns aus dem Weg«, beharrte sie. »Und wenn man ihn anspricht, wirkt er so geistesabwesend, als hätte er gar nichts gehört.«

»Andris war schon immer ein Eigenbrötler. Muss er wohl auch. Ist ja immer mit seinem Viehzeug alleine«, erklärte Loy ungerührt.

»Ich dachte, ihr zwei versteht euch ganz gut?«, wandte Hanna ein.

Loy zuckte die Achseln. »Er ist bloß ein Ziegenhirt.«

Mit einem Ruck stand Hanna auf. Loy machte sie wütend.

»Ich geh ihn jetzt suchen«, sagte sie und schob ihre Suppe weg.

Judit hielt sie zurück. Sie beugte sich vor.

»Wieso sagst du sowas?«, fragte sie Loy vorwurfsvoll. Dann wandte sie sich an Hanna: »Weißt du, er war ein Findelkind. Er hat seine Eltern gar nie gekannt.«

»Andris?«

»Ja. Er ist wohl zur gleichen Zeit wie Loy auf die Welt gekommen. Und Else, Loys Mutter, hat Mitleid gehabt. Sie hat der Amme erlaubt, auch den ausgesetzten Säugling zu stillen. Selbst hatte sie keine Milch. Und das hätte der Jos, also ihr Ehemann, auch niemals zugelassen. Aber das mit der Amme, das hat er nicht mitbekommen. Also, das hat mir mal meine Mutter erzählt.« Judit biss sich auf die Lippen. Sie warf Loy einen furchtsamen Seitenblick zu.

»Na und?«, fragte Loy bissig. »Er ist bei uns am Hof aufgewachsen. Ihm war gar nie klar, wieviel Glück er gehabt hat. Als Kind hat er geglaubt, dass ihn sein Vater irgendwann holt ...«

Die Phantasie eines verlassenen Kindes. Hanna schluckte. Aber wie viele verlassene Kinder gab es in diesen Tagen? Und Andris war doch kein Kind mehr. Irgendetwas anderes setzte ihm zu. Sie seufzte.

»Jedenfalls muss er was essen.«

»Du hast recht«, sagte Nell. Ihr Gesicht hatte sich bei Judits Geschichte gerötet.

»Dann hole ich ihn«, sagte Simon.

»Nein, lass mich«, beharrte Hanna unwirsch und lief hinaus.

Sie nahm den Weg an der Klostermauer entlang. Doch Andris war nirgends zu sehen. Schließlich kletterte sie über die Stufen neben der Pforte nach oben und entdeckte ihn, wie er sich über die Lichtung zum Wald hindurchkämpfte. Er hatte ihn fast schon erreicht.

»Andris!« Sie rief, so laut sie nur konnte. Er musste sie hören, aber er wandte nicht mal den Kopf.

»Andris, wo willst du denn hin?«

Ungerührt stapfte er weiter. Was sollte sie tun?

Sie eilte die Stufen nach unten und lief hinterher. Womöglich hatte er doch einen Zugang entdeckt ... Sie balancierte zwischen

Dornen und Pfützen, dichtes Buschwerk verdeckte ihr immer wieder die Sicht. Aber sie wollte ihn nicht aus den Augen verlieren und kam dabei bald außer Atem.

Dort stand er, mit dem Rücken zu ihr, direkt am Waldrand.

»Andris! Nun warte doch!«, schrie sie noch einmal. Vergebens.

Und dann war er nicht mehr zu sehen.

Sie kam viel zu langsam voran. Als sie die Stelle endlich erreichte, war dort nichts auszumachen. Nur stachelige Brombeerranken, die mehr als mannshoch nach oben wuchsen. Trotz der fortgeschrittenen Jahreszeit hingen sie noch voller Früchte. Ein verschlossenes schwarzblaues Tor.

»Andris!« Sie rief, bis sie anfing zu husten. Mit beiden Händen versuchte sie, das Gestrüpp auseinander zu ziehen und ein Stück weit hinein zu spähen. Da hörte sie über sich lautes Krächzen. Ein Rabe schwang sich aus einem Baumwipfel, es folgten ein zweiter und dritter. Sie flogen nicht fort, sondern stürzten herunter, direkt auf sie zu.

Erschrocken wich Hanna zurück. Instinktiv hob sie die Hände und stolperte auf die Lichtung zurück. Die Raben umkreisten sie. Sie drehte sich um und rannte, ohne auf die tiefen Lachen im sumpfigen Boden zu achten, in Richtung Klosterpforte zurück.

Die Raben folgten ihr nicht. Als sie sich schwer atmend umsah, waren sie wieder zwischen den Bäumen verschwunden. Harmlose Vögel. Hanna schämte sich, dass sie in Panik geraten war. Aber was war mit Andris?

Bis zum Abend kam er nicht zurück. Diesmal wachten Simon und Loy im Pförtnerhaus. Aber die Nacht verstrich, der Morgen dämmerte, ohne dass er wieder auftauchte.

Sie suchten den Waldrand ab. Tage und Nächte vergingen. Andris blieb verschwunden.

Diesmal reagierte Loy mit Bestürzung. Eines Abends traf Hanna ihn weinend in der Apsis der Kirche an. Er kauerte auf dem Boden. Erst als Hanna sich zu ihm niederbeugte, schaute er auf:

»Wieso ist er ohne mich weggegangen?«

Was sollte sie sagen? Sein Schmerz überraschte sie. Sie legte ihm einen Arm um die Schulter und schwieg. Zum ersten Mal tat er ihr leid.

In dieser Nacht brach der Winter tatsächlich an. Diesmal begann es nicht sanft und allmählich zu schneien. Hanna wachte gegen Mitternacht auf. Draußen heulte ein Sturm und fegte Schauer von eisigen Nadeln gegen die Fenster.

Am Morgen verließen Cilli und sie als erste das Haus. Eben kämpften sich ein paar Sonnenstrahlen durch tief hängende Wolken.

»Schau dir das an«, sagte Hanna staunend. Eine glänzende Eisschicht bedeckte das Pflaster, die Mauern, die kahlen Äste der Bäume und Sträucher ringsum.

»Wie frische Zuckerglasur«, murmelte Cilli voll Ehrfurcht.

»Das sieht ziemlich glatt aus.« Hanna hatte ihre Warnung kaum ausgesprochen, als es ihr schon die Füße wegzog. Bevor sie reagieren konnte, saß sie auf dem Hintern. »Uff.« Sie war so verblüfft, dass ihr einen Moment lang die Luft wegblieb.

»Oh je.« Cilli lachte. Im nächsten Moment saß sie selbst auf dem Boden.

Vergeblich versuchten sie, wieder auf die Beine zu kommen. Aber sie fanden keinerlei Halt. Wie Käfer, die auf dem Rücken gelandet waren, mühten sie sich. Butz, der über das Eis robbte und lautvergnügt kläffte, war auch keine Hilfe.

»Uiii!« Leni schoss aus der Haustür. Judit wollte noch rasch nach ihr greifen. Schon lagen die beiden ebenfalls da.

Leni lachte, bis sie einen Schluckauf bekam. Derweil drängten sich alle anderen auch schon am Eingang, bis Loy Clara schubste, die ihn beim Hinfallen mitriss. Und beim Versuch, den Gestürzten zu helfen, glitten auch Simon und Konemann aus. Nur Nell blieb auf der Schwelle kopfschüttelnd stehen. Dann holte sie einen Eimer voll Asche, die sie großzügig über Menschen und Eisflächen streute. Inzwischen liefen allen vor Lachen die Tränen über die Wangen. Krabbelnd und kichernd kamen sie schließlich auf.

Derweil war die Sonne schon wieder verschwunden. Ein Windstoß brachte wirbelnde Flocken. Kaum hatten sie die Klosterküche im Konventsgebäude betreten, hob draußen ein heftiger Schneesturm an. Im Nu war alles weiß. Es schneite den ganzen Tag und die Nacht und am nächsten Tag weiter. Der Schnee lag bald so hoch, dass sie Mühe hatten, den Weg zwischen Küche und Gästehaus frei zu schaufeln.

Zwei Wochen lang machte der Schneefall nur kurze Pausen. Sie gruben schmale Pfade zu den Werkstattgebäuden, den Schuppen und bis zu den Teichen hinauf. Am Ende bewegten sie sich wie in Tunneln. Und die Temperaturen fielen noch weiter. Jeder Schritt knirschte vor eisigem Frost. Inzwischen waren die Teiche ganz zugefroren. Um fischen zu können, hackte sie Konemann jeden Tag auf. Ihr Wasser mussten sie aus dem Ziehbrunnen holen. Obwohl sie Schlafräume und Küche, so gut es ging, heizten, wuchsen die Fensterscheiben mit Eisblumen zu und die zarten weißen Gebilde tauchten die Räume in milchiges Licht.

Butz liebte den Schnee. Er purzelte, schlitterte, jagte die Schneeflocken, dann ließ er sich, nass wie er war, zu Hannas Füßen fallen und schlief sofort ein. Der Rabe dagegen verkroch sich noch immer am liebsten in einem Tuch oder in ihrer Tasche, wenn es aus dem Haus ging. Zurückbleiben wollte er nicht. Der verletzte Flügel war inzwischen verheilt, und der Rabe flatterte gern durch die Räume. Doch aus irgendeinem Grund weigerte er sich, im Freien zu fliegen. Hanna wunderte sich, aber sie schleppte ihn mit.

Sie hatten viel Zeit. Aus einer der Truhen im Gästehaus hatten sie Schachbretter und Figuren gezogen. Auch einen Beutel mit schwarzen und weißen Steinen, um Dame zu spielen. Simon hatte ihnen die Regeln erklärt. Clara schnitzte kleine Tierfiguren und Puppen für Leni, und Judit nähte winzige Kleidchen. Hanna las. Zunächst hatte sie dabei still für sich in einer Ecke gesessen, bis sie einmal unbedarft fragte, weshalb die anderen nie einen Blick in ein Buch warfen. Sie sah in betretene Mienen. Schließlich erklärte Simon verlegen, es sei ziemlich schwierig, die Buchstaben, die er gelernt habe, zu Worten und gar zu verständlichen Sätzen zusammenzufügen.

»Aber es wäre ganz wunderbar, wenn du etwas vorliest.«

Das machte Hanna, und alle lauschten gespannt. Egal, ob sie Abenteuergeschichten oder Ratschläge aus einem Hausbuch vortrug, sie hörten regungslos zu, und wenn sie endete, wurde darüber geredet. Nur Simon und Loy konnten ein wenig lesen und schreiben. Konemann brachte mit etwas Mühe seinen Namen zusammen, erwies sich jedoch als guter Rechner.

Allein Nell, die nach kurzer Zeit sogar Simon beim Schachspiel und Dame schlug, setzte ihren Ehrgeiz daran, das Lesen zu lernen.

»Dann kann ich in dem Arzneibuch, das wir gefunden haben, selber nachsehen.«

»Als Kind wäre es leichter gewesen«, bedauerte Hanna. Aber dann staunte sie, wie rasch Nell alles aufnahm. Schon nach kurzer Zeit kam die junge Frau gut mit dem Lesen zurecht. Bald vertiefte sich Nell in medizinische Ratschläge und Rezepturen. Hanna sah ihr über die Schulter und dachte bei sich: ›Ich hoffe, wir brauchen die nicht‹.

Hanna lief gern durch die Klostergebäude. Es war beruhigend zu sehen, dass alles in stets gleicher Ordnung verharrte. Eines Nachmittags, draußen war es schon fast dunkel, stieg sie mit

Nell die Treppe von der Kirche zum einstigen Dormitorium mit den Zellen der Mönche hinauf. Bei dem stürmischen Winterwetter hielten die Fenster nicht dicht. Inzwischen war es aber so kalt, dass der Schnee, der durch die Ritzen hereinwehte, gar nicht mehr taute. Alle Fenstersimse waren bereift.

Hanna rümpfte die Nase. »Hier stinkt es.«

»Könnte ein totes Tier sein«, sagte Nell und zog alle Türen auf. Sie spähten in jeden Winkel, ohne etwas zu finden.

»Vielleicht ist es ein Marder, irgendwo auf dem Dachstuhl«, meinte Hanna. »Komm, lüften wir durch.«

Es war mühsam, die vereisten Fensterflügel zu öffnen, aber sie schafften es, ohne dass etwas zerbrach. Hanna schaute über die dämmrigen Gärten. Vom Wald, jenseits von Mauer und Lichtung, stieg ein Schwarm großer Vögel auf.

»Raben«, sagte Nell. Sie kamen rasch näher.

»Oh«, sagte Hanna und wich von der Brüstung zurück. Schon rauschten die ersten durch die eben geöffneten Fenster. Erschrocken duckten sich die Mädchen. Über ihren Köpfen war der Luftzug der schlagenden Flügel zu spüren. Hanna fürchtete sich. Aber die Raben achteten gar nicht auf sie. Sie flogen durch die offenen Türen der Zellen und weiter in Kirche und Kreuzgang. Nell lief ihnen nach, und Hanna vergaß ihre Angst und versuchte die seltsamen Vögel ebenfalls nicht aus dem Blick zu verlieren.

Cilli hatte wohl etwas gehört und steckte den Kopf aus der Küche. Im nächsten Moment zwängten zwei Raben sich zu ihren Füßen durch den Spalt in der Tür. Einige hüpften auf der Kellertreppe nach unten. Die übrigen streiften durch alle Räume und kreisten schließlich über dem Kloster.

»Suchen die was?«, fragte Hanna, unbewusst flüsternd. Es sah fast so aus.

Nell zögerte und zuckte die Achseln. »Ich wüsste nicht, was?«

Gleich darauf war der Spuk schon zu Ende. Der Schwarm sammelte sich auf der Vierung der Kirche. Dann flog er zum Waldrand zurück. Die Raben waren verschwunden, als hätten die Mädchen ihre Erscheinung geträumt.

»Die hoffen auf Abfälle«, war Simons Erklärung. »Im hohen Schnee wird es schwer, Nahrung zu finden.«

Aber den großen Kompost unter dem Küchenfenster hatten die Vögel gar nicht beachtet.

»Im Winter suchen die Aas«, sagte Loy.

»Das war unheimlich«, sagte Judit schaudernd. »Ich hoffe, die kommen nicht wieder.«

Erst als sie am Abend die Küche verließen, stellten sie fest, dass Hannas Rabe nicht da war.

»Ist er weggeflogen?«, fragte Leni.

»Ich weiß nicht«, sagte Hanna traurig.

In dieser Nacht schlief Butz nicht neben ihr ein. Winselnd suchte er im Schlafraum nach seinem Gefährten. Erst gegen Morgen gab er es müde auf.

Jeden Tag stieg Hanna einmal die vereisten Stufen neben der Pforte zur Mauer hinauf und ließ den Blick über die Lichtung schweifen. Sie wusste, dass auch Loy und Simon häufig heraufkamen, in der unausgesprochenen Hoffnung, draußen Spuren von Andris zu entdecken, ihn irgendwo winkend am Waldrand zu sehen. Und sie hoffte noch immer, dass ihr Rabe zu ihr zurückkam. Sie wollte nicht glauben, dass er einfach verschwunden war.

Mehrmals hatte Hanna draußen drei Rehe bemerkt, offenbar ein Muttertier mit zwei in diesem Jahr geborenen Kitzen. Bislang waren sie immer nah an der Deckung der Bäume geblieben. Aber an diesem Tag trieb sie der Hunger hinaus auf die offene Fläche. Langsam staksten sie hintereinander durch den tiefen glitzernden Schnee. Wie sollten sie in dieser eisigen Wüste Nahrung finden?

Hanna fiel der Kompost ein, ein Haufen Apfelreste, Kohlstrünke, Schalen.

»Fressen Rehe so etwas?«, fragte sie Loy.

Er zuckte die Achseln.

»Du kannst es versuchen. Heu haben wir nicht.«

Sie stapfte hinaus auf die Lichtung und leerte einen Korb frischer Obst- und Gemüseabfälle auf die eisige Fläche. Solange sie auf der Mauer stand, kamen die Rehe nicht näher. Aber am nächsten Tag war alles fort.

Sie fütterte weiter und nach einiger Zeit warteten die Rehe bereits am Waldrand auf sie. Es kamen auch viele Vögel, darunter Eichelhäher und Elstern, aber kein Rabe tauchte am Futterplatz auf.

Es war ein klarer, sonniger Morgen, und die Welt draußen in klirrender Kälte erstarrt. Hanna hatte über ihren Mantel noch einen dicken Umhang gewickelt und zog die pelzgefütterte Kapuze bis zu den Augen herab. Wenn sie sich keine Frostbeulen holen wollte, musste sie sich beeilen. Normalerweise achtete sie sorgsam darauf, dass Butz ihr nicht auf die Lichtung folgte. Sie wollte nicht, dass der kleine Hund seinen Jagdtrieb entdeckte und ihre vom Winter geschwächten Schützlinge scheuchte. Doch diesmal bemerkte sie nicht, dass er Cilli aus der Küche entwischte und ihr auf den Fersen war. Er wusste genau, was er nicht durfte, und tat keinen Mucks, bis sie die Pforte aufschob. Mit einem Satz sprang er an ihr vorbei und versank fast im Schnee.

»Butz bleib da!«

Er rannte nicht weiter, aber er ließ sich auch nicht von Hanna fangen. Stattdessen hopste er fröhlich um sie herum. Besorgt sah sie zum Waldrand hinüber. Kein Reh. Hatten die scheuen Tiere ihn schon gewittert?

Hastig lief Hanna zum gewohnten Fütterungsplatz und leerte den Korb aus. Ein schrumpeliger Apfel kullerte über die hart gefrorene Fläche davon. Ein Spiel! Begeistert lief Butz hinterdrein.

»Butz, jetzt komm aber her!«

Er stoppte und legte den Kopf schief, dann rannte er weiter. Den Apfel hatte er schon vergessen. Seufzend ging Hanna ihm hinterher.

Vom Wald stiegen Raben auf. Verblüfft blieb Hanna stehen. In dem Moment sah sie die Wölfe.

Sie standen in einer Reihe am Waldrand. Ein Dutzend vielleicht. Jetzt trabten sie los, einer hinter dem anderen liefen sie geradewegs auf Hanna zu. Sie war vor Schreck wie gelähmt. Genau wie Butz, der sich gut zwanzig Schritte vor ihr zusammenduckte. Angstvoll jaulte er auf, schoss herum, wollte sich zu ihr flüchten. Wie ein Pfeil flog der Leitwolf heran. Der kleine Hund war eine hilflose Beute.

Da lag ein Stock! Hanna ergriff ihn, und ohne nachzudenken rannte sie los. Aber sie konnte Butz nicht vor dem Räuber erreichen.

Der setzte zum Sprung an.

»Nein!«, schrie sie entsetzt.

Und dann geschah etwas Merkwürdiges. Der Leitwolf schrie auf und zuckte zurück. Er machte einen Satz in die Höhe, drehte sich um seine Achse und hetzte wie von Sinnen zurück. Das Rudel zögerte kurz, dann rannte es ihm hinterdrein.

Nur einer der Wölfe blieb noch kurz stehen. Er drohte nicht oder bleckte knurrend die Zähne, er sah eher harmlos aus. Er schaute Hanna nur an. Für einen kurzen Moment trafen sich ihre Blicke. Und Hanna hatte mit einem Mal Andris vor Augen, wie er auf der anderen Seite am Abgrund über dem unterirdischen Meer stand und die Hand nach ihr ausstreckte ... Dann machte der Wolf ein paar Schritte zur Seite. Er wandte sich um und folgte eilig dem Rudel.

Sie warf den Stock fort, und mit einem Satz sprang ihr Butz in die Arme. Hanna stürzte zurück zu der Pforte. Krachend schlug sie sie hinter sich zu, schob den Riegel vor, hockte sich einfach aufs Pflaster. Ihr Herz raste noch und ihr war übel.

Auf der Mauerkrone hörte sie Schritte. Gleich darauf stand Loy neben ihr, zitternd, kalkweiß.

»Ich konnte nichts tun, ich war zu weit weg. Es ging alles so schnell«, versuchte er zu erklären.

»Schon gut«, brachte Hanna heraus.

Loy half ihr auf. »Wir müssen es gleich den anderen sagen. Niemand darf mehr auf die Lichtung. Und wir müssen sicher gehen, dass die Wölfe nicht irgendwie auf das Klostergelände gelangen können ... Und? Geht es wieder?«

Sie nickte. Natürlich. »Wir haben ja Glück gehabt.« Sie hätten darauf gefasst sein müssen. Denn mit den Opfern des Krieges hatten sich auch die Wölfe vermehrt.

»Also, die Mauern sind für die Wölfe zu hoch«, versicherte Simon.

»Und die klettern auch nicht auf Bäume, um zu uns herüberzuspringen.« Konemann feixte. Er wirkte ganz unbesorgt. »Irgendwann sind die Wölfe doch noch in jedem Winter gekommen. Aber hier gibt es kein Vieh, wie im Dorf. Die ziehen schnell weiter.«

Hanna konnte nur hoffen, dass er damit recht behielt. Sie war erschöpft. Bis zum Abend hatten sie die Klostermauern fieberhaft abgesucht. Zu ihrer Erleichterung hatten sie keine ausgebrochenen Stellen gefunden. Nun saßen sie schwitzend und mit hochroten Köpfen in der überheizten Küche zusammen.

»Die Mauern sind sicher«, stimmte Loy zu.

»Und wenn die Wölfe sich durchgraben?« Claras Stimme klang schrill. »An manchen Stellen sind doch schon Wurzeln hereingewachsen.«

Simon seufzte. »Die finden sie im Schnee genauso wenig wie wir.«

»Wölfe sind schlau«, sagte Nell.

»Ja, aber wir sind nun mal schlauer«, erwiderte Loy.

Sie lachten. Aber Nell schüttelte zweifelnd den Kopf.

In dieser Nacht wachte Hanna vom Heulen der Wölfe auf. Auch Nell schreckte hoch. Die anderen schliefen ungestört weiter. Hanna tappte zum Fenster. Der Mond schien, der nächtliche Himmel war klar. Schaudernd lauschte sie den an- und abschwellenden Tönen. Ihr wurde eiskalt.

»Es klingt ganz nah«, flüsterte sie, als Nell neben sie trat.

»Nein, das täuscht. Das kommt von der Lichtung. Hörst du?«

Aus der Tiefe des Waldes erhielt das Geheul eine Antwort. Ein wilder Wechselgesang. Hanna bekam eine Gänsehaut.

»Und wenn sie die Mauern doch irgendwie überwinden?«

Nell nickte. »Selbst dann ... Ins Haus können sie nicht.« Sie lächelte schwach. »Und sie stecken auch nicht das Dach über unseren Köpfen in Brand. Selbst draußen im Freien greifen sie selten an. Vor Menschen haben sie eigentlich Angst. Und vor dem Feuer. Im Schuppen neben dem Torhaus liegen noch Fackeln. Damit halten wir sie uns im Notfall vom Hals. Außerdem sind wir viele.«

»Die auch.«

»Es war ein Schock für dich, Hanna. Sie haben dich bös überrascht. Es war dein Hund, der sie angelockt hat. Die haben sich rangetraut, weil du allein warst. Und unbewaffnet. Loy sagte, du hast einen Knüppel geschwungen, und schon sind sie geflüchtet.« In Nells Stimme schwang abermals Lächeln mit.

»Aber es war nicht mein Knüppel, der sie vertrieben hat.«

Hannas Herz begann wieder heftig zu klopfen.

»Irgendetwas hat den Leitwolf gestoppt. Als wäre er gegen eine unsichtbare Mauer gerannt. Es sah aus wie ein plötzlicher Schmerz, der ihn fast umwarf. Er schnellte zurück, und die anderen liefen mit ihm davon. Es ist mir noch immer ein Rätsel ...«

Nell zuckte die Achseln. »Wahrscheinlich hast du ihn so empört angeschaut, dass ihn der Mut verließ.« Sie gluckste.

Aber Hanna war nicht zum Scherzen zumute.

»Hast du denn keine Angst vor ihnen? Sei ehrlich!«

Nell zögerte. Dann sagte sie leise: »Doch, habe ich, Hanna. Der Krieg hat die Wölfe verändert. Und wenn sie Hunger haben ... Wir werden uns vorsehen müssen.« Sie lehnte sich an die Brüstung des Fensters. »Vermutlich bist du den Biestern noch nie begegnet? Nein, natürlich nicht. Aber Konemann hatte schon recht mit dem, was er sagte. Im Winter kommen sie auf ihren Streifzügen bis in die Dörfer hinein. Nur, weshalb sollten sie uns denn länger belagern? Die haben einen phänomenalen Geruchssinn. Die wissen längst, dass es hier keine Hühner, Ziegen und Schafställe gibt.« Sie legte Hanna einen Arm um die Schulter und zog sie ins Zimmer zurück. »Komm, leg dich schlafen. Und jetzt versuche, nicht mehr an die Wölfe zu denken.«

Das war leicht gesagt. Aber wenn Hanna die Augen schloss, sah sie erneut das Rudel vor sich. Und immer wieder hob das Geheul draußen an. Butz hatte sich unter die Decke verkrochen. Selbst am Morgen blieb er regungslos liegen und wollte auf keinen Fall seine sichere Höhle verlassen. Hanna musste ihn in die Küche hinüber tragen. Den gekochten Fisch, den sie für ihn entgrätete, rührte er diesmal kaum an. Stattdessen begann er, wieder nach dem Raben zu suchen.

Noch vor dem Frühstück waren Simon und Loy auf die Klostermauer gestiegen. Sie brachten einen Hauch der Eiseskälte von draußen herein. Sie schöpften ihr heißes Mus aus dem Kessel über dem Herd und setzten sich schweigend hin.

»Und?«, fragte Clara. »Was ist?«

»Sie sind noch da.«

»Die Wölfe?« Cilli war offensichtlich die einzige, deren Gedanken nicht um die Raubtiere kreisten.

»Die Wölfe, ja«, murmelte Loy. »Einer nach dem anderen ist aus dem Wald gekommen und hat uns angestarrt. Unheimlich war das. Und die Raben hocken ringsum in den Bäumen.«

Judit schüttelte sich.

»Wenigstens haben wir an der Mauer keine Wolfsspur gefunden. Die versuchen erst gar nicht, hier einzudringen.« Simon wirkte sehr zuversichtlich.

Aber das sollte sich ändern. Schon in der folgenden Nacht.

Wieder wachte Hanna vom Wolfsgeheul auf. Und wieder trat sie angstvoll ans Fenster, das zur Klostermauer hinausging. Im hellen Mondlicht waren darauf dunkle Gestalten zu sehen, die sich langsam bewegten. Ihr schlug das Herz bis zum Hals. Dann erkannte sie, dass es die Raben waren. Sie hatten sich auf der Mauerkrone gesammelt. Jetzt hörte sie einen Aufprall, ein leises Kratzen auf Stein, knirschenden Schnee. Das Geräusch wiederholte sich in rascher Folge und dann ringsum an mehreren Stellen zugleich.

Unten krachte die Tür auf. Zuerst sah sie nur die brennenden Fackeln. Dann erkannte sie Simon und Loy, die zur Pforte rannten. Gleich darauf folgte Konemann. Die Raben flatterten auf, kreisten am nachtgrauen Himmel hoch über dem Kloster und ließen sich auf einem anderen Mauerteil nieder. Derweil standen die drei bereits oben. Sie beugten sich vor und schwenkten die Fackeln über die Außenseite der Mauer. Ein Fehltritt im Dunkeln, und sie lägen unten, zwischen den Wölfen.

Plötzlich stand Judit neben Hanna am Fenster und schrie. Das weckte alle auf.

Nell erfasste sofort, was sie sah. »Kommt!«

Sie schlüpften nur in ihre Mäntel und Schuhe. Die Fackeln lagen bereit und waren in Windeseile entzündet. Ohne zu zögern liefen auch die Mädchen zur Pforte und schickten sich an, den Jungen auf die Mauer zu folgen.

»Nein, bleibt!« Simon kam ihnen entgegen. Es dauerte einige Augenblicke, bis er wieder bei Atem war. »Sie sind nicht mehr da. Sobald sie das Feuer gesehen haben, haben sie sich zurückgezogen. Geht wieder rein.«

Als Loy und Konemann hinter ihm auftauchten, fragte Nell: »Will keiner Wache halten? Was, wenn sie es nochmal versuchen?«

Simon schüttelte den Kopf. »Ich weiß nicht, was die Viecher bezweckten. Sie sind nicht mal gesprungen, haben nur an der Mauer gekratzt. Glaubt mir, die kommen nicht drüber. Gehen wir schlafen. Einer passt auf, das genügt. Aber es ist wirklich nicht nötig, draußen zu frieren. Wir bleiben im Haus.« Er sprach es nicht aus, aber drinnen waren sie jedenfalls sicher.

Nell zögerte kurz, aber dann nickte sie. Alles war wieder still. Auch von den Raben war nichts mehr zu sehen. Der Mond beschien eine friedliche Nacht.

Zwei Tage und Nächte blieb alles ruhig. Dann dämmerte ein bleigrauer Morgen herauf. Der kürzeste Weg in die Küche, wo sie den Tag meistens gemeinsam verbrachten, führte durch Kirche und Kreuzgang. Sie hatten kaum hundert Schritte im Freien zu gehen. Doch draußen blies ein so stürmischer Wind, dass sie Mühe hatten, aufrecht zu stehen. Es nahm Hanna den Atem. Der Pfad durch den Schneetunnel war über Nacht völlig verschwunden. Auf einer Seite war das Pflaster nahezu freigeblasen. Dafür türmte sich nach Osten hin eine riesige Schneewehe auf.

Der Sturm heulte so laut, dass man sein eigenes Wort nicht verstand. Hanna sah, dass Simon hinter ihr seine Lippen bewegte, aber sie zuckte die Achseln. Er deutete auf die Kirchentür. Sie war bis oben hin zugeweht. Er lief zurück und kam mit einer Schaufel wieder. Bis die Tür offen war, sahen sie schon wie Schneebälle aus.

Und der Sturm wurde noch schlimmer. Ein Wintergewitter entlud sich. Der Schnee fiel so dicht, dass vor dem Küchenfenster außer weißem Gestöber nichts mehr zu sehen war.

Eine seltsame Unruhe erfasste Hanna, und sie bemerkte, dass es den anderen ebenso ging. Sie hatte den Wunsch, sich zu bewegen, aber nach draußen konnten sie nicht. Also versuchte sie, nicht auf das Heulen und Tosen und Krachen zu lauschen. Und den Gedanken, der Sturm könnte die Fenster eindrücken, von sich zu schieben.

Die Stunden schlichen dahin. Es wurde bald dunkel. Nach dem Abendessen würden sie sich durch den Sturm zurück ins Gästehaus kämpfen.

Cilli hatte versucht, aus dem Weizenmehl kleine Brote zu backen. Etwas ratlos nahm Simon das erste in seine Hand.

»Ziemlich flach, nicht?« Er klopfte damit auf den Tisch und grinste ein wenig. »Meinst du, wir können hineinbeißen, oder brechen wir uns an den Fladen die Zähne aus?«

Cilli lachte. »Tut mir leid, aber ich habe hier weder Hefe noch Sauerteig, damit das Brot aufgeht.«

»Weich es im Tee ein«, riet Nell ihm ungerührt.

Konemann ging an den Herd und griff sich einen Fleischklopfer, der an einem Haken hing. Er tat gerade den ersten Schlag, um das harte Brot zu brechen, als draußen ein entsetzliches Poltern und Röhren aufkam. Es wurde so laut, dass die Luft um sie vibrierte. Alle erstarrten vor Schreck. Hanna glaubte, ein Kreischen zu hören. Schatten flogen über das Fenster. Das Geräusch schwoll noch weiter an. Sie pressten die Hände an ihre Ohren. Nell zeigte nach unten. Sie krochen unter die Tische. Stürzte das Kloster ein? Zitternd hockten sie nebeneinander.

Aber das Röhren entfernte sich nach einer Weile, der Lärm wurde schwächer.

»Es ist vorbei.«

Sie tauchten vom Boden auf. Die Mauern standen noch.

»Was war das denn?«

»Schauen wir raus.«

Loy und Konemann folgten Simon. Die Mädchen drückten ihre Nasen ans Fenster. Das Glas war noch heil. Es fiel kein Schnee mehr. Alles sah unverändert aus. Aber es stürmte noch immer.

Kurz darauf waren die Jungen zurück.

»Das muss eine Windhose gewesen sein«, sagte Loy.

»Wie bitte?«, fragte Hanna verblüfft.

»Eine Hose aus Wind?« Cilli runzelte die Stirn.

»Huuhuu ...« Leni zupfte an Loys steifgefrorenen Hosen und lachte.

Loy grinste, obwohl ihm sichtlich nicht wohl war.

»Nein, keine Hose aus Wind. Eine Windhose ist ein Sturm, der sich dreht. So wie ein Kreisel, Leni.«

Die Kleine nickte und schickte sich an, den schlanken Kreisel, den Clara geschnitzt hatte, aus der Kiste mit ihrem Spielzeug zu holen.

»Ein Kreisel«, fragte Hanna verständnislos.

»Ja. Oder mehr wie ein Schlauch, der dahinrast. Vor zwei Jahren ist eine Windhose bei uns durch das Tal gezogen und hat eine Schneise im Liebenthann-Wald geschlagen. Doch die hier eben hatte viel mehr Zerstörungskraft.«

»Das Gästehaus?« Nells Stimme klang tonlos vor Schrecken.

»Nein, nein«, sagte Simon rasch. »Soweit wir sehen konnten, ist innen im Klostergelände nicht viel passiert. Ein bisschen was ist herumgeflogen, Äste vor allem und eines der Scheunentore. Der Wirbel ist draußen entlanggezogen.« Er hatte sich hingesetzt und tunkte ein Brotstück in seinen Becher mit kalt gewordenem Tee.

Auch die anderen besannen sich wieder aufs Essen und griffen nach ihren Tellern.

Simon schluckte den ersten Bissen hinunter.

»Ich hab durch die Luke an der Pforte geschaut. Die Lichtung ist leergefegt. Das heißt, nein, nicht leer, sondern überall liegen riesige entwurzelte Bäume herum. Die hat der Sturm einfach irgendwo rausgerissen und durch die Gegend geschmissen.« Simon schüttelte den Kopf angesichts der Verwüstung. »Ein ganzes Waldstück hat die Windhose vollkommen flachgelegt. Alles liegt wild übereinander. Es schaut furchtbar aus. Aber ...«, er zuckte die Achseln, »wir haben wieder mal Glück gehabt.« Er versuchte zu lächeln. »So ein Kloster ist doch ein mächtiger Schutz ...«

Durch den Sturm hörten sie Wolfsgeheul und das Krächzen von Raben.

»Denen hat der Wirbelsturm offenbar nichts gemacht.« Judit schaute zum Fenster und seufzte.

»Schaun wir, dass wir ins Gästehaus kommen, bevor es ganz dunkel ist.«

Sie stapften durch den wieder kniehohen Schnee. Auf einen Angriff war keiner von ihnen gefasst. Loy, Clara und Konemann waren vorausgelaufen. Auch Cilli, Judit und Leni, die leicht zu fiebern anfing, befanden sich schon im Haus.

Da wandte sich Nell plötzlich um.

»Ich hab den Holundersirup vergessen. Und das Arzneibuch. Wenn Lenis Fieber noch schlimmer wird, kann ich es vielleicht brauchen.«

»Ich geh schon«, hielt Simon sie auf. »Das Buch liegt am Tisch, ja? Und wo ist der Saft?«

»In der Speisekammer. Gleich wenn du reinkommst, rechts im Regal. Aber ich komm lieber mit.«

In diesem Moment bemerkte Hanna zwischen Kirche und Pforte einen huschenden Schatten. Und einen zweiten und dritten ...

»Die Wölfe!« Statt laut zu schreien, brachte sie nur ein Krächzen heraus.

Aber Nell und Simon hatten die Warnung gehört. Es riss sie förmlich herum. Alle drei starrten den Wölfen entgegen.

Diesmal trabten sie nicht hintereinander an, sondern sie schwärmten aus, kreisten die Zweibeiner ein. Der Leitwolf und seine Fähe schnitten den Weg zum Gästehaus ab. Vor der Kirchentür duckten sich zwei große Rüden.

Hanna, Simon und Nell rückten erschrocken zusammen. In dem Moment trieb der immer noch wütende Sturm einen Ast gegen die Fackel in Simons Hand. Der hatte nur die Wölfe im Auge, war auf einen Schlag nicht gefasst. Die Fackel glitt ihm aus der Hand und sank in den Schnee. Die Flamme erlosch mit einem Zischen. Die übrigen Fackeln waren im Haus. Dort hatte einer wegen der Kälte die Tür zugeschlagen. Ihre Hilferufe schluckte der Wind.

Simon zog seinen Degen. Nell griff nach der Fackel im Schnee. Vergeblich versuchte Hanna etwas zu entdecken, was ihr die Wölfe vom Leib halten könnte. Die zögerten keinen Augenblick länger. Wieder griff der Leitwolf als erster an. Und es war Hanna, die er als unbewaffnet erkannte und sogleich anvisierte. Zwei Wölfe stürmten auf Simon zu. Der Degen schwenkte in ihre Richtung. Ein Rüde warf sich gegen Nell. Die reagierte blitzschnell. Er traf auf die Fackel und sprang erstmal mit großen Sätzen zurück.

Noch immer erkannte keiner im Haus ihre Not. Hilflos stand Hanna einen Augenblick da. Dann rannte sie los. Das war ein Fehler, sie wusste es im selben Moment. Der Leitwolf hetzte sofort hinterdrein. Sie spürte, dass er rasch näher kam. Wenn sie nur die Friedhofspforte erreichte ... oder das frische Kreuz, um es herauszureißen und sich damit zu wehren ... Aus den Augenwinkeln sah sie ein zweites Tier. Und noch ein weiteres ... Die große Schneewehe bremste abrupt deren Lauf. Instinktiv rannte Hanna zur Kirchenmauer. Dort hatte der Wind eine schneefreie Schneise geschaffen. Und da waren die Gräber ... die Pforte ... Der Leitwolf setzte zum Sprung an. Ein ohrenbetäubender Knall zerschnitt die Luft - und es riss ihn wie von Geisterhand von den Läufen.

Von einem Moment auf den anderen war die Jagd aus. Verwirrt und ziellos lief das Rudel kreuz und quer hin und her. Gleich darauf hetzten die Tiere die Klostermauer entlang und verschwanden im Schatten. Der Leitwolf rührte sich nicht mehr. Mit gestrecktem Degen kam Simon näher.

»Er ist tot«, rief er den Mädchen zu.

»Was?«

»Das war ein Schuss.«

»Wer soll geschossen haben? Wir haben doch gar kein Gewehr?«

Sie beugten sich über das leblose Tier. Das Fell am Thorax war blutig.

»Vermutlich das Herz getroffen. Der hat nichts mehr gespürt«, sagte Simon.

»Los, schnell ins Haus. Womöglich kommen die wieder«, drängte Nell und zog Hanna mit sich. Die stolperte hinter ihr her, mit weichen Knien. An der Tür wurde ihr schwarz vor Augen. Simon fing sie auf, aber sie kam sofort wieder zu sich. Dann waren sie drin. Simon schob den Riegel vor.

»Oh Gott«, stöhnte Nell.

Hanna fing an zu schluchzen. Alle liefen zusammen.

»Was ist passiert?«, fragte Cilli bestürzt.

»Die Wölfe sind am Gelände«, erklärte Simon knapp. »Das ganze Rudel. Sie haben uns angegriffen. Es sah wirklich nicht gut aus. Aber irgendwer hat den Leitwolf erschossen. Da sind sie davongerannt.«

»Erschossen?«, fragte Loy. »Ist das der Knall gewesen?«

»Ja. Etwas anderes kann es nicht sein. Erschossen mit einem Gewehr.«

»Aber ... aber von wem?«

In dem Augenblick schlug draußen jemand vehement gegen die Tür.

»Macht auf!«, rief eine männliche Stimme.

Erschrocken traten sie ein paar Schritte zurück.

»Ich bin allein. Ich stelle die Flinte neben die Tür. Nun macht schon!«

Keiner reagierte. Der Mann war bewaffnet. Wenn er hereinkam, hatte er sie in der Hand. Aber irgendwo draußen waren noch immer die Wölfe ...

»Er hat mir das Leben gerettet«, flüsterte Hanna.

Simon zögerte noch einen Moment, dann nickte er. Er deutete mit dem Kopf auf den Schlafraum. Alle verschwanden hinter der Tür. Dann zog er den Riegel zurück. »Komm rein.«

»Nein.«

Erstaunt musterte er den Unbekannten. Groß, eher schlaksig, dunkelblond, unrasiert. Kaum älter als Simon selbst. Wie ein Soldat sah er nicht aus. Gute Kleidung. Kappe aus Otternfell, feines Tuch, Lederkoller und darüber ein Umhang mit Pelzbesatz. Nur die Stiefel waren verdreckt.

»Nein?«

»Nein. Ihr kommt besser mit. Der Sturm hat Bäume über die Mauer geworfen, die sind für die Wölfe wie eine Brücke. So sind sie hereingelangt. Und wieder nach draußen. Der Flintenschuss und ihr totes Leittier haben sie für den Moment in Panik versetzt. Aber das wird nicht lange anhalten. Wir müssen die

Stämme von der Mauer bekommen, bevor das Rudel sich wieder gefangen hat. Falls ihr euch nicht den Rest des Winters im Haus einsperren wollt.«

Simon runzelte zweifelnd die Stirn.

Aber da kam Nell bereits aus dem Schlafraum gelaufen und hielt die Tür hinter sich auf.

»Los! Beeilen wir uns.« Sie warf nur einen kurzen Blick auf den jungen Mann und scheuchte alle heraus. Hanna und Judit hielt sie zurück. »Ihr bleibt besser hier. Leni darf nicht aus dem Haus laufen. Und du, Hanna ... Also, so totenblass, wie du ausschaust, kippst du uns noch vor die Füße. Das ist keine Hilfe.« Sie wandte sich an den Fremden. »Wo müssen wir hin?«

Nell fiel nicht auf, wie der Unbekannte sie anstarrte, während sie die Entscheidungen traf. Aber Hanna bemerkte es. Er sah aus, wie vom Donner gerührt. Doch als Nell ihre Frage voll Ungeduld wiederholte, fasste er sich.

»Gleich nach den Werkstätten. Habt ihr eine Säge?«

»Ja«, sagte Simon. »Und Äxte. Im Brennholzschuppen.«

»Gut. Holen wir sie und dann los.«

Hanna sah ihnen nach, bis ihre brennenden Fackeln hinter den Werkstattgebäuden verschwanden. Sie riegelte die Tür wieder zu. Ihr war mulmig zumute. Vielleicht wäre es besser gewesen, mitzugehen, aber sie fühlte sich immer noch flau. Langsam folgte sie Judit und Leni nach oben. Sie schürten die Feuer an. Dann hieß es warten.

Es war tiefe Nacht, als sie die Rückkehrer an der Tür hörten. Hanna eilte nach unten und ließ sie herein. Alle waren durchnässt und erschöpft.

»Aber wir haben's geschafft. Es gibt keine Wolfsbrücke mehr«, berichtete Simon erleichtert, während sie sich um das Kaminfeuer drängten. »Und es ist kaum anzunehmen, dass sich nochmal so eine Gelegenheit für die Viecher ergibt. Wir können also ruhig schlafen.«

»Wo ist denn der Fremde?«, fragte Hanna.
Sie schauten sich suchend um.
»Ach«, sagte Simon erstaunt, »Jaco ...«
»So heißt er?«
Simon nickte. »Eben war er doch noch da ...«
Keiner hatte auf sein Verschwinden geachtet.
»Und wenn er zu irgendwelchen Marodeuren gehört?«, sagte Clara.
»Du meinst, erst hilft er, dann raubt er uns aus?« Nells Tonfall war spöttisch.
»Du brauchst das nicht abzutun«, erwiderte Clara. »Schließlich haben wir Vorräte. Und die sind hier mehr wert als Silber, oder?«
Loy schleuderte ein Stück Holz in die Glut, dass die Funken stoben.
»Wir sitzen seit endlosen Wochen hier fest, der Wald ist undurchdringlich, also wie kommt dieser Jaco hierher?« Dass sie es versäumt hatten, ihn zu befragen, machte Loy wütend.
»Und wohin ist er jetzt verschwunden?«, murmelte Hanna. Ihr fiel das Gesicht ein, das sie in einer der ersten Nächte im Kloster vor dem Gästehaus draußen zu sehen geglaubt hatte. War er es gewesen? Hatte er sich die ganze Zeit in ihrer Nähe verborgen? Das war kein schöner Gedanke, aber ...
Nell winkte müde ab. »Egal. Wir sind heute alle mit unseren Kräften am Ende. Die Tür ist verriegelt. Gehen wir schlafen. Morgen ist auch noch ein Tag.«

5

Als Hanna am nächsten Morgen erwachte, galt ihr erster Gedanke wieder dem Fremden, dem sie es verdankte, dass sie am Leben und unverletzt war. Offenbar war er ein außergewöhnlicher Schütze. Ihre Augen wanderten über die Zimmerdecke. Es war nur eine kurze Begegnung gewesen, dennoch gelang es ihr, sich seine Züge ins Gedächtnis zu rufen, die gelassene Haltung und seine Stimme, die dunkel und angenehm war. Natürlich war sie beeindruckt. Und dankbar. Aber sie wusste nicht recht, ob sie dem Bild, das sie sich am Abend zwischen Tür und Angel von ihm gemacht hatte, tatsächlich traute.

Seltsamerweise fühlte sie auch Mitleid mit dem getöteten Tier.

Aber beim Blick aus dem Fenster des Schlafraums war sie vor allem erleichtert. Über Nacht hatte das vom Sturm gezauste Klostergelände sich wieder in eine frisch verschneite Idylle verwandelt. Unberührt von Menschen und Wölfen. Gegen Morgen war auch Lenis Fieber gewichen. Judit sang, während sie Decken und Kissen aufschüttelte.

Der junge Tag begann unbeschwert, und sie lachten beim Frühstück. Konemann hatte vor, nach den Teichen zu schauen. Loy und Simon wollten noch einmal die Mauern ablaufen. Keiner erwähnte den Fremden. Als wären er und die Wölfe nach dem vergangenen Abend für immer verschwunden.

Doch als sie gerade nach Mänteln und Umhängen griffen, hörten sie Schritte im Kreuzgang. Sie sahen sich unschlüssig an. Es klopfte, und noch bevor Simon den Degen gezogen hatte, wurde die Tür von außen geöffnet und der Mann, der den Leitwolf getötet hatte, trat mit einem höflichen Gruß in den Raum. Verblüfft starrten ihn alle an. Und Hannas Herz schlug plötzlich heftig.

Jaco stand schweigend da und besah die kleine Gemeinschaft.

Er hatte lange gezögert, sich ihnen zu stellen. Doch mit dem vergangenen Abend hatte sich alles geändert. Ihm blieb keine Wahl.

Er nahm seine Fellkappe ab und sein Blick hielt ihrer Prüfung scheinbar ungerührt stand. Die große Küche war von behaglicher Wärme erfüllt. Es roch nach Holz, nach Obst, Bienenwachs und nach Honig. Der Frühstückstisch war noch nicht abgeräumt. Cilli trocknete die Hände an ihrer Schürze und starrte ihn aus unergründlichen Augen ungeniert an. Loy hatte sich wieder gesetzt und betrachtete ihn mit gewollt überheblicher Miene. Clara sah feindselig drein. Konemann schien noch zwischen Argwohn und Entgegenkommen zu schwanken. Nur Simon reichte ihm mit einem offenen, kameradschaftlichen Lächeln die Hand.

Und da war Nell ... Noch immer raubte ihm seine Entdeckung die Fassung.

»Das ist Hanna«, unterbrach Simon seine Gedanken und deutete auf das zierliche junge Mädchen, das vor seinen Augen fast zur Beute der Wölfe geworden war. Das schöne Mädchen am Fenster ...

Jaco holte tief Luft. Er musste sich zwingen, den Blick wieder von ihr zu lösen.

»Und Judit und die kleine Leni.«

Eine Weile schwiegen alle verlegen, dann lud Simon ihn ein, sich zu ihnen zu setzen und etwas zu essen. Jaco nahm sein Gewehr und einen ledernen Sack von der Schulter, hängte beides an eine Stuhllehne und nahm Platz.

»Das sieht köstlich aus.«

Als Butz sich ihm neugierig näherte, beugte er sich nach unten und ließ seine Hände beschnuppern. Dann kraulte er den kleinen Hund hinter den Ohren. Aber Butz war von etwas anderem abgelenkt. Er jaulte und kratzte am Lederbeutel. Dann wuffte er aufgeregt. Jaco öffnete den Sack eine Handbreit. Etwas Schwarzes schlüpfte heraus.

»Uiiii!«, rief Leni und patschte begeistert in ihre Hände. »Hanna! Rabe!«

Butz überschlug sich fast, als der verloren geglaubte Freund wieder auftauchte. Er hopste glücklich um den Raben herum. Tatsächlich stupfte der ihn mit dem Schnabel, was Butz zu gefallen schien, und flog dann schnurstracks zu Hanna, um sich von ihr wie gewohnt mit Nüssen und Trockenobst füttern zu lassen. Hanna kamen vor Freude die Tränen.

»Ich habe mir schon gedacht, dass er vermisst wird«, sagte Jaco.

»Er war seit dem Tag, als die Raben durchs Kloster flogen, verschwunden.« Hannas Blick wurde unsicher. »Aber, wie kommt er in den Sack? Und woher wisst Ihr, dass er vermisst wird? Ihr habt uns beobachtet, oder? Ich habe Euch doch schon vor vielen Wochen einmal nachts draußen gesehen ...« Dabei fiel ihr ein, dass sie ohne seine Hilfe nicht mehr am Tisch sitzen würde, und sie errötete, weil sie sich ihres vorwurfsvollen Tons schämte. »Verzeihung«, fügte sie hastig hinzu. »Ich wollte Euch eigentlich danken. Wenn Ihr den Wolf nicht getötet hättet ...«

Er zuckte die Achseln. »Schon gut. Es war nur ein glücklicher Schuss«, sagte er leichthin. »Und Ihr habt recht. Ich bin damals draußen gestanden und Ihr wart oben am Fenster.« Unwillkürlich lächelte er. »Ich erinnere mich an ein blaues Kleid.«

Selbst jetzt, wo sie ihr Misstrauen gegen ihn nicht verbergen konnte, spürte er noch den Zauber, den sie auf ihn ausgeübt hatte. Er dachte daran, wie er sie damals am Fenster entdeckt hatte. Im Mondlicht hatte er sie selbstvergessen betrachtet. Und nun saß sie vor ihm ....

Nell mischte sich ein.

»Nun lassen wir Jaco doch erst einmal essen. Danach wird er uns berichten, nicht wahr?«

»Gut.« Simon stand auf. »Verschieben wir unsere Fragen auf später. Loy, kommst du?«

Die Jungen brachen auf. Nell brachte frischen Tee und Cilli schöpfte Honig und Mus in eine Schüssel. Dass bei seiner Mahlzeit dann sechs Augenpaare jeder Bewegung von ihm schweigend folgten, schien Jaco gar nicht zu bemerken. Er war hungrig und aß alles auf.

Doch als Hanna hoffte, endlich mehr zu erfahren, kam Konemann mit der Nachricht, dass es ihm nicht gelungen war, das Eis an einem der Fischweiher aufzuschlagen.

»Es ist zu dick zugefroren.«

Also folgte ihm Jaco, um ihm mit einer zweiten Axt beim Aufhacken der Wuhne zu helfen und sie mussten sich weiter gedulden. Doch schließlich konnte Cilli ihren Fischeintopf aufsetzen, Nell füllte Tee in die Becher und alle nahmen wieder am großen Tisch Platz.

Simon tat einen Schluck. Dann sah er Nell an, die auffordernd nickte. Er räusperte sich und wandte sich Jaco zu.

»Wir sind dir sehr zu Dank verpflichtet, und natürlich werden wir das, was wir haben, gern mit dir teilen.«

Clara schnaubte hörbar, aber sie hielt ihren Mund.

Simon war kein großer Redner, und er fuhr stockend fort: »Wenn du willst, bist du uns also willkommen, aber ..., nun, wir möchten natürlich gern wissen, woher du kommst ... was du hier tust – du bist offensichtlich kein Klosterbruder - und was du vorhast ... Denn dieser Ort, also, uns hat es nur durch ein Unglück hierher verschlagen ...«

Loy verlor die Geduld und mischte sich ein: »Vor allem wüssten wir liebend gern, wie du hierher gelangt bist - durch diesen Wald ohne Wege.«

Jaco sah ihn nachdenklich an. Seine Antwort richtete er jedoch an Simon.

»Ich komme aus Grönenbach. Ihr wisst, wo das ist?«

»Südlich von Memmingen. Eine Tagesreise von Obergünzburg«, erläuterte Loy, da Simon die Gegend nicht kannte.

»Von dort seid ihr also?«, wollte Jaco seinerseits wissen.

Loy zuckte die Achseln.

»Nicht alle, nein. Simon und Hanna sind erst vor kurzem aus Salzburg gekommen. Und Nell hat früher mit ihrer Mutter in Kempten gelebt.«

Jaco kniff irritiert die Augen zusammen.

»Mit ihrer ...« Er unterbrach sich mit einem Seitenblick auf Nells ausdrucksloses Gesicht. Nach kurzem Zögern fuhr er jedoch fort: »Ich habe den Großvater herbegleitet, er ist hier gestorben und ich habe ihn am Tag, bevor ihr aufgetaucht seid, am Friedhof der Mönche beerdigt.«

Im ersten Moment schwiegen alle ein wenig betroffen.

Das frische Grab, dachte Hanna. »Das tut uns leid«, sagte sie und alle nickten.

»Danke. Nun ja«, Jaco atmete durch, »er war schon sehr alt. Es waren Gerüchte aufgekommen, dass die Schweden mit Wrangel Burg Rothenstein ansteuern könnten. Darum ist meine Familie, nicht zum ersten Mal übrigens, zu Verwandten nach Graubünden geflohen. Aber Melchior, der Großvater, hatte den Wunsch, sich in das Kloster, in dem er Jahrzehnte gelebt hat, zurückzuziehen. Es ist abgelegen genug, um nicht mit Truppen rechnen zu müssen. Also habe ich ihn hierher gebracht. Aber ihm war nicht mehr viel Zeit vergönnt.«

»Soll das heißen, dass dein Großvater ein Mönch war?«, fragte Judit erschreckt.

Die Frage gefiel ihm nicht. Diesmal zögerte er mit seiner Antwort so lange, dass Hanna schon glaubte, er würde einfach aufstehen und gehen.

Aber Jaco entschloss sich zur Offenheit.

»Melchior war für mich wie ein Großvater, und ich habe ihn auch so genannt. Aber in Wirklichkeit waren wir nicht verwandt.«

Das war der Moment, in dem Cilli ihr Fischragout auf die Herdseite stellte, und sich ebenfalls setzte. Jaco hatte ihre ungeteilte Aufmerksamkeit.

»Meine Familie stammt nicht aus der Gegend, und der große Krieg begann bei uns früher als hier«, sein Blick ging ins Leere. »Ich bin 1623 geboren. Als ich fünf Jahre alt war, wurde unser Dorf überfallen. Es geschah aus heiterem Himmel, und mein Vater wurde dabei getötet.« Er stockte. Seine Hand tastete nach dem Becher mit inzwischen lauwarmem Tee.

Simon war blass geworden. Nell atmete hörbar aus. Niemand sagte ein Wort, und nach kurzem Nachdenken fuhr Jaco fort.

»Meiner Mutter gelang es, mit mir und meiner kleinen Schwester aus dem brennenden Ort zu entkommen. Überall flohen die Menschen. Wenn wir in einem verlassenen Haus oder einer Scheune Unterschlupf fanden, waren wir niemals allein. Und alle waren kopflos vor Angst.« Er starrte den Becher an. »Auf der Flucht haben wir meine kleine Schwester verloren.« Jaco schluckte. »Meine Mutter war kaum noch bei Sinnen vor Schmerz. Endlose Tage sind wir ziellos umhergewandert und haben uns schließlich in diesem Wald hier völlig verirrt. Wir fanden nicht mehr heraus.«

»Und dann?«, fragte Nell leise.

»Damals hat hier noch eine Mönchsgemeinschaft gelebt. Aber die Klosterpforte war aus Angst vor der Pest, die grassierte, verschlossen. Meine Mutter und ich, wir wären am Tor sicher erfroren, wenn uns Melchior nicht hereingeholt hätte. Obwohl er ein Ordensmann war, hat er dem Verbot des Abtes getrotzt und musste daher mit uns flüchten. Er wusste von einer ehemaligen Mühle unten am Fluss. Dort sind wir eine Weile geblieben. Meine Mutter war ziemlich krank. Melchior wollte heimlich noch einiges, was für uns nützlich sein würde, aus der Abtei herausholen. Und dabei fand er das Kloster gänzlich verlassen. Die Mönche sind spurlos verschwunden. Es war keiner mehr da.«

»Aber weshalb?«, fragte Hanna gespannt.

»Tut mir leid, aber den Grund dafür kenne ich nicht. Als wir nun zurückkehrten, habe ich Melchior natürlich gefragt. Er sagte, er wisse es nicht. Und bis zu seinem Tod hat er keine Vermutung geäußert.«

»Du hast gesagt, deine Familie ist jetzt nach Graubünden gegangen?«, fragte Nell nach.

Jaco nickte. »Die schlimmsten Kriegs- und Pestjahre haben Mutter, Melchior und ich in der Mühle ganz gut überstanden. Dann sind wir nach Grönenbach. Dort hat Melchior begonnen, mit Arzneimitteln zu handeln. Er war ein guter Geschäftsmann und knüpfte an alte Verbindungen an. Meine Mutter hat wieder geheiratet, einen Steinmetz und Baumeister, der aus Graubünden stammt. Und ich habe mittlerweile zwei Brüder.«

Loy beugte sich vor.

»Schön und gut, deine Familiengeschichte. Aber wo ist der Weg, der hierher führt? Wir haben versucht, in Richtung Fluss zu laufen. Aber da gab es kein Durchkommen. Wir sind wie Gefangene in diesem Kloster. Du bist mit dem alten Mann doch durch diesen Wald gegangen?«

»Ja. Der alte Pfad vom Fluss her war zwar kaum noch zu erkennen. Aber wir haben es ohne Probleme geschafft. Nur ...« Jaco brach ab. Dann fragte er unvermittelt: »Ihr seid doch auch hergekommen. Warum geht ihr nicht einfach auf dem gleichen Weg wieder zurück?«

Einen Moment schwiegen alle betreten, dann antwortete Simon mit einem Seufzer: »Das können wir nicht. Es klingt sicher eigenartig, aber ...« Er wusste nicht weiter.

Nell war beherzter: »Wir sind überfallen worden«, sagte sie einfach. »Eine Gruppe Soldaten. Sie haben das Haus angezündet, und wir haben uns in den Brunnen geflüchtet.«

»In den Brunnen?« Jaco schaute sie verwundert an.

Nell nickte. »Ja, in den Brunnen.« Sie sah in die Runde. Loy zuckte die Achseln und Simon sagte: »Erzähle es ihm.« Also berichtete sie von der Explosion, vom Gang unter der Erde, dem Wasser und ihrer Rettung.

»Das ist nicht dein Ernst?«, fragte Jaco, der schweigend zugehört hatte.

»Du musst es nicht glauben. Doch es ist leider wahr.«

»Also«, meldete sich Loy wieder zu Wort, »wo ist der Weg, der uns hier herausführt?«

In einer ratlosen Geste fuhr sich Jaco durchs Haar.

»Ja. Das wüsste ich auch gern. Jedenfalls ist er nicht mehr dort, wo er war.«

»Was?« Loy war aufgesprungen. »Soll das ein Scherz sein?«

»Leider nein. Wie ich schon sagte, sind Melchior und ich ungehindert vom Fluss aus hierher gelaufen. Und ich bin dann noch mehrmals zur Mühle zurückgekehrt, um unser Gepäck und die Vorräte ins Kloster zu schleppen. Alles war ganz normal, bis ...« Jaco schüttelte plötzlich den Kopf.

»Bis was?«

»Bis ich Melchior begraben hatte und ihr hier aufgetaucht seid.«

»Willst du etwa uns dafür verantwortlich machen, dass dieser Wald uns hier festhält?«, fragte Loy.

Hanna befürchtete schon, er würde sich gleich auf Jaco stürzen.

Stattdessen stand Cilli auf und trat an den Herd.

»Der Eintopf ist fertig.«

Und Nell sagte, anscheinend ungerührt: »Essen wir.«

Tatsächlich setzte sich Loy wieder hin. Judit reichte Cilli die leeren Teller und stellte sie gefüllt auf den Tisch. Hanna starrte nervös ins Ragout. Wie sollte sie jetzt etwas essen?

Sie wandte sich Jaco zu.

»Bitte erkläre uns doch, was du gemeint hast. Sonst bringe ich nichts hinunter.« Sie lächelte zaghaft.

Er legte den Löffel zur Seite.

»Nun, an dem Morgen, als ihr hier eintraft, wollte ich das Kloster eigentlich verlassen. Ich hatte vor, meiner Familie nach Graubünden zu folgen. Und plötzlich entdecke ich eine ganze Gruppe von Leuten, die offenbar irgendwas oder irgendwen suchen. Ich habe nicht mehr gewagt, durch die Pforte und über die Lichtung zu gehen. Auf eine Konfrontation wollte ich es nicht ankommen lassen. Ich habe mich also versteckt. Und in der Nacht bin ich dann nach draußen. Aber ich kam nicht weit. Nur über die Lichtung. Am Waldrand war Schluss. Der Weg, den ich kannte, war nämlich spurlos verschwunden. Und durch das Dickicht gab es kein Durchkommen mehr. Das hat sich seitdem nicht geändert. Ich habe es in vielen Nächten versucht. Als ihr endlich fortzogt, war ich zunächst erleichtert. Ich habe gesehen, wie sich der Pfad für euch auftat ... Na ja. Aber dann wart ihr auch schon wieder da. Erst dann habe ich wirklich begriffen, dass wir hier festsitzen, alle ...« Jetzt lächelte er resigniert. »Ich war mir nicht sicher, ob ich euch trauen könnte. Auch ein bewaffneter Mann muss irgendwann einmal schlafen ... Aber nun kenne ich euch ja ...« Bei diesen Worten wurde sein Lächeln breiter.

Unwillkürlich fingen alle zu lachen an. Selbst Loy. Aber Hanna konnte nicht anders, als nachzufragen: »Wo hast du dich denn versteckt?«

Noch einmal zögerte Jaco. Dann rang er sich durch: »Ich zeige es euch. Es gibt einen verborgenen Zugang zum Keller. Ich habe ihn durch einen Zufall entdeckt. Und von dort führt ein

Gang, nicht sehr weit, zu einem einstigen Wirtschaftshof, einer Grangie des Klosters. Irgendwann haben die Ordensleute da Schafe gehalten. Sie haben die Wolle verkauft. Das war mein Unterschlupf. Leider ist der Wald dort schon bis ans Haus vorgedrungen. Die Ställe und Scheunen sind überwuchert und eingedrückt. Ringsum ist es noch unwegsamer als hier.«

»Und was ist mit dem Raben passiert?«

»Der hat sich offenbar vor seinen Artgenossen im Klosterkeller versteckt. Er hatte sich zwischen die Fässer geflüchtet. Dort habe ich ihn gefunden. Ich wollte ihn fliegen lassen, aber er hat sich strikt geweigert und kroch immer wieder zurück in den Sack.« Jaco grinste. »Also hat er mir Gesellschaft geleistet.«

»Aber ich hatte doch recht? Du hast uns beobachtet, oder?«, beharrte Hanna.

»Natürlich. Ich wollte nicht ahnungslos blind wie ein Maulwurf im Keller hocken.«

Sie nickte. »Und vor ein paar Tagen? Als ich mit Butz auf der Lichtung war? Was hast du mit dem Wolf, der uns angriff, gemacht?«

»Den hat ein Stein an der Schnauze getroffen.« Er griff in den Sack und zog eine Schleuder heraus.

Sie waren angemessen beeindruckt.

»Hier?«

Verwundert sah sich Simon im Pförtnerhaus um. Loy, Nell und Hanna folgten ihm in die eisige Stube.

»Ja. Wartet.«

Jaco trat an die Truhe und hob den Deckel hoch. Er beugte sich vor, um mit beiden Händen gegen die hölzernen Seitenwände zu drücken. Sie glitten nach außen. Er griff in die Spalten und klappte den Bretterboden nach oben. Darunter war eine Treppe verborgen. »Da geht es in einen Gang hinter den Kellern. Und von dort zu dem einstigen Schafshof.«

»Und wie bist du darauf gekommen?«

Jaco grinste. »Durch euch. Als ihr hier zur Pforte kamt, musste ich mich in Windeseile verstecken. Ich bin in die Truhe gekrochen ... genau wie als Kind schon, als uns Melchior verborgen hat. Nur bin ich jetzt nicht mehr so schmächtig. Beim Aufstehen habe ich zufällig gegen die beiden Stellen gedrückt, die den Mechanismus entsperren.«

Einer nach dem anderen folgten sie ihm über zahlreiche Stufen in einen gemauerten Gang. Auf dem Weg wies Jaco zweimal auf schmale Holztüren hin.

»Da geht es in die Kellerräume hinüber, die ihr schon kennt. Die Türen sind schlicht als Rückwand von Schränken getarnt. Offenbar wusste zu Melchiors Zeiten schon keiner mehr etwas davon. Sonst hätte er mir das sicher gesagt.«

»So hast du dir Salz geholt«, stellte Hanna fest. Ihre Beobachtungen hatten sie nicht getäuscht.

Jaco nickte. »Sollen wir bis zur Grangie gehen?«

»Natürlich. Womöglich finden wir auch noch andere Gänge, die zu Hofstellen von diesen Mönchen führen. Und raus aus dem Wald ...«, drängte Loy.

Dass Jaco entschieden den Kopf schüttelte, nahm er nicht zur Kenntnis. Doch der hatte offenbar recht. Sie stießen auf keine Verzweigung und keinerlei Hinweis auf einen weiteren unterirdischen Weg. Der alte Schafshof, in dessen Keller der Gang schließlich endete, lud nicht zum Verweilen ein. Schwer bepackt mit Jacos Vorräten machten sie sich wieder zum Kloster auf.

Bevor sie die Kellerfalle von seinem Unterschlupf schlossen, glaubte Hanna an einem der zugewachsenen Fenster die gelben Augen von Wölfen zu sehen. Erschrocken fuhr sie zurück. Jacos Blick folgte ihrem. Behutsam schob er sie vor sich in den schützenden Gang.

6

Cilli strahlte, als sie Jacos Vorräte sah. Sie hob den Deckel von einem Fässchen und schnupperte. »Eingepökeltes Fleisch. Irgendein Wild. Es riecht einwandfrei.«

»Dafür hat er das Salz also gebraucht«, sagte Hanna.

»Genau.« Jaco hatte unbemerkt hinter ihnen die Küche betreten. »Wenn sich die Wölfe verzogen haben, kann ich auch wieder jagen. Dann gibt's frisches Wildbret.«

»Das ist Wilderei«, erklärte Clara mit boshafter Miene.

Jaco lachte. »Wo kein Kläger, da kein Richter. Und, ehrlich, hier ist das wohl unser kleinstes Problem.«

»Du musst ja nichts davon essen«, sagte Cilli spöttisch zu Clara.

»Das täte dir so gefallen«, erwiderte die.

Cilli verdrehte die Augen. Und Hanna schwieg. Nach wie vor machte sie Jacos Nähe befangen. Seit seinem Auftauchen hatte sich irgendetwas verändert. Und offenbar nicht nur für sie. Da war eine unterschwellige Spannung, die sie spürte, ohne den Grund zu durchschauen.

Hanna seufzte und wandte sich wieder den getrockneten Pilzen zu, die sie gründlich eingeweicht hatte. Immerhin war der Winter nun schon weit fortgeschritten. Alle sehnten das nahende Frühjahr herbei.

Sie hob die Schüssel, um das Restwasser abzugießen.

»Kann ich dir helfen?«, fragte Jaco und griff nach dem Gefäß.

Sie zuckte erschrocken zusammen. Fast wäre das Wasser übergeschwappt. Hanna fühlte, wie sie errötete. »Danke«, murmelte sie und stellte verwirrt die Schüssel zurück. Vor Verlegenheit lief sie hinaus.

Noch immer wachte Hanna in den Nächten oft auf, und dann hörte sie draußen das Heulen der Wölfe. Jedes Mal lief sie schaudernd ans Fenster. Wenn es klar war, konnte sie das verschneite Gelände im Mond- und Sternenlicht deutlich erkennen. Wenn der Himmel bewölkt war, sah sie nur froststarre Schemen. Aber die Wölfe drangen nicht mehr ins Kloster ein. Und irgendwann war auch das nächtliche Heulen verschwunden.

»Na also«, Konemann nickte zufrieden. »Hab ich ja gleich gesagt. Die haben bloß etwas länger gebraucht, um zu merken, dass hier nichts zu holen ist.«

Sie hatten ihre Gewohnheiten wieder aufgenommen und saßen tagelang gemeinsam in der Küche, spielten Dame und Schach, schnitzten, nähten und lasen.

Nur Jaco blieb in der Klosterbibliothek gerne für sich.

»Melchior war ein gebildeter Mann. Und ein guter Lehrer«, erklärte er Hanna, als sie ihn zu ihrer Überraschung dort antraf. Im Raum war es kalt. Jaco saß eingehüllt in zwei Mäntel am Tisch und blätterte mit steifgefrorenen Fingern die Buchseiten um. Sie wollte schon fragen, ob er seine Lektüre nicht in der warmen Küche vorlesen wolle. Doch beim Blick auf das philosophische Werk, in das er vertieft war, hielt sie die Wahrscheinlichkeit, dass dies jemanden fesseln würde, für ziemlich gering. Sie suchte nach einem Roman. Als sie den Titel endlich auf dem allerobersten Regalbrett entdeckte, schaute sie sich ratlos um. Es gab keinen Schemel und keine Leiter im Raum, und Jaco saß auf dem einzigen Stuhl. Sie begegnete seinem Blick und errötete, als sie bemerkte, dass er ihr zusah. Jaco stand auf und trat neben sie. In seiner Nähe fühlte sie sich schon wieder befangen und konnte es sich nicht erklären. Es war verwirrend und reizvoll zugleich.

„Kann ich dir helfen?“

Sie nickte nur und deutete auf den fraglichen Band. Er reichte ohne Mühe hinauf und hielt ihn ihr hin. Doch sie nahm ihm das Buch nicht aus der Hand, stattdessen schaute sie Jaco nur an.

In dem Moment ging die Tür auf, und Nell kam herein.

»Bringst du auch das Hausbuch mit?«, fragte sie und stutzte, als sie Jaco bemerkte.

Hanna wandte sich zu ihr um.

»Ja«, sagte sie. Ihre Stimme klang etwas belegt. »Warte, ich zeige dir, wo es steht.« Sie nahm den Roman und zog das Hausbuch aus einer Reihe ganz ähnlicher Bände. »Da.«

Nell nahm es ihr ab und ging damit zur Tür. Hanna zögerte einen Moment. Dann folgte sie ihr.

Jaco schaute ihr nach. Vergeblich versuchte er, sich erneut auf den Text vor sich zu konzentrieren. Doch es stürmte zu viel auf ihn ein.

Da war Nell, die von einer Mutter mit Namen Ursula sprach. Doch mit jedem Tag, den er sie nun kannte, glaubte er weniger daran. Er zerbrach sich den Kopf. Er ahnte, es würde nicht leicht sein, Nell damit zu konfrontieren. Nicht nur er musste sich der beklemmenden Düsternis der Vergangenheit stellen. Hatte er recht? Oder hoffte er allzu sehr, dass er sich mit seiner Vermutung nicht irrte?

Und da war Hanna, die ihn beim ersten Blick, nachts an dem Fenster, verzaubert hatte. Die sein Herz auf eine unerklärliche Weise berührte. Anders als jede andere junge Frau. Jaco seufzte. Er würde versuchen, nicht daran zu denken, sagte er sich. Er wollte ihre Nähe nicht suchen. An diesem Ort, wo es keinen Ausweg für Sehnsüchte gab. Er starrte das Buch vor sich an. Doch es gab keinen Rat.

Endlich setzte auch Tauwetter ein. Binnen zwei Wochen waren die Schneemassen nahezu gänzlich verschwunden. Blausterne, Schneeglöckchen und Winterlinge spitzten heraus. In windstillen Nischen wärmte die Sonne bereits das Pflaster. Vögel begannen zu singen. Alles atmete auf.

Sobald der Schnee weggetaut war und die Lichtung unter der Frühlingssonne endlich getrocknet, suchten sie erneut einen Weg durch den Wald. Trotz des Wintersturms, der viele Bäume umgestürzt hatte, war ihr Bemühen vergeblich. Das Dickicht blieb unüberwindlich. Wie Festungsmauern ragte der Wald vor ihnen auf. Nein, er war nicht aus Stein. Für sie war er zu einem lebendigen Wesen geworden, das sich ihnen hartnäckig entgegenstellte. Auch wenn sie sich nicht erklären konnten, weshalb.

»Was tun wir?«, fragte Loy drängend. »Nach Regen sieht es nicht aus. Bestimmt ist der Weg unter der Erde jetzt gangbar. Sollten wir es nicht versuchen?«

Doch außer ihm war nach wie vor keiner dafür. Sie beschlossen, die Gärten zu nutzen. Und einen Teil des Weizenkorns anzusäen.

»Bis der Wald nachgibt, wollen wir hier nicht verhungern«, sagte Simon.

Nell hatte im Herbst auch den einstigen Kräutergarten entdeckt. Mit Arzneipflanzen kannte sie sich gut aus. An diesem Morgen kniete sie in dem von Steinmauern abgeschirmten Geviert und suchte nach Pflanzen und Samen, die, unter Unkraut und Strauchwerk, die fehlende Fürsorge des kundigen Gärtners bislang überlebt hatten. Sie war ganz in ihre Arbeit vertieft.

Erst als sich die verwitterte hölzerne Pforte bewegte, blickte sie auf. Es war Jaco, der eintrat. Sie erhob sich und klopfte die Erde von ihrem Rock.

»Brauchst du etwas?«, fragte sie freundlich.

Er schaute sich um. Nell hatte bereits einen Teil des Gartens in Ordnung gebracht.

»Das sieht ja schon gut aus«, sagte er ausweichend. »Weißt du, dass es hier ein Spital für die Mönche gab? Auch eine Apotheke.«

Nell nickte. »Natürlich. Da stehen noch eine Menge Tinkturen und Pulver herum. Aber die sind offensichtlich alle uralt. Die kann man nicht mehr verwenden.«

Er bückte sich zu den gelben Huflattichblüten hinunter, die entlang der Steinmauer gleich neben den gesäuberten Beeten wuchsen. »Ist das kein Unkraut?«

»Nein. Ich bitte dich, reiß das nicht raus. Der Huflattich hilft gegen Husten. Aber ihm ist der karge, steinige Boden dort lieber als feuchte Erde. Den mag der Baldrian, schau!« Nell wies auf die krautigen, eingetrockneten Stängel am schmalen Wassergraben, der das Gärtlein durchzog. »Der stärkt die Nerven. Und dort unterm Holunder wächst Lungenkraut. Ich mache einen Erkältungstee draus.«

»Woher weißt du das alles?«

»Meine Mutter hat es mir von klein auf gezeigt. Und sie hatte es wiederum von ihrer Tante, die Hebamme war.«

»Ihr habt in Kempten gelebt, deine...«, Jaco stockte ein wenig, »...deine Mutter und du?«

»Ja. Das stimmt.« Nell musterte ihn. Es war das erste Mal, dass er auf sie verlegen wirkte. Ohne die etwas lässige Sicherheit, die ihm sonst eigen war. Sie wandte sich ab. »Tut mir leid, aber ich möchte bis Mittag noch einiges schaffen. Also, wenn ich dir nicht weiter helfen kann ...«

Jaco schwieg einen Moment. Dann sagte er unvermittelt: »Ich ... ich nehme an, dass es sich mit deiner Mutter ähnlich verhält wie mit meinem Großvater. Also, ich meine, dass du sie zwar Mutter nennst, aber in Wirklichkeit ist sie nicht die Frau, die dich geboren hat, oder?«

Nell fuhr herum. Aus ihrem Gesicht wich alle Farbe. Sie schwankte. Doch als Jaco die Hand ausstreckte, um sie zu stützen, trat sie hastig zwei Schritte zurück.

»Lass mich! Was soll das? Wie kommst du darauf?«, fragte sie ungehalten.

»Verzeih mir. Ich wollte dich damit nicht kränken«, versicherte er betroffen von ihrer Heftigkeit. »Lass es mich dir erklären!«

»Nein.« Nell kniete sich wieder hin und fuhr fort, das Beet von Unkraut zu säubern. »Ich will, dass du gehst.«

Aber er lehnte sich an die Mauer und redete weiter.

»Du weißt, dass meine kleine Schwester bei unserer Flucht damals verloren ging. Ich war zwar noch ein Kind, aber an das, was geschehen ist, kann ich mich gut erinnern.«

Nell schüttelte nur ihren Kopf.

Jaco beugte sich vor. »Meine Mutter hat die Hoffnung nie aufgegeben, dass meine Schwester am Leben ist. Und sie wünscht sich nichts sehnlicher, als dass wir sie wiederfinden. Ich ... ich habe lange darüber nachgedacht ...«

Nell zeigte keinerlei Regung.

Jaco zwang sich, es endlich auszusprechen: »Ich glaube, dass du meine verschwundene Schwester bist.«

Jetzt hob Nell doch den Kopf. »Du bist ja verrückt.«

Er löste sich von der Mauer.

»Du bist meiner Mutter wie aus dem Gesicht geschnitten«, beharrte er. »Ich war völlig verblüfft, als ich dich das erste Mal sah. Selbst dein Haar. Du weißt, diese schwarze Lockenflut ist ziemlich ungewöhnlich. Auch in anderer Hinsicht bist du ihr ähnlich. Und dann hat Simon deinen Namen genannt. Nell, wie meine kleine Schwester. Sie müsste so alt sein wie du. Ich glaube wirklich nicht, dass das ein Zufall sein kann.«

Nell sprang auf.

»Oh doch! Das denke ich schon. Ob Ursula meine leibliche Mutter ist, ist völlig egal. Es geht dich nichts an. Für mich ist sie meine Mutter und niemand sonst. Und du solltest hoffen, dass es nicht deine Mutter ist, die mich geboren hat. Denn ich weiß mit Sicherheit, dass ich nicht verloren ging. Meine Mutter hat mich nämlich als hilfloses Kleinkind im Stich gelassen. Sie hat mich ausgesetzt. Hörst du? Sie hat mich weggeworfen!«

Nell war so außer sich, dass Jaco vor ihr zurückwich. Sie starrte ihn wütend an. »Ja«, zischte sie. »Geh! Und wage es bloß nicht, mit dieser Geschichte noch einmal anzufangen! Lass mich in Ruhe damit!«

Erst als er den Garten verlassen hatte und nicht mehr zu sehen war, beruhigte Nell sich allmählich. Doch plötzlich hatte sie keine Kraft mehr. Sie hockte sich still auf den Boden und fing an zu weinen. Es dauerte lange, bis sie sich fing.

Schließlich wischte sie ihre Tränen ab und arbeitete weiter. Als wäre nichts von Bedeutung geschehen.

Je wärmer es wurde, desto mehr gab es draußen zu tun. Es war ein Glück, dachte Hanna, dass Nell und die anderen so vertraut mit den ländlichen Arbeiten waren. Wenn sie dagegen mit ihren Salzburger Freundinnen in dieser Wildnis gestrandet wäre ... Um Himmels Willen ...

»Was lächelst du denn so belustigt?«, fragte Cilli sie und richtete sich vorsichtig auf. Vom langen Bücken war sie ganz steif. Die Jungen hatten ein überwuchertes Ackerstück umgegraben und nun klaubten sie nebeneinander Steine und Unkraut heraus.

Hanna warf einen Brocken auf den schon kräftig gewachsenen Steinhaufen.

»Ich habe nur an zu Hause gedacht. Wie wir Mädchen über unseren Stickrahmen saßen und stöhnten, weil uns ein bisschen der Nacken wehtat.« Sie lachte und strich sich das schweißnasse Haar aus der Stirn.

Cilli grinste und sah nach dem Sonnenstand.

»Zeit, sich ums Essen zu kümmern. Erholen wir uns beim Kochen.«

Sie wuschen sich die Hände am Brunnen und trockneten sie an ihren Schürzen.

»Was bringt Jaco da?«, fragte Cilli und kniff die Augen zusammen.

Er näherte sich aus Richtung des Klostertors, hatte einen Bogen geschultert und trug etwas ...

Hanna schrie auf: »Doch nicht die Kitze!« Voller Entsetzen lief sie auf ihn zu.

Er hob seine Jagdbeute hoch. Es waren zwei Wildkaninchen.

Hanna schluchzte erleichtert: »Ich dachte schon ...«

»Dass ich deine Schützlinge morde?« Jaco hob die Brauen. »Das würde ich wirklich nicht wagen.«

Hanna schaute ihn zweifelnd an. Machte er sich über sie lustig, oder meinte er das, was er sagte? Noch immer schüchterte etwas an ihm sie unweigerlich ein.

Doch seine Augen lächelten, als ihre Blicke sich trafen.

»Um Rehe zu jagen, ist es noch zu früh im Jahr. Aber ich schwöre hoch und heilig, dass ich deine Freunde nie anrühren werde.«

»Also, gib her.« Cilli nahm ihm die toten Kaninchen ab und lobte, als sie sie gemustert hatte: »Das hast du gut gemacht.«

Er verbeugte sich formvollendet und trat an den Brunnen, um sich gleichfalls zu waschen.

»Endlich ein gutes Wort.«

Hanna biss sich auf die Lippen. Weshalb konnte sie nicht ganz unbefangen ein wenig freundlicher zu ihm sein? Was hatte er an sich, das sie so verschreckte?

»Kommst du?«, fragte Cilli, die schon auf dem Weg war, und nach kurzem Zögern folgte sie ihr in die Küche.

Dass Jacos Blick sich verschattet hatte, bemerkte sie nicht.

Je weiter das Frühjahr voranschritt, desto mehr löste sich das enge Zusammenleben auf. Die Mahlzeiten aßen sie nach wie vor alle gemeinsam, doch sie hatten nun draußen zu tun und teilten die Arbeiten auf.

Hanna und Cilli kümmerten sich um die Küche. Auch ohne Milch, Sahne, Butter und Hühnereier schaffte es Cilli, dass es jeden Tag etwas Gutes gab. Manchmal half ihnen Nell, wenn sie nicht mit ihren Arzneien oder dem Kräutergarten beschäftigt war. Dabei blieb sie am liebsten allein.

Auch Jaco erwies sich als Einzelgänger. Meist brach er im Morgengrauen zur Jagd auf. Und der Wald ließ ihn seltsamerweise gewähren.

»Irgendwann ist er genau wie Andris verschwunden«, prophezeite Loy düster. Doch damit irrte er sich.

Allerdings zog Jaco zum Schlafen schon bald in eine der Mönchszellen um. Und auch an den Abenden suchte er selten Gesellschaft. Er saß in der Bibliothek oder in seiner Kammer und las stundenlang.

Der milde Frühling ging in einen warmen und trockenen Sommer über. Sie mussten die Gärten und ihren Weizen bewässern. Doch alles gedieh. Sie ernteten ihr Gemüse und zwei Wochen nach Mittsommer stand das Korn schon so hoch, dass sie es schnitten. Alle packten mit an. Sie hatten Glück, es kam kein Gewitterregen. Als Dreschplatz diente das Pflaster vor dem Kirchenportal. Nachdem sie die Kornsäcke hinüber zur Mühle getragen hatten, war die beschwerliche Arbeit vergessen. Sie waren in Hochstimmung.

An diesem Abend schleppten sie Tische und Stühle nach draußen und schmausten bis tief in die Nacht. Clara hatte zwei brauchbare Flöten gefertigt, Simon mit Jacos Hilfe eine einfache Trommel bespannt. Sie musizierten und Hanna sang. Irgendwann waren Loy und Clara im Dunkeln verschwunden. Jaco saß still da und lauschte. Nell und Cilli hatten sich die Flöten gegriffen, Simon schien seinen Blick nicht von Nell wenden zu können. Judit und Konemann drehten sich selbstvergessen tanzend im Kreis.

Erst am nächsten Morgen räumten sie auf. Zur Feier des Tages hatten sie silberne Leuchter und feines Geschirr aus den Truhen und Schränken des Gästehauses geholt. Nachdem es gespült war, trugen sie es zurück. Jaco nahm Hanna den Korb ab, den sie kaum heben konnte, und sie griff nach den letzten beiden Kerzenleuchtern am Tisch.

»Wo kommt das hin?«, fragte er oben im Gang.

»Lass nur, ich mach' das schon«, erwiderte Hanna und hob die Schälchen aus hauchdünnem Chinaporzellan behutsam heraus.

Anstatt zu gehen, blieb er im Gang stehen und schaute ihr beim Einräumen zu.

»Melchior hat das Schöne geliebt«, sagte er nachdenklich. »Doch der letzte Abt hat all dies verachtet. Deshalb hatte Melchior es hier verstaut. Zuvor war das Gästehaus meist voller Besucher gewesen. Er hat mir davon erzählt ...«

»Es waren auch Frauen da, oder?«

»Natürlich. Das Kloster war sehr bekannt.«

Hanna sah Jaco fragend an.

»Ich habe mich über die Kleidertruhen gewundert.«

Er zuckte die Achseln. »Nun ja.«

Ihr Blick ging zur hintersten Kammer.

»Die Tür ist verschlossen. Ich wüsste gern, was dort drin ist.« Sie lächelte ein wenig schief.

»Dann schauen wir nach.«

»Aber ...«

»Warte. Ich bin gleich wieder da.« Er lief die Stiege hinunter.

Durch eines der Kammerfenster sah Hanna, dass er zur Kirche hinüber ging. Kurz darauf kam er wieder heraus. Sie huschte zurück in den Gang. Da hörte sie seine Schritte bereits auf der Treppe.

Er hielt einen Schlüsselbund in der Hand.

»Schaun wir, welcher passt.«

»Woher hast du denn die Schlüssel? Wir haben hier nirgends welche gefunden«, fragte Hanna.

»Melchior war Cellerar und Pförtner des Klosters. Er hatte sie bei sich.« Jaco probierte bereits einen nach dem anderen aus. »Na also.« Die Tür schwang auf.

Neugierig trat Hanna ein und schaute sich um. Durch ein Fenster fiel warmes Licht auf das kunstvoll verlegte Parkett. Wozu wurde der Raum, als einziger im ganzen Kloster, sicher versperrt? Sie hatte gedacht, dass sich darin ein Geheimnis verbarg. Aber zu ihrer Enttäuschung war er bis auf einen hellen Fayenceofen leer.

Erst als sie sich zu Jaco umwandte, der ihr gefolgt war, bemerkte sie ein großes Bild neben der Tür. Das Porträt einer jungen Frau, die aufrecht vor einer dunklen Wand stand. Die junge Frau war sehr schön und sie trug ein lichtblaues Kleid ...

Unwillkürlich hielt Hanna den Atem an. Überrascht trat auch Jaco näher. Ihre Blicke begegneten sich und es war klar, dass sie das blaue Kleid wiedererkannten.

Offenbar wurde das Bild hier im Kloster gemalt ...

»Davon hat er mir nichts erzählt«, sagte Jaco versonnen.

›Das wundert mich nicht‹, dachte Hanna. Mit einem Anflug von Eifersucht bemerkte sie, wie fasziniert Jaco das Bildnis ansah. Es dauerte, bis er sich losriss.

»Du siehst ihr sehr ähnlich«, sagte er leise.

Ihr Mund wurde trocken. Sie sah ihn an, und er verstummte.

»Lassen wir ihr ihren Frieden«, sagte er schließlich. »Vermutlich lebt sie nicht mehr. Oder sie ist jetzt alt und gebrechlich. Dass Gäste hier waren, ist sehr lange her.«

Sie verließen die Kammer, und er versperrte nach kurzem Zögern wieder die Tür.

Hanna räumte den Korb weiter aus. Jetzt lächelte sie. In der Kammer hatte sie eine ungewohnte Vertrautheit mit Jaco empfunden. Es war ein schönes Gefühl.

Unten trat jemand in den Hausflur. Nell rief nach ihr. Hanna beugte sich über das Stiegengeländer.

»Ich komme«, antwortete sie ganz mechanisch. Ihr Blick fiel auf Jacos Gesicht. Seine Miene hatte sich plötzlich verdüstert. Der Moment war vergangen. Hanna lief rasch hinunter. Sie gestand sich ein, dass Jaco sie anzog. Aber sie wurde nicht klug aus ihm.

7

»Was machst du da?«

Loy fuhr herum. Clara kam langsam näher. Sie hob die Kerze in ihrer Hand und musterte das Brot, das geräucherte Fleisch und die Obstpasten auf dem Tisch in der verlassenen Küche. Und daneben den Sack, den Loy gerade füllte.

»Wonach sieht es denn aus?«, fragte er ärgerlich.

»Ich würde sagen, du klaust. Aber das erscheint ziemlich sinnlos.«

»Genau.«

»Also, was willst du damit? Es ist tief in der Nacht. Und du schleichst heimlich hierher ...«

»Du bist so eine Klette, Clara! Kann ich keinen Schritt tun, ohne dass du mir nachspionierst?«

»Wenn du mich eingeweiht hättest, wär das nicht nötig, oder? Wo willst du hin?«

»Ich habe es dir schon gesagt. Noch einen Winter werde ich hier nicht verbringen.«

Clara zog sich einen Stuhl heran und setzte sich neben ihn. Ihr offenes Haar reichte fast bis zum Boden. Sie trug nur ein Hemd, war mit bloßen Füßen in ihre Schuhe geschlüpft. Es war bereits Ende Oktober und trotz des noch leicht glimmenden Herdfeuers war es in dem großen Raum kalt. Sie fröstelte.

»Du wolltest dich ohne Abschied verdrücken?«, fragte sie leise. »Wenn ich nicht zufällig aufgewacht wäre und unten die Haustür gehört hätte ... Du wolltest mich einfach verlassen?«

Loy zuckte ungeduldig die Achseln.

»Unter der Erde, da ist unser Ausweg. Du wolltest nicht mit. Und ich habe es satt, weiter zu warten. Wenn alle andern zu feige sind, soll es mir recht sein.« Er grinste. »Wenn alles gut geht, dann komme ich gerne zurück, um dich zu holen.«

Clara fuhr auf. »Lüg mich nicht an«, zischte sie. »Du denkst gar nicht dran. Ohne mich ist dir dein Hoferbe sicher, das glaubst du doch. Weil dann niemand mehr da ist, der Jos Groß sagen kann, dass du gar nicht sein Sohn bist. Dass deine Mutter damals die angebliche Wallfahrt benutzt hat, um sich von irgendeinem Mannsbild endlich ein Kind zeugen zu lassen.« Gehässig lächelte sie. »Ihre Gebete hätten geholfen, hat sie Jos weisgemacht. Was würde er tun, wenn ich ihm das verrate?«

Loy wurde wütend. »Das glaubt er dir nicht.«

»Nein? Und deine Mutter? Er wird sie doch fragen. Ich wette mit dir, Else knickt sofort ein. Seit zwanzig Jahren fressen ihre Schuldgefühle sie auf. Weshalb sonst hat sie meiner Mutter damals heulend alles erzählt?«

»Verdammte Erpresserbande.« Loy richtete sich drohend auf.

Doch Clara lachte bloß. Sie stand auf und schmiegte sich an ihn.

»Ich helfe dir nur«, sagte sie, nun wieder schmeichelnd. »Das habe ich dir doch gesagt. So wie meine Mutter der Else immer geholfen hat. Du brauchst eine Vertraute. Ich werde dir stets eine gute – und treue – Ehefrau sein.« Ihr kundiger Griff ließ ihn erröten. Doch wie immer wehrte er sie nicht ab. Kurz zögerte er, dann hob er sie vor sich auf den Tisch. Er dachte nicht nach. Und Clara atmete auf.

»Ich verstehe die beiden nicht«, sagte Nell mutlos.

Simon nickte nur. Auch er wirkte mitgenommen. Doch Hanna musste sich eingestehen, dass der überraschende Aufbruch von Loy und Clara bei ihr nicht nur Sorge auslöste. Insgeheim war sie froh, Claras boshafter Miene am anderen Ende des Tisches nicht mehr zu begegnen. ›Ich werde die zwei nicht vermissen‹, dachte sie. Und schämte sich zugleich dafür.

»Vielleicht sind sie ja bald wieder da«, sagte Konemann ungerührt.

›Nein‹, dachte Hanna, diesmal wohl nicht. Sie hatte den dunklen Felsspalt wieder vor Augen, in dem die zwei an diesem Morgen verschwunden waren. Ihr schauderte. Gedankenverloren sah sie aus dem Fenster.

Der Himmel war wolkenverhangen, der Tag ungewohnt düster, weit kälter als in den Wochen zuvor. Wieder war es ein ruhiger, sonniger Herbst gewesen, und sie hatten geerntet, geerntet, geerntet und neue Vorräte angelegt. Aber sie sprachen nur selten über den nahenden Winter.

Gewöhnlich betraten Cilli und sie als erste morgens die Küche, um für alle das Frühstück zu richten. Doch diesmal hatten sie dort bereits Clara und Loy angetroffen. Zwei volle Vorratssäcke standen neben der Tür. Darauf lagen Mäntel.

»Wir gehen«, hatte Loy angekündigt. »Wir nehmen den Weg, den wir gekommen sind. Alles ist besser, als weiter hier festzusitzen.«

Nell und Simon hatten vergeblich versucht, die beiden umzustimmen.

Inzwischen war auch der Mittagstisch abgeräumt. Aber keiner stand auf.

Butz jedoch hielt die Stille nicht aus. Er war zu einem gemütvollen kleinen Rüden geworden, glückselig, wenn sich irgendwas rührte. Mit Hopsen und Stupsen forderte er Leni auf, mit ihm Fangen zu spielen. Dann fegte er hinter ihr drein. Auf seinen kurzen, verwachsenen Pfoten hatte er Mühe, mit dem jauchzenden kleinen Mädchen rund um den Tisch Schritt zu halten. Auch Leni war in dem Jahr kräftig gewachsen.

Butz kläffte die Füße, die ihm im Weg standen, an, und der Rabe folgte ihm krächzend. Das wilde Purzeln und Flattern brachte Hanna zum Lachen.

Aber Nell sah gar nicht hin.

»Wir sind hier sicher. Wir hungern nicht«, beharrte sie. »Wieso kriechen die beiden dort runter? Die haben überhaupt keine Ahnung, was sie erwartet ...«

»Wenn du sie nicht gehen lassen wolltest, hättest du vielleicht rechtzeitig mit ihnen reden sollen«, sagte Jaco, der sich selten einmischte, trocken.

Nell schaute ihn unfreundlich an.

»Ich will nicht, dass ihnen was zustößt. Aber die beiden fehlen mir sicherlich nicht«, erwiderte sie. Jäh sprang sie auf und lief aus dem Raum. Laut knallte die Tür hinter ihr zu.

Jaco fuhr auf. »Aber ich würde dir fehlen, Nell«, rief er hinter ihr her und eilte ihr nach. Noch einmal knallte die Tür.

Verblüfft sahen die andern sich an. Simon wirkte bestürzt, und Hanna war blass geworden.

»Was war das denn?«, fragte Judit. »Was ist mit den beiden? Habe ich da was nicht mitbekommen?«

›Sieht ganz so aus‹, dachte Hanna, und dabei schnürte ihr etwas die Kehle zu.

Jaco hatte es satt. Seit ihrer Auseinandersetzung im Kräutergarten vor vielen Monaten wich Nell ihm eisern aus.

Wie konnte sie glauben, dass ihre eigene Mutter sie ausgesetzt hätte? Als kleines Kind weggeworfen? Wie kam sie auf diese absurde Idee? Wenn sie nur ein einziges Mal ruhig mit sich reden ließe ... Er hatte plötzlich keine Geduld mehr.

Aufgebracht rannte er hinter ihr her. Im Kreuzgang war niemand. Er hörte ihre Schritte aus dem Durchgang zum Garten, doch als er ihr folgte, war sie auch draußen nicht mehr zu sehen. Wo war sie bloß hin? Er wollte sie jetzt, sofort, endlich zum Zuhören bringen. Dieses Versteckspiel war lächerlich.

Ihm fiel seine Mutter ein. Wenn sie ihre Ruhe wollte, war die zugewachsene Laube im Garten ihr Zufluchtsort gewesen.

Eine Laube gab es hier nicht. Aber ein ganz überwuchertes Brunnenhäuschen.

Dort fand er sie. Nell saß zusammengekauert auf ein paar morschen Brettern. Als er in die offene Tür trat, seufzte sie nur.

»Also gut«, sagte sie resigniert. »Erzähl mir deine Geschichte. Aber vielleicht machst du dir klar, dass in den letzten Jahrzehnten Tausende Kinder ohne ihre Eltern aufwuchsen. Und dass zahllose Familien getrennt worden sind.«

Jaco ließ sich am Brunnenrand nieder. »Zuerst habe ich eine Frage an dich."

»Ja?«

»Wieso glaubst du, dass deine Mutter dich ausgesetzt hätte?«

»Ich weiß das, weil die Frau, die mich damals gefunden und dann zwei Jahre lang mitgeschleppt hat, mir das gesagt hat. Ich habe aus dieser Zeit sicher das meiste vergessen, aber das nicht.«

»Diese Frau ... Das ist aber nicht die, die du jetzt deine Mutter nennst, oder?«

»Nein. Nicht Ursula. Die andere hat mich ja nicht behalten ...«

Jaco sah Nell forschend an.

»Kannst du dich an sie noch erinnern? Wie hat sie ausgesehen? Strohblonde Haare und ziemlich beleibt? Hat selbst kleine Kinder gehabt?«

Nell war verblüfft.

»Ich weiß nicht recht ... ja. Ja, ich glaube schon. Dick war sie, das weiß ich noch. Und sie hat vier Kinder gehabt. Deshalb war dann für mich kein Platz mehr, als ... Na, egal.« Sie zuckte die Achseln. »Ich habe es schließlich doch besser getroffen. Aber ... Wieso ...«

»Wieso ich das weiß? Weil ich sie immer noch vor mir sehe. Als wäre es gestern gewesen ... Genau wie wir war sie auf der Flucht vor den fremden Soldaten. Aus irgendeinem Grund schloss sie sich an meine Mutter an. Tatsächlich waren sehr viele Vertriebene mit uns unterwegs. Aber ich weiß noch, dass ich die Dicke irgendwie – aufdringlich fand. Natürlich war ich verstört, aber ... Ich mochte sie jedenfalls nicht.«

Nell musterte Jaco.

»Ich weiß, was du meinst. Sie hatte so eine Art.« Sie blickte zu Boden. »Besonders gern hab` ich sie auch nicht gemocht.«

Jaco nickte nur.

»In der Nacht, als wir dich verloren, waren wir in einem verlassenen Hof untergekommen. Eine Einöde, weit weg von einem Dorf. Das ganze Haus war voller Menschen. Betten gab es nicht mehr. Wir lagen zusammengepfercht in der Diele am Boden, meine Mutter, du und diese Frau mit den Kindern. Bis uns irgendwann lautes Alarmgeschrei weckte. Jemand rief, Soldaten würden sich nähern. Augenblicklich brach Chaos aus. Jeder raffte seine Habseligkeiten zusammen und rannte nach draußen ... Du hast dich immer ganz unter den Decken, die wir noch hatten, verkrochen. Wir haben an unsere Mutter gedrängt fest geschlafen. Doch als sie dich in dieser Nacht aufheben wollte, warst du nicht da. Das Deckenbündel war fort ...«

Nell atmete hörbar aus. »Die Dicke hat es gestohlen?«

»Sie hat die Gelegenheit offensichtlich genutzt. Und dabei nicht bemerkt, dass sie dich eingepackt hat. Du kannst dir nicht vorstellen, was unsere Mutter durchgemacht hat. Wir haben den Hof nicht verlassen ... Sie hat dich gesucht und gesucht und gehofft, dass dich jemand zurückbringt ... Das Geschrei war nur falscher Alarm gewesen. Aber alles war blindlings geflüchtet. Und keiner kam mehr zurück.«

Nell schwieg. Doch hinter der unbewegten Stirn überschlugen sich die Gedanken.

Jaco zwang sich, nicht weiter zu drängen. Er sah sich im Brunnenhaus um. Durch die offene Tür wuchsen Brombeerranken. Unter den Blättern verbargen sich blauschwarze Früchte. Mechanisch begann er zu pflücken. Nell wandte den Kopf.

»Möchtest du?«, fragte Jaco und hielt ihr eine Handvoll hin.

Geistesabwesend nahm sie ein paar Brombeeren und steckte sie in den Mund. Und während sie kaute und schluckte, huschte plötzlich ein Lächeln über ihr Gesicht.

»Die schmecken«, murmelte sie. Sie trat neben ihn und streifte die reifen Beeren in ihre Schürze. Es gab eine Menge davon. Nach einer Weile sagte sie widerstrebend: »Ja, vielleicht hast du recht. Es kann so gewesen sein.«

Jacos Miene hellte sich auf.

Sie sah ihn forschend an: »Aber sicher werde ich das nie wissen.«

»Doch. Wenn du erst unserer Mutter begegnest ... Für mich gibt es da gar keinen Zweifel.«

Nell zuckte die Achseln.

»Vielleicht ...« Sie zupfte ein paar halb grüne Beeren vom Strauch. Nach einer Weile sagte sie leise: »Ja. Es wäre schön, einen Bruder zu haben. Zu wissen, woher ich komme. Und dass meine Mutter ... Aber ... Ich muss mich erst an den Gedanken gewöhnen ... nach allem ...« Sie seufzte und hob ihre Schürze. »Komm, bringen wir den anderen auch ein paar Brombeeren mit.«

»Tatsächlich?«

Judit schaute erst Nell und dann Jaco ungläubig an.

Nell zuckte die Achseln, dann nickte sie.

»Geschwister?« Cilli goss Öl in ihre größte Pfanne und schüttelte zweifelnd den Kopf.

»Das wäre aber schon ein sehr seltsamer Zufall.« Judit setzte sich und hob Leni auf ihren Schoß.

»Nun, warum nicht?«, meinte Simon.

»Seltsame Zufälle gibt es«, stimmte Hanna versonnen zu. Mit einem Mal war es ihr leicht ums Herz. Jaco hatte seine verschwundene Schwester wiedergefunden. Eingedenk zahlloser unglaublicher Wendungen in den Romanen, die Hanna in ihrem jungen Leben bereits verschlungen hatte, zweifelte sie keinen Moment daran.

Ihr Blick streifte Jaco, der sie seinerseits nachdenklich ansah. Hanna fühlte, dass sie errötete.

Sie stand auf und umarmte Nell. »Ich freu mich für euch«, sagte sie ehrlich.

Mit einem Mal lachten alle, und die ungewohnte Verlegenheit löste sich endlich auf.

Diesmal kam der Winter auf leisen Sohlen. Nach ein paar frostigen Nächten mit zuckrigem Raureif am Morgen begann es ganz sachte zu schneien. Die Schneedecke wuchs, doch sie wurde nie so erdrückend wie im Winter zuvor. Es gab sonnenglitzernde Tage und oft eine Stille, die beinahe unwirklich war. Ein tiefer Frieden lag wochenlang über allem.

Erneut rückten sie an den mit großen Scheiten geheizten Kaminen zusammen. Jaco teilte sich wieder den Schlafraum mit Simon und Konemann. Und die Tage verbrachten sie meistens gemeinsam in ihrer warmen, nach Obst, Honig und guten Mahlzeiten duftenden Küche. Von Loy und Clara hörten sie nichts.

Es war kurz vor der Wintersonnwende, an einem der langen Abende, die sie Nüsse knabbernd mit Schach oder Dame und den von Hanna vorgelesenen Büchern verbrachten, als Judit gähnend vom Tisch aufstand und Konemann die auf zusammengeschobenen Stühlen eingeschlafene Leni aufhob, um sie ins Gästehaus hinüberzutragen. An der Küchentür drehte Judit sich noch einmal um. Sie blinzelte müde, gähnte wieder und fragte: »Wie wäre es, wenn wir diesmal Weihnachten feiern würden?«

Es wurde ein Fest.

Draußen war es schon dunkel. Sie hatten die Küchenstube mit Wacholder und Tannenzweigen geschmückt und daran rote Äpfelchen, Walnüsse und gebastelte Rosen und Sterne gehängt. Der lange Tisch verschwand unter weißem Damast. Ein silberner Tafelaufsatz, die Leuchter und das funkelnd polierte Geschirr glänzten im Lichterschein.

Cilli war längst eine leidenschaftliche Köchin geworden. Mit dem üppigen Weihnachtsmahl, das sie gezaubert hatte, hatte sie sich jedoch selbst übertroffen. Es gab eine köstliche Suppe und dann Fisch, Geflügel und Wild, dazu Teigwaren in Soßen und eingelegte oder gekochte Gemüse und Pilze. Sie aßen und aßen, bis sie nicht mehr konnten, und lobten jedes Gericht.

»Du bist eine Künstlerin, Cilli!« Sie strahlte und strich sich verlegen das Haar aus dem mageren Vogelgesicht.

Zum Nachtisch servierte die glückliche Köchin noch Kuchen von Honig und Nüssen.

»Ist das Zimt, was ich da schmecke?«, fragte Hanna, die Süßes liebte, erstaunt.

»Und Gewürznelken, nicht wahr?«, mümmelte Konemann.

»Ja und ja. Nell hat die Zimtstangen und Nelken in einem der Schränke in der Apotheke entdeckt. Die Porzellandosen waren mit Wachs versiegelt. Ich weiß nicht, wie lange sie darin aufbewahrt waren, aber sie dufteten noch.«

»Himmlisch!«, seufzte Hanna.

Daraufhin verschwand Cilli in der Speisekammer und kam mit einer großen, irdenen Flasche zurück. »Ich habe noch eine Überraschung für euch.« Vorsichtig goss sie von dem dunkelroten Getränk in ihre Becher. Nur Leni wurde von ihr übergangen.

Hanna schnupperte und nippte etwas.

»Mhm. Das ist lecker. Ist das etwa Wein?«

Cilli nickte breit lächelnd.

»Kirschwein. Vom Spalier draußen am Backhaus. Den habe ich allerdings dreimal ansetzen müssen, bis er genießbar war ...«

»Wunderbar.« Simon schenkte schon nach.

Beim dritten Mal hielt ihn Nell lachend zurück.

»Pass auf, der ist stark. Und der Weihnachtsabend ist noch nicht zu Ende.«

Unvermittelt stand Konemann auf. Er räusperte sich und machte ein feierliches Gesicht. Was bei ihm ziemlich komisch aussah.

Leni kicherte. Nell und Hanna schauten sich an. Hanna biss sich auf die Lippen, um nicht zu lachen. Wollte Konemann etwa eine Weihnachtsansprache halten?

Das wollte er nicht.

»Ich habe euch etwas zu sagen.« Auf einmal waren sie still. »Judit und ich ... Ich werde Judit zur Ehefrau nehmen.« Alle starrten ihn an. »Wenn wir wieder zu Hause sind.«

Er setzte sich und schüttete rasch zwei Becher Kirschwein hinunter. Endlich grinste er wieder entspannt. Und Judit nahm seine Hand.

Gegen Mitternacht liefen sie durch den frisch gefallenen pudrigen Schnee hinüber zur Kirche.

»Oh ...«, flüsterte Leni mit großen Augen.

Die Apsis wurde von zahllosen Kerzen erhellt. Ihr flackerndes Licht strahlte weit in den hohen, gewölbten Raum.

Hanna legte das kostbar verzierte Evangeliar der Mönche einfach auf den Altar und schlug die Weihnachtsgeschichte nach Lukas auf. Sie musste die Seiten dicht an die Flammen halten, um die vertrauten Zeilen vorlesen zu können. Obwohl sie ihre Stimme nicht anhob, erreichten die schlichten Worte jede Nische des Kirchenschiffs.

Es war Simon, der mit ungeübter Baritonstimme zu singen begann, »Als ich bei meinen Schafen wacht«, ein Weihnachtslied, das Hanna und Cilli kannten, und in das sie mit einstimmten. Beim ›Benedicamus Domino‹ spürte Hanna für einen Moment einen Kloß im Hals. Sie sah die andächtig lauschenden Gesichter im weichen Kerzenlicht und der Gedanke an ihre Mutter, an Anna, Amand und an Salzburg machte sie vor lauter Traurigkeit stumm. Aber sie zwang sich, weiter zu singen und mit jeder Strophe wurde ihr ein wenig leichter ums Herz.

Am Ende sah Simon sie fragend an. »Es ist ein Ros entsprungen, ja?«

Sie nickte. Diesmal sang sie allein, und auf unerklärliche Weise weckten die vertrauten Verse in ihr eine glückliche Zuversicht: Alles würde sich wenden.

Die letzte Strophe verklang, und die Zuhörer schwiegen bewegt.

»Danke«, sagte Jaco nach einer Weile. Für einen flüchtigen Augenblick suchte er Hannas Hand und führte sie an seine Lippen.

Nell zog die Schultern hoch, und Judit schlang die Arme um Leni, die blass war und fror. Erst jetzt merkten alle, wie kalt es war. Sie kehrten zurück in die Wärme. Der Wind blies die Flocken vom Kreuzgang in Wirbeln über die Spuren im Hof.

Die Tage glitten dahin.

Ein paar Mal hörten sie nachts wieder das Heulen von Wölfen. Doch nur aus der Ferne. Die Wölfe kamen nicht näher. Sie atmeten auf.

Dann wechselten klare frostige Tage mit Tauwetter ab. Es fing an zu regnen. Der Frühling hob an. Wenn Hanna mit Butz das Klostergelände durchstreifte, glaubte sie, noch nie solche Fülle an Blüten gesehen zu haben. Sie liefen durch rosige Wolken. Bevor sie ins Haus trat, kämmte sie sich mit den Fingern Blütenblätter aus ihrem Haar.

Sie richteten ihre Felder und Gärten, begannen zu säen und an windgeschützten Mauern zarte Pflänzchen zu ziehen. Doch irgendwie waren sie nicht mit dem Herzen dabei. Die Sehnsucht nach der Welt draußen wurde mit jedem Tag größer.

Manchmal, wenn Hanna die Klostermauer erklomm und ihr Blick über die Lichtung schweifte, hatte sie flüchtig den Eindruck, der Wald ziehe sich langsam vom Kloster zurück. Aber das war eine Täuschung. »Nichts«, sagte Jaco, wenn er vom Jagen kam. »Es ist unverändert.«

Am ersten warmen Abend im Mai saßen sie lange im Freien. Simon hatte Flöten und Trommel geholt, die Luft war süß und lau, sie musizierten und tanzten. Irgendwann führte Jaco Hanna in die Mitte des Hofes und drehte sich mit ihr im Kreis. Sie waren ganz in ihre Nähe versunken und lösten sich erst voneinander, als die Melodien der Flöten verstummten und Nell begann, alle Kerzen zu löschen.

Hanna zögerte und sah zu Jaco auf, ließ seine Hand noch nicht los. Mondlicht schien durch die Äste, sie verharrten im Schatten. In einer leichten, beschützenden Geste legte ihr Jaco seinen Arm um die Schulter. Ihr Herz klopfte rascher.

Plötzlich stand Nell neben ihnen. Erschrocken fuhr Hanna zurück. Nell fasste Jaco am Ärmel und zog ihn schweigend mit sich.

Beim Brunnen blieben sie stehen, aus dem Küchenfenster schien Licht. Drinnen waren Judit und Cilli beim Spülen. Nell redete auf Jaco ein. Hanna konnte das, was sie sagte, nicht hören, aber ihr ernstes Gesicht war im Lichtschein klar zu erkennen. Jaco hörte stumm zu. Gerade stand Judit seitlich hinter dem Fenster und hob ein paar Schüsseln hoch. Dabei zeichnete sich die beginnende Wölbung der Schwangerschaft unter ihrem Kleid unzweifelhaft ab. Nell deutete hin. Hanna konnte ihr das, was sie zu Jaco sagte, von den Lippen ablesen.

»Wohin soll das führen?«

Hanna wurde es heiß. Was fiel Nell ein? Sie drehte sich um und rannte zum Gästehaus.

Sie weinte sich in den Schlaf. Es waren Tränen der Wut und der Scham. Sie grub ihre Fäuste ins Kissen. Sie war nicht Judit. Und Jaco nicht Konemann. Aber sie wusste, sie würde Nells grobe Warnung nicht mehr vergessen können.

Zwei Tage später beim Frühstück schob Simon abrupt seine Schüssel zur Seite. Ohne ein Wort stand er auf und ging eilig hinaus. Als Nell ihm verwundert folgte, war im Kreuzgang nichts mehr von ihm zu sehen. Sie schloss die Tür wieder.

»Was ist denn in ihn gefahren?«, fragte Judit.

»Ich weiß es nicht. Hat er gesagt, dass er etwas vorhat?«, wandte sich Nell an Konemann.

Der zuckte die Achseln. »Wir müssen das Schleusentor ausbessern. Ein, zwei Bretter sind vielleicht morsch. Aber das kann er nicht alleine machen. Dazu braucht er Jaco und mich. Wir wollten es uns heute Vormittag anschaun.«

»Das ist der dritte trockene Tag und es wird wohl wieder sehr warm. Am besten gießen wir gleich, solange es schattig ist«, murmelte Cilli. Die zarten Gemüsepflänzchen wurden wie Augäpfel von ihr gehütet.

Als Hanna wenig später den ersten Wassereimer vom Brunnen heraushob, fiel ihr Blick auf die Klosterpforte, die vom Hof aus zu sehen war. Normalerweise war sie geschlossen. Doch jetzt stand sie offen. Sie stellte den Eimer ab und ging zum Tor, um nachzusehen. Verblüfft blickte sie über die Lichtung. Noch am Vortag war doch das Brachland ganz überwuchert gewesen, vollkommen zugewachsen mit stachligen Ranken und dichtem Gestrüpp? Dazwischen lagen die moosbedeckten riesigen Bäume, die der Sturm im vorletzten Winter entwurzelt und auf die Lichtung geworfen hatte.

Außer Jaco hielt sich dort draußen seit langem keiner von ihnen mehr auf.

Doch jetzt schien auf einmal ein Pfad von der Klosterpforte zum nördlichen Waldrand zu gehen.

Vom Wald her kam Simon auf Hanna zu.

»Wie gibt's das?«, rief sie ihm entgeistert entgegen.

Er hob in einer ratlosen Geste die Hände. »Ich habe keine Ahnung.«

Sie spähte über die Schneise. »Und woher hast du es gewusst?«

Er kam kopfschüttelnd näher.

»Habe ich nicht. Ich hatte nur plötzlich ... ich weiß nicht ... so ein Gefühl, dass ich unbedingt nachschauen müsste. Als ob da draußen irgendwas los ist ... Ich kann dir nicht sagen, weshalb.«

»Wie bei der Überschwemmung damals. Und bei dem Überfall.«

Er zuckte die Achseln und wusste nichts darauf zu sagen.

»Erstaunlich«, murmelte Hanna, und es war unklar, ob sie die unbegreifliche Herkunft des Pfades oder Simons seltsame Eingebungen meinte. »Na, egal. Es sieht jedenfalls wie eine Einladung aus ... Endlich«, sagte sie, und lachte mit einem Mal strahlend.

»Ja, es führt in den Wald.« Auch Simon hatte sich wieder gefangen und lächelte breit. »Sieht so aus, als dürften wir gehen.«

Sie brauchten nur einen Tag, um zusammenzupacken.

»Das wächst auch ohne uns«, sagte Hanna tröstend zu Cilli, als sie am Abend ein letztes Mal durch ihre Felder und Gärten gingen. Die nickte, aber alles zurückzulassen, fiel ihr nicht leicht.

Kurz nach Sonnenaufgang am nächsten Morgen brachen sie auf. Die Luft war kühl und klar, der Himmel von leuchtendem Blau, die Lichtung von Sonnenglanz übergossen. Diesmal spürte Hanna weder Furcht noch Beklemmung, als Simon das Tor schloss. Jaco stapfte schon Richtung Waldrand. Sie schaute sich um, dann ließ sie die schützenden Mauern des Klosters leichten Herzens zurück.

Sie folgten einfach dem vorgegebenen Pfad. Der Wald, der sie aufnahm, war nicht mehr finster, sondern ein lichtdurchflutetes, zartes Gewebe, grüngolden von jungem Laub. Und der Weg so bequem, als spazierten sie durch einen fürstlichen Garten. Anfangs schafften es Leni und Butz mitzulaufen. Dann nahm Simon die Kleine in einem Tragetuch auf den Rücken. Und Butz, der nur ein Hündchen war, schlüpfte in Hannas Tasche. Manchmal flog der Rabe ein Stück weit voraus. Ansonsten zog er es vor, auf Jacos Schulter zu hocken.

Der Pfad führte sie stetig nach Norden, nicht in Richtung des im Westen vermuteten Flusses. Weithin breiteten sich nur unberührte Waldlandschaften aus. Uralte Baumriesen, lichter Laubwald und tiefe Nadelgehölze, Schösslinge, Totholz, wucherndes Waldgras, Farn, Moose, murmelnde Bächlein, ein Blütenteppich von Buschwindröschen und Veilchen.

Sie waren voll Ungeduld, nahmen sich kaum einmal Zeit, um zu rasten. Am späten Nachmittag wurde der Weg langsam schmaler. Und mit einem Mal dunkler. Von dichtem Grün überwölbt.

»Heckenrosen?«, murmelte Nell.

Verunsichert blieben sie stehen und blickten sich um. Hinter ihnen hatte der Pfad sich geschlossen.

»Nein!«, flüsterte Hanna.

Judit keuchte erschrocken auf, und Simon tastete nach seinem Degen. Aber weiter vorn, da war Licht.

Tageslicht.

Sie begannen zu laufen und standen unvermittelt am Waldrand. Im friedlichen Sonnenschein. Der Weg endete einfach in einer Wiese. Vögel sangen. Bienen summten. Es duftete süß nach Holunderblüten. Noch etwas benommen staksten sie durch das kniehohe Gras.

Konemann deutete auf eine verwitterte Tränke. »Das war eine Weide.«

Simon nickte erleichtert. »Wir sind also zurück.«

Sie durchquerten die Weide, die sich bis zu einem schütteren Eichenwäldchen erstreckte.

»Da hat man früher die Schweine gemästet ... Also, ich glaube, ich weiß, wo wir sind«, sagte Konemann eifrig. Er wies auf die Bäume. »Hinter den Eichen müssten wir auf eine Straße treffen. Nicht weit von Immenthal. Ich denke, in einer Stunde sind wir daheim.«

Keiner sagte etwas. Als könnten sie es noch nicht glauben.

Bevor sie das Eichenhölzchen betraten, wandte Hanna sich noch einmal um. Der alte Wald hinter ihnen lag schon im Schatten. Sie konnte den Pfad, der sie hergeführt hatte, nicht mehr entdecken. Nur dichtes Brombeergestrüpp.

Die Rückkehr
1648

1

Seit zwei Tagen waren sie wieder in der Melose. Irgendwie schienen sie alle noch nicht richtig angekommen, es war ein seltsamer Schwebezustand. Auch in dieser Nacht hatte Hanna so gut wie gar nicht geschlafen. Dabei war sie vor Müdigkeit wie gelähmt. Doch als der Morgen heraufdämmerte, verließ sie leise das Haus. Sie wollte keine Begleitung. Das Mitgefühl, das ihr alle entgegenbrachten, nährte nur ihre Furcht. In grauer Dunkelheit tastete sie sich über den Hof. Wie immer heftete sich Butz an ihre Fersen. Er freute sich auf einen frühen Spaziergang, aber er durfte nicht mit. Enttäuscht blieb er sitzen und schaute ihr nach.

Bislang hatte Hanna sich nicht überwinden können, hinunter ins Dorf und zum Friedhof zu gehen. Aber sie musste endlich versuchen herauszufinden, was wirklich mit ihrer Mutter geschehen war. Sie schlüpfte durchs Tor und lief durch das Eschenwäldchen ungehindert zum Fahrweg. Allmählich wurde es heller.

Immer wieder hatte sie den Moment ihrer Ankunft vor Augen, als Ursula ihnen am Brunnen entgegensah, den unfassbar glücklichen Ausdruck, als sie plötzlich ihre Ziehtochter Nell erkannte, und dann den kurzen, schmerzlichen Schrecken beim Blick in Hannas erwartungsfrohes Gesicht.

Man hatte sie alle für tot gehalten, natürlich. Aber es hatte doch noch eine winzige Hoffnung gegeben. Hanna jedoch ... Sie hatte vergeblich nach ihrer Mutter Ausschau gehalten.

»Ist sie nach Salzburg zurückgekehrt?«, hatte sie enttäuscht und mit müder Stimme gefragt.

Ursula rang nach Luft, suchte nach den richtigen Worten.

»Wir dachten, dass du und sie ... Hanna, es tut mir so leid, aber ... Auf dem Grabkreuz von deiner Großmutter stehen die Namen von deiner Mutter und dir.«

»Wie kann das sein?«, fragte Hanna verstört.

Aber Ursula und der alte Josef hatten keine Erklärung.

»Wer hat das denn hingeschrieben?«

Sie wussten es nicht. »Der Pfarrer war's nicht«, sagte Ursula. »Er ist auch überrascht gewesen. Obwohl ... Nachdem ihr verschwunden wart und wir das Pächterhaus völlig zerstört gefunden haben - da haben wir mit den Salzburgern tagelang alles abgesucht. Es war ganz furchtbar. Zehn Buben und Mädchen, unsere Kinder, plötzlich wie vom Erdboden verschluckt ... Deine Mutter ist schließlich krank geworden. Sie hat nichts mehr gegessen, wurde schwächer und schwächer, und ich hab ihr nicht helfen können. Aber sie wollte nicht fort von hier. Irgendwann hat der Salzburger Hauptmann sie einfach in die Kutsche gepackt und sie sind mit ihr aufgebrochen. Sie war sehr krank, deshalb dachten wir auch ...« Ursula seufzte. »Kurz darauf hat der Krieg uns wieder erreicht ...«

»Was ist mit den Schweden, die uns überfallen haben? Sind die nicht bis in den Ort gekommen?«

»Euch überfallen? Wie meinst du das? Die Schweden tauchten erst Wochen nach eurem Verschwinden hier auf ...« Stockend berichtete Ursula von den Schrecken und Gräueln, mit denen Truppen und wild zusammengewürfelte Marodeure in der Folge die Gegend von neuem verheerten. Sie versuchte, die grausamen Einzelheiten nicht zu erwähnen, dennoch waren Hanna und ihre Gefährten entsetzt.

Es dauerte eine Weile, bis sie sich so weit gefasst hatten zu fragen: »Und wer waren dann diese fremden Soldaten? Die haben uns angegriffen. Sie haben das Haus angezündet und dann in die Luft gejagt.«

»Wie seltsam ... Wir haben den Knall gehört. Soldaten hat damals aber niemand gesehen. Also die kamen nicht in den Ort.«

»Aber ...« Hanna und Nell sahen sich kopfschüttelnd an.

Während sie sich alles, was passiert war, erzählten, hantierte Cilli emsig am Herd, als hätte sie die Melose gar nie verlassen. Sie deckte den Tisch. Am Ende war Hanna zu müde, um noch zu essen. Seitdem wollte ihre Erschöpfung nicht weichen.

Sie erreichte die Straße. Die ersten Sonnenstrahlen beschienen die westlichen Hügel, und sie blinzelte ins helle Morgenlicht. Die plötzliche Wärme kitzelte sie in der Nase. Sie schaute sich um. Dort hinten war der Hof von Jos Groß.

Gleich am Abend der Ankunft war Simon mit Josef noch zu dem Nachbarn hinüber gegangen. Niedergeschlagen kam er zurück. Von Loy und Clara und auch von Andris fehlte jegliche Nachricht. »Es ist furchtbar gewesen. Loys Mutter ist völlig zusammengebrochen. Und Jos ...« Simon stockte. »Dass wir zurückkehren konnten, und sein Sohn nicht ... Er wurde ganz starr, als er es begriff ... Von Claras Familie ist niemand mehr da. Ihr Vater ist weggezogen. Wohin, weiß man nicht.« Simons Stimme klang rau. Auch er hatte kaum einen Bissen heruntergebracht. Hanna ahnte, wie sehr es ihn quälte, dass er sie nicht hatte zurückbringen können.

Und dann war da die Frage, die sie sich alle stellten: ›Wieso durften wir gehen? Woher kam der Weg? Wieso hat der Wald uns jetzt plötzlich frei gegeben?‹

Es war Simon, der irgendwann sagte: »Das klingt jetzt verrückt, aber ... womöglich ... weil wir den Ort nicht mehr brauchten? Den sicheren Unterschlupf? Weil jetzt bald Frieden ist?«

Nachdenklich nickte Hanna. Ja, der Wald hatte sie festgehalten, aber er hatte sie auch vor den Gräueln draußen beschützt. Als wäre dies seine Absicht gewesen. Und vielleicht ... Sie dachte an Jacos Blicke und an sein zärtliches Lächeln. An all die

Abende, an denen sie leise miteinander gesprochen hatten ... Ja. Vielleicht hatte es einfach so lange gedauert, bis sie wirklich aufbrechen wollten. Vielleicht brauchten sie Zeit, um den Weg, der sich für sie auftat, zu wählen ...

Während ihr all das durch den Kopf ging, war Hanna weitergelaufen. Unter ihr lag das von der Günz in Mäandern durchflossene Tal. Obergünzburg, der Marktflecken, wirkte wie ausgezehrt. Doch der Tau warf ein glitzerndes Netz über Häuser und Gärten, über weiße und rosige Blüten, Gespinste von frischem Grün.

Hannas Blick suchte die kleine Sölde am südlichen Ortsrand, wo Judit zuhause war. Als die erwachsene Tochter und Leni nach fast zwei Jahren unvermittelt in ihrer Tür standen, hatten die Eltern vor Glück geweint. Jetzt stieg trotz der frühen Stunde aus dem Kamin schon ein dünner Rauchfaden auf. Genau wie beim Kürschnerhaus direkt an der Günz.

Konemann hatte es leer vorgefunden. Die Witwe war aus der Schweiz noch nicht heimgekehrt. So wie die meisten, die sich vor dem letzten Kriegsausbruch in Sicherheit brachten.

»Aber inzwischen wird über einen Friedensschluss ernsthaft verhandelt. Es ist nur noch eine Frage der Zeit, sagen die Leute«, hatte Konemann am vergangenen Abend berichtet.

Da waren Judit und er in die Melose gekommen. Zuvor hatten sie vergeblich bei Pfarrer Reichhart geklopft. Sie hatten vorgehabt, um einen raschen Hochzeitstermin zu bitten.

»Der Dekan visitiert gerade die Gemeinden des Sprengels. Oder das, was noch übrig ist. Seine Hausfrau ist mitgereist. Das hat uns der Küster gesagt.« Konemann lächelte schwach.

Immerhin waren Reichhart und Agnes am Leben.

Und Kathlin May?

Hanna lief talwärts. Im Ort war es still. Es gab kaum noch Tiere. Ein paar Hähne, die krähten. Eine meckernde Ziege. In Höfen und Gärten war noch niemand zu sehen.

Sie betrat den Friedhof durch das nördliche Tor. Gras, Unkraut und ein Flickenteppich von Winden breitete sich auf und zwischen den Grabstellen aus. Dort, an der Kirchenmauer, lag ihre Großmutter beerdigt. ›Magda Lauber‹, stand auf der Grabtafel. Und darunter, tatsächlich, Hanna stockte der Atem, ›Kathlin May‹ und dann ihr eigener Name: ›Johanna May‹.

Hinter ihr knirschten Schritte am Kies. Hanna drehte sich um und sah sich Jos Groß gegenüber. Der musterte sie mit finsterer Miene.

»Totgesagte leben länger, sagt man«, knurrte er schließlich. Ohne auf eine Antwort zu warten, wandte er sich von ihr ab und ließ seinen Blick über die Mauer schweifen. »Vielleicht sollte ich auch eine Grabtafel anbringen lassen: Loy Groß. Hoferbe. Einziger Sohn ... Vielleicht bringt ihn das ja zurück, so wie dich.«

»Es tut mir so leid, Jos. Aber womöglich ...«

»Nein. Du brauchst nicht so tun, als gäbe es immer noch Hoffnung. Dieser Simon hat uns erklärt, was Loy vorgehabt hat. Weil er ...« Jos senkte den kahlen Kopf, seine Stimme war nur noch schwer zu verstehen. »Weil er einfach nach Hause wollte, nicht wahr?« Plötzlich packte er Hanna am Arm: »Ihr seid doch alle in diesem Kloster geblieben. Wieso musste er gehen?« Er war immer lauter geworden, schrie sie nun unbeherrscht an.

Erschrocken riss sie sich los und tat ein paar Schritte nach rückwärts, stolperte über eine Grabeinfriedung und fing sich dann doch wieder. Jos schaute sie nur böse an, setzte ihr aber nicht nach. Sie versuchte, besonnen zu bleiben.

»Wir haben alles versucht. Aber er ließ sich nicht aufhalten. Und wir wussten ja selbst nicht ...«

Jos schnaubte. »Ammenmärchen! Der Wald! Und ein Meer unter der Erde! Das kann man kleinen Kindern erzählen.«

»Wieso sollten wir lügen?«

Er kniff die Augen zusammen. »Keine Ahnung. Sieht so aus, als hättet ihr alle euren Verstand verloren. Oder ...« Er wurde noch einmal lauter. »Womöglich habt ihr ihm etwas angetan?«

Hanna erkannte den Schmerz hinter Jos' Wüten. Er glaubte selbst nicht, was er da sagte. Sie seufzte und erwiderte leise: »Keiner hat ihm was getan. Er gehörte zu uns. Wir wollten nicht, dass er geht. Aber er hat geglaubt, dass es das Richtige ist.«

Angesichts der Sanftmut, mit der Hanna ihm begegnete, wich Jos' Zorn der Verzweiflung. Der vierschrötige Mann schien regelrecht in sich zusammenzuschrumpfen. »Das Richtige, ja?« Er wischte sich über die Augen. Seine Angriffslust war von einem Moment auf den andren verflogen.

Jos streckte erneut seine Hand aus, doch diesmal war es eine bittende Geste.

»Ich wollte dich nicht erschrecken, Mädchen. Ich habe dich herlaufen gesehen und dachte ... vielleicht hat mir der Salzburger Junge ja nicht alles erzählt.«

»Das hat er bestimmt.«

Resigniert nickte Jos. Dann deutete er auf die Tafel. »Was ist mit deiner Mutter passiert?«

»Ich weiß es nicht«, sagte Hanna bedrückt. »Habt ihr vielleicht mitbekommen, wer das hier angebracht hat?«

»Nein. Irgendwann hat jemand erzählt, du und deine Mutter, ihr wärt offenbar beide verstorben. Wegen eurer Namen an Magdas Grab. Aber woher diese Tafel kam? Da musst du den Pfarrer fragen.«

»Der konnte Ursula auch nichts dazu sagen. Es ist völlig rätselhaft.«

»Sieht eher aus wie ein böser Scherz ... Oder ...« Jos überlegte. »Du solltest bei der Familie nachfragen«, sagte er schließlich. »Wer sonst bringt eine Grabtafel an?«

»Bei der Familie?«, fragte Hanna verständnislos.

»Na, bei den Kemptnern. Dein Vater hat dort einen Bruder gehabt, eine Schwägerin, Neffen und Nichten, nicht wahr? Falls deiner Mutter was zustieß, könnten sie es von Salzburg erfahren haben.«

Der Gedanke war Hanna neu. »Sie sind evangelisch. Da gibt es keine Verbindungen«, sagte sie zögernd.

Mit einer Handbewegung tat Jos den Einwand ab. »Die Melose ist ein schöner Besitz. Wenn es etwas zu erben gibt, dann bringt man das in Erfahrung«, erklärte er nüchtern.

Nachdenklich sah Hanna ihn an. Sie hatte an diese Verwandten gar nie gedacht. Als Kind hatte ihr ihre Mutter oft von ihrem Vater erzählt. Trotz ihrer räumlichen Trennung, die sie den politischen Umständen zuschrieb, sah Hanna ihre Eltern noch immer als liebendes Paar. Nur sein Tod hatte sie endgültig auseinandergerissen ... Doch über Onkel und Tante, Vettern und Basen hatte Kathlin May immer geschwiegen. Es gab sie, aber sie kamen in ihrem Leben nicht vor.

Dennoch ... Das, was Jos sagte, war nicht von der Hand zu weisen.

»Daran habe ich gar nicht gedacht«, sagte sie.

Jos nickte. Noch einmal glitt sein Blick über die Kirchenmauer.

»Ja, eine Tafel ...« Er räusperte sich. »Etwas muss doch an sie erinnern.«

Hanna schaute ihm nach, bis er durch das Nordtor verschwand. Dann versuchte sie, ein Gebet für Magdas Totenruhe zu sprechen. Die Hoffnung, dass ihre Mutter am Leben war, gab sie nicht auf. Schließlich stand auf dem Grabkreuz auch ihr eigener Name. Und sie war zweifelsohne nicht tot. Sie musste zu diesen Verwandten nach Kempten. Ein letztes Kreuzzeichen, dann verließ sie den Kirchhof voll Ungeduld wieder. Und stieß fast mit Jos Groß, der noch einmal zurückkam, zusammen.

Er prallte zurück und versuchte zu lächeln.

»Ich hatte nicht daran gedacht, aber ich könnte dir helfen«, sagte er rasch. »Ich fahre heute nach Kempten. Der Wagen wird grade noch mit ein paar Fässchen Bier aus meiner Wirtschaft beladen. Ich will rechtzeitig vor dem Mittagsläuten damit in der Stadt sein.«

»Ihr verkauft auf dem Markt?«, fragte Hanna verwundert.

»Nicht offiziell«, sagte Jos ohne Verlegenheit. »Zurzeit ist nichts geregelt. Aber egal, was wir liefern, alles wird uns aus der Hand gerissen.«

Und vermutlich mit Wucherpreisen bezahlt, dachte sie. Wohltaten verteilte Jos Groß sicher nicht. Aber ... er wollte ihr helfen? Hanna sah ihn fragend an.

»Wenn du willst, fährst du mit zu deiner Verwandtschaft«, sagte er. »Du kannst es mir ja bezahlen. Mit etwas Honig?«

Sie nickte verblüfft.

»Dann sind wir uns einig. Also, komm mit.« Er ging schon entlang der westlichen Kirchhofmauer voraus.

Hanna lief hinterher. Vor der Engelwirtschaft stand ein Gespann, das zwei Burschen mit Fässern beluden. An der Rückseite des Gasthauses floss die noch junge Günz. Am sumpfigen Ufer waren ein paar kleine Buben zugange. Offenbar suchten sie Frösche. Jos lief um den Wagen und sprach mit einem der Knechte. Unentschlossen sah Hanna zu. Aus dem Haus kam eine Dienstmagd und zeigte dem Wirt ein leeres Salzfass. Der zögerte etwas, dann nickte er und sie verstaute es unter dem Kutschbock. Jos wechselte ein paar Sätze mit ihr, dabei linste die junge Frau neugierig zu Hanna herüber.

Schließlich winkte Jos Hanna.

»Die sagen deinen Leuten Bescheid. Heute Abend sind wir zurück. Also, was ist?«

Ohne noch länger nachzudenken, kletterte sie auf den Wagen und suchte sich einen Platz zwischen den Fässchen. Einer der

Burschen setzte sich neben Jos auf den Kutschbock und griff nach den Zügeln. Der Wagen fuhr an.

Den Großteil des Weges legten sie schweigend zurück. Auf dem Boden des Fuhrwerks lagen einige Knüppel und Spieße. Der Kutscher trug ein langes Messer im Gürtel. Aber offenbar rechnete Groß nicht mit einer Gefahr. Sonst hätte er seine Waren sicher nicht fast unbegleitet nach Kempten gebracht.

Die Straße war schlecht und von tiefen Furchen durchzogen. Doch das hielt die beiden Zugpferde, kräftige Kaltblüter, nicht auf. Der Wagen holperte und schwankte bei gutem Tempo wild hin und her. Auf blaue Flecken der Passagiere wurde keine Rücksicht genommen. Hanna war damit beschäftigt, sich festzuklammern und nicht unter ein Fass zu geraten. Immenthal, Waizenried. In den Gärten waren nur ein paar alte Frauen zu sehen.

Hinter Börwang wurde der Weg etwas besser. Kein Lüftchen wehte, die Sonne schien warm.

Hanna!

Mit einem Ruck wachte Simon auf. Im ersten Moment wusste er nicht, wo er war. Er keuchte und sein Herz raste.

Er blinzelte, atmete durch. Allmählich kam er zu sich. Nein. Er hatte geträumt. Nur geträumt. Nur geträumt. Hanna war nicht in Gefahr. Sie waren an einem sicheren Ort. Hanna und alle anderen schliefen im Haus. Und er ... Er roch Heu und Pferdedung. Ein paar Halme kitzelten ihn im Nacken. Langsam fand er sich wieder zurecht. Er lag auf einem Strohsack im Stall der Melose. Die Sonne schien durch die Tür, also war es bereits spät am Morgen. In der Box nebenan schnaubte sein Gaul.

Am Tag ihres Verschwindens hatte Josef das verängstigte Tier eingefangen. Obwohl seitdem eineinhalb Jahre vergangen waren, hatte das Pferd Simon bei seiner Rückkehr voller Freude mit lautem Wiehern begrüßt. Erst da war ihm klar geworden, wie sehr er den Umgang mit seinen Tieren vermisst hatte. Fürs erste hatte er es wieder vorgezogen, sein Lager im Stall aufzuschlagen.

Im vergangenen Winter hatte Josef noch weitere Pferde in die Melose gebracht. Niemand wusste, was aus den Reitern geworden war. Josef hatte die gesattelten Tiere auf einer Lichtung entdeckt, wo sie hungrig ein wenig Gras unterm Schnee hervorscharrten. Nun waren sie hier, in trauter Gemeinschaft mit Kuh, Kalb und Ziegen.

Simon streckte sich und verdrängte die Unruhe, die er immer noch spürte. Hier war alles gut, nichts war bedrohlich. Er stand auf und ging in die Box nebenan. Der Braune begrüßte ihn schnaubend. Er tätschelte ihn. Während er die Tiere versorgte, bemühte er sich, das Gefühl von Gefahr zu verdrängen.

Die Kurbel am Ziehbrunnen quietschte. Simon warf einen Blick durch die Stalltür. Er hatte erwartet, draußen Hanna und Cilli zu sehen, doch es war Nell, die mit Cilli Wasser schöpfte. Die beiden plauderten. Nell lachte unbeschwert. Die Sonne schien ihr ins Gesicht, sie sah glücklich aus. Unwillkürlich lächelte Simon. Und dabei wurde ihm klar, was Nell für ihn war. Dass er ihre Nähe suchte und ihrem Urteil vertraute. Auch wenn sie häufig sehr kratzbürstig wirkte. Dass sie trotz ihrer fordernden Art und ihrer Ungeduld zauberhaft war. Dass er sie schön fand ... Die Erkenntnis, dass ihre gemeinsame Zeit bald vorüber sein würde, traf ihn unvermittelt ins Herz.

Nell würde mit Jaco nach Grönenbach gehen, um ihre leibliche Mutter zu treffen. Und falls die Familie noch in der Schweiz war, ihren Bruder womöglich auch dorthin begleiten. Das war nicht gewiss. Doch auch wenn Nell in die Melose zurückkehren würde – Simon musste in wenigen Tagen mit Hanna nach Hause, nach Salzburg, aufbrechen. Womöglich würde er Nell nie mehr wiedersehen ...

Die Mädchen stellten die vollen Wassereimer am Brunnenrand ab. Er ging nach draußen, um sie ihnen abzunehmen und in die Küche zu tragen.

»Nein, nein, ins Waschhaus!« Nell strich sich das Haar aus der Stirn und sah ihn strahlend an. Und Simon schwor sich, dass er zurückkommen würde. Egal, wo Nell auch war, er würde sie finden – und alles tun, um sie für sich zu gewinnen ...

Sie lief zum Kessel voraus. »Heute ist doch Waschtag. Wir haben schon angeschürt«, sagte sie fröhlich, ohne zu ahnen, was in ihm vorging. Sie wandte sich um. »Weißt du, wo Hanna ist?«

»Was?«, fragte Simon, jäh aus seinen Gedanken gerissen.

»Ich kann sie nicht finden.«

Jaco kam aus dem Haus. »Wen kannst du nicht finden?«

»Hanna. Wir wollen die Wäsche machen.«

»Sie wird halt noch schlafen«, erwiderte Jaco.

»Nein, ich war schon in ihrer Kammer.«

»Vielleicht ist sie zum Friedhof gegangen«, sagte Cilli.

Nell seufzte. »Am Waschtag?«

»Warum nicht?«, fragte Jaco und erntete einen strengen Blick.

Simon schluckte. Auf einmal war seine Kehle ganz trocken. »Wir sollten sie suchen. Ich habe ...«

Ursula erschien in der Waschhaustür. »Wo bleibt das Wasser?«

Hinter ihnen knarrte das Hoftor. Sie drehten sich um und erwarteten, Hanna zu sehen. Doch es war Judit, die mit Leni im Schlepptau hereinkam.

»Was ist? Ich hab doch versprochen, dass ich bei der Wäsche helfe«, sagte sie munter. »Ich habe vorhin die Magd vom Engel getroffen. Und sie hat mir gesagt, dass Hanna mit dem Wirt, also mit Jos, nach Kempten gefahren ist. Zu ihrem Onkel. Weil die Familie womöglich die Grabtafel angebracht hat. Sie sind heute Abend wieder zurück.«

»Ach nein«, flüsterte Ursula, mit einem Mal leichenblass.

Nell brauchte einen Moment, bevor sie begriff. Sie schlug eine Hand vor den Mund.

Simon war alarmiert. »Was heißt das?«

»Dora May«, brachte Ursula tonlos heraus. Mit wenigen Sätzen berichtete sie, was vor achtzehn Jahren mit Hanna geschehen war.

Jaco musste sich mühsam beherrschen, um nicht einfach vorauszureiten. Nell blieb immer wieder zurück. Simon hatte sein gutmütiges Pferd ihr überlassen. Er ritt neben ihr und führte den Braunen am Zügel. Allein wären sie schneller vorangekommen. Aber Nell kannte den Weg zu Mays Haus.

Fassungslos hatten sie Ursula zugehört. »Offenbar weiß Hanna nichts davon«, hatte sie schließlich geendet.

»Wie konnte ihre Mutter ihr das verschweigen?«, hatte Jaco wütend gefragt.

Ursula nickte bedrückt. »Nun ja. Vielleicht hast du recht. Aber wer würde seinem Kind so etwas sagen?«

»Das heißt aber nicht, dass Hanna auch jetzt in Gefahr ist«, suchte Judit sie zu beruhigen.

»Falls Dora nicht fürchtet, dass Hanna einen Anspruch auf Adrians Erbe hat«, hatte Ursula seufzend gesagt.

Da waren sie zu den Pferden geeilt.

2

Als sie sich Kempten nach langer Fahrt endlich näherten, atmete Hanna erleichtert auf. Jos drehte sich zu ihr um und zeigte nach rechts.

»Dort war früher das Stift«, sagte er grimmig.

Auf den ersten Blick wirkten die Spuren der großen Zerstörung fast malerisch. Der Brandschutt des niedergerissenen Klosters war überwuchert von Gras und Gestrüpp. Wiesen voll Unkraut und einstige Gärten gediehen an diesem sonnigen Maitag in üppiger Blüte. Umso düsterer, schwarz und verrußt, wirkten die Mauern der Stadt, die sich auf der anderen Flussseite entlang des Illerufers erhoben.

Sie erreichten das Vorstadttor. Ein Mann in zerrissener Joppe versperrte ihnen den Weg. Jos wechselte ein paar Worte und der Wächter lehnte seinen Spieß an die Wand. Jos drückte ihm etwas in seine schmutzige Hand. Dann ging es weiter. Ihr Fuhrwerk ratterte über die Bohlen der Brücke, rollte durchs Metzgertor und holperte über das schadhafte Pflaster.

Außer dem Rasseln der Räder war ringsum nichts zu hören. Die Stille in einer einstmals geschäftigen Stadt wirkte gespenstisch. Straßen und Plätze waren fast menschenleer. Verwahrloste Häuserfassaden, verriegelte Fenster, viele Gebäude beschädigt, viele verlassen.

Der Kontrast zu Hannas lärmendem, quirligem Salzburg, seiner Pracht und seinem bunten Gedränge konnte nicht größer sein.

Vor einem der Bürgerhäuser am Marktplatz hielt das Fuhrwerk an.

»Hier ist es«, sagte Jos. »Für meine Geschäfte werde ich nicht lange brauchen. Wir holen dich dann wieder hier ab. Also, sieh zu, ob du etwas erfahren kannst.«

Sein Bursche half Hanna herunter, und sie trat an das Eingangstor mit der Haustür. Das Gebäude war in die Jahre gekommen, doch offenbar unversehrt. Es gab keine Brandspuren. Nichts zeugte von Krieg und Gewalt. Zögernd hob Hanna den Klopfer. Das Pochen hallte durchs Haus. Als die Türe sich öffnete, schnalzte der Bursche und der Wagen fuhr wieder an.

Sie hatten gehofft, dass sie Jos' Fuhrwerk einholen könnten. Doch es war nirgends zu sehen. Vor ihnen tauchte bereits das Tor zur Kemptener Vorstadt auf.

»Wir sind zu spät dran«, sagte Nell.

»Beeilen wir uns.«

Eben durchquerte ein mit Holzstämmen beladener Wagen den Torturm. Dann waren sie an der Reihe. Nell hatte gefürchtet, dass die Torwache sie aufhalten könnte. Sie waren Fremde und sie waren bewaffnet. Aber Jaco zückte die Börse und sie passierten, ohne dass der zerlumpte Wächter auch nur eine Frage stellte.

Sie lenkten die Pferde zur Brücke. Da hörten sie plötzlich von dort einen Schrei, Wiehern und ein ohrenbetäubendes Krachen. Erschrocken sprangen sie ab. Nell griff nach den Zügeln und versuchte, die Pferde ruhig zu halten. Derweil rannten Simon und Jaco bereits zum Unglücksort.

Das Holzfuhrwerk war entweder zu schnell auf die Illerbrücke gefahren, oder die Zugtiere hatten vor irgendetwas gescheut. Offenbar war der Wagen dadurch ins Schleudern geraten und umgestürzt. Er lag quer über der Brücke, die Stämme polterten nacheinander über die Bohlen. Auf einer Seite war das Geländer zerborsten, ein Teil war ins Wasser gestürzt. Aber der Kutscher schien unverletzt. Ohne auf die Gefahr durch die panisch ausschlagenden Gäule zu achten, mühte er sich, sie aus ihren Geschirren zu schneiden. Kaum hatte er sie befreit, rasten sie über die Brücke, um dann am stadtseitigen Ufer, mit einem Mal wieder friedlich, still stehen zu bleiben.

»Nein«, stöhnte Nell. Bis der Wagen beiseite geräumt war, war der Weg für ihre Pferde blockiert.

»Gibt es hier eine andere Brücke?«, fragte Simon.

Nell schüttelte den Kopf. »Nur einen Steg, weiter flussaufwärts. Aber da müssten wir die Tiere gleichfalls zurücklassen. Und das wäre vermutlich ihr Ende. Das hier ist eine hungrige Stadt ... Die nächste richtige Brücke ist etwa eine Stunde entfernt.«

»Ja?« Eine hagere Dienstmagd machte die Tür auf und trocknete ihre Hände in ihre Schürze.

»Ich möchte zu Vinzenz May«, sagte Hanna. »Das ist doch sein Haus?« Ohne Jos' Auskünfte hätte sie nicht einmal die Vornamen ihrer Verwandten gekannt.

»Der ist nicht da«, sagte die Magd und schickte sich an, die Tür wieder zu schließen.

Aber Hanna setzte einen Fuß über die Schwelle. »Dann sag der Hausfrau, dass ich sie gerne sprechen möchte. Ich bin Hanna May.«

Die Magd regte sich nicht.

»Ich bin ihre Nichte.«

Die Magd zuckte die Achseln und wandte sich um.

»Thina!« Aus der dunklen Diele näherte sich eine Frau mittleren Alters und scheuchte die Magd mit einer Handbewegung unwirsch davon. Sie musterte Hanna mit misstrauischer Miene. Ihr graues Haar über leicht aufgedunsenen Zügen war sorgsam frisiert, das Kleid wirkte vornehm. Aber das Mieder aus grün schillernder Seide war wenig vorteilhaft und unterstrich die ungesunde fahle Farbe ihres Gesichts. Sie griff nach der Klinke. Gleich würde sie die massive Eingangstür vor der ungebetenen Besucherin zuschlagen.

Doch Hanna wich nicht zurück. Offenbar hatte die Frau nicht gehört, was sie sagte.

»Ich suche nach meiner Tante«, wiederholte sie freundlich. »Bitte, erschreckt nicht, falls Ihr geglaubt habt ... Also, ich bin Hanna May. Seid Ihr ... seid Ihr Vinzenz' Frau Dora?« Trotz der abweisenden Miene der Angesprochenen versuchte Hanna ein Lächeln.

Im hellen Tageslicht, das durch die offene Tür fiel, bemerkte sie in den Augen der Frau ein kurzes Erschrecken. Ein rasches Flattern der Lider. Der verkniffene Mund presste sich fester zusammen, um gleich darauf unvermittelt zu schimpfen: »Metze! Was fällt euch Gesindel denn noch alles ein? Freche Betrügerin! Scher dich weg, bevor ich die Stadtwache rufe!« Dabei versuchte die Frau, indem sie die Tür zudrückte, Hanna von der Schwelle zu drängen.

Aber Hanna blieb stehen. Da fiel plötzlich Licht von oben über eine Treppe im Hintergrund und eine Greisin beugte sich übers Geländer und fragte mit heiserer Stimme: »Dora! Wer ist da? Ist Kathlin zurückgekommen?«

»Nein! Sibylla geh wieder hinein«, fauchte Dora May wütend.

»Aber ja!«, widersprach ihr die Alte ungerührt. »Ich kenn doch die Stimme. Das ist die Kathlin. Da wird sich Adrian freuen!«

Hanna sah Dora May, die sichtlich um Fassung rang, unverwandt an. Offenbar kam sie zu keinem Entschluss, was zu tun war.

Hanna machte einen Schritt in die Diele und rief zu der Alten hinauf. »Ich bin's, Kathlins Tochter. Die Hanna. Eure Enkelin, ihr erinnert euch doch!«

»Aber ja, aber ja. Wie sehr du ihr ähnelst ... und deine Stimme ... Ja, nun komm doch nach oben, mein Kind!«

»Natürlich, Sibylla, sie kommt gleich«, beschwichtigte Dora nervös die Greisin. Einen Moment lang starrte sie ihre Nichte wie geistesabwesend an.

»Das ist jetzt ganz unerwartet ... Du musst mir verzeihen, Hanna«, bat sie dann plötzlich und bemühte sich, milde zu lächeln. »Ich hätte dich niemals erkannt. Du warst ja ein Säugling ... Aber meine Schwiegermutter hat recht. Unverkennbar bist du Kathlins Tochter.« Sie senkte die Stimme. »Sie vergisst nur immer wieder, dass dein Vater gefallen ist. Und deine Mutter ...«

Hanna nickte. »Wegen ihr bin ich hier.« Inzwischen hatten ihre Augen sich an die Düsternis in der Diele gewöhnt. Im Hintergrund erkannte sie einen breiten Durchgang, vermutlich zu Lagerräumen oder zum Garten. Das Tor dort wurde gerade einen Spaltbreit geöffnet, und irgendwer huschte nach draußen.

Endlich bat Dora May sie, ihr ins Haus zu folgen und führte Hanna über die Treppe nach oben zu der wartenden alten Frau.

»Also los«, sagte Jaco und Simon packte mit an. Zu ihrer Verwunderung eilte niemand außer ihnen dem Kutscher zu Hilfe. So mühten sie sich nur zu dritt damit ab, die Stämme beiseite zu räumen. Wenigstens war es kein schweres Bauholz, sondern nur Fichtenstangen, die als Brennholz verkauft werden sollten. Am Schluss war der Wagen dran. Keuchend und schwitzend schafften sie es, ihn aufzurichten und von der Brücke zu schieben.

Den Dank des Kutschers hörten Simon und Jaco nicht mehr, sie eilten schwer atmend zurück zu Nell und den Pferden. Dort wartete inzwischen auch Hannas Rabe auf sie, der ihnen offensichtlich nach Kempten gefolgt war. Er äugte vom Dach eines Erkers und flatterte auf, als er Jaco kommen sah. Offenbar war er der Meinung, er wäre nun weit genug geflogen, denn er nahm, wie er es gern tat, unaufgefordert auf Jacos Schulter Platz. So ritten sie über die Brücke zur inneren Stadt.

Die Stubentür öffnete sich, ein zierliches junges Mädchen schlüpfte herein und lächelte Hanna an. Dunkle Flechten umrahmten ein zartes, alabasterhelles Gesicht, dessen strahlende Augen gewiss jeden Blick auf sich zogen.

Bis zu diesem Moment war Dora May immer wieder fahrig nach draußen gelaufen. Sie hatte erwähnt, dass sie ihren Mann Vinzenz und die drei Söhne erst abends zurückerwarte.

»Und unsere Töchter ... Grete wird sicher gleich kommen. Nur Susanna wohnt nicht mehr hier. Wir haben sie in diesem Winter nach Hallstatt verheiraten können.«

Mehrmals hatte die Hausfrau nach ihrer Magd Thina gerufen, die sich nicht blicken ließ. Schließlich hatte sie selbst ein Getränk aus der Küche geholt.

Der Saft war so sauer, dass Hanna nur kurz daran nippte. Sie fühlte sich in der Gegenwart dieser fremden Verwandten gehemmt. Hierher zu kommen hatte sie Überwindung gekostet, als sie an der Haustür geklopft hatte, war sie befangen gewesen, aber sie hatte gedacht, mit dem Kennenlernen würde das ungute Gefühl, das sie spürte, verschwinden. Stattdessen nahm ihr Unbehagen immer mehr zu. Sie wollte nach ihrer Mutter fragen. Aber nun, in Gesellschaft der beiden irgendwie seltsamen Frauen, schreckte sie davor zurück. Angespannt saß sie auf ihrem Stuhl.

Pausenlos strichen Sibyllas Hände über den Tisch. Die alte Frau plapperte unentwegt über vergangene bessere Zeiten und zählte die eingeladenen Gäste und Speisefolgen einstiger Festmähler auf. Von Hannas Eltern sprach sie nicht mehr.

Dora May war unterdessen verstummt. Anscheinend war sie mit ihren Gedanken gar nicht im Raum. Doch beim Anblick des Mädchens, das eintrat, hellte sich ihre Miene auf.

»Ah, da kommt meine Jüngste«, sagte sie lebhaft. »Grete, stell dir vor, das ist Adrians Tochter, die Hanna.« Etwas an ihrem Tonfall klang falsch.

Das Mädchen lächelte immer noch schwach. Während sie näherkam, schaute sie von Hanna zu ihrer Mutter und wieder zurück.

»Oh, Hanna ... Natürlich«, sagte sie schließlich. »Aber ...« Sie holte tief Luft, überlegte und fuhr schließlich, anscheinend verunsichert, fort: »Bitte verzeih, aber ... wir dachten, dass du gestorben wärst. Wie deine Mutter. Getötet bei diesem Obergünzburger Überfall. Im Herbst. Schon im vorletzten Jahr ...«

Bestimmt konnte das Mädchen nicht ahnen, welche Hoffnung sie damit bei Hanna weckte. Im vorletzten Jahr, Opfer des Überfalls ... Also hatten die Verwandten tatsächlich irgendwelche falschen Informationen erhalten.

Grete wirkte offen und unkompliziert, nicht so wie Dora oder Sibylla May, die bislang nicht mit der Sprache herausgerückt waren. Irgendwo in Hannas Hinterkopf regten sich Zweifel, aber sie schob sie beiseite.

»Habt ihr deshalb die Namen von meiner Mutter und mir auf das Obergünzburger Grabkreuz schreiben lassen?«, fragte sie eilig.

»Nun ja«, ließ sich Dora endlich vernehmen. »Wir hatten vertrauenswürdige Nachricht. Also ... es schien unsere Pflicht zu sein.« Sie warf den Kopf in den Nacken. Wer würde es wagen, sie dafür zu tadeln?

Aber daran dachte Hanna gar nicht.

»Nun, ich lebe ja noch. Soweit ist es ein Irrtum. Doch ich weiß leider nicht, wo meine Mutter jetzt ist und wie es ihr geht. Wir wurden ... wir wurden getrennt und ich habe aufgrund der Grabinschrift gefürchtet ... Also, ich hatte gehofft, von euch etwas über ihr Schicksal zu erfahren.« Sie stockte. »Von wem habt ihr denn diese Todesnachricht erhalten?«, fragte sie schließlich. »Ich würde gern mehr darüber wissen.«

Dora wurde wenn möglich noch ein wenig blasser und starrte Hanna nur schweigend an. Aber Grete sagte ganz unbefangen:

»Von einem guten Freund meiner Eltern. Ein Nachbar, der es, wie er wohl meinte, aus sicherer Quelle hatte ... Ich weiß noch, wie sehr es meinen Vater damals erschüttert hat. Das heißt, natürlich uns alle ...«

Jetzt konnte Hanna ihre Ungeduld nicht mehr zügeln. »Kann ich den Mann sprechen?«

»Selbstverständlich«, sagte Dora und ihre Stimme klang mit einem Mal wütend. Sie wandte sich an ihre Tochter. »Ulrich soll Caspar bitten, herüberzukommen. Und er soll es dringend machen.«

Grete widersprach: »Ulrich ist gar nicht da. Er ist am Holzplatz. Heute soll doch etwas Brennholz kommen.« Ihr freundliches Lächeln kehrte zurück. »Komm, Hanna. Wir schauen selbst, ob unser Nachbar zu Hause ist. Das ist am einfachsten. Dann kannst du ihn fragen.«

Dora kniff die Lippen zusammen, als Hanna und Grete die Stube verließen, aber sie ließ sie ohne Einwände gehen.

Grete huschte bereits die Treppe hinunter und winkte Hanna, ihr durch die Diele und durch das hintere Tor nach draußen zu folgen. Im ersten Moment schloss Hanna geblendet die Augen, so grell erschien ihr das strahlende Sonnenlicht nach der Düsternis in diesem Haus. Sie traten auf einen Hof mit Ställen und Lagergebäuden, an die sich ein Gemüsegarten anschloss. Eine Mauer begrenzte das Anwesen zur dahinter liegenden Straße und Grete eilte zu einer Pforte, die halb offen stand.

»Komm nur, es ist gleich dort drüben«, sagte sie und führte Hanna drei Häuser weiter zu einem Durchgang in einen weiteren Hof. Er wurde von einer großen Linde beschattet. In wenigen Wochen würde das ganze Viertel vom Duft ihrer Blüten erfüllt sein. Hanna schaute nach oben und glaubte, in der belaubten Krone ein paar Raben sitzen zu sehen.

Derweil hatte Grete schon an der Haustür geklopft. Gleich darauf wurde geöffnet, und ein hochgewachsener Mann trat ein paar Schritte zurück. Unwillkürlich zögerte Hanna, doch Grete griff mit einem aufmunternden Lächeln nach ihrer Hand und zog sie mit sich. Die Tür wurde hinter ihnen geschlossen. Durch ein aufgeklapptes Fenster fiel Licht in den Dielengang.

Der etwa vierzigjährige dunkelhaarige Mann deutete eine Verbeugung an, eigentlich war es nur ein verbindliches Nicken. Also wohl kein Bediensteter, sondern der Nachbar selbst. Er musterte Hanna mit einem Blick, der nichts preisgab, und in diesem Moment wäre sie am liebsten wieder gegangen.

Doch die Art, wie Grete sich an ihn wandte und ›Onkel Caspar‹ nannte, sprach von lange vertrautem Umgang mit der Familie May. Grete stellte Hanna umstandslos als ihre Base vor und erklärte ihr Anliegen. Der Mann hörte ihr schweigend zu. Als Grete schloss: »Und deshalb möchte meine Base von dir gern Näheres über die traurige Nachricht von damals erfahren«, nickte er wieder nur, diesmal mit angemessen bedauerndem Lächeln.

»Das ist nur zu verständlich«, sagte er und bat sie mit höflicher Geste weiter ins Haus. »Ich bin nur gerade bei einer dringenden Arbeit ... Vielleicht können wir uns einfach dabei unterhalten?« Während er sprach, ging er schon voraus. Schließlich hielt er am Ende des Gangs an einer geschlossenen Tür.

Bevor er sie öffnete, wandte er sich an Grete. »Sei doch so gut, Kind, und sag in der Küche, dass wir mittags zu dritt sind. Und gib deiner Mutter Bescheid.«

Wieder sah Hanna seinen kühlen, abschätzenden Blick auf sich gerichtet. »Ihr seid sicher früh aufgebrochen und werdet jetzt hungrig sein«, sagte er. »Oder bot Dora Euch schon etwas an?« Dabei huschte ein rasches spöttisches Lächeln über sein gut geschnittenes, ein wenig hageres Gesicht mit dem sorgsam gestutzten, bereits von Grau durchzogenen Bart um Mund und Kinn.

Hanna war von seinem sarkastischen Tonfall peinlich berührt. Aber sie schüttelte nur verneinend den Kopf. Irgendwo schlug eine Tür, und als sie sich umsah, war Grete verschwunden. ›Sie ist in die Küche gelaufen‹, beruhigte sie sich. Doch ihr Herz klopfte angstvoll, ohne dass sie hätte sagen können, warum.

»Hier ist es«, sagte Nell. »Das Haus des Salzhändlers May.«

Sie hatte kaum hingedeutet, als Simon und Jaco schon von den Pferden sprangen und ihr die Zügel in die Hand drückten.

Im nächsten Moment pochte Jaco heftig ans Tor. Erst da fiel Nell auf, dass sie gar nicht besprochen hatten, was sie Hannas Verwandten überhaupt sagen wollten. Womit sollten sie denn ihr Erscheinen begründen? ‚Wir möchten uns nur vergewissern, dass es Hanna gut geht. Schließlich wolltet Ihr sie vor achtzehn Jahren ermorden ...' Nell biss sich auf die Lippen. Nein. Jaco war nie um die richtigen Worte verlegen. Erst einmal mussten sie wissen, ob Hanna überhaupt hier war ...

Nichts rührte sich. Jaco betätigte wieder den Klopfer. Schließlich schlug er mit den Fäusten gegen das Holz. Sie lauschten. Nein. Es war nichts zu hören.

Simon wandte sich um. »Bist du sicher, dass es das richtige Haus ist?«

Nell nickte. »Ganz sicher. Aber womöglich ist die Familie gar nicht mehr in Kempten.«

»Das hätte Jos doch gewusst.«

Nell zuckte die Achseln. »Mag sein. Andererseits würde vermutlich in dieser Stadt niemand öffnen, wenn er zwei unbekannte bewaffnete Männer ans Tor hämmern sieht.«

Ihre Blicke glitten über die Fenster. Nichts ließ darauf schließen, dass sie beobachtet wurden. Doch das war sehr wahrscheinlich der Fall.

Simon seufzte. »Du hast Recht. Wir hätten dran denken sollen. Du allein hättest harmlos gewirkt.«

Jaco widersprach. »Wenn sie Hanna nicht wohl wollen, hätten sie Nell gar nicht hinein gelassen. Es hilft nichts. Um Hanna vor diesen Leuten zu warnen, müssen wir uns irgendwie Zutritt verschaffen. Und falls sie nicht hier ist, suchen wir Jos.« Er überlegte. »Nell, kommt man auch von hinten ins Haus?«

»Ja. Da sind ein Hof und der Garten. Mit einer Mauer entlang der Straße. Aber das Tor dort war normalerweise versperrt.«

Jaco schwang sich hastig erneut in den Sattel. »Also versuchen wir es.«

Es ging alles blitzschnell. Der Mann hob den Arm und griff sich den Schlüssel, der in Kopfhöhe an einem Nagel hing. Er machte die Tür auf und wies auf die Stufen dahinter.

War es die Art der Bewegung? Oder das Mal, das sich dabei auf dem Handrücken zeigte? Nein, die auffallende Zeichnung hatte Hanna bei ihrer ersten Begegnung nicht wahrgenommen. Aber sie hatte den Mann schon einmal gesehen. Vor ihr stand der Soldat, der – damals zu Pferd und von ihr ein gutes Stück weit entfernt – das Kommando zum Überfall auf sie und die Gefährten am Pächterhaus bei der Melose gab.

»Seid besser vorsichtig, die Treppe ist steil.«

Sie starrte ihn an. Wie war das möglich? Doch sie war sich ganz sicher. Das war der vermeintlich schwedische Schlächter, der das Haus in die Luft jagte. Er war es, der ihren Verwandten berichtet hatte, sie und ihre Mutter wären beide getötet worden. ›Bei diesem Obergünzburger Überfall.‹ Es hätte ihr auffallen sollen. Im Ort hatte keiner die fremden Soldaten gesehen. Hanna fing an zu schwitzen.

Er sah ihren Blick und begriff. »Ah. Ihr könnt Euch erinnern.«

Sie fuhr herum und versuchte zu fliehen. Doch er war schneller. Er packte grob ihren Arm und stieß sie vor sich auf die Treppe. »Kommt mit.«

Sie taumelte, nur sein Griff bewahrte sie davor zu stürzen.

»Wenn Ihr Euch nicht den Hals brechen wollt, geht ihr brav da hinunter.«

Sie schaffte es nicht, sich loszuwinden. Mit jeder Stufe wuchs ihre Angst.

»Dort vorn«, sagte Nell nervös.

Die Gasse, in die sie einbogen, war auf der linken Seite von einer Häuserreihe und rechts von einer langgezogenen, mit Pforten und Durchlässen versehenen Mauer umschlossen.

»Die vierte Tür müsste es sein. Und ich glaub', die steht offen.«

Gerade als sie wieder anreiten wollten, kam aus dem nächstgelegenen Durchgang ein junges Mädchen heraus. Es warf nur einen flüchtigen Blick auf Pferde und Reiter und lief dann rasch vor ihnen die Straße entlang. Die drei saßen ab, um zu warten, bis sie wieder unbeobachtet wären. Zu ihrer Überraschung eilte das Mädchen aber auf die Pforte zum Mayschen Anwesen zu.

In dem Augenblick schwang Hannas Rabe sich von Jacos Schulter und flog auf das junge Ding zu. Nell keuchte erschrocken, als der Rabe sich blitzschnell ins Haar des Mädchens einkrallte, so fest, dass eine der Flechten sich löste. Das Mädchen schrie auf und schlug nach dem Raben. Der flatterte wild um ihren Kopf. Sie wehrte ihn ab und drehte sich dabei so rasch um die eigene Achse, dass sie einen ihrer Schuhe verlor. Der Rabe ließ von ihr ab.

Das Mädchen bückte sich, um den Schuh wieder überzustreifen. Für einen Moment war dabei ihre bloße Sohle zu sehen – und darauf ein Muttermal, wie der Fußabdruck eines Schwanen auf Schnee.

Erneut keuchte Nell auf.

»Was ist?«, fragte Simon besorgt.

»Habt ihr ihren Fuß bemerkt? Das Mal? Das gleiche habe ich als Kind schon einmal gesehen. Ich erzähl es euch später. Los! Geh'n wir ihr nach.«

Doch als sie die Pforte erreichten, hatte das Mädchen die Tür schon hinter sich zugeschlagen. Sie konnten den Riegel anstoßen hören und ihre leichten, eiligen Schritte über den Hof zum Haus. Sie klopften und riefen, umsonst.

Jaco verlor die Geduld. »Komm, Simon, hilf mir über die Mauer. Ich zieh dich hoch, wenn ich oben bin.«

»Gleich.« Simon war beunruhigt. Er wandte sich nochmals an Nell. »Was war das mit diesem Mal?«

»Simon!«, drängte Jaco.

»Sofort. Nell, sag schon!«

Sie schluckte. Dann schilderte sie in hastigen Sätzen, was in der Gasse geschehen war. In der Nacht von Hannas Geburt. Und den Mann mit dem Mal.

Simon zögerte. In dem Moment kehrte Hannas Rabe zu ihnen zurück. Doch er ließ sich nicht nieder, sondern flog zu dem Durchgang, aus dem das junge Mädchen gekommen war. Als keiner darauf reagierte, drehte er, diesmal laut krächzend, eine weitere Runde. Wieder dorthin.

Simon sah ihm hinterher. Und auf einmal setzte er sich in Bewegung. »Nell, bleib bei den Pferden. Wir schauen zuerst in diesen Hof.«

Hanna stolperte Stufe um Stufe nach unten. Ihr Herz raste, sie atmete flach, ihr war übel vor Furcht. Es fiel genug Licht durch die offene Dielentür, um zu sehen, wohin sie trat. Die Stiege führte in einen Lagerkeller voller Kisten und Truhen. Ein kurzer Treppenabsatz, und es ging weiter hinunter.

Der nächste Keller wurde von einer brennenden Fackel dürftig erhellt. Er war aus Ziegeln gemauert. Wie ein Verlies, dachte sie schaudernd. Im flackernden Lichtschein erkannte Hanna vor sich den Rand eines Brunnens. Das Seil war von der Winde gelöst. Ein Hausbrunnen, der ungenutzt schien. Doch es lag kein Deckel darauf.

Der Mann schob sie grob darauf zu. Da begann sie zu schreien. Er hielt sie von hinten an beiden Armen gepackt, hob sie an, und sie begriff, das Brunnenloch sollte ihr Grab sein. Sie wehrte sich heftig, trat mit den Füßen nach ihm.

In dem Moment löste sich eine Gestalt aus dem Dunkel zwischen den Mauern.

Der Mann hinter ihr fluchte. »Her mit dir, greif dir die Füße!«

Der Angesprochene kam langsam näher. Hanna verstummte jäh, fassungslos, und starrte ihn ungläubig an. Aber sie hörte nicht auf, sich zu wehren, zappelte, wand sich, schlug mit den Beinen.

»Na los, worauf wartest du? Andris, fass an!«, knurrte der Mann in ihrem Rücken.

Hilflos blickte sie in die Augen ihres vermissten Gefährten. Eine seltsame Regung huschte über Andris‘ angespanntes Gesicht. Er nickte fast unmerklich. Etwas blitzte in seiner Rechten. Ein Messer. Hanna schrie gellend auf.

Doch Andris glitt an ihr vorbei. Hinter sich hörte sie nur ein leises Geräusch und unvermittelt gaben die Hände des Schlächters sie frei.

Sie stürzte zu Boden und wälzte sich geistesgegenwärtig zur Seite. Aber der Mann hatte bereits das Bewusstsein verloren. Er war vornüber gefallen, lag leblos da. Das Messer stak in seinem Genick, direkt unter dem Schädel. Entsetzt starrte Hanna den Leichnam an.

»Andris!«, wollte sie rufen, doch sie brachte nur ein Flüstern heraus.

»Keine Angst«, murmelte er und zerrte den Toten zum Brunnenrand.

Für einen furchtbaren Augenblick baumelte der Getötete kopfüber an der niedrigen Brüstung. Dann stieß ihn Andris in den Brunnen hinab. Hanna fühlte in ihrer Kehle ein Würgen, doch sie schaffte es, sich nicht zu übergeben. Sie stützte die Arme auf, kam auf die Beine, beugte sich über den Brunnenrand, wartete zitternd darauf, den Aufprall des Körpers in der Tiefe zu hören.

Aber alles blieb still.

»Andris, wieso ...?« Ihr Blick suchte ihn einen Moment lang vergeblich. Dann sah sie ihn auf der anderen Seite des Brunnens oben auf dem Mäuerchen stehen. Wie damals am Abgrund über dem unterirdischen Meer ... Doch diesmal streckte er seine Hand nicht nach ihr aus.

Er lächelte nur. Und dann sprang er in den Brunnen hinunter.

»Nein!« Hanna schrie markerschütternd, bis ihre Stimme brach. Sie fiel auf die Knie, versuchte vergeblich hinab in das Dunkel zu spähen und nahm nicht mehr wahr, was um sie passierte.

Bis jemand sie aufhob. Und in die Arme nahm. Sie schluchzte und wollte sich wehren. Dann erkannte sie, dass es Jaco war. Sie sank gegen ihn. Sie brauchte sich nicht mehr zu fürchten.

Ohne nachzudenken, hatte Jaco Simons Entschluss vertraut. Als sie den Hof betraten, hatten sich große Raben aus dem Geäst einer Linde erhoben und sich kreischend auf Hannas Vogel gestürzt. Der floh laut zeternd über die Mauer und über das Nachbardach. Jaco und Simon schauten sich an. Simon nickte. Jaco knallte den Klopfer gegen die Tür. Nichts rührte sich, aber als er die Klinke drückte, fand er den Eingang unversperrt.

Zögernd bewegten sie sich durch die Diele. Und dann hörten sie Schreie. Sie fanden die Kellertür, rannten die Stufen hinab. Als sie den Treppenabsatz erreichten, sahen sie in den nächsten Keller hinunter. Hanna. Ein dunkles Loch in der Mitte des Raumes. Hanna schrie.

Gleich darauf hatte Jaco sie in die Arme genommen. Simon folgte mit steifen Schritten und schaute sich um.

Plötzlich waren auch die großen Raben im Raum. Sie umkreisten den Brunnen, tauchten hinunter ins Dunkel, verschwanden darin. Zögernd kam Hannas Rabe über die Kellerstufen gehüpft. Er legte den Kopf schief. Argwöhnisch verharrte er auf halber Treppe.

»Was ist passiert?«, fragte Simon behutsam.

Hanna schüttelte nur den Kopf. Ihr Gesicht war sehr blass.

»Ich kann's nicht verstehen«, sagte sie leise. Stammelnd erzählte sie. Als sie von Andris sprach, brach sie in Tränen aus.

Simon löste die Fackel, die an der Wand hing, aus ihrem Halter und versuchte, damit in den gemauerten Brunnen zu leuchten. Ein paar überstehende Ziegel, sonst war nichts zu sehen. Dann ließ er das Licht einfach fallen. Es wurde zum Fünkchen, verschwand. Doch es war kein Platschen zu hören.

»Für einen gewöhnlichen Hausbrunnen ist das viel zu tief«, sagte Jaco. Simon nickte.

Allmählich fasste sich Hanna. »Ich bin so froh, euch zu sehen, aber ... Wieso seid ihr überhaupt hier?«, fragte sie endlich.

Jaco zögerte. »Wir haben etwas über deine Verwandten erfahren ...«

Simon unterbrach ihn. »Das hat Zeit. Ich denke, wir verschwinden so schnell wie möglich von hier.«

Als sie den Hof verließen, war die Gasse leer. Gleich darauf erschien Nell mit den Pferden. Simon erklärte ihr knapp, was passiert war. Schweigend hörte sie zu. Sie liefen zum Marktplatz. Dort stand Jos' Fuhrwerk. Er hatte seine Ware verkauft.

Auf dem Heimweg zog sich der blaue Maihimmel zu, es wurde kühl, und kurz vor Börwang begann es kräftig zu regnen. Jos ließ den Wagen anhalten und breitete eine lederne Plane über die leeren Fässer. Hanna und Nell krochen darunter, vor Wind und Nässe einigermaßen geschützt. Auf einmal war Hanna alles zu viel. Sie rollte sich auf dem Boden des Wagens zusammen – und schlief erschöpft ein.

3

Beim Blick auf Hannas mitgenommenes, blasses Gesicht stellten Cilli und Ursula keine Fragen. Es galt zunächst, die vier aufzuwärmen und mit heißer Suppe und Tee zu versorgen.

Jaco und Simon kümmerten sich noch um die Pferde. Josef heizte den Kachelofen, und dann saßen sie in der dämmrigen Stube.

Hanna nahm einen Schluck. Nachdenklich strich sie über den Becher.

»Wenigstens weiß ich jetzt, dass meine Mutter vermutlich noch lebt«, sagte sie mit einem erleichterten Seufzer. »Aber der Grund für die Lügen und den Angriff auf mich ist mir nach wie vor schleierhaft. Also sagt mir, was ihr über meine Verwandten erfahren habt«, drängte sie, an Jaco und Simon gewandt.

Jaco zögerte, und Nell wechselte mit Ursula einen Blick. Die nickte. So erzählte Nell alles, was sie über Dora May wussten, und schloss: »Der Mann, den sie Caspar nannte, war offensichtlich ihr Helfer.«

Hanna schluckte. »Wie furchtbar«, sagte sie mit belegter Stimme. »Über so lange Zeit ... Aber als ich geboren wurde, war er doch bei den kaiserlichen Besatzern? Das hast du gesagt. Und jetzt eingesessener Bürger in der evangelischen Stadt?«

»Die Art von Söldnern schlägt sich stets auf die Seite, die mehr Profit verspricht. Es ging zweifellos um den Besitz. Aber ihn und Dora hat vielleicht mehr verbunden. Er hatte ein auffallendes rötliches Mal auf seiner Hand. Das hat sich mir als Kind eingeprägt. An Gretes Fußsohle habe ich heute das gleiche gesehen ...«

Cilli beugte sich vor.

»Was für ein Mal?«, fragte sie Nell überrascht.

»Ziemlich groß. Es sieht aus wie der Fuß eines Schwans. Offensichtlich ein Muttermal.«

»Nell, du denkst, dass Caspar womöglich ihr Vater ist?«, fragte Hanna nachdenklich.

»Ja.«

»Oder ... womöglich ...«, murmelte Cilli.

»Was meinst du?«

»Ach, nichts ... Alte Geschichten.« Cilli lächelte schief.

Jetzt schauten alle sie aufmerksam an, aber Cilli schüttelte nur verlegen den Kopf.

Also spann Hanna Nells Gedanken fort. »Nun, ich vermute, Grete ist gleich nach meinem Eintreffen zu ihm gelaufen«, sagte sie bedrückt. »Anscheinend hat er mich nämlich erwartet ...« Sie schwieg.

Simon nickte. »Und damals beim Überfall an der Melose hat er die Schweden als Tarnung benutzt.«

»Aber Andris ... Ich kann's nicht begreifen ... Was hatte er mit ihm zu schaffen? Wie kam er dorthin? Und dass er gesprungen ist ...« Hanna kämpfte von neuem mit Tränen.

Nell sagte zweifelnd: »Also, ich kenne den Brunnen. Da gibt es Stufen nach unten. Und dann einen Gang. So wie im Pächterhaus, weißt du?«

»Du meinst ...?«

»Es wäre denkbar.«

»Es sah nicht so aus.« Hanna lächelte kläglich. »Aber, wer weiß ...«

Sie saßen noch lange zusammen. Dass der folgenschwere Angriff beim Pächterhaus kein Zufall gewesen war, sondern offenbar einem zielgerichteten bösen Willen entsprungen, wühlte sie alle auf.

Und obwohl sie nichts dafür konnte, quälte sich Hanna mit Schuldgefühlen. Ihr bloßes Dasein hatte für Doras Mordplan und dessen unglückliche Opfer genügt.

Jaco sah deutlich, was in Hanna vorging. Ihr zartes Gesicht war wie ein offenes Buch. Er musste an sich halten, um nicht einfach aufzustehen und sie tröstend in seine Arme zu ziehen. Aber ob sie das auch wollte? Und natürlich verbot es sich ...

Eine Bewegung von Hanna riss Jaco aus seinen Gedanken. Sie hatte sich vorgebeugt. Irgendetwas hatte Ursula zu ihr gesagt.

»Du meinst, dass Dora womöglich nicht aufgibt?«, fragte Hanna mit unsicherer Stimme nach.

Ursula seufzte. »Dora hat Angst. Ich glaube, sie ist besessen davon, ihr Haus und das Geschäft in der Hand zu behalten. Dass du nach dem Tod deines Vaters Erbansprüche darauf erheben könntest, lässt sie sicher nicht ruhen.«

»Aber ich denke gar nicht daran! Ich will gar nichts haben! Dieses grässliche Haus. Und der Handel ... Meine Mutter hat bestimmt kein Interesse daran. Ebenso wenig wie ich.«

»Dann teilt der Familie das doch einfach mit!«, sagte Jaco behutsam.

»Und wie?«

»Deine Mutter könnte an Vinzenz schreiben«, schlug Ursula nachdenklich vor. »Er hat deine Mutter gemocht. Ich kann mir nicht vorstellen, dass er von Doras Mordplänen irgendwas ahnte. Er glaubte ihr einfach, dass deine Mutter nur einen Alptraum gehabt hat.«

Ursula schaute zum Fenster. Ihre Gedanken gingen viele Jahre zurück. Für einen Moment war sie wieder die junge Magd ...

»Vinzenz war schwach«, sagte sie leise. »Für ihn zählten nur seine Annehmlichkeiten und ein möglichst sorgloses Leben. Ich glaube nicht, dass er sich geändert hat.« Sie strich sich das lockige Haar aus der Stirn und sah Hanna aufmunternd an. »Er wird Dora freudig die gute Nachricht erzählen.«

»Ein Brief?«

Simon nickte. »Pater Georg hat da Verbindungen, auch in die evangelische Stadt.«

Hannas Blick hellte sich auf. Sie lachte erlöst.

»Gut, dann müssen wir uns vor der Verwandtschaft auch nicht mehr hüten.«

Missbilligend schüttelte Cilli den Kopf.

»Aber eigentlich gehört Dora May doch bestraft.«

Dagegen ließ sich nichts sagen.

Doch Hanna lag noch etwas anderes am Herzen.

Niedergeschlagen verließ Simon wenig später das Haus und ging langsam hinüber zum Stall. Das Tor war nur angelehnt. Er vergewisserte sich, dass bei den Tieren alles in Ordnung war, zum Schluss trat er in die offene Box, wo der Braune den Kopf zu ihm hinwandte und leise schnaubte.

»Ja, bist ein Braver«, lobte er und tätschelte ihm geistesabwesend den Hals.

Hinter ihm knarrte das Tor. Er wandte sich um. Zu seiner Überraschung war Nell ihm gefolgt. Sie lächelte, als sie ihn bei dem Pferd stehen sah und zog das Tor hinter sich zu. Simon schluckte. Er hatte so sehr gehofft, sie nach Salzburg zu holen, er hatte sich so viel ausgemalt ... Stattdessen ...

»Du wirst die Melose also künftig bewirtschaften?«, fragte er tonlos.

Nell schaute ihn prüfend an. Was war mit ihm los? Aber seine seltsame Stimmung konnte ihre Freude nicht dämpfen.

»Natürlich!«, sagte sie fröhlich. »Ich könnte mir gar nichts Schöneres denken! Als Hanna das vorschlug ... Ich wollte es erst gar nicht glauben. Sie hat so viel Vertrauen ... Du ahnst nicht, was uns das bedeutet. Auch Ursula ... Nun sind wir hier zu Hause! Wir müssen nie wieder fort!«

Nie wieder. Natürlich. Simons Felle schwammen unwiederbringlich davon.

Nell kam zögernd näher. Ihr frohes Gesicht wurde ernst. »Simon, was ist?«

»Oh, nichts. Ich freu mich für dich.«

»Tatsächlich? Also ...« Sie holte tief Luft, machte sich Mut. »Es gibt da allerdings noch eine wichtige Frage.« Sie stockte und streichelte nun ihrerseits über die Mähne des Pferdes. »Ich hab mir gedacht ... Also, jeder kann sehen, wie wunderbar du mit den Tieren umgehst. Ich meine, du würdest ein sehr guter Bauer sein. Und ich wollte dich fragen, ob du dir vielleicht vorstellen könntest, in Salzburg den Dienst zu quittieren - und hierher zurückzukommen ...? Um ...«, sie hob verlegen die Hände, »um mit mir den Hof zu führen?«

Er schaute sie fassungslos an. »Mit dir? Hier. Als Bauer? Wie meinst du das?«

»Lieber Himmel, du bist doch sonst nicht begriffsstutzig!« rief Nell ungeduldig. »Ich meine ...«

Simons Augen begannen zu strahlen. Er fasste Nell um die Taille und schwenkte sie lachend herum. »Du meinst, dass wir heiraten sollten?«

Außer Atem lachte sie mit. »Ja. Wie fändest du das?«

»Großartig!« Erneut zog er sie an sich und traute sich endlich, sie zärtlich zu küssen.

Nell seufzte zufrieden: »Abgemacht.«

Hanna war todmüde gewesen, als sie in ihre Kammer hinaufstieg. Doch nun schlief sie wieder nicht ein. Sie wälzte sich hin und her. Die Regenwolken hatten sich allmählich verzogen, der Mond schien vom klaren Nachthimmel direkt in ihr offenes Fenster. Irgendwann stand sie auf. Butz, der zusammengerollt am Fußende von ihrem Bett lag, hob nur kurz die Lider. Er gähnte und schlummerte weiter.

Nach kurzem Zögern zog sie ihr Kleid über das leinene Hemd und schlüpfte in ihre Schuhe. Leise tastete sie sich über die Treppe nach unten. Es war immer noch warm im Haus. Umso kühler empfand sie draußen die Nachtluft. Aber sie kehrte nicht um. Es war so mondhell, dass sie alle Einzelheiten im Innern des schützenden Hofes erkannte. Die frisch belaubte hohe Kastanie, darunter der Brunnen, der nach Josefs Warnung dunkle Geheimnisse barg, sie jedoch Tag für Tag mit gutem, klarem Wasser versorgte und Hanna, soweit sie zurückdenken konnte, noch nie unheimlich gewesen war.

Sie lief hinüber zum Waschhaus. Dort gab es an der alten Außenmauer des Gutes eine von Himbeer- und Rosenranken bewachsene Nische mit einer leicht schiefen Holzbank, wo geschlachtete Hühner gerupft, Erbsen gepult oder, an heißen Sommertagen, Gemüse geputzt und Wäscheteile geflickt und gebürstet wurden.

Hanna setzte sich und schlang die Arme um sich, um sich zu wärmen. Sie schaute hinauf in den sternklaren Himmel und fragte sich einen Moment lang, ob sie wirklich nach Salzburg zurückkehren wollte. Nun, vielleicht nicht für immer ...

Da bemerkte sie leichte Schritte.

»Hanna?« Jaco stand vor ihr.

»Hmm.«

Er strich sich die verstrubbelten Haare aus dem Gesicht. »Ich hab dich gehört, als du rausgingst.«

»Kannst du auch nicht schlafen?«

Er lachte. »Josef schnarcht.« Bis zu seiner Abreise teilte er sich die Kammer mit dem betagten Knecht.

Hanna lächelte wehmütig. »Nur noch ein paar Tage«, sagte sie.

»Ja.«

Sie spürte seine Fingerspitzen auf ihrer Wange, dem Kinn. Und dann seine Lippen auf ihrem Mund. Es war nur ein scheuer, flüchtiger Kuss, aber ihr Herz schlug einen Trommelwirbel vor Sehnsucht. Sie schaute ihn an, suchte nach einer Antwort ...

»Mein mutiges Mädchen«, sagte er leise. »Ich seh‘ dich noch immer, wie du vor den Wölfen stehst ... Hanna, ich möchte nicht gehen – und dich nie mehr aus den Augen lassen ... Ich zermartere mir den Kopf, aber ...« Er stockte.

»Aber du kannst nicht bleiben. Ich weiß.« Sie rückte ein Stück von ihm ab. »Du musst zu deiner Familie. Deine Mutter muss endlich von Nell erfahren. Du wirst wieder als Steinmetz mit deinem Stiefvater arbeiten. Und ich muss nach Salzburg.« Sie seufzte.

Er schwieg.

Nach einer Weile fuhr Hanna fort. »Weißt du, ich sollte ja glücklich sein. Bald bin ich wieder zu Hause, bei meiner Mutter, geborgen, bei all den Menschen, von denen ich weiß, dass sie mich lieben.« Ihre Stimme erstarb. Sie straffte den Rücken. »Ich versteh nicht, weshalb, Jaco, aber seit ich weiß, dass wir nicht mehr zusammen sein werden, dass ich dich nicht mehr jeden Tag sehen kann ... Seitdem fühle ich mich so verloren. Ich weiß nicht recht, wie ich es beschreiben soll ...«

Er strich ihr über die Wange. Endlich fasste er sich ein Herz.

»Das geht mir genauso. Es ist, als würde das Schönste und Wichtigste in meinem Leben von einem Tag auf den anderen verschwinden.«

Wortlos schaute Hanna ihn an. Dann begann sie zu lächeln. Sie warf sich in Jacos Arme und diesmal spürte sie keine Scheu mehr, als sie sich küssten. Trotz des unausweichlichen Abschieds war sie mit einem Mal glücklich. Nein, Jaco würde nicht aus ihrem Leben verschwinden. Ein Weg würde sich finden.

Drei Tage noch. Dann würde Jos Groß ein paar Waren nach Grönenbach liefern. Nell und Jaco fuhren mit ihm. Als Hanna

Jos den versprochenen Honig brachte, hatte sie auch ihre Pläne für die Melose erwähnt. Jos hatte nur mürrisch genickt.

»Hab' schon gehört.« Aber dann rang er sich durch: »Die Nell ist ein tüchtiges Mädchen ... Und dieser Simon ... Ich wünsch ihnen Glück.«

Drei Tage noch. Bis dahin sollte Hanna so sicher reiten lernen, dass sie und Simon zu Pferd Richtung Salzburg aufbrechen konnten.

Judit änderte für sie ein Bubengewand.

»Also, das passt. Und das Haar steckst du unter den Hut. Hanna? Hörst du mir überhaupt zu? Solange du die Jacke nicht ausziehst und den Hut aufbehältst, gehst du als Junge durch.«

Aber Hanna sah sie nur zerstreut an. Im Hof waren laute Männerstimmen zu hören.

Judit legte die Nadel beiseite.

»Was ist da draußen bloß los?«, fragte sie.

Als sie das dröhnende Lachen erkannte, legte Hanna den Hut weg und rannte hinaus. Fast wäre sie an der Tür über Butz gestolpert, der freudig mitsprang.

Und auch ihr Herz stolperte freudig, als ihr vom Hoftor Pater Georg und Simons Vater entgegen kamen. Hans Reisinger hatte den Arm um Simons Schulter gelegt. Sie lachten breit, und Simon sah aus, als könnte er sein Glück noch nicht fassen. Einen Moment lang hoffte Hanna, auch ihre Mutter zu sehen ...

»Sie wollte unbedingt mitkommen«, sagte Pater Georg, der ihre Blicke richtig interpretierte. »Aber die Keuslins haben sie dieses Mal nicht gelassen.« Und als er Hannas erschrockene Miene sah, fügte er eilig hinzu: »Sie ist nicht krank, keine Angst. Aber wir wussten nicht, was uns hier erwartet. Und wenn sie ihre Hoffnung endgültig hätte begraben müssen ...« Er hob in einer begütigenden Geste die Hände. »Ehrlich gesagt haben wir nicht damit zu rechnen gewagt, dass wir euch am Leben finden ...«

Zu seiner großen Verlegenheit fiel Hanna ihm um den Hals. »Gut, gut.« Er tätschelte linkisch ihren Rücken. »Wir sind ja alle ... Also das ist jetzt ein Freudentag ...«

Abt Albert hatte sie wieder zu seinen Benediktinerbrüdern nach Ottobeuren gesandt.

»Diesmal nur wir beide und Schmiedel. Der wartet mit der Kutsche an der Straße auf uns.«

Der Pater wollte gleich weiterfahren. »Je eher wir wieder hier sind, desto eher können wir gemeinsam nach Salzburg aufbrechen.«

Aber Hanna bestand darauf, dass sie zumindest zum Essen blieben. »Ich hole den Schmiedel und pass derweil auf«, sagte Josef.

Es gab ein kräftiges Mahl, und dabei wurde alles, was sich ereignet hatte, berichtet. Kopfschüttelnd hörten der Hauptmann und Pater Georg sich ihre Geschichte an.

»Das ist wirklich sehr seltsam«, wunderte sich der Pater am Ende. Er hielt Hanna den Bierkrug zum Nachschenken hin. »Ein Kloster, auf das eure Beschreibung passt, ist mir nicht bekannt. Und ihr seid von dort binnen eines Tages hierher gelaufen?«

Jaco nickte. »Viel weiter war es auch nicht von Grönenbach. Melchior und ich sind den größten Teil des Weges an der Iller entlang gegangen.«

»Doch ihr habt auf dem Klostergelände niemanden angetroffen ...«

»Keine Spur von den Mönchen. Dabei haben sie alle liturgischen Bücher im Armarium zurückgelassen«, bekräftigte Hanna.

»Tatsächlich? ... Ja ... das ist wirklich befremdend.« Der Pater nahm einen großen Schluck. Er blickte zur Decke hinauf, als könnte er die Lösung des Rätsels dort oben finden. Dann fixierte er Jaco. »Aber du erinnerst dich, damals, als Kind, als Bruder

Melchior dich und deine Mutter gerettet hat, da hat es dort eine ganze Klostergemeinschaft gegeben?«

»Ja. Auch wenn ich erst fünf Jahre alt war, die ganze Fluchtgeschichte, die hat sich mir eingebrannt ... Ich sehe die Mönche im Lichtschein noch oben auf dieser Mauer stehen ... Und den Abt, der uns nachschreit ...« Unbewusst duckte sich Jaco. Als säße er noch auf dem Fluchtgefährt.

»Was ist also geschehen?«, spann Pater Georg die Überlegungen weiter. »Deine Mutter ist krank gewesen. Das hast du erzählt. Könnte es sein, dass es die Pest war?«

»Ihr meint, dass sie die Krankheit ins Kloster brachte und dass die Mönche daran gestorben sind? Das habe ich mich natürlich auch immer wieder gefragt. Allerdings sind weder Melchior noch ich krank geworden, und Mutter hat sich rasch wieder erholt.« Jaco griff nach seinem Becher und stellte ihn, ohne getrunken zu haben, gleich wieder ab.

Er überlegte. »Falls Melchior, als er damals nochmals zurückging, die Brüder krank oder tot gefunden hätte, hätte er meiner Mutter wohl nichts davon gesagt, um sie vor Schuldgefühlen zu schützen. Ich kann mich vage erinnern, dass er nur erzählte, dass das Kloster verlassen war. Aber er hätte mich jetzt, auf meine Frage bei unserer Rückkehr, bestimmt nicht angelogen. Da bin ich mir sicher. Er wusste wirklich nicht, was geschehen war.«

»Nun, vielleicht ist nur der eine Klosterbruder, der euch damals angriff, an der Pest gestorben. Und die Gemeinschaft ist daraufhin in Panik geflohen«, spekulierte der Pater.

Jaco zuckte die Achseln. »So kann es gewesen sein, freilich.«

Hanna sah ihm an, dass er damit nicht zufrieden war. Etwas bewegte ihn noch. Er sah geistesabwesend den Raben an, der, wie er es gewohnt war, über die Lehnen der Stühle hüpfte.

»Woran denkst du?«, fragte sie ihn.

Jaco zögerte. »Ich erinnere mich ... meine Mutter hat, als sie damals zum Kloster zurücksah, irgendetwas von Raben gesagt ... Also, von diesen Mönchen und Raben ...« Und er fügte - nur halb im Scherz - hinzu: »Mir ist gerade eingefallen, dass ich damals, als kleiner Junge, geglaubt habe, die Klosterbrüder hätten sich alle in Raben verwandelt.«

»Wieso nicht?«, murmelte Cilli.

Ja, dachte Hanna. Sie hatte den Schwarm wieder vor Augen, der durch die geöffneten Klosterfenster gerauscht war.

»Märchen und Aberglauben«, brummte der Pater.

Nell, Simon, Jaco und Hanna wechselten Blicke. Sie lächelten leicht, aber sie schwiegen.

Märchen und Aberglauben ... Das führte Hanna zu einem anderen Gedanken. Sie stupste Cilli an.

»Willst du uns nicht erzählen, was es mit diesem Muttermal auf sich hat? Als wir von Caspar und Grete gesprochen haben, ob sie seine Tochter ist ... Was hast du mit ›alten Geschichten‹ gemeint?«

Cilli errötete leicht. Mit Blick auf den Pater wehrte sie ab: »Vielleicht ein andermal ...«

Hanna lachte. »Nun komm schon! Pater Georg wird es nicht stören.«

»Oh doch.« Cilli verzog das Gesicht. »Von einem Wechselbalg will ein Mann der Kirche nichts hören.«

»Ein Wechselbalg?«, fragte Hanna verständnislos.

Pater Georg ächzte. Er schob den Bierkrug weg.

»Ein Säugling, der vom Bösen vertauscht worden ist. Ein ganz schrecklicher, grausamer Volksglaube. Leider noch immer verbreitet«, sagte er ernst. Doch dann lächelte er nachsichtig. »Na komm, Cilli, jetzt sind wir alle gespannt.«

Unsicher sah Cilli Hanna an. Die nickte. Cilli räusperte sich und sagte fast unhörbar leise: »So einen Wechselbalg hat es hier in der Melose einmal gegeben. Eine Frau. Wunderschön. Aber nicht gut ... Josef sagt, dass sie vom Grundmeer gekommen ist. Als sie entlarvt wurde, musste sie wieder zurück ... Und diese Frau war gezeichnet - mit genau so einem Mal, wie Nell es beschrieben hat.«

»Aha.« Hanna war blass geworden. Sie dachte unwillkürlich an Grete ...

Jaco fasste beruhigend nach ihrer Hand. Sachlich erklärte er: »Ein Muttermal haben doch viele Menschen. Das sagt über ihr Wesen nichts aus.«

Hanna atmete einmal tief durch.

»Nein, gewiss nicht. Normalerweise ...« Sie lächelte Cilli an. »Aber das ist schon eine merkwürdige alte Geschichte ...«

Mit einem Ruck stand der Pater auf. »Durchaus. Doch wir sind ja vernünftige Leute. Und jetzt müssen wir endgültig los.«

Die Reisenden brachen auf. Hanna und Simon begleiteten sie wieder zur Straße. Schmiedel nahm die Zügel zur Hand, und die Kutsche rollte weiter in Richtung Westen, zum Kloster.

In dieser Nacht schlief Hanna traumlos und tief.

Die nächsten Tage waren erfüllt von Geschäftigkeit. Hanna fühlte, wie Jacos Blicke ihr folgten. Manchmal blieben sie für ein paar kostbare Minuten miteinander allein. Aber wenn Hanna an den nahenden Abschied dachte, krampfte ihr Herz sich zusammen.

Und dann kam die Kutsche zurück. Sie verbrachten den letzten Abend mit Plänen. Wenn erst wieder Frieden herrschte, würde man überall Steinmetze und Baumeister brauchen. Egal ob in Salzburg oder im Allgäu. »Und alle sagen, lange wird es nicht mehr dauern.«

Die letzte Nacht war nur kurz.

Hanna wurde von den ersten Strahlen der aufgehenden Sonne geweckt. Durchs Kammerfenster zog der Duft frischer Eierkuchen herein. Cilli hatte an Hannas Lieblingsfrühstück gedacht. In der Stube war der Tisch schön gedeckt und mit einem Strauß bunter Wiesenblumen geschmückt. Ursula hatte die Speisekammer noch einmal für sie geplündert. Doch Hanna musste sich zwingen, zu essen.

Alle begleiteten sie an die Kutsche. Über dem Eschenwäldchen war der Himmel tiefblau. Ein sanfter Wind strich durch das Laub. Gepäck und Proviant waren verstaut. Hanna hatte Cilli und Nell fest umarmt. Der Hauptmann schwang sich aufs Pferd. Pater Georg saß bereits neben Schmiedel am Kutschbock. Hinter ihm auf dem Dach hatte sich Hannas Rabe niedergelassen. Simon und Nell standen, ein wenig abseits, noch beieinander. Ein Abschiedskuss.

»Sieht nicht nach einer Vernunftheirat aus«, sagte der Pater schmunzelnd zu Schmiedel.

Hanna brachte kein Wort mehr heraus. Sie hob Butz, der sie unschlüssig ansah, vor sich in die Kutsche. Dann raffte sie ihren Rock und stieg ein.

Simon griff sich die Zügel des Braunen, saß auf. Gleich würde Hannas Gefährt sich in Bewegung setzen.

Noch einmal trat Jaco zu ihr an den Wagenschlag. Auch er war in den Abschiedsminuten verstummt. Schließlich deutete er fragend nach oben, wo der Rabe herunteräugte. »Nimmst du ihn mit?«

Hanna schaute zweifelnd hinauf. »Das wird er wohl selbst entscheiden.«

Jacos Gesicht wurde ernst. Es war an der Zeit.

»Ich komme nach Salzburg«, versprach er noch einmal. »Sobald ich kann ... Also ... Bis dahin ... würdest du warten, bevor du dich womöglich mit einem Salzburger Jüngling verlobst?«

Hanna spitzte die Lippen. »Ach ...«, sagte sie leise, »und wenn ich das nicht versprechen kann?«

»Versuch es.«

Über ihr Gesicht huschte ein Lächeln. Sie beugte sich aus dem Wagenfenster und flüsterte: »Ich glaube, du musst dich deswegen nicht sorgen ... Aber lass mich nicht zu lange warten!« Noch einmal berührten sie sich, wollten sich festhalten.

Mit einem Ruck fuhr der Wagen an. Hannas Rabe flog auf und ließ sich dann erneut auf dem Kutschendach nieder. Butz streckte den Kopf aus dem Fenster. Im Wagen roch es nach Staub, Bienenwachs und nach Honig. Von draußen wehte der Duft von Holunderblüten herein.

Jaco stand in der Mitte der Straße. Sie lehnte sich aus dem Wagen und winkte. Es war Frühling. Die Sonne schien. Hanna dachte an ihren Salzburger Garten, an ihre Mutter, Anna, Amand. Irgendwann war jede Reise zu Ende.

Sie dachte an Jaco.

»Wir sehen ihn wieder«, flüsterte sie Butz ins Ohr.

»Lass nur, das geht schon«, brummte Pater Georg, und Schmiedel zog seine Hand, mit der er dem Betagten auf den Kutschbock herauf helfen wollte, zurück. Ächzend und stöhnend hievte sich der Pater nach oben. »Na bitte«, keuchte er schließlich und stampfte mit seinem Holzbein auf. Schmiedel nickte nur und ließ die Pferde anziehen. Hans Reisinger ritt ihnen voraus.

Der Pater schnaufte tief durch. Wie oft hatte er schon die lange Reise vom hiesigen Salzburg nach Obergünzburg und Ottobeuren gemacht? Mit Saatgut, mit Lebensmitteln und Briefen ... Vor fast drei Jahren, am 24. Oktober 1648, war der Westfälische Frieden geschlossen worden. Überall hatten die Kirchenglocken geläutet. Doch Hunger und Elend fanden im Allgäu weiter kein Ende. Wenigstens hatten die Besatzer das Stiftsland inzwischen verlassen.

Die Morgensonne schien freundlich. Der Pater schaute sich um. Trotz der frühen Stunde war der Salzburger Markt schon überlaufen. Überall wurde gebaut. Es war ein duftig frischer Septembertag, genau wie damals beim Aufbruch im Reisewagen mit Kathlin und Hanna. Kathlin, die nun mit Amand Keuslin verheiratet war. Und Hanna, die er vor gut einem Jahr hier in Salzburg mit Jaco getraut hatte. Der Pater dachte daran, wie ihm Hanna vorhin ihre winzige Tochter in die Hände gelegt hatte. Das Herz war ihm aufgegangen, als er das kleine Leben ansah. Es ging ihnen gut. Und Jacos Werkstatt florierte.

Langsam rollte der Wagen über das Pflaster. Nach Westen. Dem Allgäu zu.

Dorthin, zu Nell, war Simon noch im Sommer 1648 aus Salzburg zurückgekehrt. Auch in der Melose wurden Kinder geboren. Geschützt vom Wald wie von einer unsichtbaren Mauer blieb das alte Hofgut für alle ein sicherer Ort.

»Sagt Nell und Simon, dass wir sie vermissen«, hatte Hanna dem Pater wie immer zum Abschied gesagt.

»Und Cilli auch.«

Über die Autorin

Die Autorin Marianne Hacker wurde in Kaufbeuren geboren und ist auch dort aufgewachsen. Sie lebt heute im Ostallgäu.

Ihr erster Roman »Das Grundmeer« erschien 2000 unter dem Pseudonym Marie H. Elisabeth und wurde 2010 unter dem Namen Marianne Hacker neu aufgelegt. Der in der Zeit von Bauernaufständen und Pest um 1523 angesiedelte historische Roman spielt in Kempten und nahe der Burg Liebenthann im Günztal, die zum Besitz des Kemptener Fürstabts gehörte. Eine junge Frau, die aus Not eine neue Identität angenommen hat, wird verdächtigt, ein verfluchtes Geschöpf aus dem sagenhaften Grundmeer zu sein.

Für ihren zweiten historischen Roman »Die Nachtwandlerin« (2003) verlegte Marianne Hacker Ort und Zeit des Geschehens in das Jahr 1782 in die Gegend um Wien. In dem 2005 neu aufgelegten Kriminalroman ereignet sich im kleinen Ort Hietzing bei Schönbrunn ein scheinbar perfekt inszenierter Mord. Eine junge Frau und ein Priester werden in Intrigen und Aberglauben verstrickt und versuchen, das blutige Rätsel zu lösen.

2006 folgte Marianne Hackers Roman »Das Winterschloss«, der 2007 neu aufgelegt wurde. Schauplatz ist ein abgelegenes Hochtal im Engadin. Die Kriminalgeschichte, die in der Gegenwart spielt, ist mit einem mysteriösen Geschehen um das Jahr 1814 verknüpft. Ein Offizier aus Napoleons geschlagener Armee kehrt mit seltsamen Gefährten aus Russland zurück. Danach wollen Gerüchte um mörderische Wölfe rund um das Winterschloss nicht mehr verstummen.